시간의 책 III

황금팔찌

Le livre du temps
III. Le Cercle d'or

by Guillaume Prévost

시간의 책 III

황금팔찌

기욤 프레보 지음 | 이원희 옮김

소담출판사

시간의 책 III 황금팔찌

펴 낸 날 | 2010년 9월 1일 초판 1쇄

지 은 이 | 기욤 프레보
옮 긴 이 | 이원희
펴 낸 이 | 이태권
펴 낸 곳 | (주) 태일소담
서울시 성북구 성북동 178-2 (우)136-020
전화 | 745-8566~7 팩스 | 747-3238
e-mail | sodam@dreamsodam.co.kr
등록번호 | 제2-42호(1979년 11월 14일)
홈페이지 | www.dreamsodam.co.kr

ISBN 978-89-7381-610-1 03860

- 책값은 뒤표지에 있습니다.
- 잘못된 책은 구입하신 곳에서 교환해드립니다.

차례

I

313호

"견뎌야 해요, 아빠." 새뮤얼이 속삭였다. "알았죠? 내 몸에 딱 달라붙어야 해요!"

앨런 포크너는 눈을 감은 채 병원 침대에 죽은 듯이 누워 있었다. 얼굴에는 산소마스크를 쓰고, 몸에는 심전계*와 연결된 유도 코드들이 잔뜩 붙어 있었다. 심전계의 모니터에 일정한 간격으로 곡선과 알 수 없는 숫자들이 나타나고, 생명과 직결되는 파라미터들이 붉은색 그래프에 이르자 삐삐, 삐삐…… 경보가 울렸다. 간호사들이 앨런의 머리를 자르고 수염을 면도하자 야윈 얼굴과 앙상하게 마른 상체와 어깨, 팔이 확연히 드러났었다. 블라드 체페슈의 감옥

* 호흡, 맥박, 혈압, 체온을 측정하는 기계.

에 억류되어 있다 돌아온 뒤로 줄곧 앨런은 귀신이나 다름없는 모습으로 기계에 의지해 생명을 연장했다.

새뮤얼은 아버지의 손을 잡았다. 베개 위쪽 형광 램프의 초록빛이 음산하고, 소독약 냄새 때문에 머리가 아팠다.

"의사들은 아빠에게 말해봐야 아무 소용 없다고 하지만 나는 그렇지 않다고 확신해요. 아빠, 내 말 듣고 있죠? 내가 누군지 알죠?"

아무런 반응이 없었다.

병사들과 개들에게 쫓기면서 아슬아슬하게 태양의 돌에 이른 새뮤얼이 아버지와 함께 브란 성으로부터 탈출한 지 사흘이 흘렀지만 앨런은 의식을 찾지 못하고 있었다. 앨런은 중세에서 현재로 돌아가는 순간의 엄청난 충격을 견딜 자신이 없다고 말했었다. 몸이 몹시 허약한 상태라 정신이 가물거리는 데다 현재로 던져지는 순간 여행가를 휘감는 시간의 불덩이 때문에 앨런은 죽을 위험이 있었다. 숨을 가쁘게 몰아쉬면서도 앨런은 드라큘라의 소굴로 찾으러 갔던 황금팔찌—세상에 두 개가 존재하는 황금팔찌 중에서 블라드 체페슈가 갖고 있는 것—에 대해 설명하려고 애를 썼다. 황금팔찌에 구멍 뚫린 동전 일곱 개를 결합하여 태양의 돌에 사용하면 원하는 곳으로 시간 여행을 할 수 있었다. 게다가 앨런은 자신이 실패할 경우 새뮤얼이 찾아올 수 있게 모든 일을 계획했다. 포크너 서점에 숨겨놓은 암호 메시지, 브란 성으로 이를 수 있게 하는 검은

뱀 문양의 동전, 여기저기 남겨놓은 흔적 등……. 그 후에 앨런은 블라드 체페슈에게 억류되었고, 새뮤얼은 오랜 방황 끝에 아버지를 구해내고 발라키아의 태수가 보는 앞에서 팔찌를 손에 넣는 데 성공했다.

새뮤얼은 의문이 들었다. 아버지가 그토록 황금팔찌에 집착하는 이유가 뭘까? 드라큘라의 소굴까지 찾아가 그에게 도전할 정도로 자신과 아들의 목숨을 위험에 빠뜨리는 이유가 뭘까? '메르워세르의 팔찌가 있으면 네 엄마를 구할 수 있다고 확신해. 내 말 들리니, 샘? 팔찌가 있으면 네 엄마를 구할 수 있어!' 아버지의 마지막 말이었다. 그리고 앨런과 새뮤얼은 시간의 길 속으로 빨려들었다.

새뮤얼은 아버지의 손을 가만히 쓰다듬었다. 손이 얼음장 같았다.

"간호사가 언제 들어올지 모르지만 아빠와 이렇게 단둘이 있어 좋아요. 난 아빠를 원망하지 않아요. 아빠가 한 말을 곰곰이 생각해봤어요. 황금팔찌로 아빠가 하려는 일과 아빠가 나한테 시간 여행에 대해 한마디도 하지 않았던 이유에 대해서요. 만약 내가 태양의 돌을 발견하지 못했다면 나는 진정한 '여행가'가 될 수 없었을 거예요. 아빠를 찾으러 갈 힘도 없었을 거예요. 아빠가 처음부터 모든 걸 예상하고 계획해놓았다는 것이 지금도 믿어지지 않지만……."

새뮤얼은 아버지의 심장박동과 동맥 압력을 측정하는 심전계의 모니터를 쳐다봤다. 통상적인 기계음 말고는 신음소리조차 나지 않았다. 앨런은 여전히 자신의 세계에 갇혀 있었다. 그러나 새뮤얼은 도저히 접근할 수 없다는 감옥에서 아버지를 구해내지 않았던가. 필요한 것은 인내였다.

"그리고 용서를 빌게요. 아빠가 사라진 몇 주 동안 나는 아빠가 고서적을 훔쳐서 팔기 위해 태양의 돌을 사용하고 있다고 생각했어요. 아빠의 사업이 잘 안 된다는 걸 알고 있었거든요. 게다가 아빠가 그 모든 일을 숨긴 이유도, 나에게 말 한마디 없이 떠난 이유도 몰랐으니까요. 정말 혼란스러웠어요. 그래도 아빠를 의심하면 안 되는 거였는데 죄송해요."

삐삐, 삐삐! 우연의 결과일까? 아버지의 심장박동수가 약간 올라갔다. 분당 61회에서 64회. 새뮤얼의 말에 반응하는 건가?

"아빠." 새뮤얼은 아버지의 손을 꽉 잡으면서 말했다. "정신이 돌아온 거예요? 나예요, 아빠. 내 말 듣고 있죠? 아빠, 이겨내야 해요. 이러고 있으면 안 돼요. 꼭 깨어나셔야 해요! 얼마나 무서웠는지 몰라요, 아빠. 브란 성에서 돌아와 태양의 돌 옆에 쓰러져 있는 아빠를 보면서 난 정말…… 돌아가셨는지 알았어요. 아빠가 움직이지도 않고, 숨도 쉬지 않는 것 같아서……."

울컥해진 새뮤얼은 목이 메었다. 서점의 어두컴컴한 지하실에 의식을 잃고 쓰러져 있는 아버지를 보면서 최악의 순간을 경험했다. 수송의 구멍에 집어넣은 황금팔찌 때문이었을까, 드라큘라의 성에서 현재로 이동하는 시간 여행은 어느 때보다 격렬했다. 아버지는 어떻게 살아남을 수 있었을까? 새뮤얼은 바닥에 엎드린 자세로 꼼짝 않는 아버지를 흔들어봤지만, 대답하지 않았다. 숨소리도 들리지 않고, 맥박도 느껴지지 않았다. 불안과 절망에 휩싸인 새뮤얼은 정신을 차리려고 애를 썼다. 당장 의사에게 아버지를 보여야 해…… 하지만 어떻게 옮기지? 혼자서는 불가능했다.

"할아버지와 할머니는 어쩌면 그렇게 침착하게 행동하시는지! 전화를 걸어 아빠의 상태가 아주 나쁘다고 했더니 더는 묻지도 않고 달려오셔서 당장 앰뷸런스를 불렀어요. 두 분은 이미 마음의 준비를 하고 계셨던 것 같았어요. 태양의 돌과 블라드 체페슈에 대해 이미 설명해드렸기 때문인지, 아빠가 돌아왔을 때 정상적인 상태가 아닐 거라고 예상하셨던 모양이에요. 어쨌든 두 분은 나를 지원해주고 끝까지 비밀을 지켜주셨어요. 그것이 바로 두 분에게 아빠가 그 무엇보다도 소중하다는 뜻이에요. 나에게도 그렇고요."

모니터에서 푸른빛의 숫자가 심장박동수 66회를 표시하고 있었다. 2회 증가. 이것은 단순한 우연의 일치로 볼 수 없었다. 아버지는 아들이 하는 말을 알아듣고 있는 것이 틀림없었다. 메시지를 보낼 기회는 지금밖에 없었다. 아버지를 혼수상태에서 깨어나게 할 메시지, 힘을 줘서 살고 싶게 만들 메시지. 새뮤얼이 사흘 동안 고민하다가 내린 결정을 알려야 할 때였다.

"아빠가 부탁한 일, 내가 할게요." 새뮤얼은 잠시 머뭇거리다 말했다. "과거로 돌아가서 엄마를 구해낼게요. 아직은 어디로 가야 하는지도 모르고, 사고가 일어난 날로 나를 데려다줄 동전을 어떻게 구할지도 모르지만, 황금팔찌를 갖고 있으니까 성공할 수 있을 거예요."

새뮤얼은 아버지가 자신의 말을 듣길 간절히 빌며 천천히 다짐하듯 말했다.

"엄마를 구하겠다고 맹세할게요. 아빠와 나를 위해서……."

삐삐! 삐삐! 모니터에서 그래프의 곡선이 춤추기 시작했다. 분당 심장박동수 68, 72, 76! 82, 86까지! 흥분이 된 새뮤얼의 가슴도 콩닥거렸다. 내 예상이 맞았어! 아버지는 의식을 완전히 잃은 것이 아니었다. 정신은 어딘가에 있는 것이 분명했다. 가물가물하지만 싸늘한 육신을 데워주는 실낱같은 생명의 불꽃이 살아 있는 것이다. 물론 새뮤얼은 아빠에게 맹세는 했지만 정확하게 3년 전으로 돌아가 어머니가 죽음의 길이 될 도로를 지나가지 못하게 막으려면 어떻게 해야 하는지 방법조차 모르고 있었다. 정말 황당하게 보이는 두려운 계획이었다. 하지만 언젠가는 어머니를 다시 만날 수 있다고 확신한다면, 아버지도 살아야겠다는 의욕을 갖고 깨어날 것이 틀림없었다.

88, 90, 아버지가 그렇다는 신호를 보내는 것 같았다.

"어머, 바이탈 사인에 변화가 있네!" 병실에 들어오던 간호사가 외쳤다.

새뮤얼이 돌아봤다.

"좋아지고 있는 거죠? 아빠에게 말하고 있는데 심장이 점점 빨리 뛰기 시작했어요. 분명히 내 말을 듣고 있는 것 같았어요. 좋은 신호지요? 곧 깨어나시겠죠?"

간호사는 이소벨이란 이름의 금발 여자였는데 어머니처럼 자애로운 미소를 지어 보였다. 사실 3층의 간호사들은 313호 병실 환자의 상태에 대해 가슴 아파하고 있었다. 앨런 포크너가 어떤 치료를 해야 할지 모를 정도로 거의 절망적인 상태인 데다, 몇 년 전 이 병원에서 아들이 맹장 수술을 받고 있을 때 아내를 잃었던 사람이라는 걸 알기 때문이었다. 불행한 일이 계속되는 한 가정에 대한 연민일지도 몰랐다.

"물론이지! 아주 좋은 신호야." 간호사는 모니터를 보면서 말했다. "하지만 인내심을 갖고 기다려야 한단다. 아직은 아닌 것 같아. 이런 상태에서는 알 수 없는 이유로 심장이 빨리 뛰기도 하고 늦게 뛰기도 하거든. 저거 봐, 다시 느려지고 있잖아."

실제로 푸른빛의 수치가 내려가기 시작했다. 87, 85, 83……. 새뮤얼은 잘못 생각하는 거라고, 아버지가 분명히 신호를 보낸 거라고 대꾸할 뻔했지만 그런 말은 해봐야 소용없을 거 같았다. 간호사가 어떻게 생각하든 새뮤얼은 아버지와 교감이 이루어졌다고 확신했다. 비록 아버지의 몸이 혼수상태에서 벗어날 정도로 강하지 않아도 이제부터는 깨어나야 할 이유가 있으니까. 새뮤얼은 아버지에게 기운을 차릴 시간을 주면 된다고 생각하면서 속으로 외쳤다.

'아빠를 이대로 두지 않을 거예요. 내가 절대로 아빠의 손을 놓지 않을 거예요.'

간호사는 새뮤얼의 어깨를 토닥여주었다.

"너에게는 힘든 일이겠지만 용기를 내야 한다. 도움이 필요하면 언제든 간호사 사무실로 찾아와. 그리고 조금 전 두 사람이 아버지 면회를 왔는데 지금은 X선 촬영 준비를 해야 하기 때문에 밖에서 기다리라고 했어. 잠깐 들어와서 얼굴이라도 보는 건 가능하거든."

새뮤얼은 고개를 끄덕이며 머리맡 탁자에 놓인, 크림색 바탕에 초록색 숫자가 돋보이는 동그란 시계(아버지가 애지중지하는)를 힐끔 쳐다봤다. 심장박동수가 70회 이하로 떨어져 있었다. 다른 식구들은 오후에 오지 않을 텐데…… 새뮤얼은 누가 왔을까 궁금해하면서 문을 열고 내다봤다. 음료수 자동판매기 옆에 서 있는 두 사람을 보고 새뮤얼이 다가가며 외쳤다.

"아주머니! 앨리시어!"

생각지도 못한 반가운 손님들이었다.

헬레나 토드가 두 팔을 벌리면서 달려왔다.

"새뮤얼! 이제야 면회가 된다고 해서 왔어. 어떻게 이런 일이!"

꽃과 레몬 향기가 은은하게 풍기는 토드 부인이 새뮤얼을 꼭 안아주는 반면, 앨리시어는 아직 혼란스러운 듯 꼼짝 않고 서 있었다. 진주 장식을 단 예쁜 청바지에 복숭앗빛 배꼽 티를 입은 앨리시어, 금발머리가 마돈나의 얼굴 주위에 어리는 후광처럼 빛이 났다. 새뮤얼은 눈이 부신 듯 눈을 깜박였다. 새뮤얼은 그렇게 친했던 앨리시어를 3년 동안이나 만나지 않았다. 어머니가 사고로 죽은 뒤 슬픔에 잠긴 새뮤얼은 그 어떤 행복도 누릴 수 없다고 생각했기 때문에 앨리시어를 만나는 것조차 용납하지 않았다. 그래서 3년 동안 마음의 문을 닫고 앨리시어를 먼발치에서만 바라보면서 입술을 깨물었다.

아버지가 행방불명된 뒤로 새뮤얼의 세계는 또다시 와르르 무너졌다. 시간의 길을 방황하던 중에 앨리시어의 조상인 이제르를 만났다. 브루게의 연금술사 에쿠테트 클러그와의 강제 결혼을 피해 사랑하는 남자를 선택하는 이제르를 보면서 새뮤얼은 자신이 얼마나 앨리시어를 좋아하는지, 앨리시어를 저버렸던 걸 얼마나 가슴아파하고 있는지 깨달았다. 현재로 돌아온 뒤에 앨리시어를 만나 용서를 빌었지만, 상황이 좋지 않았다. 앨리시어는 이미 멍청한 제리 팩스턴과 사귀고 있는 데다 갑자기 자기를 밀어내 버렸던 새뮤얼을 많이 원망하고 있었기 때문이다. 우여곡절 끝에 새뮤얼은 앨리시어와 오랫동안 얘기를 나눌 기회를 가졌고, 예전의 사이로 돌아가는 느낌이 들었다(앨리시어의 얼굴에 경계하는 기색이 있긴 했지만). 지금 앨리시어가 보여주는 태도에는 새뮤얼에 대한 애정—거의 희망적이지 않지만—과 원망이 섞여 있었다. 토드 부인이 포옹을 풀자 앨리시어는 새뮤얼에게 거리를 두듯 눈을 깜빡여주는 것으로 만족했다. 새뮤얼도 가만히 서서 똑같이 눈을 깜빡이는 것으로 화답했다.

"아버지는 좀 어떠시니?" 토드 부인이 물었다.

"여전히 혼수상태예요. 하지만 곧 깨어나실 거라고 확신해요."

"당연히 일어나실 거야!" 토드 부인이 자신 있게 말했다. "앨런은 강인한 사람이야. 어떤 상황인지 몰라 너의 할머니께는 차마 여쭤보질 못했는데 어쩌다 이렇게 된 거니?"

새뮤얼은 고개를 떨어뜨렸다. 할아버지와 할머니, 사촌 릴리를 제외하고는 누구에게도 태양의 돌에 대해 말해줄 수 없었다. 앨리시어도 예외는 아니었다. 포크너 서점의 사건에 관심이 많은 경찰을 포함해 모든 사람이 납득할 수 있는 설명을 해야 했다. 거짓말을 좋아하지 않는 새뮤얼은 힘든 순간에 흔쾌히 집에 묵게 해주었던 토드 부인을 속이는 거 같아 시선을 피했다.

"강도들에게 당하신 거예요. 우리가 생각했던 것과는 달리 아빠는 고서적을 사러 외국으로 가셨던 것이 아니라 납치를 당해 모처에 감금되어 있었어요. 내가 아주머니의 집에서 나오던 날 저녁에 아버지의 핸드폰으로 걸려온 전화를 받았어요. 어떤 남자가 말했어요. 아빠가 서점에 있다고. 할아버지와 할머니께 알리고 서점에서 아빠를 발견했어요. 아빠가 문 앞에 쓰러진 채 뭐라고 중얼거리는데 희귀한 작품과 납치범에 대한 것이었어요. 그러고는 의식을 잃어버려서 병원으로 모셔온 거예요."

새뮤얼이 천진한 표정을 지으며 입을 다물자 토드 부인이 놀란 듯 물었다.

"납치? 뭐 때문에? 원한 관계였나?"

"경찰은 아빠가 아주 귀한 작품을 손에 넣었을 거라고 추정하고 있어요. 며칠 전에도 서점에 도둑이 들었던 걸로 봐서 그게 맞는 거 같아요."

"아휴, 세상이 왜 이럴까? 얼마 전 우리 이웃집도 도둑을 맞았는데! 미스 맥파이 알지? 저녁에 그 집에 도둑이 들어 보석상자를 털어갔어. 도둑이 해코지할까 봐 얼마나 두려웠겠어!"

"진주목걸이에 온갖 반지를 주렁주렁 매달고 다니니까 그렇죠!" 앨리시어가 짜증스럽게 내뱉었다. "자기가 크리스마스트리도 아니고!"

"앨리시어! 그 도둑이 지금도 우리 동네를 어슬렁거리고 있을지 몰라. 그리고 이웃인데 그렇게 말하면 되니?"

"엄마! 맥파이는 마귀할멈이에요! 제리와 내가 골목에서 포옹했다고 얼마나 난리를 쳤는지 기억 안 나요? 동네 사람을 모두 불러 모으고 시청에 진정서까지 보내려고 했잖아요. 이번 도둑 사건을 계기로 조용히 지냈으면 정말 좋겠어요!"

토드 부인은 어깨를 으쓱했지만, 새뮤얼은 미스 맥파이의 행동이 앨리시어와 그 참을 수 없는 팩스턴을 떼어놓을 목적이었다면 아주 적절한 참견이라고 평가했다. 그때 다행히 간호사가 병실 문을 열고 얼굴을 내밀어준 덕분에 새뮤얼은 계속 거짓말을 해야 하는 난처한 상황을 피할 수 있었다.

"안으로 들어오셔도 되는데 한 번에 한 사람씩, 면회 시간은 5분 이상 안 됩니다."

앨리시어가 어머니를 먼저 들어가게 했다.

"엄마가 먼저 들어가세요."

토드 부인이 313호 병실로 들어가자 앨리시어는 침울한 얼굴로 새뮤얼에게 다가왔다.

"엄마는 네 거짓말을 무조건 믿을지 모르지만 난 아냐. 어렸을 때부터 난 네가 거짓말을 하면 대번에 알아차렸으니까. 아마 우리가 함께 자랐기 때문이겠지. 그러니까 우리는……."

슬픈 표정으로 고개를 설레설레 흔드는 앨리시어의 모습은 그 어떤 비난보다 새뮤얼의 가슴을 아프게 했다.

"네 아빠에게 무슨 일이 일어났는지 모르지만 납치, 전화가 왔다는 얘기, 나는 다 믿을 수 없어. 너는 우리 집에서 드라큘라를 연구한다면서 말도 안 되는 수수께끼를 풀고 있었어. 너는 어처구니없는 이유를 들며 얼버무렸지만, 난 네가 뭔가 아주 중요한 일을 숨기고 있다는 걸 눈치챘어. 새뮤얼, 대체 무슨 일이야?"

새뮤얼은 바다처럼 깊고 파래서 그대로 빠져버릴 것 같은 앨리시어의 눈길을 피하지 않으려고 애를 썼다. 앨리시어는 쌀쌀맞을 때나 무관심할 때나 아름다웠다. 활짝 웃을 때나 기분이 상해서 코를 찡그릴 때나 어쩌면 그렇게 아름다운지. 천의 얼굴을 가진 앨리시어, 너무나 사랑스러운 앨리시어. 하지만 아버지의 목숨이 달려 있는 문제인데 어떻게 비밀을 털어놓는단 말인가. 더는 거짓말을 할 수 없는데 이번에는 또 뭐라고 둘러댄단 말인가.

"미안해, 앨리시어." 새뮤얼은 목멘 소리로 말했다. "이 세상에서 모든 걸 털어놓고 싶은 사람이 있다면 바로 너야. 하지만 지금은 안 돼. 아버지의 상태가 나아지면…… 때가 되면 가장 먼저 너에게 말해주겠다고 약속할게."

화가 난 앨리시어는 입술을 삐쭉거렸다.

"새뮤얼, 이러면서도 나에게 돌아왔다는 거야? 내가 한 발짝 다가갈 때마다 너는 도망쳤어. 마치 무서워서 도망치는 것처럼……. 내가 그걸 어떻게 이해할 수 있니?"

잠시 시간이 멈춘 것 같고, 그 순간이 몇 년은 된 것처럼 길게 느껴졌다. 새뮤얼과 앨리시어는 어릴 적 처음 봤을 때부터 마음이 통했고, 만나기만 하면 밤을 새도 모자랄 정도로 수다를 떨었다. 같은 꿈을 꾸면서 함께 자랐는데 지금은 둘 사이에 커다란 벽이 가로놓여 있었다.

새뮤얼과 앨리시어가 지난날의 추억을 떠올리며 계속 그렇게 무거운 침묵을 지키고 있을 때 다행히 토드 부인이 313호실에서 나왔다. 토드 부인은 안에서 뭘 봤는지 일그러진 얼굴을 감추지 못한 채 새뮤얼에게 용기를 북돋아주려고 애를 썼다.

"네 아빠는 곤히 잠든 것 같아." 토드 부인이 억지로 명랑하게 말했다. "잠자는 숲 속의 미녀처럼 깊은 잠에 빠져 있는 거야. 앨런이 곧 깨어날 거라고 확신해!"

II

문신한 남자의 정체

이틀이 더 지났지만 앨런 포크너의 상태가 호전되는 기미는 전혀 없었다. 새뮤얼은 아버지가 힘을 내서 의식을 되찾길 바랐지만 이제는 환상에서 깨어날 필요가 있었다. 아버지가 자신의 메시지를 제대로 들었다면 아버지를 혼수상태에서 깨어나게 할 방법은 어머니를 돌아오게 하는 것뿐이었다. 새뮤얼은 그 생각을 할 때마다 현기증이 일었다. 정확하게 3년 전으로 돌아가는 것도 쉽지 않지만, 그리 단순한 문제가 아니기 때문이다. 살아 있는 어머니를 다시 만나는 것처럼 기쁜 마음으로 받아들일 수 있을까? 태양의 돌을 사용하면 현재로 돌아갈 수 있다고 어머니를 설득할 수 있을까? 그다음에는 무슨 일이 일어날까? 저세상으로 간 어머니가 현재로 돌아와서 우리와 함께 다시 살아가려고 할까?

어머니를 죽음으로부터 구한다는 사실은 자연의 순리를 위배하는 것이 아닌가. 타후티 신의 돌을 지키는 시간 여행의 현자 세트니 대신관은 새뮤얼에게 시간의 흐름을 역행하지 않는 것이 아주 중요하다면서 '누군가가 세상의 흐름을 바꿀 경우에는 엄청난 재앙이 연쇄적으로 일어날 것'이라고 주의를 주었다. 그러면서 세트니 대신관은 덧붙였다. '바로 그래서 태양의 돌들을 지키는 사람이 있어야 하는 거란다. 그런데 새뮤얼 포크너, 나는 네가 그 임무를 완수할 자격이 있다고 확신해.' 세트니 대신관이 정직한 시간의 수호자가 될 거라고 말해주었는데 지금 새뮤얼 자신이 시간의 흐름을 역행하려는 것이 아닌가!

이럴 때 누군가에게 툭 털어놓고 말할 수 있다면……. 하지만 그렇지 않아도 의식이 돌아오지 않는 아들 때문에 슬픔에 빠져 있는 할아버지와 할머니에게 이 사실까지 알릴 수는 없었다. 함께 시간 여행을 다녔던 사촌 릴리는 수백 킬로미터 떨어진 여름학교에 가 있었다. 새뮤얼은 이메일을 보내고 싶었지만 릴리가 답장을 보낼지 알 수 없었다. 따라서 이번에는 무슨 일이 있어도 혼자 결정을 내려야 했다.

브란 성에서 돌아온 지 엿새째 날 아침, 새뮤얼이 아직 자고 있는데 방문이 벌컥 열렸다.

"새뮤얼, 일어나!"

이블린 고모의 피앙세 루돌프가 어두컴컴한 방으로 들어와서 새뮤얼을 흔들어 깨웠다.

"새뮤얼!"

"네?"

"빨리 일어나서 옷 갈아입어!" 루돌프는 머리맡의 스탠드를 켜면서 소리쳤다.

아직 정신이 몽롱한 새뮤얼은 불빛 때문에 눈을 가렸다. 루돌프가 왜 이러지? 좋은 일은 아닌 것 같은데……. 최근에 루돌프와 이블린 고모는 마약을 먹고 다닌다느니, 나쁜 짓을 하려고 릴리의 핸드폰을 훔쳐서 팔았다느니, 사사건건 새뮤얼을 의심하면서 비행청소년으로 몰아붙였다. 그래서 새뮤얼은 참을 수 없는 모욕과 억울한 벌을 받고 있었다.

앨런이 다시 나타난 뒤로 다행히 끔찍하게 굴던 커플이 약간 잠잠해졌지만, 새뮤얼은 두 사람 중 하나라도 집에 있으면 방에서 거의 나가지 않았다.

"무슨 일이에요?" 새뮤얼이 투덜거리는 목소리로 물었다.

"토드 부인이 너를 만나러 왔다."

새뮤얼은 라디오의 시계를 봤다. 7시 5분.

"앨리시어의 어머니가요? 이 시간에?"

회색 양복 차림에 말끔하게 면도한 루돌프는 화난 얼굴이었다.

"내려가서 네가 직접 들어. 네 고모와 나도 방금 미국에서 돌아왔는데 부인이 찾아온 거니까."

불길한 느낌에 새뮤얼이 벌떡 일어났다. 이렇게 이른 아침에 토드 부인이 무슨 일로 왔을까?

새뮤얼은 스웨터를 걸치고 루돌프를 따라 층계를 뛰어 내려갔다. 거실 소파에 주저앉은 토드 부인은 손수건으로 입을 막은 채 흐느끼고, 이블린 고모가 옆에 앉아서 진정시키고 있었다.

"아주머니?" 새뮤얼이 불렀다.

토드 부인이 얼굴을 들었는데 눈물이 가득했다. 눈은 빨갛고 머리가 헝클어져 있었다.

"새미? 만났니?"

"내가 누구를 만나요?" 무슨 말인지 이해해지 못한 새뮤얼이 되물었다.

"앨리시어……. 그 아이가 어젯밤에 안 들어왔어. 어제저녁에 영화 보러 나간 뒤로 연락이 없구나. 친구 집에 갈 때는 꼭 전화를 하는 아이인데 앨리시어의 핸드폰에 백번도 더 전화를 걸었고, 혹시 교통사고라도 났을까 봐 병원에 다 알아봤지만 찾을 수가 없어."

새뮤얼은 다리가 후들거렸다. 또 행방불명이라니 이건 정말 싫은데…….

"집을 나간 게 몇 시였어요?" 새뮤얼은 애써 침착한 목소리로 물었다.

"어제저녁 6시." 토드 부인이 훌쩍이면서 대답했다. "제리와 약속이 있었으니까 아마 영화 보러 가기 전에 저녁을 먹었을 것이고……."

"제리 팩스턴이요?" 새뮤얼이 말을 잘랐다. "팩스턴에게 물어봤어요?"

"그럼! 둘 사이가 좀 나빠진 건 알지만 그 아이도 우리만큼 놀랐어. 영화관을 죄다 뒤지고 전화를 수없이 했지만, 앨리시어가 전화를 안 받아. 마치 어디론가 종적을 감춘 것처럼! 네 아버지의 납치 사건, 도둑을 맞은 미스 맥파이, 이게 다 무슨 일인지…… 정말 불안해 죽겠구나."

"경찰에 신고하셨어요?"

"자정 무렵에 남편이 앨리시어가 실종됐다고 신고했어. 경찰은 어쩌면 단순한 가출일지도 모르니까 오늘까지 기다려보자는데…… 가출이라니, 말도 안 돼! 가출한 거라면 돈과 갈아입을 옷을 챙겨서 나갔겠지."

"그래서 여기 있을 거라고 생각하신 거예요?" 새뮤얼이 물었다.

"모, 모르겠다! 아무것도 하지 않고 집에 우두커니 있을 수가 없었어. 혹시 연락이 올지 모르니 남편에게 집에 있으라고 하고 나는 차를 몰면서 앨리시어가 갈 만한 데를 찾아다니는 중이야. 이 동네를 지나가다가 문득 앨리시어가 너에게는 무슨 말을 했을지도 모른다는 생각이 들었어."

토드 부인은 새뮤얼에게 간절한 눈길을 보냈다.

"죄송하지만 앨리시어에게 아무 말도 듣지 못했어요."

"혹시 지나가는 말이라도 들은 거 없니? 예를 들어 만나고 싶은 사람이라든가 가고 싶은 데라든가."

새뮤얼은 앨리시어와의 마지막 대화를 떠올리면서 기억을 더듬었지만 그런 비슷한 말은 전혀 없었다. 더군다나 앨리시어는 가고 싶은 데를 숨기고 가는 성격이 아니었다. 게다가 가출이라니, 더더욱 앨리시어와는 거리가 멀었다.

"아뇨, 그런 말은 들은 적이 없어요."

"그럼 문자메시지는?" 토드 부인은 지푸라기라도 잡는 심정으로 물었다. "혹시 네 핸드폰에 메시지를 남기지 않았을까?"

"당장 확인해볼게요."

새뮤얼은 몸살이 난 것처럼 온몸에 기운이 없었지만, 방으로 가려고 층계를 뛰어 올라갔다. 사라진 앨리시어가 위험에 처해 있다는 느낌 때문에 가슴이 철렁 내려앉았다.

새뮤얼은 전날 충전해놓은 핸드폰을 집어 들었다. 메시지는 없었다. 당연했다. 앨리시어가 왜 나한테 전화를 했겠어? 부모도 있고, 제리 팩스턴도 있는데……. 그래도 혹시 몰라 새뮤얼은 컴퓨터를 켜고 메일함을 열어봤다. 밤사이에 한 개의 이메일이 와 있는데 발신자의 주소가 예사롭지 않았다. 'devinequi@arkeos.biz'. 아르케오스는 골동품 회사의 이름이고, 'devinequi'는 '누군지 알아맞혀봐'라는 뜻인데…….

새뮤얼은 떨리는 가슴으로 이메일을 열었다. 내용이 꽤 길고, 메일 상단에 태양신 라의 딸 하토르의 상징이 눈에 띄었다. 한 쌍의 뿔과 태양의 원. 새뮤얼은 지난 시간 여행 때 이 문양을 여러 번 봤다. 하토르의 상징은 아르케오스의 로고일 뿐만 아니라 세인트메리 박물관에서 구멍 뚫린 동전을 훔치려다 싸웠던 복면한 정체불명의 남자 어깨에 새긴 문신이기도 했다. 문신한 남자…… 꿈속에서도 보고 싶지 않은 그자는 아버지 앨런을 공격했고, 포크너 서점에 침입해서 아수라장으로 만들어놨을 뿐만 아니라 시간 여행 중에 새뮤얼과 릴리를 죽이려고 했던 사람이 아닌가. 이 메시지를 보낸 사람이 그 문신한 남자일까?

새뮤얼,

너에게 편지를 쓰는 날이 올 줄이야. 이따금 생각지도 못했던 뜻밖의 일이 일어나는 것, 이게 바로 인생이지. 넌 아직 나를 모르지만—박물관 화폐 전시실에서 동전 때문에 주먹다짐이 있긴 했지만 그것을 공식적인 인사라고 할 수는 없겠지?—나는 얼마 전부터 너를 지켜보고 있다. 너는 용기와 재기가 넘치지만 솔직히 영리하다고 말할 수는 없다. 그보다 우직하다는 표현이 맞겠지. 그런 점에서는 네 아버지와 닮은 것 같아. 야망이라곤 없는 네 아버지는 무엇을 손에 쥐고 있는지, 조금만 용기를 내면 무슨 일을 할 수 있는지 도무지 알려고 하지 않았으니까. 우리가 얼마나 큰일을 할 수 있는지도 관심이 없었어. 네 아버지는 평범하기 이를 데 없는 무능한 인간으로 남으려고 했지. 지금 네 아버지가 어떻게 되었는지 봐라. 어쨌든 현재 상태로는 더 이상 우리를 방해할 가능성이라곤 없어.

자, 각설하고, 새뮤얼, 내가 편지를 보내는 것은 두 가지 소식을 알려주기 위해서다. 좋은 소식과 나쁜 소식이 있는데 어떤 것부터 알려줄까?

먼저 고백을 해야겠다. 최근에 나는 너를 없애려고 했다. 예를 들어 박물관에서는 너의 목을 졸라서 죽일 생각이었지. 그리고 얼마 후 네가 간직하고 있는 시간의 책을 훔쳐서 너를 현재로 돌아오지 못하게 하려고 몇 장을 찢어버렸어. 페어플레이가 아니었다는 건 인정해. 하지만 그렇게 된 것은 너와 관계없는 일에 네가 끼어들었기 때문이야. 다행히 너는 위기를 잘 벗어났지. 그런 의미에서 너는 행운아였다. 아주 대단한 행운이었어!

그래서 나는 생각을 바꾸기로 했다. 너의 그 행운을 우리 둘이서 잘 이용할 수도 있다는 생각이 들었거든. 이제부터는 싸울 것이 아니라 우리 둘이 손을 잡자는 제안을 하겠다. 다시 말해서 앨런과 내가 그랬던 것처럼 너와 나는 동업자가 되는 것이야. 나는 너를 해치지 않고, 너도 나를 도와주는 거지. 너는 이미 타후티 신의 돌을 여러 번 사용했으니 너에게는 시간 여행이 더 이상 비밀이 아니겠지? 우리 둘이 함께 시간의 주인이 되는 거야. 어때? 좋은 소식이지?

새뮤얼은 얼이 빠져서 잠시 읽는 걸 중단했다. 이거 장난 아냐? 하지만 장난이라면 그 모든 사실을 어떻게 이 정도로 자세히 알고 있지? 문신한 남자가 틀림없었다. 둘이 손을 잡자는 제안은 정말 괴상망측했다. 이자는 악의 화신이 아닌가! 자기를 죽이려고 별짓을 다했던 인간이었다. 고고학적 가치가 있는 보물들을 훔쳤고, 아버지 앨런의 불행을 즐거워하고 있었다.

화가 나지만 강한 호기심 때문에 새뮤얼은 그다음을 읽지 않을 수 없었다.

아! 새뮤얼, 지금 너는 네 아버지 앨런이 지금까지 견뎌왔던 모든 것, 네가 당했던 일을 떠올리면서 의문을 품고 있으리라 짐작한다. 내 말을 안 믿지? 그렇다면 할 수 없지. 나쁜 소식을 전할 수밖에.

너는 아마 모르겠지만 너와 나는 공통점이 있어. 우리 둘은 서로가 갈망하는 것을 갖고 있거든. 내가 원하는 것은 아주 간단해. 황금팔찌와 한 가지 사물이 필요해. 그 사물에 대해서는 나중에 다시 말하겠다. 황금팔찌에 대해서는 굳이 설명할 필요 없겠지. 황금팔찌를 찾으러 브란성에 가 있는 앨런을 데려온 것이 너였으니까. 나는 황금팔찌가 필요해. 이건 협상이 아니다.
하지만 너는 이렇게 묻고 싶겠지. 그 대가로 새뮤얼 네가 얻는 것은 무엇이냐고? 무엇을 위해서 그 팔찌를 나에게 넘겨주느냐고? 더 정확하게 말하면 누구를 위해서 그걸 넘겨주느냐고?
그걸 설명하기 전에 어제로 돌아가겠다. 며칠 전 나는 병원에서 너희 둘을 봤다. 나는 비상계단을 이용해서 도착했고, 너희 둘은 음료수 자판기 옆에 있었어. 너희는 아무 말도 하지 않은 채 강렬한 눈빛으로 서로를 뚫어져라 쳐다보고 있었지. 서로에게 상처를 받은 듯 아주 어색한 분위기였어. 나는 존중하는 차원에서 너희를 방해하지 않았다. 내가 이래 봬도 예의는 있는 사람이거든. 하지만 그 순간 아주 좋은 생각이 떠올랐지. 앨리시어보다 더 멋진 교환 조건이 있을까? 앨리시어는 너에게 아주 소중한 사람이지? 네가 제법 눈이 높구나. 아주 예쁜 소녀를 좋아하는 걸 보면. 그래서 말인데 그 소녀에게 무슨 일이 생긴다면 네가 견딜 수 있을까?

새뮤얼은 손바닥으로 책상을 쳤다.
"나쁜 놈! 나쁜 놈!"

참을 수 없는 분노가 치밀었다. 문신한 남자의 짓이었어! 그자가 앨리시어를 납치한 것이다. 새뮤얼은 부들부들 떨면서 의자에 털썩 주저앉았다.

물론 억지로 내 말을 믿으려고 애쓸 필요는 없어, 새뮤얼! 토드 부부에게 전화를 걸어보면 내 존재에 대해 말하지 않아도 무슨 일인지 알게 될 테니까. 지금쯤 그 부부는 절망에 빠져 있을 테니 네 목소리를 들으면 반가워하지 않겠니? 앨리시어는 아무런 의심 없이 나를 만나러 왔지! 왜냐면 너를 만날 거라고 생각했을 테니까. 뜻밖의 일이 일어나는 것, 이게 바로 인생이지!

"비열한 인간! 나를 이용해서 앨리시어를 함정에 빠뜨리다니!"

그때 층계를 올라오는 발소리가 들려서 새뮤얼은 재빨리 이메일을 닫았다. 루돌프와 이블린, 헬레나 토드가 방에 들어왔다.

"무슨 일이니?" 루돌프가 물었다. "네 고함소리가 났는데 문자메시지가 와 있는 거야?"

"아뇨. 앨리시어는 나한테 전화하지 않았어요."

"근데 네 얼굴이 왜 이렇게 창백하니?" 토드 부인이 걱정스러운 얼굴로 말했다.

새뮤얼은 마음이 흔들렸지만 문신한 남자와 황금팔찌에 대해 발설하지 않으려고 이를 악물었다. 이 세 사람에게서 결정적인 도움을 받을 수도 있지 않을까? 적어도 가슴을 짓누르는 압박감에서 벗어날 것이다. 하지만 사실대로 말해도 이들 중 누구도 믿으려고 하지 않을 것이고, 앨리시어의 목숨은 어쩌면 침묵에 달려 있을지 모른다.

"앨리시어를 많이 좋아해요. 그래서 나도 모르게 소리를 질렀나 봐요."

"앨리시어도 너를 많이 좋아해." 가까이 다가온 토드 부인이 새뮤얼의 머리를 쓰다듬어주면서 말했다. "네가 만나러 온 뒤로 앨리시어와 제리의 사이가 나빠진 건 우연이 아니라는 생각이 드는구나. 아무래도 앨리시어의 마음이 흔들린 것 같은데……."

새뮤얼은 고개를 숙였다. 자기만 아니었다면 앨리시어가 문신한 남자에게 납치되는 일은 없었을 텐데…….

"제리는 어제저녁 앨리시어가 곧장 집으로 돌아간 것으로 알고 있던가요?" 새뮤얼은 목구멍이 꽉 막히는 느낌으로 물었다.

"그게…… 둘이 싸운 것 같아. 제리는 질투가 심하고, 너도 알다시피 앨리시어의 성격이 좀 까칠하잖니. 아마 앨리시어가 인사도 안 하고 가버린 모양이야."

"그럼 서로 다투다가 혹시 그 소년이 화가 나서 무슨 짓을 저지른 건 아닐까요?" 이블린 고모가 끼어들었다. "과격해졌다거나 겁을

줬다거나…….”

“제리 팩스턴은 앨리시어가 사라진 것과 아무 관계 없어요!” 새뮤얼이 단정적으로 말했다.

새뮤얼의 단호한 어조에 고모는 성난 눈길로 쏘아보는 반면에 낙담한 토드 부인은 한숨을 쉬었다.

“새뮤얼, 나도 제리와는 상관없는 일이라고 생각해. 앨리시어는 아무에게도 말하지 않고 바람을 쐬고 싶었는지도 몰라. 아마 오전 중에는 돌아오겠지. 활짝 웃으며 걱정 끼쳐서 미안하다고 사과하면서…….”

토드 부인은 손목시계를 봤다.

“집에 가야겠구나. 남편이 혼자서 기다리다가 많이 걱정하겠어. 할아버지, 할머니께는 괜히 이른 아침부터 잠을 깰까 봐 인사 못 드리고 그냥 갔다고 전해주렴. 무슨 소식이 있으면 너에게 곧바로 연락해줄게.”

희망을 가지라거나 용기를 내라는 말 한마디 건넬 수 없는 새뮤얼은 무거운 마음으로 토드 부인을 떠나보냈다. 자신 때문에 일어난 일이 아닌가.

새뮤얼은 다시 문신한 남자의 이메일을 모니터에 띄웠다.

이제 우리 둘이 무엇에 애착을 갖고 있는지 알았으니 본론으로 들어가

자. 네가 앨리시어를 이대로 내버려둘 수 있을까? 나는 앨리시어가 신경발작이 일어날 정도로 공포에 떨고 있는 걸 보고 떠나왔는데 괜찮을지 모르겠다. 그곳이 안심할 만한 상황이 아니라는 걸 알아야 해. 침략을 받은 전쟁 상황이라 곳곳에 군사들이 있고, 부상자와 사망자들이 늘어나고 있지. 어린 소녀가 있을 만한 시대도 장소도 아니라는 건 확실해.

따라서 앨리시어를 빨리 구해내는 것이 최선일 거다. 오늘 밤, 내 지시를 따르고 약속을 지키겠다고 하면 해결되는 거야. 동업을 받아들이겠다면 이 메시지 하단에 있는 인터넷 사이트로 메시지를 보내면 된다. 그러면 새로운 지시 사항을 받게 될 것이다. 하지만 너무 늦으면 안 돼. 카운트다운은 시작됐으니까.

너의 새로운 동업자.

컴퓨터 앞에 앉은 새뮤얼은 멍한 얼굴로 같은 말을 되뇌고 있을 뿐이었다. '그자가 앨리시어를 과거의 시간으로 보낸 거야! 과거의 시간으로 보냈어!'

이윽고 새뮤얼은 자동인형처럼 메시지 하단에 푸른색 문자와 숫자로 이뤄진 사이트를 클릭했다.

III

미션 임파서블

새뮤얼은 세 시간 동안 방 안에서 안절부절못하고 있었다. 2분마다 아르케오스에서 보낸 이메일이 있는지 확인했고, 어떤 반응이 있기를 바라면서 관련 인터넷 사이트를 열심히 클릭했다. 그러나 어떤 메시지도 없었다. 문신한 남자가 왜 꾸물대고 있는 걸까? 혹시 앨리시어에게 무슨 문제가 생긴 걸까?

새뮤얼은 초조함을 잠시 잊기 위해 과거의 시간으로 가서 앨리시어를 구해오는 데 필요한 것을 준비하기 시작했다. 새뮤얼은 손수건에 싸서 속옷 속에 감춰둔 황금팔찌를 꺼냈다. 팔찌를 볼 때마다 경이로움과 함께 매혹되는 느낌이 들었다. 테두리에 눈금과 태양문양을 정교하게 새기고, 작은 잠금쇠가 달린 팔찌. 환한 낮에는 아주 평범해 보이는 팔찌였다. 그러나 어둠 속에서 보면 금속이 신비한 광채를 발하는데 마치 태양 자체가 번쩍이는 듯했다. 세트니 대신관은 '팔찌를 손에 넣으려는 생각에 미친 사람도 있다'고 말했었다.

황금팔찌를 작동하려면 구멍 뚫린 동전 일곱 개를 조합해야 했다. 그런데 시간 여행을 하면서 새뮤얼에게 남아 있는 동전은 세 개밖에 없었다. 드라큘라의 시대에 갈 수 있게 해준 검은 뱀문양의 동전, 아랍 글자를 새긴 동전, 가운데 구멍이 뚫린 파란색 플라스틱 칩처럼 생긴 동전.

앨리시어가 있는 곳으로 찾아가는 데 황금팔찌와 동전 세 개로 충분할까? 그건 알 수 없었다.

이어서 새뮤얼은 옷장 안 깊숙이 넣어둔 시간의 책을 꺼냈다. 몇 장이 찢겨나간 뒤로—문신한 남자의 짓이 틀림없었다—몸의 일부를 잃고 아픈 것처럼 붉은색 가죽 표지가 낡아 보였다.

반면에 붉은 책의 페이지는 6일 전부터 전혀 움직이지 않고 있었다. 「블라드 체페슈 치하의 죄와 벌」이라는 제목의 장이 반복되어 있었다. 이것은 새뮤얼이 드라큘라의 성에서 돌아온 뒤로 아무도 태양의 돌을 사용하지 않았다는 뜻이다. 그렇다면 문신한 남자는 다른 방법을 이용해서 앨리시어를 과거의 시간 속으로 데려갔다는 것인가?

11시경, 새뮤얼이 백 번째로 메일함이 빈 걸 확인하고 있을 때 할머니가 부르는 소리가 들렸다.

"새미! 소포 왔다."

"네, 금방 내려갈게요, 할머니!"

소포? 누가 보낸 거지?

새뮤얼은 층계를 뛰어 내려가다가 할머니와 부딪칠 뻔했다. 혼수 상태에서 깨어나지 못하는 아들 앨런에 대한 상심이 얼마나 컸는지 며칠 사이에 할머니의 얼굴이 반쪽이 되고 어깨도 축 늘어진 것 같았다. 할머니는 택배회사의 두툼한 비닐봉투를 들고 있었다.

"할아버지가 잔디를 깎다가 받았대." 할머니는 소포를 내밀면서 말했다. "왜 그러니? 네 안색이 안 좋구나."

"아니에요, 앨리시어 때문에 걱정이 돼서 그래요."

"앨리시어는 어린애가 아니니까 별일 없을 거다. 해 지기 전에는 집에 돌아올 거야."

"나도 그렇게 생각해요. 그런데 할머니, 이 소포, 뭐 같아요?"

할머니가 의아해하는 표정을 지었다.

"참 이상한 질문을 하는구나. 왜? 소포에 무슨 문제라도 있니?"

새뮤얼은 소포를 받아 들고 할머니의 뺨에 입을 맞췄다.

"아니에요, 할머니. 그냥 호기심에 해본 말이에요."

"이따가 아버지 보러 가는 거 잊지 않았지?" 층계를 올라가는 새뮤얼을 보면서 할머니가 외쳤다.

"물론이죠!"

방으로 들어간 새뮤얼은 문을 잠그고 소포를 유심히 살폈다. 주소도 맞고, 소인도 찍힌 정상적인 우편물이었다. 그러나 발송인 칸에는 이상한 이름이 대문자로 쓰여 있었다. ZIB SERAKO. 문자를 다시 나열해보면 대번에 알 수 있는 이름이었다. ARKEOS BIZ. 정말 교활하군……. 발송한 장소나 날짜 등 참고할 만한 정보라고는 없었다. 이런 소포를 할아버지가 그냥 받았으니.

새뮤얼은 침대에 앉아서 봉투를 열었다. 종이 두 장과 검은색 주머니 하나가 시트 위로 떨어졌다. 새뮤얼은 주머니의 끈을 풀어 손에 쏟았다. 동전 세 개. 첫 번째 동전은 동그란 모양의 금화였는데 한 번도 사용하지 않은 것처럼 반짝반짝했다. 가운데 구멍이 뚫리고 앞면에 '칸도르 일라에수스'란 문자가 새겨 있었다. 라틴어인가? 동전 뒷면에 빛살이 있는 태양문양이 또렷했다.

두 번째 구리 동전은 아주 오래됐는지 색이 푸르스름하고, 반쯤 지워진 문자는 한자 같았다. 가운데 구멍이 사각형이라는 것이 특이했다. 이런 모양인데도 태양의 돌에 사용할 수 있나?

세 번째 동전은 잿빛 물질이 덮여 있어서 구멍을 제외하고는 특별한 점이 없었다.

새뮤얼은 접혀 있는 종이 두 장을 폈다. 하나는 강물 위로 요새화된 도시, 집과 기념비들을 묘사한 판화를 복사한 것이고, 또 하나의 종이는 컴퓨터로 친 내용을 인쇄한 편지였다.

새뮤얼,

오래 끌지 않아서 다행이구나. 내 쪽은 준비가 끝났기 때문에 너에게 소포가 잘 배달되는지 확인만 하면 된다. 아무리 생각해도 우리는 환상적인 콤비란 말이야!

우리끼리 얘기지만 네가 그토록 재빠르게 결정한 것은 그만큼 앨리시어를 사랑하기 때문이야, 안 그래? 충고 한마디 하자면 네 감정을 조심해라. 스스로 나아갈 힘이 없는 이들에게 사랑은 목발에 지나지 않아. 무관심만이 자유로워지는 것이다. 새뮤얼, 이기주의만 무관심의 경지에 이를 수 있는 거야.

너는 여전히 어떤 대가를 치르더라도 앨리시어를 구해야 한다는 환상에 빠져 있겠지? 좋아, 그럼 지금부터 지시를 내리겠다.

검은색 주머니에 너의 미션에 필요한 동전 세 개가 들어 있다. 황금팔찌와 함께 구리 동전을 사용해서 먼저 중국으로 간 다음 금화를 사용해서 로마로 가거라. 그리고 현재로 돌아오려면 잿빛 동전을 사용해야 한다.

동봉하는 로마 지도에 번호가 표시되어 있다. 1번, 태양의 돌이 있는 장소. 2번, 네가 찾아와야 할 개론서—고서적을 수집하는 네 아버지는 전혀 관심이 없었지!—가 있는 도서관. 파란색 표지에 13이라는 숫자가 써 있으니까 쉽게 알아볼 수 있을 것이다. 그것은 로마 시대의 도서관 어딘가에 태양문양이 조각된 가구 안에 보관되어 있다. 그 책을 찾아내는 것이 네 임무야.

개론서를 찾은 다음에는 지도에 표시한 3번으로 가야 한다. 거기 가서 디아빌로 대장—이름을 잘 기억해둘 것—을 만나 금화를 보여주면서 아르케오스에서 보낸 사람이라고 말해. 아울러 황금팔찌와 개론서를 건네주면 디아빌로가 앨리시어를 풀어줄 것이다. 내가 '풀어줄 것' 이라고 말하는 것은 그곳에서 어떤 상황이 벌어질지 모르기 때문이다. 빨리 서두르지 않으면 앨리시어의 목숨을 보장할 수 없다.

단 중국을 거치지 않고 로마로 가려고 할 경우, 앨리시어를 구출할 희망이 없어진다는 걸 명심해. 중국을 거쳐야만 틀림없이 개론서를 찾아낼 방법을 알 수 있으니까. 개론서가 없으면 앨리시어를 구할 수 없다.

그리고 가벼운 산책 정도의 시간 여행이라고 할 수 없으니 조심할 것. 중국의 그곳에서 살아 돌아온 사람이 있다는 얘기는 들어보지 못했거든. 바로 그래서 나 대신 너를 보내는 거야. 우리 세 사람 모두를 위해 너는 아주 신중하게 처신해야 할 것이다.

그것으로 우리는 서로에게 빚진 것이 없게 되지.

문신한 남자의 진짜 의도를 파악하려고 애를 쓰면서 새뮤얼은 편지를 읽고 또 읽어 완전히 외웠다. 앨리시어를 구하는 데 필요한 것은 두 가지였다. 황금팔찌와 개론서. 새뮤얼은 사전에서 개론서의 정의를 확인했다. '주어진 주제에 관해 개괄적으로 연구한 저작

물'. 문신한 남자가 노리는 것은 책의 내용일까, 아니면 그 책을 팔아서 얻는 이득일까?

문신한 남자가 첨부한 지도로 보아 개론서는 중세 시대 로마제국의 어딘가에 숨겨져 있었다. 그렇다면 문신한 남자가 앨리시어를 데려다놓은 시대 역시 중세일 가능성이 컸다. 정리해보면 로마 시대로 가서 개론서를 훔치지 않으면 앨리시어를 구할 수 없다는 뜻이었다. 그리고 문신한 남자가 진실을 말한 것일 경우, 중요한 정보를 얻기 위해서는 목숨을 걸고 중국으로 가는 것 말고 다른 선택의 여지가 없었다.

그렇지만 편지의 내용을 믿어도 될까? 새뮤얼이 디아빌로 대장에게 그 개론서를 가져가는 데 성공한다고 해도 앨리시어를 풀어줄 거란 확신을 가질 수 있을까? 대장이 완전히 다른 지시를 받았을지도 모르지 않는가? 디아빌로 대장이 두 아이를 없애버리라는 지시를 받았다면? 전쟁이 일어난 분위기에서 두 명이 더 죽었다고 의심받을 일도 없을 텐데……. 잿빛 동전 덕분에 설령 새뮤얼과 앨리시어가 무사히 현재로 돌아온다고 해도 아르케오스의 남자가 둘을 가만히 내버려둘 거라고 어떻게 확신한단 말인가!

문신한 남자를 무조건 믿어서는 안 되는데…….

새뮤얼은 지도를 유심히 살폈다. 정상적인 지도라기보다는 위에서 내려다본 로마의 풍경을 묘사한 판화였다. 집들이 기념비들 주위에 들러붙어 있는 걸 보면 화가가 원근법을 전혀 고려하지 않은 것 같았다. 건물들을 굽어보는 거대한 원기둥들, 주변의 것들이 작게 보일 정도로 위용이 넘치는 원형이나 삼각형 지붕의 신전들, 넓은 광장을 차지하는 분수대와 조각상들……. 마치 화가가 상징적인 건축물을 통해서만 로마를 표현하고 있는 것 같았다. 새뮤얼에게 필요한 정확하고 믿을 만한 지도로 볼 수 없었다.

지도에 표시한 세 개의 번호는 다행히 거리가 많이 떨어지지 않은 지역에 몰려 있었다. 1번 태양의 돌은 성벽 밑에, 2번 개론서가 감춰져 있는 도서관은 교회 부근에, 3번 디아빌로 대장이 있는 곳은 타원형 기념비 근처에 있었다. 지도에 표시된 것으로 봐서는 쉽게 찾을 수 있을 것 같지만…….

아직은 중요한 걸림돌이 있었다. 동전. 황금팔찌를 사용하려면 동전이 일곱 개 필요한데 문신한 남자가 보낸 세 개를 합해도 새뮤얼에게는 동전이 여섯 개밖에 없었다. 그리고 황금팔찌가 없다면 앨리시어를 구출하는 것이 거의 불가능했다.

"새미?"

할머니의 목소리가 들렸다.

"병원에 갈 시간이다, 새미. 준비됐니?"

새뮤얼은 봉투를 침대 시트 밑에 집어넣고 내려갔다. 식구들이 모두 나갈 채비를 하고 있었다. 현관 앞에 서 있는 할아버지, 벌써부터 손수건을 쥐고 있는 할머니, 이블린 고모와 루돌프는 장례식에라도 가는 것처럼 검은색 옷을 차려입고 있었다.

"죄송한데요, 나는 집에 있는 게 좋겠어요. 앨리시어의 어머니가 연락할지도 모르는데……."

"그게 무슨 말도 안 되는 소리야? 네가 여기서 기다려야 그 아이가 돌아오니?" 이블린 고모가 나무랐다. "그리고 너는 아버지 곁을 지켜야지."

"앨리시어가 너에게 연락하더라도 핸드폰으로 하지 설마 집으로 찾아오겠니?" 루돌프는 한술 더 떴다. "아주 수상쩍은 상황에서 네가 핸드폰을 잃어버렸지만, 할머니가 다른 걸 빌려준 걸로 아는데? 그걸 갖고 가면 되잖아!"

이런 기회를 절대 놓칠 리 없는 루돌프가 새뮤얼이 세인트메리 박물관에 갔다가 핸드폰을 잃어버렸던 것과 그날 밤에 일어났던 도둑 사건을 동시에 상기시켰다. 경찰은 현장에서 수거한 핸드폰 때문에 새뮤얼에게 혐의를 두고 있었다. 그러나 증거와 범행 동기가 불충분한 데다—열네 살 소년이 뭐 때문에 가치가 없는 오래된 동전들을 훔치겠는가—의식불명에 빠진 앨런의 상태를 고려해서 수사가 유보된 상태였다. 루돌프의 말대로 할머니가 새뮤얼에게 핸드폰을 빌려준 것도 사실이었다.

"병실에서는 핸드폰 사용이 금지되어 있잖아요!" 새뮤얼은 고집을 부렸다. "난 집에 있겠어요."

분위기가 험악해지자 할아버지가 나섰다.

"새미는 사흘이나 병원에서 아버지 곁을 지키느라고 많이 지쳤을 거다. 따라서 새미도 휴식이 필요할 테니 오늘은 집에서 쉬어!"

"유감이네요." 이블린 고모는 못마땅한 얼굴로 구시렁거렸다. "가엾은 오빠 곁에 우리 식구 모두 모일 수 있는 기회였는데……."

고모의 생각과는 달리 새뮤얼에게는 행동의 자유가 중요했다.

"오늘은 못 가지만 곧 만나러 갈 거라고 아빠에게 전해주세요. 그리고 나를 믿으라고……."

할머니는 손가락으로 입맞춤을 보냈고, 할아버지가 윙크를 보내자 끔찍한 커플은 한마디도 없이 돌아섰다. 새뮤얼은 루돌프의 차가 모퉁이로 사라질 때까지 지켜보고 있다가 방으로 뛰어 올라갔다. 한시도 늦출 수 없었다.

포크너 고서점은 3주 전부터 문을 열지 않고 있었고, 바렌보임 거리의 주민들은 서점이 완전히 문을 닫은 것이기를 은근히 바라는 눈치였다. 조용한 주택가에 오래된 건물이 떡 하니 자리를 잡고 있으니 미관상 좋지 않을 뿐만 아니라, 여러 차례 집주인이 바뀌면서 흉흉한 소문이 돌아 그 건물을 곱지 않은 시선으로 보았다. 때문에 동네 사람들은 대부분 반기는 분위기였다.

평소에 새뮤얼은 조심하려고 정원의 창문을 통해 서점을 들락거렸지만, 문신한 남자가 자신의 일거일동을 알고 있는 듯해 이제는 굳이 눈에 띄지 않으려고 노력할 필요가 없었다. 새뮤얼은 현관문을 열고 들어가 소파를 비치해놓은 열람실과 책들이 꽂힌 서가들을 지나서 아버지의 방으로 올라갔다. 이어서 아버지의 물건들—옷걸이에 걸린 실내복과 탁자에 놓인 만년필—을 보지 않으려고 애를 쓰면서 옷장에서 시간 여행을 위한 옷을 꺼냈다.

새뮤얼은 다시 지하실로 내려가 아버지가 태양의 돌을 안전하게 감춰놓은 지하실 칸막이 뒤 비밀의 방으로 들어갔다. 새뮤얼이 비밀의 방을 발견했던 것은 아버지를 찾으려고 서점을 샅샅이 뒤지다가 문득 지하실이 작아 보이는 느낌 때문이었다. 벽에 걸린 유니콘 무늬의 태피스트리를 살피다가 그 뒤에 또 하나의 방이 있다는 걸 알아차렸다. 그리고 발견한 오래된 전등과 간이침대, 노란색 걸상…… 모든 것이 시작된 방이었다.

태피스트리 밑으로 기어들어 간 새뮤얼은 간이침대 위에 갖고 온 것들을 내려놨다. 그러고는 불을 켰고, 문을 잠근 다음 유도복 가방에서 문신한 남자가 보낸 봉투와 손수건에 싼 황금팔찌를 꺼냈다. 새뮤얼은 시간 여행가의 셔츠와 바지를 입었다. 그러나 옷을 갈아입는 동안 뜨거운 열기가 가슴을 휩싸며 천천히 뛰는 또 다른 심장박동을 느꼈다. 어, 이건 분명히 나의 심장박동이 아닌데……. 고통스럽거나 불쾌하지는 않고 살아 있는 무언가가 몸에 달라붙어 있는 느낌이었다.

새뮤얼은 불빛이 잘 안 드는 어두컴컴한 구석 쪽으로 다가갔다. 거기에 태양의 돌이 있었다. 겉보기에는 평범하지만 상상도 못할 놀라운 힘을 지닌 태양의 돌!

새뮤얼은 봉투와 손수건에 싼 황금팔찌를 들고 회색 돌을 향해 다가갔다. 돌의 둥근 윗면에 손을 대는 순간 심장에서 울리는 것과 같은 박동이 어렴풋이 느껴졌다. 쿵, 쿵……. 마치 몸이 돌과 결합한 것처럼 돌에서 진동하는 박동이 느껴졌다.

새뮤얼은 봉투를 바닥에 내려놓고 손수건에 싼 황금팔찌를 꺼냈다. 어두컴컴한 속에서 황금팔찌가 빛을 발하면서 성화 속에 등장하는 성인들의 머리를 에워싸는 후광 같은 것이 나타났다.

새뮤얼은 문신한 남자의 봉투에서 로마 지도를 그린 판화를 꺼내서 수송의 구멍에 집어넣었다. 이어서 잠금쇠를 풀고 열쇠고리처럼 팔찌에 동전 여섯 개를 끼웠다. 한 개가 부족하지만, 시간의 길 어딘가에 도착하면 거기서 부족한 동전 한 개를 찾을 생각이었다.

새뮤얼은 황금팔찌에 동전을 다 끼우고 잠금쇠를 채웠다. 이어서 회색 돌에 다가서서 태양문양 주위에 홈을 낸 여섯 개의 빛살에 동전들을 끼워보려고 했다. 까다로운 작업일까 봐 걱정했지만, 황금팔찌를 빛살에 대는 순간 마치 자석에 빨려들 듯 동전들이 차례로 제자리를 찾아갔다. 오, 태양신 라와 타후티 신이시여! 고마워요.

"자, 이제 떠날까?" 새뮤얼은 큰 소리로 외쳤다.

이윽고 돌의 매끄럽고 둥근 면에 손바닥을 댔다. 태양의 돌에서 열기가 느껴지면서 이동 준비를 하는 것 같았다. 새뮤얼이 좀 더 손가락에 힘을 주자 진동이 일면서 지하실 바닥이 흔들리기 시작했다. 마치 돌 속에서 분출하는 용암에 휩싸이는 것처럼 온몸이 뜨거웠다. 새뮤얼이 고통의 비명을 지르려는 순간 이미 멀리 와 있었다.

IV
발굴 현장

새뮤얼은 뜨거운 원심기 같은 것을 삼켰다가 뱉어내는 것처럼 바닥에 내동댕이쳐지는 느낌이 들었다. 살갗, 뼈, 온몸이 화상을 입은 것처럼 화끈거렸고, 속이 뒤집혀서 토할 것 같았다. 새뮤얼은 숨이 차 잠시 휴식을 취하면서 생각을 정리했다. 어둠 속에서 생명의 구슬처럼 반짝이는 황금팔찌의 빛을 제외하고는 주위가 온통 깜깜했다. 먼지 구덩이 속에 뒹구는 황금팔찌에 동전 여섯 개가 온전히 매달려 있는 것을 보면 태양의 돌에서 떨어져 나온 모양이었다. '황금팔찌는 동전을 잃지 않고 시간 속으로 이동할 수 있다'는 세트니 대신관의 말이 사실이었다. 동전이 일곱 개가 아니라 여섯 개인데도 작동한 이유를 알아내야 했다.

새뮤얼은 엉금엉금 기어가 황금팔찌를 집었다. 그러고는 일어나려다가 자신의 심장보다 더 느리게 뛰는 또 다른 심장박동을 느꼈다. 새뮤얼은 어둠을 밝히기 위해 황금팔찌를 쳐들고 주위를 둘러봤다.

"맙소사!" 새뮤얼이 중얼거렸다.

한가운데에 황금빛 석관이 자리 잡고 있고, 바윗덩어리로 이뤄진 받침돌에 태양과 아래쪽으로 길게 늘인 여섯 개의 빛살이 새겨져 있었다. 새뮤얼은 첫 번째 방문 때 이미 경험한 적이 있기 때문에 그것이 태양의 돌을 대신한다는 것을 알았다. 지금 이집트 세트니 대신관의 무덤에 와 있는 것이다.

수송의 구멍에서 로마 지도를 꺼낸 새뮤얼은 약간 물러서서 황금팔찌를 쳐들었다. 아몬을 섬기는 대신관의 널방*이 틀림없었다. 금빛 잎을 새긴 내벽에 세트니 대신관이 숭배하는 신, 마법사들의 주인이자 시간과 계절을 주관하는 따오기 머리의 타후티 신이 새겨 있었다. 부장품도 똑같았다. 고인을 저승으로 이송하게 도와줄 나무로 만든 노란색 배, 고인이 마지막 여행을 떠날 때 동행할 의자들, 방어를 위한 창 한 자루, 혼자라는 느낌이 들지 않도록 배려한 동물 조각상들, 저승에서 먹을 식량이 담긴 항아리들…….

맨 처음 이 장소에 왔을 때 새뮤얼은 천장에 나 있는 유일한 출구를 통해 밖으로 나갔었다. 그때는 천장에 밧줄사다리가 늘어져 있

* 무덤 속의 방.

었다. 세트니 대신관의 장례를 치른 뒤에 그 출구를 막아버린 걸까? 널방의 안쪽 벽에 뚫린 커다란 구멍으로 연장들이 보였다. 도굴범들이 뚫어놓은 건가?

새뮤얼은 다가갔다. 어둠 속으로 이어지는 좁은 터널 입구에 흙더미가 쌓여 있고, 곡괭이와 삽이 세워져 있었다. 그리고 바닥에 놓인 파란색 비닐봉지가 보였다. 새뮤얼이 봉지를 풀자 악취가 풍겼다. 썩은 고기 냄새 같은데……. 이런 데에 고기가 있는 이유를 알 수 없지만 한 가지는 확실했다. 고대에는 비닐봉지가 존재할 수 없는데!

새뮤얼은 팔찌를 풀어서 동전들을 손바닥에 쏟았다. 그중에서 회색 동전—팔찌가 바닥에 떨어지면서 동전에 덮여 있던 물질이 떨어져나간 모양이었다—을 들고 아랍 문자가 있는 면을 유심히 살폈다. 새뮤얼이 맨 처음 손에 넣었던 동전, 아버지의 서점 지하실에서 비밀의 방을 발견한 직후에 주운 동전이었다. 20여 년 전 이집트 테베에서 대신관의 무덤을 발굴할 당시 앨런이 가져온 동전이 틀림없었다. 태양의 돌이 바로 그 시대로 새뮤얼을 보낸 것이다!

당시 테베에서 진행 중인 고대 유적 발굴에 관한 신문기사에 따르면 고고학자들이 들어갔을 때 세트니의 널방은 손상되지 않았다. 따라서 벽에 난 구멍은 도굴꾼들이 아니라 앨런이 속한 발굴 팀이 터널을 뚫어놓은 것이었다. 그렇다면 20대의 앨런, 결혼하기 전

청년 시절의 아버지가 저 밖 어딘가에 있다는 건데…….

새뮤얼은 생각에 잠겼다. 이 추론이 맞는다면 태양의 돌이 새뮤얼을 우연히 이곳으로 보낸 게 아니라는 뜻이었다. 태양의 돌이 황금팔찌에 달린 여섯 개의 동전 중 하나와 관련된 목적지를 선택한 것이기 때문이다. 여섯 개의 동전은 여섯 개의 도착지가 가능하다는 뜻이었다. 고대 버전의 룰렛이나 로토라고 할까! 그렇다면 당장 떠나도 중국에 도착해서 앨리시어를 구출하는 데 필요한 정보를 수집할 수 있는 확률은 6분의 1이었다. 하지만 다른 데로 보내질 확률 또한 6분의 5였다.

어쨌든 앨런은 멀리 있지 않은 것이 틀림없었다. 청년 앨런에게 말을 걸 수만 있다면 태양의 돌에 다가가지 말라고 설득할 수 있을 것이고, 그러면 아버지가 혼수상태에 빠져서 병원에 입원하는 일도, 앨리시어가 납치되는 등의 연쇄적인 사건도 막을 수 있을 텐데……. 몇 분이면 많은 일을 바로잡을 수 있지 않은가!

새뮤얼은 동전들을 주머니에 넣고 터널로 들어갔다. 터널이 무덤의 부장품을 빼낼 수 있을 정도로 크지 않다는 건 아직은 작업 중이라는 뜻이었다. 새뮤얼은 암벽에 바짝 붙어서 10여 미터를 가다가 어둠 속에 늘어진 밧줄사다리를 발견했다. 밧줄을 움켜잡고 우물처럼 파놓은 통로의 꼭대기까지 올라가자 넓은 복도에 이르렀다. 낯익은 곳이었다. 오른쪽에 있는 방은 지난번 시간 여행 때—람세스 3세 시대에 세트니의 아들을 죽이려고 음모를 꾸미는 서기관에게 들킬 뻔했을 때—숨어 있던 방이었다. 방은 변함없이 동물 형상의 인물들로 장식되어 있었지만, 터널을 만들면서 파낸 흙을 퍼 담은 커다란 부대들이 널려 있었다.

복도를 따라가던 새뮤얼은 끝없이 이어지는 층계를 올라가면서 천장에 그려놓은, 별이 총총한 거대한 하늘과 일상생활을 표현한 벽화에 감탄했다. 밀을 수확하는 농부들, 화장하는 여인들, 새들에게 장난치는 아이들……. 3000년이 훨씬 넘는 벽화지만, 무덤을 장식하는 장인들이 방금 완성했다고 말해도 믿을 수 있을 정도였다. 반면에 고고학자들이나 발굴 팀의 흔적이라곤 없었다.

마지막 계단에 오르자 새뮤얼은 숨을 죽였다. 거기가 출구였고, 나무문이 제대로 잠겨 있지 않았다. 새뮤얼은 걸쇠를 풀고 밖을 내다봤다. 밤이었다. 그래서 무덤 안이 비어 있던 것이다. 새뮤얼은 슬그머니 밖으로 기어나가 귀를 기울였다. 거의 오렌지색의 둥근 달이 하늘에 덩그러니 떠 있고, 공기는 포근했다. 왼쪽에는 50여 미터의 오솔길이 캠프를 친 평지까지 내리막으로 이어져 있었다. 말뚝을 박고 철조망을 친 캠프 지역을 보며 새뮤얼은 당시 여러 신문에서 다뤘던 동전 도난 사건이 떠올랐다.

철조망 너머도 비탈져 있고, 굴곡진 산비탈이 나일 강의 방대한 평원까지 급사면을 이루고 있었다. 새뮤얼은 캠프 지역으로 들어가기 위해 주위를 살폈다. 모두 잠들어 있는 것 같은데 불빛이 새나오는 텐트가 보였다. 포크너 일가에서 앨런은 늘 불면증에 시달리는 것으로 유명했다. 유적 발굴 팀에서 한밤중에 깨어 있는 사람이 있다면 앨런이 틀림없지 않은가!

새뮤얼은 맨발이 다칠까 조심하면서 암벽을 따라갔다. 오솔길로 들어서는 순간 캠프 쪽에서 움직이는 불빛이 보였다. 새뮤얼은 황금팔찌를 셔츠 안에 감추고 그 자리에 멈춰 섰다. 랜턴인가? 흰옷을 입은 남자가 시커먼 자루 같은 걸 들고 있는데…… 아니 자루가 아니라 개였다. 개를 데리고 캠프 지역을 지키는 경비원이었다!

돌아가야 하나? 새뮤얼은 경비원의 임무는 발굴 현장에 외부 사람이 들어오는 걸 막으려는 것이지 이미 들어와 있는 사람을 쫓아내는 것이 아니라고 생각하면서 일단 안도의 숨을 내쉬었다.

새뮤얼은 경비원이 등을 돌릴 때까지 기다렸다가 허리를 숙이고 나아갔다. 발바닥의 피부가 얼마나 약하고, 돌멩이들이 얼마나 딱딱한지 새삼 느끼면서 새뮤얼은 입술을 깨물었다. 가파른 길을 피하면서 오솔길에 설치한 말뚝 중 하나를 붙잡고 있다가 고개를 쳐든 새뮤얼은 오른쪽에서 불쑥 나타난 경비원과 개 때문에 질겁했다. 재빠르게 땅바닥에 납작 엎드려 숨을 죽였다. 끝없이 길게 느껴지는 시간 동안 무덤 쪽을 수색하는 것처럼 불빛이 움직이다가 아무 일도 없다고 판단했는지 경비원이 다시 순찰을 돌기 시작했다.

새뮤얼은 조심스럽게 일어나서 오솔길을 내려가기 시작했다. 그리고 첫 번째 텐트 앞에 무사히 이르렀는데 텐트에 망치 같기도 하고 해머 같기도 한 그림 기호가 있었다. 새뮤얼은 중앙 통로 쪽으로 눈길을 던지다가 멀리서 걸어오는 경비원을 발견했다. 황금팔찌로 텐트를 비춰보고 재빨리 안으로 기어들었다. 여러 개의 상자, 연장, 비축 식량……. 창고로 사용하는 텐트였다. 새뮤얼은 통조림 박스들에 기대 웅크려 있었는데 심장에서 뛰는 또 하나의 박동이 약해져 있는 걸 느꼈다. 태양의 돌과 거리가 너무 많이 떨어져 있었다.

30분쯤 후, 경비원의 발소리와 개의 발톱이 내는 소리가 들렸다. 개가 텐트 앞에서 으르렁거리기 시작했다. 새뮤얼은 두 손을 맞잡고 무언의 기도를 했다.

"왜 그래, 술탄?" 나이 든 남자의 목소리였다. "먹었잖아? 오늘은 끝, 내일 먹어야지! 얌전히 있어, 담배 좀 피게……."

개는 계속 으르렁거렸지만, 곧이어 목줄에 끌려가는지 땅바닥 긁히는 소리가 났다. 경비원이 멀리 사라졌다. 새뮤얼은 50까지 세고 나서 움직였다. 뭔가에 부딪치지 않으려고 황금팔찌로 비춰보다가 텐트 출입구에 포개놓은 상자 위에서 대추야자와 빵 한 덩이, 케이크를 담은 접시와 잿빛 망토를 발견했다. 상자 밑에는 뼈다귀가 잔뜩 쌓여 있었다.

새뮤얼은 망토를 집어서 펼쳤다. 약간 까칠까칠한 천으로 만든 옷이지만 두건이 달려 있는 데다 어두운 색이라 어둠 속에서도 금방 눈에 띄는 흰옷을 가리기에 안성맞춤이었다. 새뮤얼은 망토를 걸치고 텐트에서 나왔다. 경비원과 개는 이제 보이지 않았다. 그래서 무사히 불을 밝힌 텐트까지 갈 수 있었다. 텐트에 가까워질수록 불빛 외에 음악소리가 들렸다. 찍찍, 잡음이 나고 있었다. 아버지는 특히 로큰롤을 좋아했는데 좋은 신호가 아닌가!

새뮤얼은 텐트 자락을 살짝 벌리고 안을 들여다봤다. 판지에 그린 도면이 보였다. 세트니 무덤의 도면일까? 새뮤얼은 텐트를 들췄다. 방이자 사무실로 사용하는 텐트였다. 화려한 아라베스크 문양의 양탄자 바닥에 뒹구는 종이 뭉치들, 접이식 의자에 올려놓은 반바지와 반소매 티셔츠들, 간이침대 위에 던져놓은 여러 개의 조각상들……. 탁자 위에는—새뮤얼은 일부분만 볼 수 있었다—책과 잡지들, 라디오, 카세트테이프, 빈 술병들이 어지럽게 널려 있었다. 새뮤얼은 몸을 숙였다. 녹초가 된 건지 책상에 앉은 한 남자가 팔을 베고 엎드린 자세로 잠들어 있었다.

새뮤얼은 쭈그리고 살금살금 들어갔다. 마침 카세트에서 기타 연주가 흘러나와 다행이었다. 노래는 아버지가 아주 좋아하는 정통 록이었는데 가사가 이국적인 버전이라 알아들을 수 없었다.

새뮤얼은 찌그러진 컵 두 개와 빈 과자 봉지를 피해 탁자를 돌다가 책상 밑에 놓인 가방을 발견하고 멈춰 섰다. 열린 가방 안에서 낡은 책들이 보이고, 앨범 속의 폴라로이드 사진들이 눈길을 끌었다. 초록색 덧문들이 보이고, 철책으로 울타리를 친 집을 찍은 사진들인데 모두 같은 집이었다. 정원을 돌아다니는 개 여섯 마리를 찍은 사진들이 있는데 그중에는 거품을 흘리면서 철책을 물어뜯는 개의 모습도 보였다. 덧문의 색깔과 성난 불도그들의 개집들을 빼면 20여 년 전 세인트메리, 바렌보임의 집을 찍은 사진이 틀림없었다. 호기심이 동한 새뮤얼은 앨범을 몇 장 넘겨봤는데 바렌보임 거리가 분명했다. 옛날 우편엽서들, 흑백사진들……. 그렇다면 청년 앨런이 캐나다에 정착하기도 전에 이미 훗날 서점이 될 집을 찍은 앨범을 갖고 있었다는 것이 아닌가!

노래가 끝나고 조용해졌을 때 새뮤얼은 책상을 향해 불안한 눈길을 던졌다. 엎드려 있는 남자가 아버지가 맞다 해도 물건을 뒤지고 있는 도둑 때문에 잠을 깨면 좋아할 리 없었다. 새뮤얼은 다음 곡이 시작되기를 기다렸다가 앨범을 제자리에 내려놨다. 그러고는 살금살금 앞으로 걸어갔다. 베이지색 바지에 파란색 셔츠 차림의 남자는 목에 흰색 스카프를 두르고 있었다. 아직은 얼굴을 잘 볼 수 없었다.

여전히 웅크린 자세로 다가가던 새뮤얼의 눈에 남자가 허리춤에 차고 있는 금속 물체가 들어왔다. 권총……. 발굴 현장이 아니라 중죄인 수감소라도 되는 건가?

새뮤얼은 천천히 허리를 펴다가 눈살을 찌푸렸다. 책상에 엎드린 남자는 아버지가 아니었던 것이다. 적어도 50대는 되어 보이고, 사흘쯤 면도를 하지 않았는지 수염이 덥수룩하고 안색이 칙칙했다. 게다가 입을 벌리고 있어서 글씨가 빽빽한 서류에 침을 흘리고 있었다. 그 순간 새뮤얼의 눈길을 잡는 것이 있었다. 단지처럼 생긴 연필꽂이에 기대어 세워놓은 책의 파란색 표지에 '13'이라고 크게 쓴 금빛 숫자가 보였다. 문신한 남자가 가져오라고 했던 그 책이 틀림없었다!

새뮤얼은 의자 너머로 팔을 뻗으면서 속으로 외쳤다. '어쩌면 예상보다 빨리 앨리시어를 현재로 데려갈 수도 있겠어.' 그러나 책을 집으려는 순간 망토 소매가 잠자는 남자의 뺨을 스쳤다. 그 바람에 남자가 요란하게 코를 킁킁거리더니 벌레를 쫓는 것처럼 머리를 흔들었다. 이어서 비몽사몽간의 얼굴을 들다 새뮤얼을 발견한 남자가 성난 얼굴로 입술을 실룩거렸다. 남자는 알아들을 수 없는 말을 내뱉으면서 권총을 뽑으려고 했다.

V

고고학자의 꿈

새뮤얼이 더 빨랐다. 손잡이를 낚아챈 새뮤얼은 남자에게 권총을 겨눴다.

"손들어! 움직이거나 소리치면 쏜다!"

새뮤얼은 입에서 나오는 대로 말하고 있지만 모국어인 영어가 아니었다. 아랍어인가? 어쨌든 태양의 돌이 지닌 마법의 힘 덕분인지 시대와 장소가 바뀔 때마다 아주 자연스럽게 말이 나오는데 반말이었다. 협박조의 말투 역시 시간 여행을 자주 하다 보니 터득한 것이었다.

위기에 처했을 때는 확실히 효과가 있었다. 남자가 두 팔을 들었다. 그러고는 놀라움과 분노가 섞인 얼굴로 새뮤얼을 뚫어져라 쳐다보는데 마치 넋이 나간 것처럼 멍한 눈빛이었다.

"밤마다 캠프에 몰래 들어오는 것이 너야?" 남자는 특별한 억양이 없는 목소리로 물었다. "널방에서 동전을 훔쳐간 것이 너지?"

새뮤얼은 아니라고 대답할 뻔했다. 하지만 아버지가 태양의 돌을 사용했다면 당연히 동전을 사용했을 것이 아닌가. 아버지의 무죄를 증명해줄 너무 좋은 기회였다.

"맞다."

"이번에도 동전을 훔치러 들어온 것이냐?"

"찾아야 할 동전이 있다." 새뮤얼은 얼버무리듯 대답했다.

"찾아야 할 동전?" 남자가 동정을 구하듯 되뇌었다. "그럼 나를 해칠 생각은 없는 거지?"

그러면서 남자는 턱으로 탁자에 놓인 성냥갑을 가리켰다.

"내게 있는 유일한 동전이 그 안에 들어 있다. 원한다면 그걸 가져. 아무에게도 말하지 않겠다고 약속할 테니까 나를 죽이지는 마, 알았니?"

남자는 땀을 흘리고 있었고, 햇빛에 바랜 머리카락이 번들거리는 이마에 들러붙어 있었다. 술 때문인지 얼굴은 퉁퉁 부었고, 안색이 누렇고 칙칙했다. 건강 상태가 좋지 않아 보여서 더는 겁줄 필요가 없었다. 그리고 동전에 대해 잘 알고 있는 듯해 새뮤얼은 말투를 바꾸기로 했다.

"몇 가지 알아야 할 것이 있어요. 먼저 당신은 누구죠?"

"내가 누구냐고?" 남자는 깜짝 놀랐다. "내 텐트를 습격했으면서 내가 누군지 모른다고?"

"권총을 쥐고 있는 사람은 나예요." 새뮤얼이 응수했다. "따라서 질문은 내가 합니다."

"그래, 알았다. 내 이름은 대니얼 체임벌린이고, 이 유적지의 발굴 팀을 지도하고 있다."

체임벌린? 고대 유적 답사를 위해 다른 학생들과 함께 앨런을 모집했던 고고학자가 틀림없었다. 새뮤얼은 세트니의 무덤에 관련하여 체임벌린이 인터뷰한 기사를 여러 번 읽었다. 그리고 기억이 맞는다면 체임벌린은 업적을 부풀리기 위해 직접 세트니의 무덤에 동전을 넣었다는 의심을 받고 명예가 실추되지 않았던가! 그렇지만 새뮤얼은 체임벌린이 두려움에 사로잡힌 알코올중독자라고는 상상도 하지 못했다. 게다가 앨범에 모아놓은 세인트메리 사진들과 13이라는 숫자가 있는 책을 가지고 뭘 하려는 것일까?

"가방에 들어 있는 앨범을 봤어요. 모두 같은 집을 찍은 사진들인데 이유가 뭡니까?"

체임벌린은 정말 뜻밖의 질문이라는 듯 눈이 동그래졌다. 최악의 상황을 예상했었는지 오히려 그 질문에 체임벌린이 안도하는 것 같았다.

"내 외증조할아버님의 집이다." 체임벌린은 희미한 미소를 지으면서 대답했다. "사진에 찍힌 거리에 그 이름을 따서 붙일 정도로 대단한 분이셨지. 그 지역에서는 스타였으니까!"

이번에는 새뮤얼의 눈이 동그래졌다. 바렌보임은 100년 전쯤 미래의 포크너 서점이 될 집의 지하실에 태양의 돌을 조각해놓은 사람이었다. 고고학자 체임벌린이 그의 후손이었다니! 그렇다면 앨런은 체임벌린을 통해 세인트메리에 대해서 들은 것이 틀림없지 않은가! 새뮤얼은 고개를 끄덕였다. 잘하면 이 상황에 대해 많은 걸 알아낼 수도 있었다.

"그럼 당신이 게리 바렌보임의 외증손자란 말입니까?"

"네가 그분을 어떻게 알지?" 체임벌린이 깜짝 놀랐다. "말도 안 돼! 아직 어린 것 같은데!"

"어리다고 나를 우습게 보면 안 되지요." 새뮤얼은 묘한 표정을 지으면서 한마디 했다. "어쨌든 그뿐만 아니라 그 밖의 다른 것들도 많이 알고 있거든요. 내가 당신을 해치지 않길 바란다면 거짓말할 생각은 하지 않는 게 좋습니다."

고고학자는 정말 어이가 없다는 얼굴이었다.

"그래, 알았다. 게리 바렌보임은 내 외증조할아버님이 맞아."

"앨범 속의 사진들은 다 뭐죠?"

"그건…… 그 집을 되찾을 생각에 찍어놓은 사진들이야. 외증조할아버님이 돌아가신 뒤에 그 집이 팔렸기 때문에. 지금은 미친 여자가 개들과 함께 살고 있는데 아무리 설득해도 그 집을 팔려고 하지 않아.”

“그 집을 다시 사려고 하는 이유가 뭐예요?”

체임벌린은 선뜻 대답하지 못했다.

“이유……. 그거야 내 어머니의 할아버지가 사셨던 집이기 때문이지.”

“그런 감상적인 이유 말고 진짜 이유가 있잖아요.” 새뮤얼이 선수를 쳤다.

“진짜 이유라……. 외증조할아버님이 그 집에 보물, 하여튼 뭔가 귀중한 것을 남겨놓았다고 확신하거든. 그것이 있으면 역사를 보다 잘 알 수 있으니 세상에서 가장 위대한 고고학자가 되는 거야!” 체임벌린은 눈빛을 반짝이면서 덧붙였다. “그 정도면 확실한 이유가 되지 않나? 그런데 그걸 손에 넣으려면 그 집을 샅샅이 뒤져야 하는 것이 문제란 말이지.”

체임벌린의 어조는 자신감이 넘쳤다.

“나는 진실을 말했다. 이제 만족하니? 이제 팔을 내려도 되겠지? 힘이 없어서…….”

새뮤얼은 고개를 끄덕였다. 고고학자에게 태양의 돌이 얼마나 유용할지 충분히 이해가 갔다. 하지만 13이라는 숫자가 쓰인 책의 정체에 대해서는 아직 말하지 않았는데…….

“그런 보물이 존재한다는 걸 어떻게 알았지요?”

"외증조할아버님께서 편지와 수첩을 남기셨거든. 내가 10대였을 때 부모님의 다락방에 잠자고 있는 것들을 발견하면서 알았지. 고대 문명과 신기한 물건들, 신화적인 장소들에 관한 글이었는데 세트니 대신관의 무덤도 포함되어 있었지. 그래서 내가 여기 온 거야. 그런데 너는 이미 그 모든 걸 알고 있는 듯싶구나?"

체임벌린은 두 팔을 쳐들고 있는 것이 몹시 힘들었다는 듯 어깨를 주물렀다.

"편지나 수첩의 내용이 어찌나 복잡한지 처음에는 이해하지 못했지. 그러나 연구하다 보니 날조된 것이 아니라는 걸 깨달았다. 외증조할아버님 게리 바렌보임이 시간 속으로 여행할 수 있는 비밀을 알아냈던 거야!"

체임벌린은 거만한 표정으로 새뮤얼의 반응을 살폈다. 그러나 새뮤얼이 아무런 내색도 하지 않자 자조적으로 내뱉었다.

"내가 헛소리나 하는 미치광이로 보이는 모양이군. 하긴 이런 말을 듣고 믿을 사람이 없겠지! 내가 지금 무슨 생각을 하는지 아니? 저녁에 술을 좀 마시고 약을 먹어서 그랬는지 책상에 앉아 있다가 잠이 들었어. 그런데 네가 내 꿈속으로 들어온 거야. 너…… 너는 내 양심의 화신이야. 양심의 가책이 느껴지는 걸 보면!"

체임벌린이 흥분하는 것 같았다. 저러다가 소리라도 지르면 사람들이 몰려올 텐데……. 새뮤얼은 빨리 도망쳐야 했다. 그러나 13이라는 숫자가 쓰여 있는 책을 손에 넣어야 했다.

"13이라고 써 있는 저 파란 책을 주세요."

고고학자가 팔을 뻗어서 책을 집어 들고는 만면에 미소를 지었다.

"아하, 이거였구나! 네가 원하는 게 이거였어? 이건 우리의 희망이자 골칫거리야!"

새뮤얼은 책을 받아 들었다. 가장자리가 닳고 지저분하지만 가까이 보니 그리 오래된 것 같지는 않았다. 금박을 입힌 13은 중세 시대를 연상시키는 동양풍이지만, 인쇄된 종이는 현대에 가까웠다.

"이건 복사본 아닌가요?" 새뮤얼이 물었다.

"복사본이라, 아주 정확한 표현이군!" 체임벌린이 웃음을 터뜨렸다. "그래, 바로 그게 문제야!"

새뮤얼의 얼굴에 실망한 표정이 그대로 드러났다. 앨리시어를 구하기 위해 디아빌로 대장에게 가져가는 것이 원본이 아니라면 아무 소용이 없지 않은가! 원점으로 돌아가는 것인가!

새뮤얼은 책을 아무 데나 펼쳤다. 펜으로 그린 이스터 섬*의 조각상이 보이고, 그 받침돌에 조각된 태양문양에는 빛살 두 개가 부족했다. 다음 페이지에는 어린아이 얼굴의 혐오스러운 박쥐가 그려져 있는데 그 밑에 검은색 잉크로 이렇게 적혀 있었다.

* 일명 부활의 섬.

알-메흐디 강의 저주받은 동굴, 이스파한 북동쪽, 걸어서 1시간 거리.

몇 장을 더 넘겨보니 비소, 장뇌, 유황과 화합시킨 수은 등 재료를 나열한 조제법이 기록되어 있었다. 이건 혹시 연금술을 위한 준비물 아닐까? 재료 옆에 빨간 글씨로 설명이 달려 있지만, 새뮤얼은 해독할 수 없었다. 새뮤얼은 한두 장을 더 넘겼다. 어? 이 그림, 이 도형들……. 예전에 브루게에서 연금술사의 실험실에 들어갔을 때 본 적이 있는데! 태양의 돌을 작동하는 방법이 적혀 있던 바로 그 마법서가 아닌가! 개론서가 클러그의 마법서였다니!

일곱 개의 동전을 모으는 사람이 태양의 주인이 될 것이다. 그가 여섯 개의 빛살을 반짝이게 할 수 있으면 그의 가슴이 시간의 열쇠가 될 것이다. 그러면 불멸의 열을 경험할 것이다.

"『마법의 13가지 위력』, 이건 연금술사 클러그가 갖고 있던 책인데……." 새뮤얼이 중얼거렸다.

"클러그? 이럴 수가!" 체임벌린이 반색했다. "꿈인 줄 알았더니 현실이었어. 네가 정말 나의 무의식이라면 어쩌면 우리의 문제를 해결할 방법도 알고 있을 거야, 그렇지?"

"우리의 문제라니요?"

"보면 알겠지만 마지막 페이지 몇 장이 없어졌어!"

새뮤얼은 권총을 쥔 채로 책의 뒷부분이 없어진 걸 확인했다.

"누가 없앴죠?" 새뮤얼이 물었다.

"성지가 약탈당했을 때 원본에서 찢겨나간 거야. 이건 그걸 복사한 것이고."

"성지가 약탈당해요?" 새뮤얼은 의아한 얼굴로 물었다.

"너, 지금 나를 테스트하는 거니? 내가 비록 술을 마시고 진통제를 먹긴 했다만 기억을 잃진 않았다. 1527년 로마 약탈 사건……. 에스파냐와 독일을 통치하는 황제 카를 5세의 군대가 로마에 쳐들어가서 닥치는 대로 교회를 불질렀지. 그때 이 책이 훼손되면서 중요한 부분이 사라지고 말았어!"

새뮤얼은 놀라움을 감추려고 애를 썼다. 1527년 로마 약탈……. 새뮤얼은 권총을 쥐고 있는 오른쪽 겨드랑이에 마법서를 낀 채 동전을 꺼내기 위해 호주머니에 손을 넣었다. 그리고 문신한 남자가 보내준 금화를 꺼내서 고고학자의 얼굴 앞에 들이댔다.

"이게 그 시대의 동전이 맞지요?"

고고학자는 눈살을 찌푸리면서 큰 소리로 읽었다.

"칸도르 일라에수스, '순진 무결'. 이건 로마가 약탈당했을 당시의 교황 클레멘스 7세의 좌우명이잖아! 이 동전은 그 시대의 것이 틀림없어. 그리고 세트니의 무덤에서 발견된 부장품 중에서 도난당한 동전인데……. 이게 어떻게 세트니의 무덤에 있었는지는 미스터리지만. 그런데 원하는 게 뭐야? 나더러 이 동전을 훔쳐간 도굴범을 잡으란 말인가? 그러면 모든 문제가 해결되나? 하지만 나는 해결책을 모색하고 있는 중이야! 게다가 우리 캠프는 감시를 받고 있고……."

"도굴범을 잡아달라는 게 아니에요." 새뮤얼이 말을 잘랐다. "없어진 페이지에 무슨 내용이 있었는지 설명해주세요."

"하지만 그건 나보다 네가 더 잘 알잖아!" 체임벌린이 발끈했다. "내가 10년 동안 골몰해온 비밀이 담겨 있지. 영원히 사는 방법! 게리 바렌보임, 나의 외증조할아버지님이 편지에 그런 암시를 하고 있었어. 그분에 따르면 늙지도 병들지도 않고 영원히 살게 해주는 영생의 반지가 존재한다는 거야! 난 그게 필요해!"

영원히 살게 해주는 영생의 반지……. 새뮤얼은 브란 성의 꼭대기 탑에서 블라드 체페슈가 했던 말이 떠올랐다. 체페슈도 그런 반지가 존재한다고 주장했었다.

"그 영생의 반지에 대해서 또 뭘 알고 있어요?"

"자세히 아는 건 없다. 외증조할아버지님이 반지에 대해 쓴 편지는 아주 짧았으니까. 하지만 영원불멸의 문을 열기 위해서는 황금팔찌 두 개가 필요하다고 적혀 있었지. 그건 그분이 많은 걸 알고 있었다는 증거란 말이지."

"그럼 『마법의 13가지 위력』이라는 이 책과는 무슨 관계가 있죠?"

"외증조할아버님이 발견했던 그 책에 대해 빨간 글씨로 남긴 글을 보면 클러그에게 관심이 많았거든. 그리고 없어진 페이지들을 찾으면 연구의 완성을 확신한다고 적혀 있었지. 그래서 내가 뒤를 잇고 싶은데 없어진 내용을 찾는 데 실패했어. 나는 영생의 반지가 필요해. 너도 봐서 알겠지만 난 중병이 들었거든. 살날이 얼마 남지 않았어. 짧으면 몇 달, 길어야 몇 년. 나를 도와주겠니?"

체임벌린이 간청하듯 손목을 잡는 바람에 새뮤얼이 쥐고 있던 동전 몇 개가 바닥에 떨어졌다. 새뮤얼은 권총을 겨눈 채 재빨리 물러섰다.

"움직이지 마!"

그러나 체임벌린은 이미 몸을 숙이고 동전을 줍고 있었다.

"이럴 수가! 『마법의 13가지 위력』에 묘사된 동전과 똑같잖아!"

체임벌린이 한자를 새긴 오래된 동전을 흔들었다.

"너는 이걸 못 알아본 거니? 잘 봐, 페이지들이 찢겨나가고 남은 마지막 부분을!"

새뮤얼은 체임벌린을 곁눈질하면서 책을 다시 펼쳤다. 마지막 부분에 산 모양을 이룬 나무들, 그 밑으로 파고다형 탑을 세운 건물이 그려져 있었다. 그런데 하늘에 떠 있는 태양의 모양이 가운데 네모난 구멍이 뚫린 중국 동전과 비슷했다. 아래쪽에 빨간 잉크로 글자가 적혀 있지만 새뮤얼은 해독할 수 없었다.

"거기 적힌 글로 보아 클러그가 마지막으로 방문한 곳이 틀림없어. 중국 진시황제의 무덤! 진시황은 불로장생의 비밀을 알아내는 데 일생을 바쳤어. 너도 그곳으로 가면 반지를 찾을 거라고 생각하니?"

"그럴 수도 있겠죠." 새뮤얼은 자신 없는 목소리로 대답했다.

고고학자는 홀린 것처럼 동전을 유심히 살폈다.

"이제 이런 꿈을 꾸고 있는 이유를 알겠어. 나한테 정보를 주는 거야. 아무리 봐도 어디를 가리키는지 도무지 알 수가 없더니! 진시황의 무덤이었어……. 진시황릉은 불과 10년 전에야 위치를 알아냈는데! 그 현장에 있는 중국인 친구 고고학자에게서 들었는데 발굴 지역이 거의 50제곱킬로미터에 이르며, 주변을 치우는 과정에서 드러난 거대한 구덩이에 진흙으로 빚은 실물 크기의 수십만 병사가 있었으니! 그걸 '병마용갱'이라고 부르지. 시황제의 영원한 안식을 위해 어마어마한 수의 병사들이 동원되었다니 정말 믿을 수 없는 일이지! 『마법의 13가지 위력』, 그 책에 묘사된 것처럼 나무가 숲을 이룬 언덕 속의 거대한 무덤에 진시황이 즉위 초부터 착공했다는 지하왕국이 있는데 궁전과 누각, 강까지 있었다는 거야. 기상천외한 함정까지 만들어놨다는데…… 반지는 틀림없이 거기 숨겨져 있을 거야. 내가 거길 가야 하는데!"

체임벌린은 마치 확신하는 것처럼 열변을 토했다. 희망을 가져도 될까?

새뮤얼은 갑자기 화가 치밀었다. '나를 그런 데로 보내려고 하다니, 문신한 남자의 꿍꿍이가 뭐지? 왜 나를 그런 곳으로!' 새뮤얼은 체임벌린에게 말했다.

"함정을 만들어놨다면 위험한 거잖아요?"

"진시황은 BC 210년에 사망했는데 그 능묘를 2000년이 넘도록 누구도 침범하지 못했다는 것은 영묘한 힘이 숨어 있기 때문이 아니겠니? 그래서 중국 고위층에서는 보다 고도의 기술로 능묘를 발굴하기 위해 후대에 넘기기로 하였지. 하지만 내가 가면 발굴에 성공할 텐데……."

카세트테이프가 '찰칵' 하면서 음악소리가 멈추자 고고학자도 입을 다물었다. 정적이 흐르는 동안 체임벌린은 카세트테이프와 불쑥 나타난 소년을 번갈아 쳐다봤다. 그의 머릿속에 서서히 의심이 생기고 있는 것이었다.

"이건……."

"동전을 돌려주세요." 이상한 낌새를 챈 새뮤얼이 말했다.

"내가…… 꿈을 꾸고 있는 게 아니야, 그렇지?"

"이 권총이 바로 꿈이 아니라 현실이라고 말해주고 있지요. 어서 동전을 주세요. 나는 바빠요."

체임벌린은 공포에 질린 얼굴로 동전을 내밀었다.

"그럼 내 꿈은? 진시황제는? 그리고 반지는?"

"나는 전혀 몰라요. 내가 원하는 대로 해주면 해치지 않겠다고 약속할게요. 이 책도 두고 갈게요."

실망한 고고학자는 고개를 떨구었다. 좀 전에 그에게 활기를 불어넣던 희망의 불꽃이 갑자기 꺼진 것 같았다. 이제 체임벌린은 절망에 빠져서 의자에 쪼그리고 앉은 초라한 남자에 지나지 않았다.

새뮤얼은 고고학자를 꼼짝 못하게 위협하면서 탁자를 돌아서 걸상에 쌓아둔 옷 더미에서 벨트를 집어 들었다.

"두 손을 뒤로 묶을 겁니다."

체임벌린은 순순히 두 손을 등 뒤로 돌렸다.

"너 도둑 아니지? 그 동전들을 갖고 뭘 할지 말해줄 순 있잖아?"

"나는 누군가를 위해 일하고 있어요." 새뮤얼은 문신한 남자를 생각하면서 대답했다. "어깨에 하토르의 상징을 새긴 남자요. 그 남자가 직접 당신을 찾아오는 걸 원치 않는다면 오늘 밤 나에게 아무 일도 일어나지 않는 게 좋을 겁니다."

"하토르? 태양신 라의 딸!" 고고학자가 중얼거렸다. "인간에게 가혹한 벌을 내리기도 하고 은혜를 베풀기도 하는 두 얼굴의 여신……. 내게도 그런 날이 올까?"

새뮤얼은 체임벌린의 손목을 의자 등받이에 묶었다. 훗날 고고학자가 어떻게 되는지 알고 있는 새뮤얼은 마음이 편치 않았다. 테베 발굴 현장에서의 무모한 지휘감독에 대해 비난을 받다가 결국 암으로 사망하지 않던가.

"부당한 처벌을 받았다면 은혜를 받을 희망이 있다고 생각해요." 새뮤얼은 체임벌린을 안심시키기 위해 넌지시 말했다. "미안하지만 이제는 당신의 입을 막아야겠어요. 그 전에 마지막으로 한 가지 묻겠습니다. 포크너의 텐트는 어디 있죠?"

"포크너의 텐트? 그건 왜?"

"거기서 찾아야 할 것이 있어서요. 어디에 있습니까?"

"울타리 쪽으로 가다가 왼쪽에서 세 번째 텐트야. 나에게 한 것처럼 그 학생을 포박하려고?"

새뮤얼은 고고학자의 입에 손가락을 대면서 말을 못하게 했다. 그러고는 고고학자가 목에 두른 하얀 머플러를 풀어서 체임벌린의 입을 막고 묶기 전에 말했다.

"몇 분만 참으세요. 곧 자유로워질 테니까."

새뮤얼은 조심스럽게 카세트를 뒤집은 다음 '플레이' 버튼을 눌렀다. 첫 번째 곡이 흘러나올 때 새뮤얼은 연필꽂이 옆에 놓인 성냥갑을 집어 들고 동전을 꺼냈다. 평범하지만 가운데 구멍이 뚫린 노란색 동전이었다. 새뮤얼은 동전을 호주머니에 넣고 권총을 허리춤에 찔러 넣은 다음 뒤돌아보지 않고 텐트를 나갔다.

VI

추론

새뮤얼은 안도하면서 따뜻한 밤공기를 들이마셨다. 체임벌린의 입에 재갈을 물린 것이 마음에 걸렸지만, 앨리시어의 목숨이 걸린 문제이기 때문에 미션을 실패하는 것보다는 고고학자를 잠시 고통스럽게 만드는 쪽이 더 낫다고 생각했다. 새뮤얼은 경비원이 가까이 없는지 확인한 다음 울타리를 따라 세 번째 텐트까지 걸어갔다. 고고학자의 텐트보다 작고 어둠에 잠겨 있었다. 새뮤얼이 들어가서 깨우고 시간 여행과 미래에 대해 이야기하면 청년 앨런은 어떤 반응을 보일까?

새뮤얼은 텐트에 귀를 바짝 댔다. 귀뚜라미 울음소리와 멀리서 들리는 도둑고양이 울음소리 외에는 아무 소리도 나지 않았다. 앨런이 잠들어 있는 건가? 아니면…….

새뮤얼은 조심스럽게 텐트의 지퍼를 내리고 머리를 들이밀었다.

숨소리도 들리지 않았다. 새뮤얼은 황금팔찌를 꺼내서 어둠 속을 비춰봤다. 아들에게 어질러놓는다고 늘 잔소리를 하더니 앨런도 정리하는 데는 취미가 없는 것 같았다. 접이식 탁자 위에 지저분한 접시들, 먹다 남은 통조림, 소다수 병들이 너저분하게 쌓여 있었다. 빵, 구겨진 신문, 타로 카드, 플라스틱 칩…….

그 뒤로 잠자리가 보이는데 조용히 잠을 자는 휴식 장소라기보다는 무허가 노점상의 진열대 같았다. 빈 침대 두 개와 둥글게 만 슬리핑백들 사이에 가지런히 놓인 옷가지들, 배낭에 기대놓은 기타, 금빛 쟁반에는 수연통*과 주전자, 찻잔, 열린 가방에서 드러나 보이는 책들과 운동화, 가운데 말뚝에 걸어서 매단 빨랫줄에 널린 티셔츠 두 장 등. 앨런이나 텐트를 같이 쓰는 사람이나 정리에 대한 개념은 똑같은 모양이었다. 밤중에 돌아다니는 것까지!

새뮤얼은 할아버지의 말을 떠올리면서 중얼거렸다.

"아버지와 함께 답사를 떠났다는 또 다른 학생…… 그 사람이 문신한 남자일까?"

할아버지는 20여 년 전 테베에서 고대 유적 답사를 하는 동안 앨런과 또래의 청년 한 명이 여러 번 함께 없어졌다고 말했다. 따라서 아버지와 정체불명의 학생이 태양의 돌을 발견하고 함께 사용했다

* 연기가 물을 통해 나오도록 되어 있는 담뱃대 대통.

는 추론을 내릴 수 있었다. 더군다나 지금 이 텐트가 한밤중에 비어 있다는 것이 바로 그걸 설명해주지 않는가. 새뮤얼은 아침에 문신한 남자가 보낸 이메일에서 앨런에 대한 내용과 연결 지어 생각하지 않을 수 없었다. 문신한 남자는 정체불명의 학생이 틀림없었다. '야망이라곤 없는 네 아버지는 무엇을 손에 쥐고 있는지, 조금만 용기를 내면 무슨 일을 할 수 있는지 도무지 알려고 하지 않았으니까. 우리가 얼마나 큰일을 할 수 있는지도 관심이 없었어. 네 아버지는 평범하기 이를 데 없는 무능한 인간으로 남으려고 했지.'

'우리가 얼마나 큰일을 할 수 있는지도 관심이 없었어…….' 이 부분은 태양의 돌에 대한 비밀을 알아차리고 그 무한한 가능성과 그것으로 얻을 수 있는 엄청난 이득을 계산해본 뒤에 두 사람 사이에 일어난 일을 암시하는 게 아닐까? 양심의 가책을 느낀 앨런이 태양의 돌을 사용하기를 거부하자 문신한 남자가 앙심을 품은 것일 수 있었다. 그 후에 대신관의 널방이 밀폐되면서 두 사람은 태양의 돌에 접근할 수 없게 된 것이다. 그리고 앨런 포크너가 미국으로 돌아가면서 두 사람은 더 이상 만나지 않았는데……, 아니 그보다 문신한 남자는 앨런의 일거일동을 주시했을 가능성이 있었다. 그러다 그는 앨런이 캐나다의 세인트메리로 이사했고, 게리 바렌보임이 살던 집에 거주한다는 걸 알았던 것이다. 문신한 남자도 그 오랜 시간 허송세월을 보낸 것이 아니었다. 어깨에 문신한 하토르의 상징과 어디선가 찾아낸 또 다른 태양의 돌 덕분에—앨리시어를 로마로 보냈다는 것이 그걸 증명하는 것이 아닌가—과거에서 훔친 예술품들을 아르케오스라는 회사를 통해 팔아먹으며 천문학적인 돈을 벌어들이고 있다면…….

퍼즐 조각들이 맞춰지는 건가.

그렇지만 시간 여행 중에 만난 대신관의 말에 따르면 하토르의 상징은 한계가 있어서 그걸 이용하는 사람은 어디든 원하는 대로 이동할 수가 없었다. 지난 몇 주 동안 문신한 남자가 앨런과 접촉하려고 한 이유는 바렌보임의 집에서 아버지가 시간 여행을 할 수 있는 방법을 찾아냈다는 걸 알아챘기 때문일 가능성도 있었다. 그가 접촉을 시도했다는 것은 아버지가 행방불명된 직후에 서점의 자동응답기에 남긴 메시지에서 알 수 있었다. '앨런? 날세……. 지금 서점에 있다는 거 알아……. 바보같이 굴지 말고 전화 받으라니까. 앨런, 내 말 듣고 있지? 앨런? 대답해, 이런 빌어먹을!' 누구인지 알 수 없지만 느낌이 좋지 않은 아주 위협적인 목소리, 거의 협박조의 목소리가 침묵 후 덧붙였다. '오케이, 경고하겠는데…….'

앨런에게서 아무런 대답을 얻지 못하자 세인트메리로 달려온 문신한 남자는 게리 바렌보임이 도시에 동전을 기증했다는 사실을 알고 훔치기로 작정한 것이 분명했다. 그래서 한밤중에 박물관에 침입해 동전을 훔쳤고, 그다음에는 책이나 서류를 찾기 위해 포크너 서점을 아수라장으로 만들어놨던 것이다. 그는 앨런이 황금팔찌의 흔적을 좇아서 떠났다는 걸 이미 알고 있었을 가능성이 높았다. 그래서 서점을 뒤졌지만 아무것도 얻지 못했기 때문에 새뮤얼을 이용해서 원하는 것을 얻겠다는 미친 계획을 세운 것이었다.

물론 이 모든 것은 확신이라기보다 새뮤얼의 추측이었다. 그러나 몇 가지만으로도 사실일 가능성이 높기 때문에 그 학생과 문신한 남자가 동일 인물이라는 확신이 더 굳어졌다.

텐트 안으로 들어간 새뮤얼은 허리를 숙이고 여권이나 신분증을 찾기 위해 배낭을 뒤졌다. 배낭 앞주머니에서 크림색 바탕에 초록색 숫자가 돋보이는 동그란 시계를 보는 순간 새뮤얼은 가슴이 뭉클했다. 어릴 적부터 아버지의 손목에서 봤고, 21세기 초의 현재에는 313호 병실의 머리맡 탁자에 얌전히 놓인 시계였다. 새뮤얼은 손가락으로 시계의 유리와 태엽을 쓰다듬었다. 손으로 태엽을 감는 시계가 최고라면서 아버지가 늘 자랑하던 시계였다. 이 시계가 시간의 길 너머에 있는 아버지와 아들을 이어주다니 얼마나 아이러니한가!

"아빠, 좀 늦을 것 같아요." 새뮤얼이 나직하게 말했다. "가능한 한 빨리 돌아갈게요. 앨리시어를 구출해서……."

혼란스러운 새뮤얼은 머리 위로 늘어진 빨랫줄을 깜빡 잊고 일어서다가 널려 있는 수건에 얼굴이 가려지면서 수연통을 건드렸다.

수연통이 요란한 소리를 내면서 금빛 쟁반에 엎어졌다. 새뮤얼은 머리털이 쭈뼛해지는 거 같았다. 1초, 2초, 아무 일도 일어나지 않는 듯싶더니…… 밖에서 개 짖는 소리에 이어 경비원의 목소리가 들렸다.

"안 돼, 술탄! 돌아와!"

개……. 개가 냄새를 맡은 것이다.

"술탄!"

개를 피해 달아나야 하지만 새뮤얼은 다리가 후들거렸다. 개가 들어오면 모든 걸 망치는데!

텐트 밖으로 뛰쳐나가고 싶지만 너무 늦었다. 달려드는 개와 싸워서 이길 확률은 전혀 없었다. 바로 옆의 잠자리에 웅크리고 앉은 새뮤얼은 망토를 뒤집어쓰고 개의 동태를 살폈다.

"들어가면 안 돼, 술탄!" 경비원이 소리쳤고, 텐트 밖에서 흔들리는 랜턴의 동그란 불빛이 보였다. "들어가지 말라니까!"

그러나 술탄은 아랑곳하지 않았다. 개는 이미 주둥이로 텐트 자락을 들추고 있었다. 그러고는 이번엔 사냥감을 놓치지 않겠다는 듯 으르렁거리기 시작했다. 배에 닿는 권총의 손잡이, 새뮤얼은 조심스럽게 권총을 뽑아 들었다. 으르렁거리던 개가 꾸르륵거리는 이상한 소리를 내면서 송곳니를 드러내고 있었다. 디저트를 먹을 생각에 벌써부터 군침을 흘리는 건가? 고양이처럼 동작이 유연한 실루엣이 탁자 쪽에 나타나더니 옆에 있는 침대를 긁는 소리가 났다. 지독한 냄새가 풍겨왔다. 1미터 앞까지 접근한 개는 두 눈을 번뜩이며 목을 빼어 들고 다리를 구부린 채 당장이라도 달려들 기세였다.

개가 두 발짝 더 다가왔고, 새뮤얼은 악취를 풍기는 숨결이 얼굴에 닿는 걸 느꼈다. 개는 귀를 젖힌 채 부르르 떨고 있었다.

"당장 나와, 술탄!" 경비원이 고함쳤다. "당장 나오라니까!"

새뮤얼은 총구를 위쪽으로 겨누었다. 그러고는 개가 공격하는 순간에 당기기 위해 손가락을 방아쇠에 걸고 눈을 감은 채 기다렸다. 그런데 무슨 영문인지 요란하게 으르렁거리던 소리가 작아지고 개는 사냥감의 옷 냄새를 맡기 시작했다. 새뮤얼이 이마를 핥는 따뜻하고 끈적거리는 혀를 느끼는 사이에 개가 끙끙거리는 소리를 냈다. 망토…… 새뮤얼은 그제야 깨달았다. 이게 경비원의 망토였구나! 그래서 개가 당황한 것이다. 주인의 냄새를 맡았으니 그럴 수밖에!

"이리 와, 술탄!" 밖에서 목소리가 들렸다.

두 인간의 냄새 때문에 혼란스러운 듯 개는 두 번 재채기를 하고 홱 돌아서더니 밖으로 달려나갔다.

"술탄, 암, 그래야지!" 경비원이 속삭였다. "모두 깨우고 싶어서 그래?"

새뮤얼은 개의 침에 젖은 이마를 닦았다. 이런 애정 표현은 정말 사절이다…… 휴!

새뮤얼은 경비원의 발소리가 멀어질 때까지 꼼짝하지 않았다. 순식간에 일어난 일이지만, 잠시 동안 소란이 있었는데도 캠프의 사람들이 아무도 일어나지 않았다는 건 기적이었다. 모두 외출 중이거나 술에 취해 곯아떨어진 것이라면 몰라도.

새뮤얼은 손목시계를 제자리에 내려놓고 텐트 밖으로 나갔다. 다시 고요해졌고, 고고학자의 텐트 쪽에서도 아무런 기척이 없었다. 이번만은 위기의 순간을 모면한 것 같았다.

VII

일곱 개의 동전을 모으는 사람

흥분한 새뮤얼은 울타리를 따라 세트니 대신관의 무덤을 향해 구불구불한 길을 다시 올라갔다. 아버지와 대화하는 데는 실패했지만 이번 이집트 여행으로 뜻밖의 소득이 있었다. 구멍 뚫린 동전 한 개를 얻음으로써 원하던 일곱 개의 동전을 갖추게 되었을 뿐만 아니라 문신한 남자가 새뮤얼에게 마법서를 찾아오게 한 구체적인 이유를 알지 않았는가. 브루게의 연금술사에게서 듣고 영생할 수 있다는 반지가 존재한다고 철석같이 믿는 블라드 체페슈와 마찬가지로 문신한 남자도 반지의 존재를 굳게 믿고 있었다. 반지를 찾으려면 『마법의 13가지 위력』에서 찢겨나간 부분의 내용이 필요한 모양이었다. 그런데 마법서가 훼손되기 직전의 시대로 돌아가지 않는다면 어떻게 그걸 찾을 수 있을까? 바로 이런 이유 때문에 문신한 남자는 카를 5세의 침략을 받고 있는 로마로 새뮤얼을 보내려는 것이었다!

게다가 세트니 대신관에게서 황금팔찌에 얽힌 이야기를 들었던 새뮤얼은 황금팔찌 두 개를 소유해야 반지를 찾는다는 걸 알고 있었다. 전설에 따르면 황금팔찌는 타후티 신이 손수 만들어서, 파라오의 딸 네페루르의 병을 낫게 할 치료법을 찾으러 시간의 길을 돌아다닐 수 있게 대신관 임호텝에게 준 것이었다. 또 하나의 팔찌는 훗날 동쪽에서 쳐들어온 힉소스 민족이 이집트를 정복했을 때 약탈한 전리품 속에 섞여 있던 임호텝이 남긴 여행기를 보고 팔찌를 모조한 것으로 전해지고 있었다. 메르워세르의 팔찌라고 불리는 이 모조품은 동양으로 흘러들었고, 시간이 흐르면서 그 존재가 잊혀가고 있었다. 적어도 블라드 체페슈가 팔찌를 찾아서 브란 성에 가져다놓을 때까지는. 그리고 새뮤얼은 브란 성에서 그 팔찌를 가로챘고, 아버지를 구출했다.

현재 새뮤얼의 호주머니에 있는 황금팔찌가 바로 메르워세르의 팔찌였다. 타후티 신이 만든 원본 팔찌는 여러 대신관을 거치면서 테베의 아몬 신전에 숨겨져 있다가 세트니 대신관이 발견한 것이 틀림없었다. 세트니는 그 원본 황금팔찌를 사용해서 시간의 길을 여행하던 중, 세인트메리 바렌보임의 집에서 새뮤얼을 우연히 만났고, 그때 원본 팔찌를 자신이 갖고 있다고 털어놓았다. 그 후 그 원본 팔찌는 어떻게 되었을까? 새뮤얼은 전혀 모르고 있었다.

새뮤얼은 따라오는 사람이 없는지 확인하기 위해 뒤를 힐끔힐끔 돌아보면서 세트니 대신관의 무덤으로 향했다. 다행히 경비원과 개는 다른 쪽을 순찰하고 있었다.

무덤의 문을 통과하면서 새뮤얼은 느리게 뛰는 돌의 박동을 느꼈다. 마치 그 소리가 땅속 깊은 데서 올라오는 웅얼거림 같았다. 새뮤얼은 걸음을 멈추고 귀를 기울였다. 그 웅얼거림은 태양의 돌에서 나는 소리가 아니라 어딘가에서 메아리로 울리는 인간의 목소리였다.

"아빠?" 새뮤얼은 뛰어갔다.

새뮤얼은 황금팔찌의 빛으로 주위를 비추면서 계속되는 층계와 복도를 따라 들어갔다. 무덤 안으로 들어갈수록 사람의 목소리라는 것이 명확해졌는데 고성이 오가고 둔탁한 소리가 들리는 걸 보면 싸우는 것 같았다. 밧줄사다리가 늘어진 우물 통로에 이른 새뮤얼은 거리 때문에 명확하지 않은 것으로 생각했던 말소리가 사실은 전혀 모르는 언어라는 걸 알았다. 무슨 뜻인지 파악할 수는 없지만, 두 남자가 욕설을 퍼붓고 있다는 걸 대번에 알아차릴 수 있었다. 그중 한 사람의 목소리는 앨런이 틀림없었다.

밧줄사다리를 타고 내려간 새뮤얼은 고고학자들이 석관묘에 이르기 위해 파놓은 터널로 들어갔다. 널방으로 들어가면서 새뮤얼은 황금빛 벽에 반사되는 램프 불빛 때문에 눈을 깜박였다. 안쪽에 불빛이 보이고 그림자들이 고함을 지르면서 움직이고 있었다. 불빛에 약간 익숙해졌을 때 새뮤얼은 바닥에 뒹굴면서 격하게 싸우는 두 남자를 봤는데 시간 여행가들이 입는 것과 비슷한 흰색 셔츠를 입고 있었다. 밑에 깔려 불리한 남자가 두 손으로 목을 조르면서 온갖 욕설을 퍼붓는 상대에게서 빠져나오려고 안간힘을 쓰고 있었다.

"크르베 큐에르 즈!"

위에서 깔아뭉개고 있는 사내는 등만 보이지만, 세인트메리 박물관에서 당해본 경험이 있는 새뮤얼은 문신한 남자가 목을 조르던 기술이라는 걸 대번에 알아봤다. 새뮤얼은 목이 졸리고 있는 남자의 얼굴을 자세히 보기 위해 옆으로 움직였다. 그 순간 벼락을 맞은 듯 얼어붙었다. 숨을 쉬려고 필사적으로 버둥거리는 남자는 아버지 앨런이었다! 거의 앙상하게 마르고, 머리가 더부룩하게 자란 아주 젊은 앨런이 마치 학교 운동장에서 자기보다 센 아이의 공격을 받아 잔뜩 겁먹은 어린애 같은 얼굴을 하고 있었다. 다른 점이 있다면 이건 어린 학생들의 싸움이 아니라 죽이겠다고 달려드는 끔찍한 상황이었다.

온몸이 오그라드는 새뮤얼은 정신을 차리기 위해 몸을 흔들었다. 아버지……. 이건 영화의 한 장면이 아냐. 가만히 구경만 하고 있으면 안 돼……. 어떻게든 해야 해!

새뮤얼은 허리춤에서 권총을 뽑아 들고 문신한 남자를 향해 곧장 걸어갔다. 그러고는 팔을 높이 쳐들었다가 권총 손잡이로 있는 힘을 다해 내리쳤다. 공격하던 남자는 풍선의 바람 빠지는 소리를 내면서 푹, 고꾸라졌다. 새뮤얼은 쓰러진 남자를 옆으로 밀쳐내고 아버지를 일으켰다. 새뮤얼은 당혹스러웠다. 새뮤얼보다 겨우 몇 살 더 많은 청년……. 이제 막 성인이 된 풋풋한 청년인데 아픈 사람처럼 눈은 퀭하고, 안색이 창백했다. 병이 든 게 틀림없었다. 할아버지는 아들이 테베에서 돌아왔을 때 희귀한 바이러스에 감염되어 체중이 10킬로그램은 빠져 있었다고 말했다. 시간의 길에서는 아무것도 얻을 수 없다는 걸 일깨우는 일종의 경고 같았다!

청년 앨런은 고마워하는 표정으로 새뮤얼이 내미는 손을 잡으면서 다른 손으로 목을 문질렀다. 맞아서 정신이 없고 녹초가 된 묘한 상황인데도 청년에게서 순수하고 호감이 가는 무언가가 풍겼다. 다른 상황에서 만났다면 새뮤얼은 친구가 되고 싶은 마음이 들었을 청년이었다.

새뮤얼의 팔을 잡고 일어선 앨런이 중얼거렸다.

"메시데르, 호르스 투아, 존나시래 파 테소르!"

새뮤얼은 고개만 끄덕였다. 무슨 말인지 전혀 이해할 수 없었다. 이런! 왜 좀 더 빨리 깨닫지 못했을까? 청년 앨런과 내가 서로 다른 언어를 사용하고 있는 것인데! 이집트에 도착하면서 태양의 돌이 현지 언어를 알아들을 수 있도록 새뮤얼의 머릿속에 동시번역기를 작동해주고 있는 반면에 앨런은 계속 영어로 말하고 있었던 것이다. 새뮤얼이 지금 앨런의 말을 이해하지 못하는 것은 더 이상 모국어를 구사하지 못하고 있어서였다. 체임벌린과 대화할 때 아무 문제가 없었던 것은 고고학자가 아랍어를 완벽하게 구사했기 때문이다. 시간 여행 중이 아닌데 앨런의 머릿속에서 동시번역기가 작동될 리 없지 않은가.

"퀘스 비 느 쉬 파?" 어리둥절해하는 새뮤얼의 표정에 당황한 앨런이 물었다.

빨리 무슨 방법을 찾아야 하는데……. 새뮤얼은 앨런의 손목을 잡고 태양의 돌이 있는 석관묘 쪽으로 이끌었다.

"다시는 이것에 접근하면 안 돼요, 절대로." 새뮤얼은 또박또박 발음했다. "알아들었어요? 절대로!"

새뮤얼의 격한 어조가 마음에 안 드는지 앨런이 잔뜩 눈살을 찌푸렸다.

"무슨 말인지 모르겠어." 앨런이 이번에는 아랍어를 정확한 억양으로 말했다.

"다시는 이 돌을 건드리지 말라고요, 알았어요? 이 돌은 위험하니까!" 새뮤얼이 소리쳤다.

앨런이 손을 빼면서 움찔하며 물러났다.

"무슨 말인지 모르겠어." 앨런이 같은 말을 반복하는 것으로 보아 아랍어 수준이 아주 간단한 말만 되는 모양이었다. "나가야겠어! 너도 나가!" 앨런은 손가락으로 터널을 가리키면서 덧붙였다.

앨런이 이해를 못하는 것에 속이 타는 새뮤얼이 손목을 잡으면서 외쳤다.

"잠깐! 나한테 약속해야 해요! 아주 중요한 일이라고요! 이 돌을 가까이하면 문제가 생긴단 말이에요! 저주받은 돌이라고요, 알았어요? 저주받은 돌이라고요!"

그때 바닥에 엎어져 있던 남자가 마치 고함소리 때문에 깨어난 것처럼 숨을 몰아쉬기 시작했다. 그러자 앨런이 결심을 굳혔는지 항아리 뒤에 감춰놨던 옷을 집어 들고 출구를 향해 비틀비틀 걸어갔다. 그러다 마지막으로 바닥에 쓰러진 동료를 돌아보더니 썩은 고기가 들어 있는 파란색 비닐봉지를 들고 새뮤얼을 향해 흔들었다.

"개에게 먹이려고!" 앨런이 애써 미소를 지어 보이며 말했다. "나는 나갈게!"

그렇게 말하고 앨런은 터널로 나갔다.

새뮤얼은 쫓아가고 싶지만 주저했다. 더는 문제를 만들지 말아야 했다. 게다가 그럴 때가 아니었다. 밖에서 경비원이 순찰을 도는 중인 데다 체임벌린이 경보 사이렌을 울릴지 모를 일이었다. 그리고 머지않아 쓰러진 남자가 정신을 차리고 벌떡 일어날 텐데.

문신한 남자…….

새뮤얼은 혈관을 따라 나쁜 독이 퍼지는 느낌이 들었다. 모든 것이 이 남자의 탓인데……. 어쨌든 기절해 있어서 천만다행이었다.

새뮤얼은 허리를 숙이고 꿈쩍 않는 남자의 오른팔을 들어서 셔츠 소매를 걷었다. 어깨에 문신이 없었다. 당연한 일이 아닌가. 아버지를 공격한 이 남자가 하토르의 상징을 훨씬 훗날 새겼을 테니…….

새뮤얼은 기어 다니면서 남자의 몸을 뒤집으려고 애를 썼다. 생각보다 키가 크고 건장한 남자였는데 죽은 당나귀처럼 무거웠다. 새뮤얼은 여러 번 시도 끝에 간신히 남자의 몸을 뒤집었고, 노란 불빛에 얼굴이 드러났다.

"이럴 수가!"

새뮤얼은 혐오감에 부들부들 떨었고, 그 바람에 남자의 머리가 바닥에 쿵, 부딪혔다.

"이럴 수가!" 새뮤얼은 되뇌면서 숨을 가쁘게 몰아쉬었다.

아버지를 위협하는 정체불명의 남자가 루돌프였다니! 맙소사, 이블린 고모의 피앙세 루돌프였다니! 얼마 전부터 할아버지 집에 와서 지내고 있는 루돌프! 처음부터 이 모든 일을 꾸몄으면서도 시치미를 뚝 떼고 이랬느니 저랬느니 훈계를 했다니!

"죽여버리……." 새뮤얼은 입술을 파르르 떨었다.

새뮤얼은 자신도 모르게 또다시 권총 손잡이를 움켜쥐었다. 아주 간단하게 끝낼 수 있는데……. 이 순간 방아쇠를 당기면 문신한 남자도, 협박도, 앨리시어가 납치되는 일도 없을 것이고, 그러면 모든 것이 이전으로 돌아갈 수 있는데.

이런 생각을 하는 순간 손에 쥐고 있는 권총이 무겁고 차갑게 느껴졌다. 누군가를 때려눕히는 것과 땅바닥에 쓰러진 사람에게 총을 쏜다는 것은 엄연히 달랐다. 그 사람이 철천지원수라고 할지라도.

새뮤얼은 얼른 일어나서 항아리 뒤의 부장품들 속 깊이 권총을 숨겼다. 적어도 얼마 동안은 아무도 총을 건드리지 못할 것이다.

새뮤얼은 루돌프에게 돌아가서 자세히 살폈다. 어떻게 이럴 수가! 앨런과 같은 20대로 보이다니! 현재의 시간에서 새뮤얼이 상대하는 루돌프는 아버지보다 열 살이 더 많은 50대였다. 아버지와 함께 테베로 고대 유적 답사를 떠났던 동료, 새뮤얼이 루돌프를 추호도 의심하지 않았던 것도 그런 이유였다. 앨런과 테베의 동료는 같은 세대라고 생각했는데 열 살이나 차이가 날 줄이야! 그 순간 새뮤얼의 머릿속에 종소리가 울렸다. 과거에는 같은 나이였는데 어떻게 미래에서는 10년 이상의 차이가 날까?

그게 아니면……. 새뮤얼은 세트니 대신관의 말을 떠올렸다. 세트니는 나이보다 더 늙어 보이는 것은 살아 있을 때 오랜 세월 시간의 길을 다녔기 때문이라고 설명했다. 새뮤얼도 시간 여행을 하면서부터 마치 성장한 것처럼 근육질 체격의 몸으로 확연히 달라지지 않았던가. 태양의 돌을 많이 사용하면 노화가 빨라질 수 있다는 건가?

루돌프의 팔이 약간 움직이고, 눈꺼풀이 떨렸다. 의식이 돌아오는 듯했다.

새뮤얼은 루돌프의 몸을 뛰어넘어 석관 쪽으로 갔다. 램프 불빛 때문인지 약간 달라 보였다. 천장이 더 높고 공간도 훨씬 널찍했다. 여전히 멋진 장식으로 잘 꾸며져 있었다. 맨 처음 왔을 때 본 기억으로는 태양의 돌이 널방 안쪽을 향하고 있었는데, 이번에는 방향이 손에 왕관을 든 타후티 신의 모습을 새긴 벽화 쪽이었다. 그때는 세트니 대신관의 시신을 안장하기 전이었고, 불빛이 희미해서였을까? 어쩌면 나중에, 더 정확하게 말하면 새뮤얼이 이집트 맥주를 처음으로 맛보았던 람세스 궁전을 나간 뒤에 또 다른 공사를 한 것일지도 몰랐다.

새뮤얼은 거대한 바윗덩어리로 이뤄진 받침돌 앞에 무릎을 꿇고 앉아서 수송의 구멍에 로마 지도를 넣었다. 이어서 황금팔찌를 손바닥에 올려놨다. 연금술사의 문구가 맞는다면, 목적지를 선택해서 갈 수 있는데. '일곱 개의 동전을 모으는 사람이 태양의 주인이 될 것이다. 그가 여섯 개의 빛살을 반짝이게 할 수 있으면 그의 가슴이 시간의 열쇠가 될 것이다…….' 새뮤얼이 필요한 것을 다 모았으니 이제 태양의 돌은 그 약속을 지키면 되는데!

새뮤얼은 동전 여섯 개를 끼운 메르워세르의 팔찌를 태양문양에 가까이 가져갔다. 지난번과 마찬가지로 태양문양 주위에 홈을 낸 여섯 개의 빛살에 동전들이 자석에 빨려들 듯 차례로 제자리를 찾아갔다. 그 순간 새뮤얼의 심장박동이 빨라지면서 돌의 느린 박동이 가슴에서 쿵, 쿵 울렸다. 일종의 호출 신호, 빨리 오라고 재촉하는 건가……?

새뮤얼은 중국 동전을 손가락으로 돌리면서 진시황제의 무덤으로 가려면 앞면이 좋을지 뒷면이 좋을지 생각했다. 그러다가 많이 닳아 있는 면을 선택해서 태양문양에 대고 눌렀다. 처음에는 아무 일도 일어나지 않다가 1초, 2초…… 가슴속에서 뛰는 돌의 박동이 강해졌고, 태양 빛에 휩싸이듯 에너지의 장막이 황금팔찌를 휘감으며 빛살에서 하얀 불꽃이 솟구쳤다. '그가 여섯 개의 빛살을 반짝이게 할 수 있으면 그의 가슴이 시간의 열쇠가 될 것이다…….'

석관 밑에서 둥둥 떠다니는 오렌지 반쪽만 한 빛의 덩어리를 쳐다보며 새뮤얼은 얼이 빠져 있었다. 새뮤얼은 집게손가락으로 빛의 덩어리를 건드려봤다. 뜨겁지도 차갑지도 않은 공기 덩어리였다. 그러나 빛을 발하는 가스를 통과하는 것처럼 피부가 따갑고, 거의 비물질적인 것을 만지듯 아무런 느낌이 없었다. 더 세게 눌러보자 손가락이 아무런 저항을 받지 않고 돌을 뚫고 들어가는 느낌이었다. 새뮤얼은 혹시 환영을 본 것이 아닌지 확인하려고 주위를 둘러봤지만, 움직이는 것이 없었다. 아니, 있었다. 루돌프가 팔꿈치를 괸 자세로 입을 멍하니 벌리고 그 믿을 수 없는 장면을 지켜보고 있었다. 새뮤얼은 가슴이 철렁 내려앉았지만, 되돌리기에는 너무 늦었다.

새뮤얼은 번쩍이는 에너지의 장막에서 손가락을 빼고 재빨리 돌의 둥근 면에 손을 댔다. 그 순간 온몸에 경련이 일어나고 뜨거운 열기에 휩싸인 몸의 분자들이 증발하는 것 같았다.

VIII
언덕 속의 궁전

다시 어둠 속…….

새뮤얼은 얼음장같이 차갑고 딱딱한 바닥에 옆으로 누운 자세로 정신이 들었다. 흙냄새, 아니 진흙 냄새가 진동했다. 진시황의 언덕인가? 새뮤얼은 엉금엉금 기어보면서 몸에 이상이 없는지 확인했다. 아픈 데도 없고 구토증도 일지 않았다. 시간의 길에 거칠게 내던져졌을 텐데…… 그걸 생각하면 기적이었다. 도착할 때는 늘 고통스러웠는데 황금팔찌와 동전 일곱 개의 결합이 도착할 때의 충격을 완화시켜준 걸까?

황금팔찌……. 새뮤얼은 어둠 속에서 빛을 발해야 할 팔찌가 왜 보이지 않는지 궁금해하면서 더듬더듬 찾아봤다. 이윽고 주위의 벽들을 만지면서 출구가 없는 곳에 있다는 걸 알아차렸다. 태양의 돌은 깊숙한 곳의 벽에 박혀 있었고, 그 옆에 메르워세르의 팔찌가 보였다. 그런데 빛이 약해져 있었다. 새뮤얼은 중국 동전을 회수하고, 수송의 구멍에서 꺼낸 로마 지도를 호주머니에 집어넣었다. 이젠 여기서 나가야 하는데…….

일어나다가 천장에 머리를 부딪친 새뮤얼은 창자 모양으로 길게 파놓은 곳임을 알아차렸다. 20여 미터 끝에 둥근 문의 틈새로 비쳐드는 한 줄기의 빛이 보였다. 새뮤얼은 허리를 숙인 자세로 걸어가서 문을 살짝 열었다. 절반은 어둠에 잠긴 거대한 공간이 나타나고, 지붕에 파고다형 탑을 세운 궁전이 보였다. 언덕 속의 궁전인가! 『마법의 13가지 위력』에 그려진 삽화! 곧 진시황의 무덤에 와 있는 것이었다!

새뮤얼은 유일한 출구 위쪽으로 불쑥 나온 복잡하게 장식된, 지붕의 처마를 발견하고 달려갈 뻔했지만, 체임벌린의 말이 기억났다. 무덤에 기상천외한 함정이 많다고 했는데……. 새뮤얼은 나가기 전에 다시 한 번 천천히 사방을 유심히 살폈다. 추녀 끝이 번쩍들린 독특한 지붕, 문양을 새긴 벽으로 에워싸인 누각, 거대한 횃불들이 널름거리는 흰색과 빨간색의 세련된 2층 건물, 첫눈에 동양의 궁전이라는 걸 알아볼 수 있었다. 반구형 하늘에 별이 총총했다. 그러나 주의 깊게 살펴보면 진짜 하늘이라고 하기에는 너무 가깝고 너무 많은 별. 보석이나 발광성 물질을 아로새겨서 별처럼 반짝이게 한 것으로 지상의 하늘을 재현해놓은 것이었다.

궁전 앞에 펼쳐진 정원은 대부분 어둠에 잠겨 있었다. 지상에서 1미터 50센티미터쯤 높은 데에 선 새뮤얼은 이끼식물이 일렁이는 정원 속의 오솔길을 내려다봤다. 밑동이 울퉁불퉁한 나무들이 길가에 줄지어 있고, 둥그스름한 조각상들이 일정한 간격으로 쌓아놓은 돌무더기에 가려 있었다. 오솔길은 궁전과 40여 미터 떨어진 거리에 있었다. 새뮤얼은 흙을 다져서 만든 3단 층계를 내려갔다.

오솔길의 첫 번째 포석에 발을 내딛는 순간 새뮤얼은 발이 쑥 빠지는 느낌이 들었다. 불길한 예감에 사로잡힌 새뮤얼이 층계에 납작 엎드리는 사이에 휙, 공기를 가르는 소리가 났다. 화살 하나가 팔을 스치듯 날아가더니 흙 계단에 박혔다. 어깨에서 불과 30센티미터 떨어진 거리!

새뮤얼은 그대로 얼어붙었다. 화살이 날아온 왼쪽 방향을 살피던 새뮤얼의 눈이 휘둥그레졌다. 어둠 속에 늘어서 있는 인간의 형체들을 본 것이다. 궁수들, 아니 쇠뇌사수들인 것 같았다. 적어도 50명쯤 되는 병사들이 두 줄로 도열해 있는데 첫째 열은 무릎을 꿇은 자세였고, 둘째 열은 서 있었다. 부동자세로 새뮤얼이 움직이기를 기다리고 있는 것이 틀림없었다. 새뮤얼은 오른쪽으로 달아나려고 했지만 상황은 마찬가지였다. 같은 수의 병사들이 한 발짝이라도 움직이면 화살을 날릴 기세로 도열해 있는 것이 아닌가.

저들이 여기서 뭐 하는 거지? 새뮤얼은 의문이 들었다. 내가 오는 걸 어떻게 알았을까? 그리고 지금은 왜 쏘지 않는 거지? 100대 1의 싸움인데!

공포에 떨던 새뮤얼은 잠시 후 이 부동성과 침묵이 수상쩍었다. 명령을 내리는 소리도, 찰그랑거리는 갑옷 소리도, 숨소리도 들리지 않았다. 조각상들인가? 체임벌린이 진흙으로 빚은 병사들이 무덤을 지키고 있다고 말하지 않았던가! 그 말이 사실이라면 살아 있는 병사들이 아니라 조각상들이었다! 그러나 궁전에 접근하면 화살을 쏘아대는 일종의 자동인형들이라면…….

새뮤얼은 정신을 바짝 차리고 오솔길을 살폈다. 포석……. 네모반듯한 검은색 포석마다 표의문자가 진홍색으로 새겨 있었다. 포석들이 활 쏘는 걸 조종하는 건가……? 포석 중 하나를 건드리는 순간 작동하는 장치가 숨어 있는 것이 틀림없었다.

새뮤얼은 발을 움직이지 않고 흙 계단에 박힌 화살을 뽑았다. 화살대는 단단한 나무를 깎아 만든 것이고, 동으로 만든 촉은 무시무시하게 날카로웠다. 상처를 내기 위해서가 아니라 죽이기 위해서 만든 무기였다. 새뮤얼은 허리를 숙이고 그 화살로 오솔길 가장자리를 따라 흡사 회색 융단을 깔아놓은 듯 이끼식물로 뒤덮인 흙바닥을 찔러봤다.

몇 번 찌르자 강철 물림장치 같은 것에 화살이 물리면서 세 동강이 났다. 늑대라도 잡을 덫이 아닌가. 선불리 오솔길을 따라가다가 무슨 일을 당할지는 생각할 필요도 없었다.

새뮤얼은 용기를 냈다. 무슨 방법이 있을 거야. 방법은 반드시 있게 마련이니까. 새뮤얼은 도저히 접근할 수 없는 궁전 주변을 다시 한 번 살폈다. 어둠에 잠긴 정원, 상상을 초월하는 함정들, 예상보다 훨씬 많은 진흙병사들, 포석을 두 줄로 깔아놓은 오솔길. 검은 바탕에 진홍색 문자를 새긴 포석들, 처음 볼 때는 단순한 장식이라고 생각했던 새뮤얼은 잠시 정신을 집중하다가 글자가 무슨 의미인지 알아차렸다. 月 = '달', 人 = '사람', 火 = '불', 木 = '나무', 山 = '산'……. 내가 중국의 한자를 이해하다니! 동시번역의 마법이 작동하고 있는 것이다!

이제 어떡하지? 가까이 있는 포석들을 훑어보니 대략 다섯 가지의 글자가 무질서하게 이어져 있었다. 글자들을 다 합해서 생각해 봤지만 의미를 알 수 없었다.

그 순간 문득 『마법의 13가지 위력』의 마지막 페이지에 있던 그림이 떠올랐다. 진시황의 무덤 위로 보이는 태양이 네모난 구멍이 뚫린 중국 동전과 비슷했었다. 그런데 그 동전에…….

새뮤얼은 호주머니에서 황금팔찌를 꺼내고 이곳까지 인도해준 중국 동전을 팔찌에서 뺐다. 마법서의 그림과 똑같이 생긴 동전 양면에 같은 문자들이 새겨 있었다. 人과 山, '사람'과 '산'. 오솔길 포석들에 새겨 있는 글자들 중 두 개가 일치했다. '산 속에 있는 사람'을 뜻하는 걸까? 지금 이 순간 새뮤얼의 상황이 아닌가. 방문자에게 정원을 통과할 수 있는 방법을 알려주는 걸까?

새뮤얼은 또다시 포석들을 뚫어져라 쳐다봤다. 왼쪽 포석에는 달을 뜻하는 문자가 새겨 있고, 바로 옆 오른쪽 포석에는 산을 뜻하는 문자가 새겨 있었다. 이 포석부터 시작해야 하는 걸까?

새뮤얼은 조심스럽게 발을 내밀되 여차하면 뒤로 물러설 작정으로 山이라는 글자 위에서 발가락에 힘을 주었다. 이 포석은 쑥 들어가지 않았다. 새뮤얼은 심호흡을 하면서 네모난 포석 위에 발을 내딛었고…… 화살은 날아오지 않았다. 다음 칸의 포석 두 개에는 표의문자 火(불)과 人(사람)이 짝을 이루고 있었다. 새뮤얼은 '사람'을 선택했고, 이번에도 진흙병사들 쪽에서는 아무런 반응이 없었다. 좋은 징조인가?

새뮤얼은 그런 식으로 두 줄로 이어지는 포석들 중에서 山과 人을 번갈아 밟다가 때로는 한 칸을 건너뛰면서 마지막 포석까지 이르렀다. '돌차기' 놀이보다는 그리 어렵지 않았다.

무사히 궁전으로 들어가는 정문 앞에 이른 새뮤얼이 동판을 씌워서 상당히 묵직한 문을 밀자 궁전의 앞마당이 나타났는데 역겨운 냄새가 진동했다.

"또!" 새뮤얼이 다급히 외쳤다.

진흙으로 빚은 쇠뇌사수 3명이 시위를 당길 자세를 취하고 있었다. 진흙 쇠뇌사수들은 키가 거의 비슷하고, 얼굴 표정이 정말 살아 있는 것 같았다. 음울한 눈빛, 단단한 이마, 새까만 수염, 구릿빛 피부, 땋아서 쪽을 찐 머리. 금속 가슴받이를 착용하고 쇠뇌를 들고 있는데 시위가 팽팽했다. 등불의 희미한 불빛이 연출하는 완벽한 착시 현상인가?

진흙 쇠뇌사수들 앞에서 길이 세 갈래로 나뉘었는데 문자 한 개씩 반복되던 포석들이 이번에는 더 복잡했다. 왼쪽에는 人과 木, 가운데에는 火 山, 오른쪽에는 人 山. 함정에 걸려들지 않으려면 선택을 잘하라는 뜻인데…….

새뮤얼은 표의문자의 뜻을 생각했다. 왼쪽 길의 人 木, 좀 전의 포석에서 이미 경험한 두 개의 문자였다. 人과 木는 '사람'과 '나무'. 人 木, 즉 '나무에 기댄 사람'은 다시 말해서 휴식을 뜻하는 것이었다. 가운데 길은 火 山, 불을 뜻하는 문자와 산을 뜻하는 문자의 결합은 '화산'을 말하는 것이 틀림없었다. 오른쪽 길의 人 山은 사람과 산의 결합, 이 두 글자는 지금까지 행운을 가져다주었는데. 중국 관습에 따르면—새뮤얼은 본능적으로 그런 느낌이 들었다—이 두 문자의 조합은 특별한 의미가 있었다. 人 山, 산 속에서 자연과 벗하며 은둔하는 신선을 가리켰다. 죽지 않는다는 신선, 진시황이 바라는 것이 바로 영생이 아니었던가!

새뮤얼은 더 이상 망설이지 않고 영생의 길을 선택했다. 첫 번째 줄, 두 번째 줄, 세 번째 줄 포석……. 쇠뇌사수 셋은 옴짝달싹하지 않았다. 새뮤얼은 진흙병사들을 돌아 10여 미터를 전진하다가 코를 틀어막으며 멈춰 섰다. 역겨운 냄새는 여기서 나는 것이었다. 거의 해골 상태의 송장이 바닥에 엎어져 있는데 등에 화살이 꽂혀 있었다. 진시황을 지키는 병사들의 공격을 피하지 못한 도굴꾼이나 길 잃은 관광객인가? 궁전을 몇 미터 눈앞에 두고 쓰러진 자가 손을 뻗어, 끝내 이르지 못한 곳을 가리키고 있었다.

불행한 일을 피하기 위해 돌아서려던 새뮤얼은 송장의 쭈글쭈글한 긴 손가락에 끼인 큼직한 반지를 봤다. 혐오감이 일지만 새뮤얼은 몸을 숙이고 반지를 살폈다. 은으로 만든 반지인데 탑이 새겨져 있었다. 이 반지는? 정확하게 말해서 15세기의 브루게에서 새뮤얼이 연금술사의 비밀 실험실을 뒤지다가 붙잡혔던 날 실험실 주인 클러그가 이런 반지를 끼고 있었는데! 따라서 이 반지는 브루게의 연금술사, 에쿠테트 클러그의 반지가 틀림없었다. 맙소사, 진시황의 무덤까지 왔다가 죽은 자가 그럼 클러그란 말인가?

새뮤얼은 충격을 받았다. 그 연금술사를 좋아하지 않았지만, 자기가 사는 시대도 아닌 먼 이국땅에서 생을 마치다니……. 시간 여행의 종말이 이것인가? 무엇을 얻기 위한 것인가, 결국은 이렇게 허망한 죽음에 이르고 말 것을!

새뮤얼은 클러그와 있었던 좋지 않은 기억을 떠올리면서 허리를 세웠다. 지금의 깨달음을 명심하고 더욱 신중을 기해야 했다. 새뮤얼은 궁전과 떨어져 있는 마지막 몇 미터 거리를 조심스럽게 걸어갔다. 입구 양쪽에 높이 1미터 50센티미터쯤 되는 흰색 항아리 두 개에서 타오르는 불길이 주위를 밝히고 있었다. 항아리에 반쯤 들어 있는 기름에서 악취가 나고, 나선형으로 길게 꼬인 심지가 있는 것으로 보아 생선 기름으로 만든 등불인 모양이었다. 저 상태로 얼마 동안이나 불을 밝힐 수 있을까?

새뮤얼은 숨을 죽이면서 궁전으로 들어갔다. 초록색 용과 노란색 용을 새긴 문으로 들어서자 대기실 같은 방으로 연결되었다. 벽에 빨간색 태피스트리가 걸려 있고, 네 벽면을 따라 낮은 의자들이 놓여 있었다. 왼쪽에 있는 계단을 따라 아래쪽 방으로 내려가 보니 선반에 항아리들이 놓여 있고, 바구니가 천장에 닿을 정도로 잔뜩 쌓여 있었다. 새뮤얼은 호기심에 항아리 뚜껑 몇 개를 들춰봤다. 곡식, 말린 과일, 맥주……. 이집트의 장례 문화와 마찬가지로 고인이 저승 여행을 떠날 때 필요한 지상의 음식들이었다.

계단을 따라 다시 올라간 새뮤얼은 옆방으로 들어갔다. 노란 모래를 깔아서 만든 커다란 원형경기장 안에 근육질 체격의 투사 조각상 둘이 아랫도리만 가린 차림으로 마주하고 있었다. 또 다른 한 명이 경기장 밖에서 손가락을 치켜들고 있는 것은 투사들에게 격투를 시작하거나 끝내라는 신호일까? 새뮤얼은 일종의 실내 체육

관이라고 생각했다. 온통 하얗고 가구라곤 없는 경기장 한쪽 구석에 누각으로 나가는 나무 계단이 있었다. 누각은 훤했고, 마당과 정원이 내다보였다. 누각은 회랑으로 에워싼 정자로 연결되는데 향연이나 접대를 위해 꾸며놓은 것처럼 강렬한 색의 리본들이 늘어져 있었다. 정자 안에는 대형 식탁 세 개에 식기 세트가 놓여 있고, 작은 단지들, 요리 대신 백조, 오리, 돼지 등 진흙으로 빚은 동물들, 쟁반을 향해 손을 내밀고 있거나 술잔을 들고 마시는 모습을 표현한 조각상들이 있었다. 흥청망청 놀던 사람들이 식사하는 중에 저주의 마법에 걸렸는데 그 마법을 푸는 주문을 날리면 당장이라도 되살아날 것 같았다.

"알았어, 알았다고!" 두려움이 엄습한 새뮤얼은 정적에 대고 외쳤다. "대단한 함정이 많다는 거 인정하겠는데…… 여길 어떻게 나가냐고?"

새뮤얼은 주변을 살폈지만 태양의 돌과 비슷하게 생긴 것은 보이지 않아서 실망한 채 누각으로 돌아갔다. 이번에는 리본만 빼놓고 좀 전의 정자와 비슷한 흰색과 빨간색의 두 번째 정자로 이르는 작은 구름다리를 건넜다. 훨씬 검소한 정자였고, 거의 비어 있었다. 정자 한가운데에 적어도 키가 2미터에 이르는 조각상 하나가 서 있는데 좀 전에 봤던 조각상들과는 아주 달랐다. 조각상이 표현하는 인물은 나이가 지긋하고 검은 수염에 뒤로 넘긴 머리, 표정과 눈빛에 위엄이 넘쳤다.

특히 식탁에 둘러앉아 있던 좀 전의 인물들과는 달리 이 조각상은 진짜 옷을 입고 있었다. 소매가 넓은 황금색 외투 위에 걸친 초록색 덧옷(식물이 뒤얽힌 무늬를 수놓은)은 광채가 났다. 게다가 머리에 널빤지 모양의 덮개 같은 걸 쓰고 있는데 미니 커튼처럼 양쪽으로 늘어진 진주 장식 때문에 얼굴이 부분적으로 가려 있었다. 혹시 기원전 210년의 왕관인가? 옆구리에 은으로 만든 검을 차고, 마치 전 세계에 자신의 뜻을 강요하듯 강압적인 몸짓으로 오른손을 내밀고 있었다.

진시황이 틀림없었다.

주위의 벽은 모두 시커멨고, 흰색 바탕에 빨간 글자를 새긴 깃발들이 눈에 띄었다. 한나라를 멸망시켰다, 조나라를 멸망시켰다, 연나라를 멸망시켰다, 위나라를 멸망시켰다……. 그 깃발 중 여섯 개가 정복자의 혁혁한 승리를 기념하는 깃발이었다. 깃발마다 그 밑에 회색 기념비를 세워놨는데 다음과 같은 글이 새겨 있었다. 진시황이 이뤘노라. 진시황은 겸허함이라곤 없는 오만한 인물이 틀림없었다.

새뮤얼은 이어서 정자와 반대 방향으로 이르는 계단을 내려가서 궁전 뒤편과 연결되는 동을 씌운 문을 통과했다.

"이럴 수가!" 새뮤얼이 내뱉었다.

요정의 공원이라고 해야 하나! 별이 총총한 시커먼 하늘, 은빛 강에 놓인 기괴한 다리로 복잡하게 연결된 여러 개의 섬. 나무와 조각상의 실루엣들이 있는 섬마다 항아리 등불이 주위를 밝히고 있고, 중앙에는 지붕에 파고다형 탑을 세운 사찰이 보였다. 호수 같은 강 건너편 기슭의 하늘은 높이 쌓아올린 바윗덩어리들에 막혀 보이지 않았는데 마치 지진이라도 일어나서 이승으로 가는 길이 막혀 있는 듯했다.

새뮤얼은 기슭으로 가까이 가기 위해 이끼식물과 자갈이 깔린 오솔길로 내려갔다. 그러고는 번쩍거리는 액체에 손가락을 담갔다가 뺐는데 금속성의 은빛 물질이 묻었다. 수은……. 맙소사, 수은으로 강을 만들어놓다니! 새뮤얼은 첫 번째 섬으로 들어갔다. 검을 찬 진흙병사 둘이 팔짱을 낀 자세로 있었다. 그 뒤로 동으로 만든 마차와 네 필의 백마가 보이는데 모두 실물 크기였고, 저녁 산보를 나온 황제를 방금 전에 내려놓은 것 같았다. 한 무리의 악기 연주자들이 황제를 맞으려는 듯 거기서 몇 발짝 떨어진 곳에 대기하고 있었다. 수행하는 하인들 중에는 허리를 굽힌 자세로 냅킨이나 과일을 가득 담은 바구니, 술잔을 내미는 이들도 있었다. 거기서 길이 두 갈래로 나뉘는데 오른쪽 섬에는 풀을 뜯어먹는 형상의 동물들이 보이고, 왼쪽 섬에는 지붕에 파고다형 탑을 세운 사찰이 있었다.

왼쪽 섬을 선택한 새뮤얼은 다리를 건너서 벽에 구멍을 낸 사찰로 들어갔는데 첫 번째 계단 양쪽에서 용 형상의 석상이 지키고 있었다. 안으로 들어가니 진주를 엮어 커튼처럼 드리운 흰색의 커다란 침대에 진시황이 누워 있었다. 새뮤얼은 두려운 마음에 적당히 거리를 두고 멈춰 섰다. 노인이 알록달록한 비단으로 지은 수의 차림으로 똑바로 누워 있는데 옆에 긴 지팡이가 놓여 있었다. 회색 수염에 가려서 얼굴은 잘 보이지 않지만—자세히 보려면 진주 커튼을 젖혀야 했다—시신 보존을 위해 방부 처리를 했을 텐데도 불구하고 세월의 흐름을 이기지 못한 얼굴이 차츰 메말라버린 듯 광대뼈와 이마가 초췌했다.

벽을 따라 줄지은 동으로 만든 의자들을 제외하고 장식이라고는 정성 들여 글귀를 써놓은 흰색 깃발밖에 없었다. 나는 세 군단으로 제국을 다스렸노라. 정복을 위한 무관들, 건물 축조를 위한 일꾼들, 관리를 위한 문관들. 세 군단을 상징하는 사물들이 깃발 밑의 바닥에 고정되어 있었다. 교차시킨 화살과 검, 망치와 끌, 붓과 대나무 서판. 더 보고 있기가 거북한 새뮤얼은 까치발을 들고 살금살금 물러났다.

섬의 다른 쪽을 둘러보다 돌담을 넘은 새뮤얼은 다른 섬들에서 보이는 지상의 모습을 축소한 모형에 더 이상 놀라지 않았다. 수은 강을 따라 거리, 주민들, 정원…… 등 진짜처럼 만들어놓은 도시들. 새뮤얼은 허리까지 올라오는 모형 집들 사이를 걸으면서 난쟁이 나라 릴리퍼트에서 길 잃은 걸리버가 된 느낌이었다. 섬세하게 재현해놓은 다양한 형태의 집들, 물건을 잔뜩 벌여놓은 장사꾼들의 노점, 말들이 있는 마구간, 열린 창문을 통해 보이는 집 안의 가구들, 샘터, 감시탑, 중앙 광장을 굽어보는 궁전……. 진시황은 자신의 도시들을 미니어처로 재현해놓은 것이었다. 다시 말해 황제는 제국과 함께 묻혀 있는 것이다!

새뮤얼은 강 건너편으로 이르는 다리까지 걸어갔다. 희미한 불빛 때문에 확실하지는 않지만 바윗덩어리로 이뤄진 벽 밑에 시커먼 구멍 같은 것이 보였다. 출구인가?

모래밭을 뛰어가던 새뮤얼은 가슴속에서 두 개의 박동 소리가 커지는 것을 느꼈다. 근처에 태양의 돌이 있는 것이 분명해! 새뮤얼은 바위 사이에 있는 둥근 문에 다가서서 황금팔찌의 불빛을 비추면서 빗장을 풀었다. 문은 바윗덩어리를 파내서 만든 동굴로 연결되었다. 그런데 동굴 한가운데에…….

새뮤얼은 잠시 얼이 빠진 듯 꼼짝도 하지 못했다. 태양의 돌……. 가슴속에서 뛰는 또 하나의 박동, 태양의 돌이 분명했다. 그런데…… 울퉁불퉁한 바닥에 자리 잡은 돌은 태양문양도 수송의 구멍도 없었다. 사용할 수 없는 돌이었다!

새뮤얼은 이리저리 유심히 살폈다. 분명히 돌의 박동이 느껴지지만, 황금팔찌와 동전을 끼워 넣을 태양문양이 없었다. 아직까지는 그 누구도 사용한 적이 없는 자연석이었다.

새뮤얼은 불현듯 임호텝의 전설을 떠올렸다. 세트니 대신관이 뭐라고 했지? 타후티 신은 건축가이자 의사인 임호텝에게 중병에 걸린 파라오의 딸을 낫게 할 치료법을 찾으러 다닐 수 있게 돌을 조각하는 방법을 가르쳐주었다고 했다. 그러면서 세트니는 경고의 말을 덧붙였다. '시간의 길을 다니는 사람은 누구나 한 번쯤은 태양신 라의 돌을 만들고 싶은 충동에 빠지기 마련이지. 무엇보다도 순수한 의도로 갈 곳을 선택하는 자는 마법이 작동하는 돌을 얻게 될 것이야…….'

진시황의 무덤에서 나가려면 태양의 돌을 만들어야 한다는 건데!

"하지만 방법을 모르잖아." 새뮤얼은 한탄하듯 중얼거렸다. "연장도 없고……. 돌을 다듬을 망치 같은 게 있어야 하는데……."

연장? 새뮤얼은 기억을 더듬었다. 어디서 봤는데!

새뮤얼은 지체 없이 진시황의 시신이 있는 파고다형 탑을 세운 사찰로 돌아갔다. 하얀 깃발이 흔들리고 있었다. 나는 세 군단으로 제국을 다스렸노라. 정복을 위한 무관들, 건물 축조를 위한 일꾼들, 관리를 위한 문관들. 이번에 새뮤얼의 관심은 일꾼들이었다. 깃발 밑의 바닥에 고정해놓은 사물들 앞으로 가서 망치와 끌을 잡았다. 이 연장들은 우연히 여기 놓여 있는 것이 아니었다. 망치와 끌은 산 사람들의 세상으로 가는 데 꼭 필요한 통행증이나 다름없었다.

나가려고 할 때 등 뒤에서 나는 소리에 새뮤얼은 피가 얼어붙었다.

"잠깐!" 무덤 저편에서 나는 것 같은 목소리가 외쳤다.

IX
秦始皇

새뮤얼은 갑자기 온몸의 관절 기능이 떨어진 것처럼 아주 천천히 돌아섰다. 자기 눈을 믿을 수가 없었다.

침대에 일어나 앉은 진시황이 떨리는 손으로 진주 커튼을 젖히고 있었으니……. 산송장, 이런 경우를 산송장이라고 하는 건가?

새뮤얼은 두려움에 당장 도망치고 싶었지만, 노인의 어조에 위엄이 넘쳤다.

"대화를 나눠야겠다. 좀 더 가까이 오라, 얼굴을 보면서 얘기해야지……."

연륜에서 묻어 나오는 강인한 의지가 담긴 어투라, 새뮤얼은 거역하지 못하고 로봇처럼 복종했다. 머리와 수염이 회색인 진시황은 세월의 흐름을 이기지 못한 얼굴이었다. 가죽만 남은 뺨과 이마, 해골 같은 얼굴에 눈동자는 거의 하얗고 공포가 어려 있었다.

"넌 아주 어리구나." 진시황은 정신없이 흔들리는 진주 커튼을 한데 모아 묶으면서 말했다. "그는 예언하지 않았어……."

"예언이요?" 새뮤얼은 깜짝 놀라서 물었다.

"그는 누군가 올 거라고 약속했지. 하지만 그게 언제인지, 특히 누가 오는지 예언하지 못했다. 어쨌든 그도 소년일 거라고는 생각하지 않았어."

진시황이 말할 때마다 성대가 찢어지는 것 같았다. 얼마나 오랫동안 입을 열지 않았던 걸까?

"폐하께서는……?" 새뮤얼은 어물어물 말했다. "분명 좀 전에 봤을 때는……."

진시황은 웃음을 터뜨렸는데 낡은 문이 삐걱거리는 듯한 소리가 났다.

"죽어 있었다고? 어떤 면에서는 그렇지. 내 장례를 치렀던 이들에게는 죽은 사람이니까. 세월이 얼마나 흘렀지? 100년? 200년? 300년? 모르겠군……. 하지만 안심해도 된다, 나는 곧 다시 죽을 거야. 그게 순리니까."

"무, 무슨 말씀인지 모르겠습니다." 어리둥절한 새뮤얼이 대답했다.

"우선 물을 좀 가져오너라." 진시황이 새뮤얼의 말에 대꾸하지 않은 채 명했다. "목이 말라. 그다음에 설명해주지." 새뮤얼이 움직이지 않자 진시황이 다시 말했다. "바로 뒤에 우물이 있어. 내 무덤

밑에 세 개의 샘이 있는데 시안 지역에서 가장 맑은 물이다. 그 연장은 내려놓아라, 빼앗을 생각 없으니까."

새뮤얼은 복종하면서 팔걸이가 있는 안락의자에 망치와 끌을 내려놓고 돌아섰다. 몇 미터 떨어진 데에 정말 우물이 있었다. 새뮤얼은 자기로 만든 두레박을 이리저리 움직이다가 끌어올렸다. 두레박에 담긴 맑은 물을 살펴보면서 냄새를 맡았다. 썩은 것 같지 않았다. 새뮤얼도 목이 말랐기 때문에 물을 마시고 나서 옆에 놓인 단지 하나에 쏟아부었다. 단지를 들고 돌아온 새뮤얼은 그사이에 침대 가장자리에 앉은 진시황에게 내밀었다. 황제는 고마워하는 기색 없이 두 손으로 단지를 받아 마시기 시작했는데 꾸르륵, 꾸르륵 심상치 않은 소리가 났다. 마지막 한 방울까지 꿀꺽꿀꺽 다 마신 진시황이 혀를 찼는데 목소리가 훨씬 명확했다.

"음, 얼마나 목이 말랐는지!" 그러고는 진시황이 대뜸 새뮤얼에게 삿대질을 하면서 나무랐다. "쯧쯧! 너! 무엄하구나! 황제에게 시중들 때는 허리를 굽혀야 한다는 것도 모르느냐? 어느 야만적인 나라에서 왔는지 모르겠으나 예절을 무시하면 안 되느니! 그리고 그런 표정으로 나를 쳐다보지 말라. 물고기 눈같이 생긴 얼빠진 얼굴의 애송이를 만나겠다고 그 많은 세월을 기다렸던 게 아니다! 이제 앉아서 내 말을 끊지 말고 끝까지 잘 듣거라. 네가 설령 보이는 것보다 나이가 많다고 해도 한때 여러 왕국을 멸망시켰던 이 팔로 너

하나쯤은 아직 때려눕힐 수 있느니라!"

진시황이 금색 술 장식이 달린 검은색 지팡이를 쳐들자 새뮤얼은 복종하는 시늉을 했다. 새뮤얼이 한 의자에 앉자 노인의 우윳빛 눈이 만족감을 드러냈다.

"암, 그래야지. 먼저 나에 대해 몇 가지를 알아야 한다. 귀를 기울이거라. 너는 내 말을 듣는 마지막 사람이 될 것이기 때문이다. 너의 무례함으로 판단하건대 내 말을 제대로 헤아릴는지 모르겠으나 중국 최초의 황제, 그 유명한 진시황제 앞에 있다는 걸 무한한 영광으로 알아야 하느니라."

자신이 한 말의 효과를 보기 위해 진시황이 잠시 말을 중단하자 새뮤얼은 경의를 표하는 표정을 지어냈다.

"깃발에 적힌 대로 나는 세상에서 가장 강하고 가장 영구적인 왕국을 세우라고 하늘이 선택한 황제이니라. 그 목적을 위해 나는 법, 도량형과 화폐, 문자를 하나로 통합하였다. 수많은 도로와 운하를 건설했고, 나라를 지키기 위해 전대미문의 만리장성을 축조하였다. 다시 말해 나는 세월의 풍상에 견디어낼 수 있는 나라를 만든 것이다."

진시황은 자기도취에 취한 듯 고개를 끄덕였다.

"그래서 묻겠는데 네가 사는 시대에도 중국이란 나라가 존재하느냐?"

"아, 네, 존재합니다." 새뮤얼이 대답했다.

"천하를 통일한 최초의 나라로 존재하겠지?"

새뮤얼은 실수하지 않으려고 대충 얼버무렸다.

"네, 어떤 면에서는 그렇다고 볼 수 있습니다."

"그것 봐라! 모두 내 덕분이야! 나를 이렇게 대면하고 있는 것이 얼마나 큰 영광인지 이제 알겠느냐?"

"네, 무한한 영광이옵니다." 새뮤얼은 한술 더 떴다.

"좋아, 아주 좋아." 진시황이 흡족해했다. "이제야 네 머리가 열리기 시작하는구나. 그러나 인간들과 운명을 지배하지 않고서야 어찌 그러한 위업을 이뤄낼 수 있으랴!" 진시황은 더 심하게 떨리는 손을 마주 잡으면서 단언했다. "나는 늘 반대에 부딪혔고, 하여 나에게 대항했던 몇몇을 처형해야 했다."

그렇게 해서 얼마나 많은 병사와 신하를 희생시켰습니까? 새뮤얼은 수많은 세월을 지나서야 눈을 뜬 진시황에게 속으로 물었다.

"천하를 통치함에 따라 나는 몇 가지 잘못을 저질렀다. 아주 큰 잘못이었지." 진시황이 한숨을 내쉬었다.

침묵이 흘렀고, 진시황의 우윳빛 눈에 눈물이 맺히는 것 같았다.

"나는 제국을 확장하는 것으로 만족하지 않았다. 내 제국이 영원무궁하길 바랐으니까. 나와 동시대인들뿐만 아니라 그들의 자식, 그 자식의 자식, 후대의 모든 세대를 통치하고 싶었다. 그래서 나는 불로불사가 되고자 하였다."

진시황은 마치 이런 고백을 한다는 것이 몹시 괴로운 듯 잠시 새뮤얼의 눈길을 피하다가 말했다.

"펑라이의 싼시엔 산을 아느냐?"

새뮤얼은 고개를 저었다.

"동쪽 바다에서 멀리 떨어진 섬에 있는 산이다. 고대인들에 따르면 그 산에 영생의 샘이 숨어 있지. 그곳으로 원정대를 계속 파견하였으나 모조리 행방불명되거나 끝내 영생의 샘을 찾지 못하고 돌아왔어. 그러던 중 자칭 루 도사라는 자를 생포하였는데 싼시엔 산에 올랐다가 그 샘의 비밀을 알아냈다고 주장했다. 루 도사는 그 증거로 자기가 그 산에서 터득했다는 일종의 명상법을 가르쳐주었는데 현재를 벗어나 무아지경에 이르는 기술이었지. 가슴속 시간의 흐름에 귀를 기울이고 심장박동과 박자를 맞추면 되는 것이었다. 무아지경에 도달하면 정상적인 생명의 흐름을 벗어나 시간의 흐름을 지연시킬 수 있다는 거였다. 좀 전에 네가 발견했을 때 나는 바로 그 무아지경에 빠져 있었지. 육신의 노화는 잠든 영혼에 아주 천천히, 아주 미약한 영향을 주기 때문에……."

단지에 물이 남아 있는지 확인하던 진시황이 아쉬운 표정을 짓더니 목소리를 가다듬고 말을 이었다.

"그리고 몇 주 후, 루 도사는 내 불신을 완전히 잠재우는 데 성공하였다. 그의 말에 따르면 무아지경 상태는 불로불사의 길로 이르는 첫 단계에 지나지 않지만 자기의 말을 성실하게 따르면 곧 목적을 달성한다는 거였어. 게다가 시간 여행을 하는 기술도 터득할 수 있다는 거였지. 그러나 그렇게 하려면 먼저 하늘이 내리는 능력을 받기 위해 신성한 산으로 순례의 길을 떠나 정신을 정화해야 한다는 거야. 불행히도 욕심에 눈먼 내가 그 말을 믿고 산으로 떠났으니……. 제국의 변방에서 몇 달 동안의 순례 생활 끝에 수도로 돌아와 보니 그 틈에 루 도사가 권력을 잡고 부를 축적해놓았더군. 그런데도 나는 영생하겠다는 망상에 사로잡혀서 아무것도 보려고 하지 않았다. 루 도사를 경계하라는 신하들의 충언도 들으려고 하지 않았고……."

진시황은 오랜 세월 짓누르던 것을 내려놓은 것처럼 숨을 길게 내쉬었다.

"어느 날, 궁정의 문관들이 내게 루 도사라는 인물의 정체와 진짜 의도가 무엇인지 의심이 간다고 진언하였다. 그러나 나는 문관들의 말을 듣기는커녕 진노했지. 단지 문관들은 나를 영생하게 만들겠다는 루 도사를 유배시키라고 요청했을 뿐인데, 그 간악한 자의 독살스러운 말만 듣고 본보기로 문관들에게 천추의 한이 되어버린 벌을 내렸다. 문관들의 간청에도, 그 아내들의 눈물에도, 아이들의 울부짖음에도 내 눈과 귀를 막고 460명의 문관을 처형해버리는 것으로 화풀이를 하였다. 내 명과 내 뜻에 따라 산 채로 매장된 이들도 있었으니……."

진시황은 두 손으로 머리를 감싸고 관자놀이를 문질렀다.

"그들의 울음소리가 아직도 귓가에 생생해. 정말 이상한 일 아닌가? 그 많은 세월 동안 내 적들의 죽음에 아랑곳없던 내가 그날 이후로 잠과 동시에 불로불사하겠다는 욕망이 사라져버렸지. 신성한 산에서 지낸 덕분에 나도 모르는 사이에 정말로 어떤 경지에 이른 것인가."

진시황은 얼굴에서 두 손을 떼고 동의를 구하듯 새유얼을 쳐다봤다.

"먼저 그 모든 일의 원인이 된 루 도사에게 복수하고 싶어졌지. 그러나 손으로 얼굴을 가린다고 허물이 가려질까. 그 학살의 모든 책임은 나였는데 루 도사를 죽이는 것은 내 죄를 남에게 덮어씌우는 것이 아닌가. 따라서 나는 그자를 제국에서 추방하고 국경에서 1만 보 이내에 접근 금지령을 내렸다. 나에 대한 벌은 죽음 말고 어떤 판결을 내릴 수 있을까! 나 자신 말고 어느 누가 나를 벌할 수 있을까! 내가 지은 큰 죄를 잊으려면 죽는 길밖에 없었다. 죽기로 결정한 전날 이 무덤에 와서 묵상을 하였다. 공사를 시작한 지 수십년 만에 무덤이 완성되었다는 것 또한 하늘의 뜻이라는 생각이 들었다. 그런데 나 혼자 있어야 할 곳에서 뜻밖의 사람을 만났지. 거무스레한 얼굴빛에 삭발한 키 작은 남자가 불쑥 나타났으니……. 내가 처형했던 문관 중 한 사람의 유령이려니 생각하면서 검을 뽑아 들었지만, 무슨 마법을 부렸는지 나를 무력화시키더니 자기 말을 듣게 하였다."

그 말에 새뮤얼은 가슴이 두근거렸다. '거무스레한 얼굴빛에 삭발한 키 작은 남자? 전투에 능숙한 무사를 제압할 수 있는 사람은 아몬을 섬기는 대신관 세트니 말고 누가 있을까?'

"그 남자는 다른 세상에서 왔다면서 시간의 흐름을 마음대로 조종하는 기술을 알고 있다고 말했지. 그리고 여기서 일어난 일을 알고 있다면서 내 죄를 속죄하는 방법을 알려주겠다고 제안하였다. 나는 호위대를 부를 수도 있었지만, 그 남자가 거짓으로 하는 말이 아니라는 걸 알았지. 나는 그 남자에게 과거에서 올 수 있었다면 왜 좀 더 일찍 와서 문관들의 처형을 막지 않았냐고 물었다. 그 남자는 이미 일어난 일은 어쩔 도리가 없는데 운명의 흐름을 바꿀 경우에는 엄청난 재앙이 연쇄적으로 일어난다고 답하였다. 그걸 바꾸려고 하면 상황을 더 악화시킬 뿐이라면서……."

세트니 대신관이 틀림없었다.

"제가 아는 분입니다." 새뮤얼은 단호하게 말했다. "돌을 지키는 사람입니다. 절실하게 필요한 순간에 저를 도와주셨던 지혜롭고 훌륭한 분입니다."

"돌을 지키는 사람이라, 그거 어울리는 표현이로다. 여기도 문제의 기이한 돌이 있지. 내가 궁전을 비운 동안 루 도사가 쇠뇌사수들이 지키는 정원의 바위에 이상하게 생긴 태양을 새겨놓은 거야. 이 옆에 있는 동굴에도 태양문양을 새기려고 했으나 내가 추방했기 때문에 그자는 뜻을 이루지 못했다. 네가 지혜로운 분이라고 하는 그 '돌지기'에게 내가 루 도사의 돌들이 께름칙하여 부수겠다고 했더니 그 돌을 파괴하는 것은 신성 모독이나 다름없다고 말하더군. 그보다는 그 돌들을 잘 보존해서 회한의 눈물을 흘리는 것이 훨씬 현명하다면서."

얼굴을 찌푸리면서 일어난 진시황이 비틀비틀 항아리 등불에 다가가서 기름이 있는지 확인했다.

"예상해야 했는데! 기름이 다 떨어지고 심지만 남았군. 기운이 있었으면 몇날 며칠을 타고도 계속 불을 밝힐 수 있게 기름을 가득 채워놨을 텐데. 지금까지는 내가 이따금 기름을 채웠지만……."

진시황이 새뮤얼을 향해 돌아섰다.

"나는 그 돌지기에게 약속하였다. 죽은 체하여 장례를 치르게 한 다음 누군가가 찾아올 때까지 명상과 무아지경 상태를 이용하여 가능한 한 오래 생명을 연장하겠다고. 나는 이따금 일어나서 식료품 창고에 있는 것을 먹고, 항아리 등불에 기름이 있는지 확인하고, 샘물로 목을 축이고, 정원을 산책하였다. 손님이 찾아오길 기다리면서."

"그 손님이 저라는 겁니까?" 새뮤얼은 어리둥절했다.

진시황은 두 손으로 지팡이를 잡았다.

"그건 이제부터 알아내야지, 어린 친구. 돌지기는 여기까지 찾아오는 사람에게 내가 생생한 목소리로 메시지를 전달하길 바랐다. 아주 중요한 정보라 사악한 이의 손에 들어가는 일이 없도록 문서가 아니라 직접 말해야 한다고 하였다. 대나무 서판에 글로 남기면 아무나 읽을 수 있으니까. 내 역할은 여기까지 찾아온 사람이 이 메시지를 전달할 만한 사람이 맞는지 확인하는 것이다. 돌지기는 너무 큰 죄를 짓고 늦게나마 속죄하고 있는 나 같은 사람이야말로 선인과 악인을 선별할 수 있다고 판단한 것이지."

대화를 시작하고 나서 처음으로 진시황의 얼굴이 약간 밝아졌다.

"예절을 모르는 무례한 태도는 마음에 안 들지만 네가 흑심을 품었다고는 생각하지 않는다. 아직 어린데 나의 쇠뇌사수들이 만드는 함정을 피했다는 것이 놀랍고. 어쨌든 그것만으로도 네가 범상치 않다는 증거가 되겠지!"

"메시지의 내용이 무엇입니까?" 새뮤얼이 물었다.

진시황이 새뮤얼을 뚫어져라 쳐다봤다.

"먼저 네가 충분한 자질을 갖췄는지 확신이 서야 한다. 네 손을 내밀거라……."

진시황이 의자 위에 지팡이를 내려놓고 새뮤얼의 양 손목을 가만히 잡았다.

"이제 눈을 감아."

진시황이 뼈마디가 앙상한 손가락으로 맥박을 재는 것처럼 손목을 만지는 동안 새뮤얼은 가만히 있었다.

"둘 다 있어." 진시황이 중얼거렸다. "이건 꼭 필요하지. 너도 느끼지?"

노인의 쭈글쭈글한 피부 말고 새뮤얼은 느껴지는 것이 전혀 없었다.

"모르겠습니다. 무슨 말씀인지……?"

"그 입 다물고 정신을 집중하거라. 네 가슴속에서 나는 소리가 안 들리니? 물론 네 심장이 뛰는 소리지만 다른 것이 있어. 또 하나의 박동 소리, 훨씬 느린 박자로 뛰는 소리지. 나는 너를 만졌을 뿐인데도 느껴지는데 아주 또렷하고 강해. 이것이 시간의 리듬이다. 사람들은 대부분 의식하지 못하지만, 만물과 마찬가지로 우리 인간의 가슴속에는 시간이 흐르고 있다. 내 무덤에서 떠나고 싶으면 시간의 리듬을 제어할 수 있어야 한다. 너를 다스리기 위해서는 너 자신의 속도를 늦춰야 하고, 시간을 다스리기 위해서는 너 자신을 다스려야 한다. 이 조건에서만 시간이 너의 친구가 될 것이다."

진시황이 손을 놓아주자 새뮤얼이 눈을 떴는데 황제의 표정이 다정했다.

"시간의 힘이 넘치는구나. 너는 메시지를 받을 자격이 있다. 딱

한 문장이었는데 의미는 나에게 묻지 말거라, 나는 모르니까. 돌지기는 그 메시지가 세상의 흐름을 선이나 악으로 바꿀 수 있는 아주 중요한 것으로 확신하는 것 같았다. 그 때문에 글로 남기지 않았지. 너에게 그걸 전하기 위해 나는 오늘까지 기다렸던 것이다."

"어떤 문장입니까?" 새뮤얼이 독촉했다.

"돌지기는 이렇게 말했다. '두 개의 태양은 동시에 빛날 수 없다.'"

새뮤얼은 잘못 들은 것이라고 생각했다.

"두 개의 태양은 동시에 빛날 수 없다고요? 확실합니까?"

"그래, 맞아."

"또…… 다른 말은 없었습니까?"

"다른 말은 없었다."

새뮤얼은 어리둥절했다.

"밑도 끝도 없이 그렇게 말했다고요?"

"어허, 또다시 무엄하게 구는구나!" 진시황이 나무랐다. "돌지기를 믿느냐, 안 믿느냐?"

"물론 믿지만……."

"네가 의심해야 하는 것은 그 돌지기가 아니라 너 자신이다. 다른 사람이 너를 신뢰하는 만큼 너 또한 다른 사람을 신뢰해야 하거늘 너는 아직 그 수준에 이르지 못했구나."

"신뢰요? 저는 그것 때문에 여기 온 것이 아닙니다. 나를 애타게 기다리는 여자친구가 있어서…….”

기진맥진한 진시황은 어깨를 으쓱하고 다시 침대에 앉아 말했다.

“이제 됐으니 떠나거라. 나는 네가 알아야 하는 것을 알려주었다. 너 자신의 리듬을 시간의 리듬에 맞추라는 말까지 해주었으니 내 빚은 갚은 것이다. 이제 나는 그 밖의 일에 아무런 관심이 없다. 내게도 기다리는 여인이 있어. 그 여인과의 만남이 너무 늦었구나.”

진시황은 온몸의 근육이 아픈 것처럼 신음소리를 내면서 길게 누웠다.

“시간의 리듬을 다스리라는 말 명심해. 그리고 아무에게도 발설하지 말거라. 이제 나는…….”

진시황은 더 이상 새뮤얼에게 신경 쓰지 않고 침대 중앙에 자리를 잡았다.

“그 여인을 너무 오랜 세월 애타게 기다리게 하였으니 더는 지체할 수 없어.”

진시황은 마치 최후의 만남을 위해 단장하는 것처럼 머리를 매만지고, 수염을 가다듬었다. 이어서 팔을 쭉 펴고 거의 들리지 않을 정도로 숨을 천천히 쉬었다.

“잘되기를 바란다.” 진시황은 눈을 감으면서 중얼거렸다.

새뮤얼은 어찌할 바를 몰라 멍하니 있었다. 끼어들어야 할까? 진시황을 흔들어 깨워야 하나? 살라고 설득해야 할까? 하지만 무슨 권리로? 무엇을 위해서?

마침내 새뮤얼은 노인의 마지막 뜻을 존중하기로 결정했다.

진시황을 고이 영면할 수 있게 내버려둬야 해.

X

느림 예찬

진시황의 말과 얼굴이 머릿속에 가득한 새뮤얼은 여러 개의 다리를 건너서 무너진 바윗덩어리에 막힌 은빛 강기슭으로 향했다. 새뮤얼은 깊이 생각하지 않고 동굴의 둥근 문을 잡아당겼고, 루 도사의 돌 앞에 이르러서야 정신을 차렸다. 중국 도사는 무슨 의도로 거의 같은 곳에 태양의 돌을 두 개나 만들려고 했을까? 세트니 대신관의 비밀 메시지와 어떤 관련이 있을까? '두 개의 태양은 동시에 빛날 수 없다.' 관련이 있다면 그게 뭘까?

새뮤얼은 아몬을 섬기는 대신관이 여기까지 왔다는 것도 이해가 되지 않았다. 대신관이 전달하려는 메시지의 뜻이 뭘까? 진시황의 말을 믿는다고 해도 세트니가 이런 책략을 구상했던 시대에는 이 무덤을 찾아올 사람이 누구인지 모르고 있었을 텐데……. 도대체 그 야릇한 메시지는 누구에게 전하려고 했던 것일까?

새뮤얼은 연장을 땅바닥에 내려놓고 돌의 표면을 쓰다듬었다. 들로네 선생님의 미술 시간에 조각을 배웠지만, 찰흙으로 동물 형상을 만드는 정도에 불과했다. 반면 돌을 깎는 것은 훨씬 어려운 기술이 필요한데!

새뮤얼은 망치를 들다가 몇 세기 전 세트니의 묘를 장식하는 작업반 반장 페넵이 태양문양을 완벽하게 새기던 모습을 떠올렸다. 연장으로 바위 표면을 깎는 숙련된 손놀림, 아주 쉬워 보였는데!

새뮤얼은 메르워세르의 팔찌를 돌에 대고 태양과 빛살, 구멍의 자리를 추정해봤다. 각각의 모양을 훤히 알기 때문에 종이와 연필이 있다면 데생하는 것은 문제가 없지만, 망치와 끌을 사용해서는 자신이 없었다. 새뮤얼은 태양의 윤곽을 새기기 위해 망치로 바위 윗면을 두드렸다. 그러나 망치와 끌을 사용해서 여러 번 태양문양을 새겨보려고 했지만, 원이 만들어지기는커녕 윤곽도 명확하지 않았다. 돌 파편이 사방으로 튀었고, 태양이라고 만든 것은 바람 빠진 타이어 같았다.

새뮤얼은 태양문양을 포기하고 섬세한 기술이 필요하지 않을 것 같은 수송의 구멍부터 뚫기로 했다. 그러나 역시 실패했다. 원하는 형태는커녕 돌 표면에 보기 흉한 상처만 내고 말았다. 그렇지만 방법을 찾아야 했다. 나와 앨리시어의 목숨이 달려 있는데!

불안해지는 마음을 다스리기 위해 새뮤얼은 눈을 감고 심호흡을 했다. 강하게 뛰는 돌의 박동을 느낀 새뮤얼은 돌이 원하는 곳으로 데려갈 거란 확신이 들었다.

태양의 돌에 반응하는 시간의 리듬……. 새뮤얼은 진시황이 시간의 리듬에 대해 해준 말을 떠올리면서 곰곰이 생각했다. 인체 내부의 생체시계를 의미하는 건가? 이곳을 떠나려면 가슴속에서 흐르는 시간의 리듬을 제어해야 하며, 또 그렇게 하려면 나 자신을 다스려서 속도를 늦춰야 해. 그런데 나 자신의 속도, 다시 말해 내 심장박동의 속도, 그걸 어떻게 늦추지? 새뮤얼은 의문이 들었다.

어두컴컴한 동굴에서 새뮤얼은 좀 더 정신을 집중하려고 노력했다. 심장박동의 속도를 어떻게 늦추지? 잠들어 있을 때의 심장박동 상태를 말하는 건가? 박동수가 줄어들면 신체기능 속도도 느려지는데……. 혼수상태에 빠진 아버지는 맥박이 아주 약하게 뛰고 있었다. 노화를 지연시키기 위해 무아지경 상태에 있었다는 진시황이 바로 그런 경우가 아닌가. 그러려면 먼저 심장박동에 제동을 걸어야 했다.

새뮤얼은 머릿속에 떠오르는 온갖 잡념을 떨쳐내고 심장박동에만 정신을 집중했다. 그렇게 한 가지 목적만 생각하고 있어서일까, 새뮤얼은 정신이 몸속으로 내려가서 차츰 심장과 가까워지는 느낌이 들었다. 좀 더 정신을 집중하자 우심실과 좌심실을 통해 피를 따라갈 수 있게 되었다. 대정맥에서 돌아온 피를 폐로 보내 산소를 얻게 하는 우심방과 깨끗한 피를 받아서 온몸으로 보내는 좌심방. 가득 채웠다가 비워내는 심방들, 열렸다가 닫히는 판막들, 몸속 깊은 곳에서 일어나는 생명의 움직임! 바로 뒤쪽에서 천천히 뛰는 또 하나의 박동소리, 이것부터 다스려야 하는데…….

새뮤얼은 이제 느낌이 좋았다. 잠에 빠져드는 순간의 편안한 느낌이라고 할까. 그렇지만 모든 감각이 깨어 있고 정신이 명료하기 때문에 새뮤얼은 가슴속에 공존하는 두 개의 박동을 같은 박자로 뛰게 하는 것에만 몰두했다. 마치 오래전부터 준비되어 있었다는 듯 순순히, 조용히, 심장박동이 느려지기 시작했다. 돌과 같은 박자로 느려지다 겹쳐지더니 완전히 섞여버렸다.

새뮤얼은 눈을 떴다. 동굴이 달라져 있었다. 아니, 보는 시각이 달라진 것일지도 몰랐다. 훨씬 밝아진 것 같고, 푸르스름한 안개에 잠긴 듯 희미하게 보였다. 새뮤얼은 움직임이 평소와 다르게 느껴졌고, 공기 속의 미세한 떨림이 수면에서 일어나는 파문처럼 동심원으로 커지고 있었다. 심장박동이 느려졌다고 이렇게 희한한 현상의 세상을 마주하게 되다니!

특히 금방 눈에 띌 정도로 돌이 밝아 보였다. 돌을 쳐다보는 것만으로도 새뮤얼은 태양과 빛살의 명확한 형태를 알아볼 수 있었다. 마치 예전부터 거기 있었고, 드러내주기만 기다리고 있던 것 같았다. 돌은 여행에 필요한 모든 요소를 품고 있기 때문에 그것들을 볼 수 있는 눈이 있으면 되는 것이다.

자신감을 얻은 새뮤얼은 끌을 집어 들었다. 갑자기 모든 것이 아주 간단해 보였다. 바위 속에서 어렴풋이 보이는 태양문양을 드러내기 위해 바위에 들러붙은 불순물을 떼어내기 시작했다. 완벽한 윤곽의 원이 차츰 나타나자 새뮤얼은 능란한 솜씨로 여섯 개의 빛살을 드러나게 했다. 새뮤얼은 점점 더 자신 있게 바위의 아랫부분에서 수송의 구멍을 파냈다. 임호텝, 세트니, 게리 바렌보임과 마찬가지로 이번에는 새뮤얼이 돌을 조각하는 기술을 터득하고 있는 것이다!

작업을 끝낸 새뮤얼은 연장을 땅바닥에 내려놨다. 시간이 얼마나 흘렀을까? 한 시간, 아니 1분? 의식하지 못하는 가운데 흘러간 덧없는 시간이라고 해야 하나. 새뮤얼은 눈을 감고 심장박동이 평소의 속도를 되찾기를 기다렸다. 정상 속도로 돌아오는 순간 공기를 가르는 듯한 소리가 들렸다. 어디선가 들어본 소리였다. 1932년 세인트메리의 집에서 세트니 대신관을 만난 날이었다. 새뮤얼과 릴리가 그 집을 무단 점거한 부랑아들에게 공격받고 있을 때 세트니 대신관이 슈퍼맨처럼 나타나 둘을 구해주었다. 세트니가 달려드는 한 녀석을 향해 지팡이를 쳐들었다. 그 순간 마치 시간이 멈추는 것 같았고, 부랑아 패거리의 움직임이 둔해지는 사이에 세트니는 현란한 속도로 아이들을 차례로 쓰러뜨렸다. 그제야 세트니 대신관은 긴장을 풀었고, 지금과 똑같이 공기를 가르는 듯한 소리가 나면서 시간이 제 흐름을 되찾았다. 분명히 같은 종류의 소리였다. 세트니가 보여준 그 신비한 힘을 새뮤얼도 해낸 것일까? 주위의 시간이 거의 정지된 것처럼 느려지지 않았던가.

새뮤얼은 눈을 뜨고 자신의 추측을 확인할 만한 것이 있는지 주위를 살폈지만, 동굴은 이미 본래의 모습을 되찾은 상태였다. 바위를 훤히 밝혀주던 빛이 사라지고 다시 어두컴컴했다. 완벽한 태양 문양, 수송의 구멍이 뚫린 돌을 제외하고는 달라진 것이 없었다. 새뮤얼이 직접 떠날 수 있는 시간의 문을 만든 것이다!

새뮤얼은 주머니에서 로마 지도를 꺼내 수송의 구멍에 집어넣었다. 그리고 교황 클레멘스 7세의 금화를 손에 쥐었다. 앨리시어가 너무 오래 기다리고 있었다.

XI

안개

어둠, 안개……. 눈을 뜬 새뮤얼은 흰색의 거대한 스카프에 휘감겨 있는 느낌이 들었다. 공기에 솜털 입자들이 가득하고, 귀가 먹먹했기 때문이다. 새뮤얼은 비탈길에 웅크린 채 공기를 들이마셨다. 습기가 가득 실려 있지만, 진시황의 무덤에 흐르던 공기보다는 훨씬 상큼했다. 맑은 공기였다!

출발할 때 몸을 태울 듯이 뜨거운 열기에 휩싸였던 걸 빼면 이동은 순조로웠고, 이번에는 시간 여행으로 인한 멀미가 전혀 느껴지지 않았다. 타후티 신의 돌을 조각한 것에 대한 축하의 뜻인가!

새뮤얼은 일어나서 팔꿈치와 무릎에 묻은 흙을 털고 뒤쪽으로 서 있는 거대한 성곽을 관찰했다. 문신한 남자, 아니 그 가증스러운 루돌프가 보낸 로마 지도에 따르면 태양의 돌은 도시의 성벽 밑에 있었다. 우선 보기에는 일치하는데……. 성벽 1미터쯤 되는 높이에 그려진 하토르의 상징이 눈에 띄었다. 양쪽 끝이 벌어진 한 쌍의 뿔 사이에 들어 있는 태양의 원……. 이건 루돌프가 시간 속으로 이동하는 데 사용하는 태양문양인데! 새뮤얼이 알고 있는 바에 따르면 이 문양은 한 시대에서 다른 시대로 이동할 수 있게 해주지만 출발 지점과 도착 지점에 각각 문양이 그려져 있어야 했다. 그렇지만 하토르의 상징이 여기저기 있을 경우에는 태양의 돌이 어디로 데려갈지 예측할 수 없다는 문제가 있었다. 어디에 도착할지 불확실한 여행이 되지만, 덕분에 루돌프는 여러 시대를 돌아다닐 수 있었고, 시간은 좀 걸려도 하토르의 상징이 있는 한 언젠가는 원하는 곳에 이를 수 있었다. 그래서 루돌프는 앨리시어를 16세기의 로마로 데려갈 수 있었던 것이다.

새뮤얼이 하토르의 상징이 있는 아래쪽 잡초를 파헤치고 흙을 약간 파내자 루돌프가 감춰놓은 태양의 돌이 드러났다. 새뮤얼은 메르워세르의 팔찌—흙이 묻어 있지만 손상되지 않은—와 클레멘스 7세의 동전을 회수하고, 수송의 구멍에서 로마 지도를 꺼냈다. 짙은 안개 때문에 눈앞이 뿌옇지만, 새뮤얼은 위치를 살펴보기 위해 지도를 펼쳤다. 태양의 돌이 있는 위치를 가리키는 1번은 도시의 서쪽 성곽 아래쪽에 표시되어 있었다. 2번 『마법의 13가지 위력』이 감춰져 있는 도서관으로 가려면 도성으로 들어가야 했다. 그런데 지도에는 문이 표시되어 있지 않았다. 3번 디아빌로 대장을 만나러 가야 하는 곳은 강 건너편에 표시되어 있었다. 지도에는 거리를 어림잡아 그려놨기 때문에 정확한 위치를 가늠하기 어려웠다.

새뮤얼은 운에 맡기고 벽을 따라 오른쪽으로 향했다. 몇 분쯤 걸어가자 강둑에 이르렀는데 짙은 안개에 덮여 있었다. 강물이 성벽을 스치듯 지나가고 있어서 계속 가려면 헤엄을 치는 방법밖에 없었다. 숨죽인 소리, 쇠붙이가 딸그락거리는 소리, 하여튼 예사롭지 않은 소리가 점점 가까워지고 있었다. 아침인가? 저녁인가? 로마 침략이 시작된 것일까? 아니면 이미 끝난 걸까? 아무튼 이쪽에는 인기척이 없었다.

안개 속에 어렴풋이 보이는 길을 따라 되돌아 나오면서 새뮤얼은 주위를 살폈다. 성벽과 연결되는 지붕과 또 다른 벽이 있는 것으로 보아 건물이 있는 것 같았다. 강물 위에 길게 이어지는 시커먼 형체들은 배다리가 분명했다. 마법서를 손에 넣는 즉시 강 건너 디아빌로 대장의 진영으로 가려면 이용해야 할 배다리였다. 도서관부터 먼저 가야 하는데!

하토르의 상징이 새겨진 곳을 지나쳐서 작은 언덕으로 올라간 새뮤얼은 성벽을 따라가다 오른쪽 모퉁이를 돌아 도로로 들어섰다. 도로를 따라 정원과 집들이 늘어서 있었다. 주위의 소음이 굉장히 커지고 있는데 아래쪽에서 올라오는 것이 아니었다. 쿵쿵 울리는 소리, 멀리서 들리는 말 울음소리, 금속 부딪치는 소리, 이 모든 소리가 섞여서 점점 요란해지고 있었다. 병사들과 말들이 로마를 습격할 채비를 하는 것 같았다. 그럼 지금부터 로마 침략이 시작되는 건가?

도성으로 들어가는 문을 찾지 못한 새뮤얼은 걸음이 빨라지고 있었다. 카를 5세의 군대가 몰려들기 전에 숨을 데를 찾지 못하면 강물로 뛰어들어야 하는데…….

"이쪽이에요!"

어디선가 한 목소리가 외쳤다.

"맘미나, 이쪽이에요! 적군이 토리오네 성문에 와 있어요. 빨리 와요!"

성벽 위 어딘가에서 젊은 남자가 외쳐대고 있었다. 바로 그 순간 안개 속에서 커다란 바구니 두 개를 들고 두건을 뒤집어쓴 여인이 나타났다. 나이가 지긋한 중년 부인이 숨을 헐떡이면서 성벽 방향으로 종종걸음치고 있었다.

"다 왔어, 엔조. 사다리를 고정시켜."

맘미나로 불리는 중년 부인이 새뮤얼을 발견하고 걸음을 멈췄다.

"아니, 넌 여기서 뭐 하니? 모두 성에 들어가 있는데!"

부인은 밤색 눈에 주름이 자글자글한 얼굴로 새뮤얼을 쳐다봤다.

"지금 들어가려고요." 새뮤얼이 얼른 대답했는데 입에서 튀어나온 말은 노래하는 듯한 이탈리아어였다. "강가에서 졸다가 잠을 깼는데 안개가 너무 심해서…… 방향을 잃었어요."

시간 여행을 할수록 새뮤얼은 익숙하지 않은 장소에서 누군가와 맞닥뜨렸을 때 모호하면서 그럴듯한 이유를 대는 화술이 늘고 있었다. 중년 부인이 유심히 쳐다봤다.

"너 술 마셨니? 이런 때에 밖에서 잠을 자다니!"

"그게…… 네, 조금 마셨습니다." 새뮤얼은 부끄러워하는 얼굴로 둘러댔다.

"도성의 문은 모두 닫혔어. 너는 그 빌어먹을 카를의 군대가 로마를 포위 공격하고 있다는 것도 모르니? 전쟁이 일어났는데 술을 마시다니…… 쯧쯧!"

"맘미나!" 위에서 목소리가 외쳤다. "나는 빨리 총안 앞의 내 자리로 가야 한단 말이에요!"

"나의 조수 엔조야." 맘미나가 말했다. "무기를 들고 나가 싸우고 싶어 안달이 났구나. 경솔한 녀석! 저 혼자서 뭘 어떻게 막겠다고! 도대체 말이 통해야지, 자기 자신보다 로마를 더 사랑하는 녀석이라……."

맘미나는 새뮤얼에게 바구니 한 개를 내밀었다.

"자, 이걸 들고 나를 도와다오. 엔조의 목숨은 구하지 못해도 네 목숨이야 구해줄 수 있겠지."

맘미나는 안개를 뚫고 자기만 아는 지점을 향해 곧장 걸어갔다.

허술한 사다리가 안개구름에 잠긴 돌벽에 기대어 있었다. 나이에도 불구하고 맘미나는 날렵하게 사다리를 타고 올라갔다. 새뮤얼은 회색 풍경 속으로 사라지는 부인을 쳐다보았다.

"올라와." 잠시 후 맘미나가 소리쳤다. "내 바구니의 물건 떨어지지 않게 조심하고!"

새뮤얼은 팔에 바구니 손잡이를 끼고 흔들거리는 사다리를 올라갔다. 사다리 마지막 칸에 이르자 숱진 갈색 머리의 청년이 손을 내밀었다. 그 손을 잡으며 새뮤얼은 안도의 숨을 내쉬었다. 창문턱으로 기어 올라간 새뮤얼이 뛰어내렸는데 두 개의 탁자 위에 식물이 잔뜩 쌓여 있었다. 여러 가지가 섞인 냄새가 진동해서 현기증이 날 정도였다.

"엔조, 사다리를 거둬들이고 덧문까지 닫아." 맘미나가 말했다.

몹시 흥분한 엔조가 새뮤얼에게 대뜸 물었다.

"너는 밖에 있었으니까 어떻게 돌아가는지 알지? 카를 5세의 병력이 적어도 2만이나 3만 명쯤 되며, 여기서 2킬로미터 떨어진 자니쿨레 언덕에 진지를 구축하고 있어서 여러 방향에서 동시에 공격할 거라는데……. 에스파냐군과 독일군 외에도 유럽 전역의 용병들, 가스코뉴 병사들, 부르고뉴 병사들, 그리종 병사들, 심지어 콜론나 가문의 배신자들에게 고용된 이탈리아군까지 동원되었다는 소문이 돌고 있어. 그 천한 놈들이 우리 로마인들을 죽이기로 작정했다는데 넌 밖에 있었으니 들었을 거 아냐?"

"안개 때문에……." 새뮤얼이 어물어물 말했다.

"이 모든 것이 우리 교황이 프랑스 왕과 동맹을 맺었기 때문이야." 맘미나는 한숨을 내쉬면서 바구니에 씌운 보자기를 걷었다. "그리고 프랑스의 멍청한 왕 프랑수아 1세가 카를 5세와 전쟁을 벌이기 때문이야. 왕관을 쓴 높은 분들이 그저 싸우는 것 말고는 좋아하는 게 없으니 우리 로마인들이 뭘 어쩌겠어?"

엔조는 덧문을 닫고 빗장으로 단단히 막았다.

"어쨌든." 엔조가 말했다. "카를의 군대가 로마에 들어오는 걸 막지 못하면 모든 걸 약탈당할 거야. 병사들에게 급료를 줘야 할 텐데 카를에게 그만한 돈이 없다는 건 잘 알려진 일이니까. 따라서 병사들은 우리 도시를 약탈할 거야. 예술작품이든 귀중품이든 닥치는 대로 훔쳐갈 거라고!"

"내 식물원도 쑥대밭이 되겠지." 맘미나는 수집해놓은 약초들을 보면서 한술 더 떴다. "그 야만인들이 흰꽃조팝나무들이며 마르코 폴로의 만병통치약을 가차 없이 짓밟아버리게 생겼어. 내가 얼마나 고생해서 얻은 것들인데!"

맘미나는 사람처럼 팔과 다리, 히피 머리에 쭈글쭈글한 감자처럼 생긴 누런색 뿌리를 흔들어대고 있었다. 인삼……. 새뮤얼은 어머니가 이따금 동양 요리를 해주던 시절에 집에서 본 적이 있었다.

"이건 굉장히 귀한 거야. 절대 잃을 수 없어! 혈액 순환에 특효가 있기 때문에 교황에게 팔기도 했는데!"

"의사예요?" 새뮤얼이 물었다.

"약재상이다. 여기가 보르고 지구에 있는 내 상점인데 모른단 말이니?"

"나는 여기 사람이 아니라서……." 새뮤얼이 얼버무렸다.

"그럼 너, 어린 순례자구나?" 엔조가 물었다. "그래서 아무것도 모르는 거였어? 때를 잘못 선택했다. 하필이면 우리의 성스러운 로마가 위험에 처해 있을 때 오다니. 그러니까 그 야만인들에 대항하여 우리 모두 궐기하지 않으면……."

"엔조, 성지 순례를 하러 온 소년에게 무기를 들라고 강요하지 마! 너도 죽음의 길로 뛰어들지 말고 나를 따라 교황의 궁전으로 가자. 거기서 산탄젤로 성의 요새로 들어가면 안전하겠지."

"내 형제들은 불경한 야만족들과 싸우는데 나만 빠져나가라고요? 그게 말이 돼요?" 엔조가 격분했다. "내가 죽을 운명이라면 나의 신을 위해 미소를 지으며 죽겠어요. 구세주를 위해 나를 희생하는 것이야말로 가장 영광스러운 일 아니겠어?" 엔조가 새뮤얼을 보면서 덧붙였다.

새뮤얼은 뭐라고 대답할지 몰라서 시선을 피했다. 맘미나는 어깨를 으쓱하면서 양촛불을 들고 다니며 살피다가 배낭 안에 인삼과 여러 가지 약초를 집어넣었다.

"이제 내려가자." 선별 작업을 끝낸 맘미나가 말했다.

그들은 방 한쪽 구석에 있는 뚜껑문을 통해 밑으로 내려갔는데 아마도 약재 상점인 모양이었다. 모자이크로 나무무늬를 낸 바닥, 검은색 들보에 매단 꽃다발과 약초다발, 라틴어 이름이 적힌 단지들을 진열해놓은 높은 선반, 말린 버섯을 넣은 유리병, 씨앗이 들어 있는 병, 온갖 색깔의 꽃잎이 들어 있는 병, 건조시킨 개구리를 넣은 유리병이 판매대에 가지런히 놓여 있었다. 꽃향기와 식물 썩는 냄새가 섞인 듯 역한 냄새가 진동했다. 엔조가 뚜껑문을 닫는 사이에 맘미나는 상점을 샅샅이 뒤지고 다니면서 귀한 것들을 챙기기 시작했다.

"전동싸리와 꽃시계덩굴 탕약." 맘미나는 배낭에 회색 봉지들을 쑤셔 넣으면서 한탄했다. "베네치아까지 가서 구해온 약재로 지은 건데. 불면증과 신경쇠약증에 특효라서 이런 약이 필요한 사람들이 분명히 있을 거야."

"나는 이제 가야겠어요, 맘미나." 엔조가 다락방으로 올라가는 사다리를 치우면서 말했다. "동지들이 내가 도망쳤다고 생각할 거예요."

엔조는 문 쪽으로 가서 가죽옷 위에 쇠사슬 갑옷을 덧입었다. 그러고는 긴 머리를 쓸어 넘기고 철모를 쓴 다음 손잡이가 짧은 장총을 집어 들었다. 엔조가 나갈 준비를 끝내자 맘미나는 아무 말 없이 끌어안았다. 부드럽지만 단호하게 몸을 빼고 돌아선 엔조가 문을 여는 순간 바깥의 소리가 들리는데 심상치 않았다. 엔조가 나가려다 말고 새뮤얼을 돌아보면서 말했다.

"판매대 옆에 철모와 창이 있으니까 나중에 교황과 교회를 저버렸던 너 자신을 저주하고 싶지 않으면……."

거기까지 말하고 엔조는 문을 쾅, 닫았다.

"아이고, 가여워서 어쩌나!" 맘미나가 탄식했다. "고집쟁이 녀석이 허세를 부리고 있으니! 아직 어린애야. 그 열정을 가상히 여겨 우리 구세주께서 보살펴주시길 바랄 뿐이다."

맘미나는 판매대 뒤쪽으로 가더니 우스꽝스러운 동작으로 몸을 숙이고 엔조가 말한 철모와 창을 찾아서 작업대 위에 올려놨다.

"교황의 궁전까지 나를 따라가겠다면 이걸로 무장해. 로마가 포위 공격을 받게 되면서 보르고 거리가 아주 위험해졌어. 많은 거지와 도둑이 몰려들고 있거든. 카를 5세의 난폭한 군인들이 이 상점에도 들이닥치게 생겼으니 보물을 챙겨서 나갈 생각이야."

맘미나는 허리춤에 찬 열쇠꾸러미에서 열쇠 하나를 골라 판매대 밑에 있는 금고를 열었다. 그러고는 동그란 모양의 큼직한 가죽 주머니를 꺼내서 배낭에 집어넣었다.

"1년 동안 만든 탕약과 찜질 약재들이야. 이 나이에 땀을 뻘뻘 흘리면서 만든 돈 덩어리들인데! 그러니까 내 보물과 나를 지키는 경호인 역할을 해달라는 뜻이야. 교황의 궁전까지만 호위하면 된다. 너도 피할 곳을 찾게 되는 거니까 서로에게 좋은 일이잖아."

"근데 꼭 가보고 싶은 데가 있어서……."

새뮤얼은 망설였다. 무슨 일이 있어도 『마법의 13가지 위력』이라는 마법서를 손에 넣어야 했다.

"이걸 갖고 있는데요." 새뮤얼은 호주머니에서 로마 지도를 꺼내면서 말했다. "친구가 몇몇 장소, 특히 도서관에는 꼭 가보라고 했거든요. 때를 잘못 선택했다는 건 알지만 다시는 로마에 올 기회가 없을 거예요."

맘미나는 지도를 유심히 보며 눈살을 찌푸렸다.

"음…… 그래, 행상인들이 이런 판화를 파는 걸 봤어. 근데 이 숫자들은……."

맘미나는 번호가 가리키는 지역을 자세히 보려고 눈을 찡그렸다.

"1번—맘미나는 태양의 돌이 숨어 있는 곳을 가리켰다—은 성 밖의 성신 병원 부근을 표시하는데……. 하지만 고아나 병자들을 제외하고 이 병원에서 볼 만한 게 뭐가 있는지 모르겠구나. 2번은 궁전에 있는 교황의 도서관이야. 기독교와 관련된 최고의 서적들이 수집되어 있다는 얘기만 들었지 나도 들어가 본 적이 없어. 나는 식물에 관한 것을 어머니에게 배웠거든. 약초로 탕약을 만드는 방법은 종교서적이나 철학서적에서 얻는 게 아니니까. 그리고 3번은…….”

뭔가 마음에 안 드는지 맘미나의 입술이 일그러졌다.

“내가 잘못 생각한 게 아니라면 여긴 콜로세움이야. 강 건너편에 있는 원형극장인데 옛날에는 검투사들이 실력을 겨루었던 고대 로마의 유적이지. 솔직히 말해서 거기는 가지 말라고 말리고 싶구나.”

“왜요?” 맘미나의 얼굴에 불길한 기운이 어리자 새뮤얼이 걱정스레 물었다.

“소문에 따르면 콜론나 가문의 사람들이 거길 점령하고 있어.”

“콜론나 가문의 사람들이요?”

“콜론나 가문을 모르는 걸 보면 네가 여기 아이가 아닌 게 확실하구나. 콜론나 가문은 로마의 유서 깊은 가문으로 클레멘스 7세가 선출된 뒤로 교황에게 맞서고 있어. 이 전쟁이 시작될 때 카를 5세의 편을 들었고, 지금은 군대를 약간 후퇴시켜놓고 사태를 관망하는 중이지. 그러나 군대의 병사 대부분이 용병들이라는 게 문제야. 에스파냐군보다 더 사납고, 독일군보다 더 탐욕스러운 자들이라는데……. 하여튼 가장 잔혹한 병사들을 모아놓았단 말이지. 그런데 너 같은 아이가 그런 자들의 소굴에 들어가면 살아남을 수 있을지 걱정이구나.”

그렇게 난폭한 무리 속에서 기력을 잃은 채 울고 있을 앨리시어를 상상하면서 새뮤얼은 심장이 오그라드는 것 같았다.

맘미나가 목소리를 낮추면서 말을 계속했다.

"특히, 부대를 지휘하는 디아빌로 대장은 잔혹하기로 이름난 자야. 오죽하면 병사들이 '일 디아볼로', 즉 악마라는 별명을 붙였을까! 디아빌로라는 이름이랑 어쩌면 그렇게 딱 어울리는지……."

맘미나는 마치 디아빌로에 대한 말을 하는 것만으로도 악마가 나타날까 두려운 듯 성호를 그었다. 새뮤얼은 철모와 창을 들고 따라나서는 것이 현명하다고 판단했다.

XII

로마 약탈

로마는 한창 전쟁 중이었다. 좀 전에 천둥이라도 치듯 우르릉거리던 소리가 별안간 성벽 위쪽에서 울려 퍼졌다. 언덕에서 격렬한 전투가 벌어지고 있는 모양이었다. 성벽 안에서 사람들이 분주하게 움직이면서 침략자들에게 대응하기 위해 가마솥에서 펄펄 끓는 걸쭉한 액체를 양동이에 퍼 담고 있었다. 약간 떨어진 곳에서는 인간 띠를 이룬 사람들이 순찰로에 배치된 수비군에게 돌과 탄환을 공급하고 있었다. 안개가 걷히지 않은 상태에서 이슬비까지 내리기 시작했다. 함성과 싸우는 소리, 쿵쿵, 폭발하는 소리, 질겁한 말들의 울음소리가 하늘에서 내려오는데 마치 보이지 않는 신들이 구름 위에서 대결하고 있는 것 같았다. 이따금 비명소리가 허공을 갈랐다.

"사다리! 사다리를 오른쪽으로 밀어라!"

"송진! 송진을 더 가져와, 빨리!"

"구세주의 이름으로 영광스럽게 죽는다…… 으악!"

공포 분위기 속에서 맘미나는 엔조의 눈에 띄고 싶지 않은지 두건을 푹 눌러쓰고 머리를 숙인 채 비에 젖은 포도를 빠르게 걸어갔다. 맘미나가 닥치는 대로 목에 걸어놓은 자루가 주렁주렁 매달려 있는 데다 배낭까지 짊어진 새뮤얼은 너무 큰 샌들 때문에 창을 지팡이 삼아 걸어가고 있었다.

그들은 성벽을 등지고 좁은 골목길로 접어들었고, 겁에 질린 사람들이 사방에서 몰려드는 넓은 도로에 이르렀다. 무작정 길을 나선 사람들 같았다. 보따리를 짊어진 사람들, 짐수레를 끄는 사람들, 폭풍우 때문에 방향을 잃은 곤충 떼처럼 우왕좌왕하는 사람들도 있었다.

맘미나는 어디로 갈지 아는 것 같았다. 문 닫은 상점들이 도로 양쪽으로 늘어서 있고, 제과점, 가구점, 악기점 등의 간판이 보였다. 안개에 싸인 로마의 상가 지역은 마치 유령도시 같았다.

이어서 맘미나와 새뮤얼은 광장에 이르렀는데 아치형의 층계가 있는 웅장한 궁전이 우뚝 서 있었다. 바티칸의 정문 북쪽 모퉁이에 꽤 많은 사람이 옹기종기 모여 있는데 목동을 기다리면서 불안에 떠는 양떼 같았다. 맘미나는 인정이라곤 없는 사람처럼 팔꿈치로 군중을 헤치면서 궁전을 향해 걸어갔고, 옆에서 따라가는 새뮤얼은 민망하기 짝이 없었다. 파란색과 노란색, 빨간색 군복 차림의 근위병들이 통로를 가로막고 있었다.

맘미나는 두건을 벗고 그들 앞에 버티고 섰다.

"나는 보르고 지구에 있는 약재 상점 주인 맘미나요." 그녀는 자신 있게 말했다. "교황께서 급히 주문하신 마르코 폴로 만병통치약을 가져왔다우."

맘미나의 손짓에 새뮤얼은 배낭을 열고 인삼 뿌리를 보여주었다.

"아, 자네! 내가 말라데타 보좌관과 친분이 있다우." 맘미나는 제일 나이가 들어 보이는 근위병에게 물었다. "4년 전에 교황님을 만나러 온 적 있는데 나를 모르겠수?"

은빛 철모 밑으로 근위병의 붉은 콧수염이 파르르 떨리는 것으로 보아 알고 있다는 표시였다.

"그럼 됐구려." 맘미나는 기뻐했다. "전시 상태이니만큼 교황님도 피신하셔야 할 텐데…… 스위스 용병 근위대가 약을 들이지 못하게 막았다는 걸 교황님이 아시면……."

콧수염 근위병이 눈으로 동료들의 의견을 물었고, 아무도 반대하지 않았다.

"내가 데리고 온 청년이오." 맘미나가 새뮤얼을 가리키면서 말했다. "거리에 우글거리는 강도들 때문에 나를 지켜주고 교황님의 약을 준비하려면 조수가 필요해서."

콧수염 근위병이 또다시 눈으로 묻자 동료들이 고개를 끄덕였다. 근위병들이 비켜섰고, 맘미나가 새뮤얼을 데리고 문을 통과하자 군중 속에서 불만의 웅성거림이 일었다.

"나도 클레멘스 교황님을 위한 보약을 가져왔어요." 너덜너덜한 망토를 걸친 젊은 여자가 외쳤다.

"우리도 교황님의 보호를 받는 산탄젤로 성으로 들어가게 해주시오!" 또 다른 여자가 소리쳤다.

그러나 근위병들은 끄떡도 하지 않았다. 문이 닫혔고, 맘미나는 새뮤얼의 팔을 잡아끌면서 귀에 대고 속삭였다.

"미안하구나. 거짓말을 할 수밖에 없었다. 달리 방법이 없었어. 아니면 근위병들이 절대로 우리를 통과시키지 않았을 테니까!"

그들이 첫 번째 마당을 가로지르는데 사람들이 분주했다. 비밀 문을 통해 황급히 사라지는 스위스 용병 근위대, 현관에서 비밀 집회를 열고 있는 검은색과 흰색 옷차림의 성직자들, 수십 명의 하인들이 거대한 상자들을 운반하고 있었다. 바티칸 궁전이 함락될 걸 의심하는 사람은 아무도 없는 것 같았다.

"저쪽에 있는 문 보이지?" 맘미나가 기둥 사이로 난 통로를 가리켰다. "앵무새 마당으로 연결되어 있지. 교황의 도서관으로 가는 길이야. 무슨 일이 기다리고 있을지 모르겠다만 그래도 가고 싶다면……."

맘미나는 새뮤얼의 목에 걸린 자루들을 풀었다.

“나는 산탄젤로 성으로 갈 거야. 혹시 생각이 바뀌면 오른쪽에 보이는 층계를 올라와서 테라스를 따라와. 그러면 나를 따라잡을 수 있을 거다. 교황을 만나지 못하더라도 내 고객 중에는 추기경들도 있거든. 그중에 산탄젤로 요새로 들어가게 도와줄 추기경이 한 명은 있겠지.”

맘미나는 자루 하나를 뒤지더니 새뮤얼에게 회색 천으로 만든 작은 주머니를 내밀었다.

“자, 받아. 어쩌면 다시는 만나지 못할지도 모르니까……. 이건 쥐오줌풀을 말린 약재야. 너무 불안할 때 따뜻한 물에 몇 시간 우렸다가 마시면 진정이 될 거다. 그리고 다쳤을 때는 천에 묻혀서 상처 난 데에 올려둬. 소독에 효험이 있거든. 그게 필요할 일이 생기지 않기를 바라지만.”

맘미나는 새뮤얼의 손목을 꼭 잡아준 다음 몸을 흔들면서 대리석 층계를 향해 멀어져갔다. 새뮤얼은 한순간 맘미나를 따라가고 싶었지만, 쥐오줌풀 약재를 주면서 감언이설로 설득해봐야 디아빌로(일 디아볼로) 대장이 앨리시어를 풀어줄 거라고 생각되지 않았다. 어떻게 해서든 마법서를 손에 넣어야 했다.

새뮤얼은 맘미나가 가리켰던 문을 지나 또 다른 마당으로 들어갔는데 거대한 교회를 짓느라고 세워놓은 비계가 하늘을 찌를 듯했다. 여러 건물이 있어서 새뮤얼은 박공벽*에 책과 교차시킨 두 개의 열쇠 문양을 새긴 건물을 선택했다. 교황의 도서관이 틀림없었다.

문이 열려 있었다. 새뮤얼이 현관으로 들어서는 순간 머리숱이 없는 금발의 키 작은 남자가 금속 손잡이가 달린 대형 트렁크에 책을 집어넣고 있었다. 키 작은 남자는 뜻밖이라는 얼굴로 새뮤얼을 쳐다봤다.

"나는 인력 지원을 요청했는데……. 병사나 근위병은 전혀 없는 건가?"

새뮤얼은 의심을 사지 않을 대답을 하기 위해 머리를 쥐어짰다.

"대부분 성벽에 배치되었습니다."

"성벽으로 올라갔다? 당연히 그래야겠지. 내 조수들도 모두 달려갔으니까. 전쟁이 일어날 때 책이 얼마나 중요한지도 알아야 할 텐데! 한 손으로 세운 것을 다른 한 손으로 파괴하고 싶어하는 인간, 이게 세상의 역사지. 그래서 나는 책들을 지키기 위해 싸울 생각이다. 내 방식으로……. 우리의 문화를 보존하고 지키는 것이니 아주 중요한 일이야. 나를 도와줄 마음이 있니?"

새뮤얼은 고개를 끄덕였다. 클러그의 마법서에 가까이 있게 되었으니 무조건 따르기로 마음먹었다.

* 건물의 정면 지붕 처마 밑에 있는 삼각형 모양의 벽.

"그럼 됐다. 이쪽으로 와."

새뮤얼은 키 작은 남자를 따라 도서관으로 들어갔다. 화려하게 장식된 세 개의 방이 일렬로 늘어서 있는데 웅장한 서가 중 유리문이 열려 있는 것들도 보였다.

"이곳에 들어와 본 적 없지?"

새뮤얼이 고개를 끄덕였다.

"궁전에서 무슨 일을 하고 있니? 부엌일을 하는 하인이니? 아니면 마구간 종이니?"

"약재 상점의 주인을 돕는 조수입니다. 이곳으로 피신하고 싶어 하는 주인을 따라왔는데 그 참에 도서관을 구경하고 싶었습니다."

새뮤얼은 마지막 말을 하면서 듣는 사람이 깜빡 속아 넘어갈 정도로 천진한 표정을 지었다.

"도서관을 구경하고 싶었다? 그거 칭찬할 만한 호기심이로구나. 학자들을 포함해서 이 궁전의 사람 모두가 그런 마음이라면 얼마나 좋을까! 내 이름은 파트리치오 보체론이고, 교황의 도서관 사서야. 책에 관심이 있다면 기쁨을 만끽하려무나. 여기는 세상에 존재하는 것 중 가장 아름다운 원고와 서적들이 소장되어 있으니까!"

사서는 자랑스러운 듯 두 팔을 벌리며 도서관을 둘러봤다.

"여기 1실에는 로마 작가들의 작품이 있다. 성 아우구스티누스, 타키투스, 세네카 등……. 2실에는 그리스 작가들의 작품이 있어.

희곡, 철학, 의학, 점성학 등……. 2000년이란 오랜 역사를 지닌 사고의 보물들이지. 대도서관이라 불리는 3실은 훼손되기 쉬운 책이나 우리 교회에서 세간에 퍼지는 걸 원치 않는 서적들이 있어. 따라서 거긴 들어가는 걸 허락할 수 없다. 1실과 2실은 일손이 필요하니까 마음대로 둘러봐도 돼."

그렇게 말하면서 사서는 2실로 들어가다가 한 서가 앞에 섰다. 장정이 화려한 책 수십 권이 가지런히 꽂혀 있었다.

"불행히도 5000여 권에 이르는 책들을 안전한 곳으로 옮겨놓을 시간이 없어. 따라서 책을 분류해서 무슨 일이 있어도 보존해야 할 책들만을 골라내야 한다. 천재적 인간들의 작품 중에서 정수를 선별하는 것은 막중한 책임이 따르지. 예를 들어 단 한 권밖에 없는 프톨레마이오스의 『지리학』이나 아리스토텔레스의 『자연학』 같은 희귀본은 적들에게 빼앗기면 절대 안 되는데……. 게다가 이 많은 책 중에서 살아남아야 할 책과 사장될 책을 구별한다는 것 자체가 사실상 불가능하지. 그럼에도 불구하고 보존할 책을 선별하는 작업은 꼭 필요하다. 전쟁이 영원히 계속되지 않는다고 해도……."

사서는 자기의 말을 알아들었는지 확인하려는 듯 새뮤얼을 뚫어져라 쳐다봤다.

"그러니까 너는 내가 골라낸 책들을 현관에 있는 트렁크에 집어넣어. 손상되지 않게 조심해야 한다. 그다음 트렁크를 안전한 곳으로 옮겨야 해, 알아들었니? 이제는 그 철모를 벗어, 여기서는 전혀 필요 없으니까."

"네, 알겠습니다." 새뮤얼이 대답했다.

어떻게 거부할 수 있겠는가? 전쟁이 일어나서 혼란스러운 상황을 틈타 도서관에 들어왔는데. 그렇지 않았다면 교황으로부터 도서관 방문을 허락받는 게 가능했을까.

새뮤얼은 보체론이 들려주는 충고와 일화에 귀를 기울였고, 금박으로 장정하거나 가죽 장정에 보석을 박아 넣은 것만으로도 값져 보이는 책들을 조심스럽게 날랐다. 그렇지만 눈으로는 열심히 클러그의 마법서를 찾고 있었다. 그렇게 왔다갔다하면서 새뮤얼은 들어가면 안 된다는 3실에 가까워질수록 가슴속에서 시간의 박동이 예민해지고 있음을 알아차렸다. 그건 뭔가를 알려주는 신호였다. 로마와 그리스 작가들의 서가를 모조리 훑어봤지만, 『마법의 13가지 위력』과 비슷한 책이라곤 없었다. 그렇다면 루돌프의 정보가 잘못되었거나 그 마법서가 3실 대도서관 어딘가에 감춰져 있다는 건데…….

30분쯤 후, 보체론은 트렁크에 더는 책을 넣을 수 없다고 판단했다. 바깥 성벽에서 싸우는 소리가 점점 요란해지는 것으로 보아 침략군이 바티칸 궁전으로 진격해오는 것 같았다.

"더 지체하는 건 위험하겠어." 보체론이 검은 옷을 여미면서 말했다. "더 가져가야 할 책이 100권이 넘는데……."

보체론은 거의 넘칠 듯이 책이 꽉 찬 트렁크 뚜껑을 닫고 옆에 달린 금속 손잡이 중 하나를 잡았다.

"산탄젤로 요새로 옮겨야 해. 거기에 교황의 문서를 보관하는 별관이 있어서 안전하지. 자, 힘을 내자!"

그들은 무릎을 구부리고 힘을 합해서 대형 트렁크를 밀었지만 꿈쩍도 하지 않았다. 두 번, 세 번 다시 시도했지만 헛수고였다. 트렁크는 바닥에 고정된 것처럼 움직이지 않았다.

"이럴 수가!" 보체론은 이마의 땀을 닦으면서 한숨을 내쉬었다. "고대인들의 사고(思考)가 이렇게 무거울 줄이야. 그러면……."

보체론은 트렁크 뚜껑을 열고, 책들을 잠시 쳐다보다가 생각을 바꿨다.

"이대로는 안 되겠어. 도움을 청해야겠다. 네 사람과 손수레 하나면 되겠지. 세상 끝으로 가는 것도 아닌데."

보체론은 두 손가락으로 입술을 비틀면서 생각에 잠겼다.

"델 몬테 추기경을 만날 수만 있다면 도움을 청할 텐데." 보체론이 중얼거렸다. "책을 사랑하는 분이니까. 이 시간에는 벨베데레 회랑 쪽 어딘가에 있을 거야."

보체론이 새뮤얼을 향해 돌아섰다.

"도움을 청하는 것 말고는 달리 방법이 없겠어. 벨베데레는 바로 뒤쪽에 있으니까 내가 빨리 다녀와야겠다. 너는 여기서 트렁크를 지키고 있어. 도둑이 도서관으로 들어오지 않는지 잘 살펴야 한다. 요즘은 도둑이 많아서……."

보체론은 새뮤얼의 어깨를 토닥이고 쏜살같이 밖으로 나갔다. 새뮤얼은 현관을 지나 안개가 자욱한 마당으로 사라지는 보체론을 지켜봤다. 클러그의 마법서를 손에 넣을 절호의 기회였다. 몇 분밖에 시간이 없지만…….

XIII
사자의 아가리

새뮤얼은 1실과 2실을 지나 대도서관을 향해 전속력으로 달려갔다. 몇 번 눈길을 던지는 것만으로 3실은 묵상과 학문에 몰두하는 서재의 분위기를 느낄 수 있었다. 스테인드글라스를 통해 비쳐드는 빛, 고서적과 양초 냄새, 검은색 대형 탁자 위에 은빛 사슬로 고정시킨 원고들, 벨벳을 씌운 넓은 안락의자, 학문을 연마하는 장소라고 알려주는 사물들—금속 지구전도, 50센티미터 크기의 삼각형 모래시계, 컴퍼스 모양의 다양한 수학 도구, 바늘이 없고 이상한 눈금을 새긴 대형 시계…….

사자머리 석상이 달린 아름다운 벽난로가 보이고, 철재 서가 5개 중 4개가 열려 있었다. 새뮤얼이 하나하나 살피면서 지나가는데 가슴속에서 시간의 리듬이 생생하게 느껴지기 시작했다. 가까이 가고 있는 것이 틀림없었다. 새뮤얼은 열려 있는 서가의 선반을 일일이 뒤져본 다음 닫혀 있는 서가 앞에 서서 문고리를 잡아당겼지만 열리지 않았다. 그 순간 불현듯 클러그의 마법서는 다른 데 있다는 확신이 들었다. 방향에 따라 가슴속 시간 박동의 강도가 다르다는 걸 알아차렸기 때문이다. 닫혀 있는 서가를 중심으로, 오른쪽으로 가면 박동이 약해지고, 왼쪽으로 가면 더 강해졌다.

새뮤얼은 시간의 박동이 가장 세게 뛰는 지점에서 걸음을 멈췄다. 타원형 거울 앞인데 그 테두리를 장식하는 다양한 크기의 금빛 쇠시리가 번쩍이고 있었다. 이건 태양을 표현한 것이 분명한데……. 새뮤얼은 거울에 비친 모습을 봤다. 꾀죄죄한 옷차림의 열네 살 소년, 헝클어진 머리, 초췌한 얼굴, 사나워 보이는 눈빛. 돈이나 먹을 걸 동냥하면서 거리를 떠도는 아이의 모습…… 어쨌든 잃을 것이 없는 거지나 다름없었다.

새뮤얼의 머릿속은 미션을 완수해야 한다는 생각밖에 없었다. 문신한 남자는 태양문양이 있는 가구 안에 마법서가 있다고 했는데……. 눈앞에 있는 거울이 태양을 표현하고 있는 건 맞지만, 가구는 보이지 않았다. 그런데 마치 태양의 돌이 손 닿는 곳에 있을 때처럼 시간의 리듬이 훨씬 강해지고 있었다.

새뮤얼은 혹시나 싶어 거울을 들어서 바닥에 내려놨다. 거울 뒤쪽 벽에 금고 같은 것이 박혀 있었다. 가로 세로 60센티미터의 정사각형 금고와 작은 자물쇠, 그 위에 여섯 개의 빛살에 둘러싸인 원.

또 하나의 태양문양! 시간의 리듬이 강해진 이유였다. 메르워세르의 팔찌를 사용하기에 이상적인 크기지만, 여섯 개의 빛살이 좀 달랐다. 특히 동전을 끼워 넣는 것이 불가능한 상태였다. 이 태양문양은 시간 여행을 위해서가 아니라 다른 용도가 있는 것 같은데…….

"좋아." 새뮤얼이 중얼거렸다. "너에게 필요한 걸 갖고 있지."

새뮤얼은 호주머니에서 황금팔찌를 꺼내서 잠금쇠를 풀고 동전 여섯 개를 뺐다. 클러그의 마법서가 금고 안에 있다면 꺼내는 것이 그리 어렵지 않을 텐데……. 새뮤얼은 태양문양에 팔찌를 댔다. 메르워세르의 팔찌가 강렬한 빛을 발하는 순간 어디선가 철컥, 하는 소리가 났다. 비밀의 문 같은 것이 스르륵 열리면 좋겠지만, 그런 일은 일어나지 않았다. 자물쇠 구멍에 집게손가락을 넣고 잡아당겼지만 소용없었다. 태양문양과 황금팔찌만으로는 열리지 않았다. 열쇠가 필요하다는 건데…….

새뮤얼은 방법을 궁리하면서 태양문양에 팔찌를 대는 동작을 반복했다. 태양문양에 메르워세르의 팔찌를 댈 때마다 빛이 번쩍이면서 둔탁한 소리가 뒤따랐다. 새뮤얼은 어디서 나는 소리인지 귀를 기울이면서 주위를 살폈다. 비밀 금고에서 나는 것도, 서가에서 나는 것도, 지도를 그린 벽화에서 나는 것도 아니었다. 벽난로……. 그래, 벽난로에서 나는 소리였다!

계속해서 황금팔찌를 태양문양에 대던 새뮤얼은 눈이 휘둥그레졌다. 철컥, 하는 순간에 벽난로 양쪽을 장식하는 두 개의 사자머리 석상 중 하나가 움직이는 것 같았다. 거의 감지할 수 없을 정도의 순간적인 움직임이었다. 새뮤얼은 여러 번 벽난로를 향해 달려갔지만, 눈 깜짝할 사이라 사자머리가 정지하기 전에 도착할 수 없었다. 여러 차례 시도해보면서 새뮤얼은 번개같이 빠른 속도로 열렸다 닫히는 사자의 아가리 안에서 뭔가가 반짝이는 걸 발견했다. 비밀 금고의 열쇠인가?

새뮤얼은 벽난로를 유심히 살폈다. 갈기까지 섬세하게 조각한 사자머리 석상, 길쭉한 눈, 송곳니를 드러낸 무시무시한 아가리. 입술 사이에 틈이 있다는 것은 아가리가 벌어질 수 있다는 의미지만, 그 장치가 일단 작동하더라도 경과 시간이 너무 짧아서 안에 있는 것을 꺼내는 것이 불가능했다. 새뮤얼은 아가리를 벌려보려고 했지만, 끄떡도 하지 않았다. 뾰족한 도구가 있으면 가능할까?

새뮤얼은 검은 탁자 위에 놓인 삼각형 모래시계를 보면서 문득 떠오르는 생각이 있었다. 시간의 흐름! 이렇게 바보 같을 수가! 그렇게 시간 여행을 자주 하면서 루돌프가 마법서를 훔치러 오지 않은 이유가 뭐겠어? 비밀 금고에 접근하지 못하게 막으면서 보물을 지키는 사자머리 석상 때문이었어! 그렇다면 그는 왜 나를 그렇게 위험한 진시황의 무덤으로 보냈을까? 거기서 필요한 능력을 얻어오게 하려고? 루돌프는 새뮤얼이 무덤에서 시간을 보내면서 장애

물을 이겨내는 방법을 찾으리라는 걸 알고 있던 것이 틀림없었다. 그렇다면 사자가 아가리를 닫기 전에 열쇠를 빼내는 방법은? 진시황을 만났을 때 터득한 시간의 리듬을 지연시키는 것? 시간을 다스리려면 나 자신을 다스려야 하는데…….

새뮤얼은 비밀 금고를 향해 돌아서서 정신을 집중했다. 무덤에서 빠져나가기 위해 태양의 돌을 조각할 때처럼 무아지경의 상태에 빠져들어야 했다. 눈을 감고 정신적으로 가슴속에 들어간 새뮤얼은 심장박동의 속도를 제어했다. 몸속에서 활발하게 움직이는 생명의 운동을 목격하는 아주 특별한 느낌이 들었다. 심장박동이 시간의 리듬에 맞춰 느려지더니 마침내 두 개의 박동이 같은 리듬으로 뛰기 시작했다.

새뮤얼은 눈을 뜨고 주위를 둘러봤다. 마치 초록색 필터 같은 걸 통해서 보는 느낌이었다. 새뮤얼은 메르워세르의 팔찌를 태양문양에 대고 눌렀다. 철컥, 하는 소리가 나자—깊은 동굴에서 나는 듯 길게 울렸다—새뮤얼은 벽난로 쪽으로 뛰었다. 몸이 공중에 떠오르고, 팔과 다리 주위에서 일어나는 일련의 진동이 거대한 동심원으로 퍼져나가는 거 같았다. 마치 액체 속에서 움직이는 것 같았다. 증폭되면서 일그러지는 듯한 소리를 들으면서 새뮤얼은 어릴 적 욕조의 물속에 오랫동안 머리를 담그고 있을 때 집에서 나는 소리가 평소와 다르게 들렸던 것이 생각났다. 조용한 도서관에서 맘미나가 빌려준 샌들은 나막신 소리를 내고, 밖에서 유리창을 통해 들려오는 전투 소리는 큰북 협주곡처럼 쿵쿵 울렸고, 사람들의 고함 소리는 슬로모션처럼 느리게 들렸다.

새뮤얼이 벽난로 앞에 이르는 순간, 사자머리 석상이 턱이 빠져라 포효하는 것 같았다. 돌로 만든 혀 위에서 반짝이는 황금 열쇠, 새뮤얼은 아가리가 닫히기 직전에 열쇠를 움켜잡았다. 곧바로 다시 금고 앞으로 돌아와서 열쇠를 자물쇠에 집어넣었다. 처음에는 저항하는 듯 삐걱거리다가 금고 문이 열렸다. 두꺼운 벽을 파내고 만든 선반에 다양한 크기의 책들이 놓여 있는데 그중에 눈길을 끄는 것이 있었다. 노란색 표지에 13이라는 빨간색 숫자. 고고학자 체임벌린이 갖고 있던 책과 똑같았다. 색깔만 다를 뿐 『마법의 13가지 위력』이 틀림없었다.

새뮤얼은 잠시 눈을 깜박이면서 심장박동이 원래의 속도로 돌아오길 기다렸다. 처음에는 아무 일도 일어나지 않다가 심장박동이 더 느리게 뛰는 또 하나의 박동과 분리되었다. 그 순간 공기를 가르는 소리가 났고, 시간의 리듬이 약해지면서 갑자기 원래의 흐름을 되찾았다. 초록색 필터도 이내 사라졌고, 새뮤얼은 클러그의 마법서를 또렷이 볼 수 있었다. 파란색을 되찾은 표지, 빨간색 숫자, 낡았지만 탄력이 있는 부드러운 재질의 표지…… 드디어 앨리시어를 구할 수 있는 '열려라 참깨'를 손에 넣은 것이다!

“오래 걸리지 않을 거야.” 새뮤얼은 마치 앨리시어가 바로 옆에 있는 듯 중얼거렸다. “나를 믿어…….”

새뮤얼은 그 책이 정말 맞는지 확인하기 위해 책을 들춰봤다. 여러 종류의 태양의 돌, 이상한 장소, 연금술 조제법, 어린아이 얼굴의 혐오스러운 박쥐를 그린 삽화……. 클러그의 마법서가 틀림없었다. 체임벌린의 텐트에서 복사본을 훑어볼 때는 영어로 쓰여 있어서 읽을 수 없었는데 장소가 바뀐 데 따른 동시번역기 덕분에 연금술사가 빨간 잉크로 주석을 달아놓은 이 책은 난해한 부분도 있지만, 대충은 이해가 되었다. 새뮤얼은 현재 이탈리아어나 로마어로 말하고 있었다. 클러그가 써놓은 라틴어와 완전히 같지는 않지만, 태양의 돌이 지닌 힘에 대해 쓴 글과 거의 비슷했다. ‘일곱 개의 동전을 모으는 사람이 태양의 주인이 될 것이다. 그가 여섯 개의 빛살을 반짝이게 할 수 있으면 그의 가슴이 시간의 열쇠가 될 것이다. 그러면 불멸의 열을 경험할 것이다.’

새뮤얼은 이번 카를 5세가 침략했을 때 훼손된 것으로 추정되는 뒷부분이 궁금했다. 찢겨나간 페이지가 없이 온전한 상태의 책이었다. 이런 행운이! 없어진 부분은 10여 쪽이었고, 데생과 빨간 잉크로 적은 주석이 빼곡했다. 타후티 신의 조각상, 섬세하게 묘사한 금빛 팔찌 두 개, 터번을 두른 남자의 초상, 가구, 알 수 없는 기호들……. 새뮤얼은 느긋하게 전부 다 살펴보고 싶지만 지금은 그럴 때가 아니었다. 사서가 곧 돌아올 테니 트렁크가 있는 쪽으로 돌아가야 했다.

금고 문을 닫으려는 순간 새뮤얼은 또 다른 책을 보고 갑자기 의문이 들었다. 도대체 무슨 책이기에 금고에 넣고 자물쇠까지 채웠을까? 흰색 표지의 두꺼운 책, 저건 무슨 책일까? 새뮤얼은 책을 집어 들고 아무 데나 펼쳤다. 고딕체로 인쇄되어 있고, 손으로 그린 삽화들……. 모르는 언어로 쓰여 있지만, 두 페이지씩 같은 것이 반복되어 있었다. 같은 소제목, 왕관을 쓴 동일한 왕……. 시간의 책인가?

새뮤얼은 시커먼 표지의 다른 책도 펼쳐봤는데 시작하는 문단마다 삽화가 있었다. 이 책 역시 처음부터 끝까지 같은 내용이 두 페이지씩 반복되어 있었다. 표지가 너덜너덜한 세 번째 책도, 길쭉한 판형의 네 번째 책도 마찬가지였다. 교황의 도서관에 시간의 책들이 수집되어 있다니!

얼이 빠진 새뮤얼은 밖에서 바퀴 굴러가는 소리가 날 때까지 아무 생각도 할 수 없었다. 수레나 작은 마차가 앵무새 마당을 지나고 있음을 알려주는 소리였다. 도움을 청하러 갔던 보체론이 돌아오고 있는 것이다. 새뮤얼은 들고 있던 시간의 책을 도로 내려놓다가 상아로 만든 보석상자 같은 걸 떨어뜨릴 뻔했다. 밀봉되어 있는 보석상자를 도로 집어넣자마자 아슬아슬하게 비밀 금고의 문이 닫혔다. 수레 소리가 점점 커지고 있었다. 새뮤얼은 재빨리 거울을 제자리에 올려놨다. 아, 황금 열쇠……. 할 수 없어, 갖고 있어야지! 새뮤얼은 열쇠를 호주머니에 집어넣고, 마지막으로 거울이 똑바로 놓였는지 확인한 다음 클러그의 마법서를 겨드랑이에 끼고 현관 쪽으로 뛰어갔다. 새뮤얼이 트렁크 앞에 이른 순간 안개 속에서 보체론이 데려온 근위병들이 나타났다. 깊이 생각할 겨를이 없는 새뮤얼은 가까이 있는 가구 밑에 마법서를 숨겼다.

"아! 너 여기 있었구나." 보체론이 건성으로 말했다. "델 몬테 추기경께서 인력 지원을 해주셨는데 그 대가로 교황님을 위해 할 일이 생겼어."

보체론의 표정이 그리 좋지 않은데 귀한 책들의 운명에 대한 걱정 때문이 아니라 다른 문제가 생긴 것 같았다.

"따라오십시오." 보체론이 함께 온 사람들 중에서 유일하게 군복 차림이 아닌 남자에게 말했는데 눈매가 날카로운 얼굴이 독수리를 연상시켰다. 이어서 그 뒤에 서 있는 근위병 네 명에게 지시했다. "자네들은 수레에 이 트렁크를 실어놓고 내가 돌아오길 기다리게. 그 누구도 이곳에 들이지 말고, 알았나?"

근위병들이 고개를 끄덕이는 사이에 교황이 보낸 특사가 헐렁한 밤색 외투에서 은빛 열쇠를 꺼내 사서에게 보여주었다.

"그럼 갈까요? 교황께서 오늘 아침은 인내심이 없어서……."

잘못 본 걸까? 새뮤얼이 방금 사자 아가리에서 훔친 열쇠와 똑같은 것 같았다. 크기도 비슷하고, 모양도 비슷하고……. 같은 모양의 자물쇠가 또 있는 걸까? 열쇠를 받은 보체론이 불빛에 비춰보면서 말했다.

"열쇠를 보기는 처음입니다." 보체론이 놀란 얼굴로 말했다. "모든 걸 잃게 될지도 모르는 이런 때에 열쇠를 보게 되다니!"

"이런 위급 상황이니까 교황께서 그런 지시를 내렸겠지요." 교황의 특사가 말했다.

새뮤얼이 멀찍이 떨어져서 따라가고 있지만, 그들은 전혀 알아채지 못한 채 1실을 지나쳤다. 거울 뒤에 있는 비밀 금고를 여는 또 하나의 열쇠가 있었던 걸까? 두 남자의 목표물이 금고라면 뭘 찾으러 가는 걸까? 새뮤얼은 예감이 좋지 않았다. 『마법의 13가지 위력』을 찾으러 가는 것이라면…….

새뮤얼은 벽에 바싹 붙어서 2실까지 따라가다 대도서관 입구에 가능한 한 가까이 접근했다. 대도서관으로 들어간 두 남자가 왼쪽에서 멈췄다. 이런!

"나는 저 안에 뭐가 들어 있는지 정말 모릅니다." 보체론이 말했다. "내 전임자인 모레티 사서가 이 비밀 금고의 존재에 대해 말해 주었지요. 50년 전 도서관 건축이 완성되었을 때 그는 아직 어린 조수였지요. 도서관을 확장한 교황 식스토 4세께서 한 이집트인 건축가에게 이 비밀 금고 공사를 맡겼다고 했어요. 모레티의 말에 따르면 그 건축가는 학식이 높은 범상치 않은 인물이었다는데……."

새뮤얼은 피가 얼어붙는 것 같았다. 범상치 않은 이집트인이라면 세트니 대신관……? 그때 갑자기 들리는 둔탁한 소리, 두 남자가 거울을 내려놓은 것이다.

"믿기지 않습니다!" 보체론이 감격에 겨운 듯 말했다. "여기서 일하면서 이 거울 뒤편 금고에 무엇이 들어 있는지 늘 궁금했지요. 전임자가 원래 열쇠가 두 개였는데 하나를 잃어버렸고, 나머지 하나는 산탄젤로 성에 있는 교황님의 금고에 보관되어 있다고 했거든요. 그런데 내가 그 열쇠를 손에 쥐는 날이 올 줄이야!"

"교황께서 열쇠를 내게 맡긴 것은 그대에게 비밀 금고를 열고 그 물건을 당장 보내라는 뜻이오. 그런데 이 태양문양은 무슨 뜻입니까?"

"모릅니다. 내가 아는 바에 따르면 그 이집트 건축가가 식스토 4세에게만 자세히 설명했다고 합니다. 어쨌든 이 자물쇠가 작동하는지 그것부터 시험해봐야겠습니다. 1475년부터는 아무도 사용하지 않았으니까요."

철컥, 하는 소리에 이어 삐걱거리는 소리가 났다. 비밀 금고의 문이 열린 것이다.

"책입니다!" 보체론이 탄성을 질렀다. "한 번도 본 적이 없는 책들이에요!"

"금고에 보석상자가 정말 있군요." 특사의 얼굴에 화색이 돌았다. "클레멘스 7세께서 기뻐하실 겁니다."

너무 궁금해서 새뮤얼은 두 남자 쪽을 쳐다보지 않을 수 없었다. 사서는 시간의 책 한 권을 들고 있는 반면에 특사는 새뮤얼이 좀 전에 떨어뜨릴 뻔했던 상아 보석상자에 감탄하고 있었다.

"나는 즉시 이걸 갖고 가야겠어요." 독수리 얼굴의 특사는 보석상자를 외투 안에 집어넣으면서 말했다.

보체론이 특사의 팔을 잡더니 자신이 보고 있는 책을 보여주었다.

"정말 희한한 일입니다. 같은 페이지가 반복되어 있다니! 게르만어로 쓰여 있고, 글은 아무런 뜻이 없는 것 같아요!"

보체론이 빨리 나가려고 하는 특사에게 책을 넘겨주고 다른 책을 집어 들더니 깜짝 놀랐다.

"이 책도 비슷해요! 보세요, 페이지가 반복되어 있고……."

"나는 도서관의 서적 목록을 작성하러 온 것이 아닙니다." 교황의 특사가 말을 잘랐다. "근위병들을 데리고 빨리 가야 하니까 수레를 사용할 생각이면 서둘러요."

새뮤얼은 도망쳐야 했다. 새뮤얼은 곧장 되돌아가다가 1실의 커튼을 고정시키는 끈 한 개를 슬쩍했다. 현관에 이르자마자 가구 밑에 숨겨둔 클러그의 마법서를 꺼내서 배에 대고 커튼 끈으로 묶었다. 책 때문에 옷이 약간 불룩해 보였지만, 불빛을 가까이 들이대고 비춰보지 않는 한 안개 때문에 표가 날 것 같지 않았다. 새뮤얼은 재빨리, 트렁크를 수레에 싣느라고 바쁜 병사들 틈에 끼어들었다. 그 순간 궁전의 높은 벽 쪽에서 고함소리가 울려 퍼졌다.

"적군이 쳐들어왔다! 쳐들어왔다!"

XIV

상아 보석상자

그 소식은 바티칸의 울타리 안으로 삽시간에 퍼졌다. 창문에 실루엣들이 나타나는가 싶더니 어느새 앵무새 마당을 차지한 성직자들은 침략군이 바티칸 궁전을 포위하는 데 걸리는 시간을 추정하고 있었다. 안개가 반쯤 걷히면서 드러난 해가 거의 몽환적인 분위기를 연출했다. 대포 소리가 그쳤다는 것은 성벽을 지키던 병사들이 거리로 나가 전투를 벌이고 있다는 뜻이었다. 불길한 조짐, 이런 상황이라면 왔던 곳으로 되돌아가 강을 건너 디아빌로 대장의 진영으로 가려는 새뮤얼의 계획에 차질이 생긴다. 다른 방법을 찾아야 했다.

상황이 긴박해지자 보체론은 하는 수 없이 시간의 책 한 권을 겨드랑이에 낀 채 도서관을 나갔다.

"한 권은 가져가야겠습니다." 보체론이 용서를 구하는 얼굴로 말했다. "혹시 모르는 일이라서요. 반달족*이 침입하면 비밀 금고도 무사하지……."

독수리 얼굴의 특사가 던지는 분노의 눈빛을 보면서 보체론은 서둘러야 한다는 걸 알아차렸다.

"교황께서는 벌써 산탄젤로 성으로 가셨을 겁니다." 교황의 특사가 내뱉었다. "빨리 가야지 지체할 시간이 없어요!"

"네, 알겠습니다." 사서가 복종했다.

그들은 수레를 끌면서 출발했고, 본관 뒤쪽과 연결되는 정원으로 가기 위해 복잡한 길로 들어섰다. 새뮤얼은 그 무리에 섞여서 수레를 끌거나 당기는 걸 도와주었다. 보체론은 본관 현관을 지키기 위해 내려가는 병사들 중 아는 병사를 붙들고 물었다. 새뮤얼보다 나이가 약간 많아 보이는 병사가 어찌나 공포에 질려 있는지 안쓰러울 정도였다.

"알도, 어떻게 되어가고 있나?"

"에스파냐군이 쳐들어왔어요!" 겁에 질린 어린 병사가 마지못해서 대답했다. "적군이 성벽을 넘었는데 병력이 적어도 3000이에요. 독일군이 그 뒤를 따르고 있고요! 산탄젤로 요새를 사수해야 해요!"

어린 병사는 작별의 손짓을 하면서 쏜살같이 사라졌다.

* 게르만의 한 부족.

"자, 자, 용기를 냅시다." 독수리 얼굴의 특사가 지시했다. "이러다간 우리 목숨보다 귀한 이 책들을 지키지 못해요!"

그들은 또 다른 문과 마당을 통해 전진하다가 자갈이 깔린 거대한 테라스에 이르렀고, 거기서 오렌지나무들과 분수 사이를 지나 궁전의 집결 장소로 보이는 낮은 건물로 향했다. 다른 근위병들이 낮은 건물로 들어가려고 하는 성직자 무리를 호위하고 있는데 그 속에 화려하게 차려입은 남자들과 여자들, 아이들도 섞여 있었다. 길게 늘어선 군중 속에서 들려오는 불안한 웅성거림과 흥분해서 떠들어대는 소리, 바로 옆에 있는 커다란 사육장에서는 닭, 오리, 거위 등의 가금들이 인간들의 야단법석에 놀라 시끄럽게 울어대고 있었다.

"사람이 너무 많군요." 독수리 얼굴의 특사가 말했다. "마냥 차례를 기다릴 수도 없고……. 당신이 좀 도와줘야겠어요, 보체론."

두 남자가 어떻게 하면 도서관의 보물을 끌고 빨리 건물로 들어갈까, 방법을 궁리하는 사이에 새뮤얼은 오른쪽에서 수레를 미는, 서글서글한 인상의 근위병에게 말을 걸었다.

"여길 처음 왔는데요. 산탄젤로 성으로 가려면 이 건물을 통과해야 하나요?"

근위병이 고개를 끄덕였다.

"이 건물로 들어가면 보르고 지구에서 성까지 회랑으로 연결되는 통로가 있거든. 산탄젤로 성으로 이르는 가장 안전한 길이지. 그래서 사람들이 줄을 서서 기다리고 있는 거야. 저기 잘 차려입은 사람들을 봐. 검은색 모자를 쓴 사람은 카프리 주교, 지팡이를 짚고 있는 사람은 지베르티 추기경, 그 뒤에 서 있는 사람이 델라 발레 추기경이야. 기둥 옆은 오르시니 가문 사람들이고, 헤라클레스 조각상 옆에 콘티 가문을 대표하는 사람들이 있구나. 그리고 저기 뛰어다니는 아이는 프란지파니 가문의 깃발을 들고 있고……. 로마의 귀족들은 다 모여 있어."

"콜론나 가문의 사람은 없네요." 새뮤얼은 콜론나 가문이 클레멘스 7세에게 반기를 들었으며, 특히 디아빌로 대장은 저주받은 영혼이라고 했던 맘미나의 말을 떠올리면서 감히 말했다.

"목소리 낮춰." 근위병이 속삭였다. "여기서는 콜론나 가문에 대해 입도 벙긋하지 않는 게 좋아. 나는 그 가문의 사람이 모두 잘못한 것이라고 생각하지 않지만……."

근위병은 콜론나 가문에 대해 잘 알고 있다는 눈빛이었다.

"그럼 디아빌로 대장은 어떤데요?" 새뮤얼이 물었다. "그 가문의 군대를 지휘하는 사람이 디아빌로 아닌가요?"

"디아빌로……." 근위병이 하늘을 향해 두 팔을 들면서 말했다. "내 형이 어렸을 때 디아빌로와 어울려 다녀서 나도 좀 아는데…… 정말 짐승 같은 인간이지! 디아빌로가 아버지에게서 처음으로 검을 선물로 받았던 열 살 때 무슨 짓을 했는지 알아? 공중에 대고 두세 번 칼을 휘둘러보고는 자기 개의 목을 베어버렸어. 그것도 단칼에……. 너 질겁한 얼굴이구나. 형이 말했어. 디아빌로는 어릴 때부터 미쳐 있었다고. 그의 손이 하나 없는 거 아니? 형한테 들었는데 20년 전 투르크군에 생포되었을 때 디아빌로는 손을 잃었지. 투르크군이 굶어 죽일 생각으로 디아빌로를 곰팡내 나는 감옥에 가두고 먹을 것을 주지 않았대. 그러나 몇 주 후 감옥에 들어가 봤더니 디아빌로가 여전히 살아 있더라는 거야. 처음에는 쥐와 벌레를 잡아먹었고, 그다음에는 이끼를 뜯어먹으며 목숨을 부지하다가 더 이상 아무것도 먹을 것이 없자 왼손을 잘라서……."

근위병이 일그러진 얼굴로 진저리를 쳤다.

"살겠다는 그의 집념에 감동한 투르크군은 디아빌로를 감옥에서 끌어내 치료해준 다음 풀어주었다는 거야. 자기가 키우던 개를 죽이고, 자신의 살까지 먹는 사람을 정상이라고 할 수 있겠어?"

새뮤얼은 고개를 끄덕이면서 진실과 전설 중 어느 쪽이 더 맞을까를 생각했다. 과장된 면이 있다고 해도 과연 '일 디아볼로'라는 별명답게 디아빌로의 평판은 마음을 끄는 점이라곤 없었다.

"디아빌로가 그렇게 교활하고 대담하다면 산탄젤로 성을 곧 점령하지 않을까요?" 새뮤얼이 물었다.

근위병은 단호하게 말했다.

"난공불락의 요새니까 안심해도 돼. 산탄젤로 성으로 피신했던 교황 중에서 수세기가 지난 지금까지 쫓겨난 분이 없었어. 걱정 마라, 일단 모두 안으로 들어간 다음에는 아무도 못 들어오니까."

"그럼 요새를 나갈 수는 있어요?" 어떻게든 앨리시어를 구하러 나가야 하는 새뮤얼이 넌지시 물었다.

"살인자들과 약탈자들에게 로마가 함락되었는데 성을 나가는 것은 미친 짓이지! 앵무새처럼 날개가 있다면 몰라도 요새를 빠져나갈 방법은 없어. 네가 모르는 모양인데 산탄젤로는 로마에서 가장 무서운 감옥이기도 해. 어떤 경우에도 탈옥은 불가능하게 만들어졌지."

아무도 도망칠 수 없는 요새에 갇히게 되는 것이 전혀 즐겁지 않은데도 새뮤얼은 근위병과 함께 억지미소를 짓지 않을 수 없었다. 클러그의 마법서를 손에 넣었는데…… 여기서 포기할 수는 없었다. 무슨 일이 있어도 앨리시어를 구하러 가야 해.

근위병에게 고맙다는 인사를 하고 수레에서 몇 걸음 벗어난 새뮤얼은 옷 속에서 자꾸 미끄러지는 책을 다시 잘 묶은 다음 호주머니에서 로마 지도를 꺼냈다. 복잡한 구조의 궁전과 강 쪽으로 총안을 뚫은 탑과 연결되는 긴 성벽을 유심히 살폈다. 산탄젤로 성이었다. 그림으로 봐도 공격을 막아내고 방어하기에 이상적인 입지 조건이었다. 반면에 디아빌로 대장의 군대가 주둔하고 있는 무너진 원형극장으로 가려면 도시를 절반 이상 가로질러야 했다. 산책하는 수준이 아니었다.

몇 분 동안 지도를 살피면서 최상의 노선을 궁리하고 있을 때 갑자기 들리는 함성에 새뮤얼은 고개를 들었다. 추기경들과 병사들에게 에워싸여서 나타난 인물이 낮은 건물로 이르는 길을 따라 올라오고 있었다.

"클레멘스 7세……. 클레멘스 7세 교황님!"

"교황님, 은총을 내리소서!"

"제 어린 아들에게 자비를 베푸소서!"

교황을 호위하는 열 명의 근위병들이 군중과 거리를 유지하고 있었다. 교황이 수레 쪽에 이르는 순간 독수리 얼굴의 남자가 뛰어가서 정중하게 허리를 굽히며 말했다.

"늦게 온 걸 용서하십시오. 이미 요새 안으로 들어가셨다고 생각했는데……."

"괜찮소." 클레멘스 7세가 근위병들에게 물러나 있으라는 손짓을 하면서 말을 잘랐다. "가져왔소?"

독수리 얼굴의 특사가 다가서서 외투 안을 뒤지는 사이에 새뮤얼은 5, 6미터 떨어진 거리에 있는 교황을 유심히 관찰했다. 튀어나온 광대뼈, 반듯한 코, 검은 머리털, 교황의 빨간 모자, 거만한 표정의 50대 남자였다. 길이가 긴 흰색 옷에 걸친 빨간색 망토가 어깨와 가슴을 덮고 있었다. 목소리는 거만하지만 안색은 창백했고, 눈가에 다크서클이 짙었다. 예우를 받는 데 익숙한 권력자는 자신의 옥좌가 흔들린다는 걸 알고 있는 것이다.

독수리 얼굴의 남자가 비밀 금고에서 꺼내온 상아 보석상자를 내밀자 클레멘스 7세는 손바닥에 올려놓고 중얼거렸다.

"정말 있었군. 이 안에 들어 있는 것이 나를 궁지에서 벗어나게 해준단 말인가!"

마치 그 순간의 엄숙함을 알아차린 듯 군중이 갑자기 입을 다물었다. 클레멘스 7세가 손톱으로 밀랍을 뜯어내고 상자 뚜껑을 열었다.

"아무것도 없잖아! 빈 상자였어!"

클레멘스 7세는 몹시 화가 나서 상아 상자를 멀리 던져버리고는 낮은 건물을 향해 걸어갔다.

"송구스럽습니다." 독수리 얼굴의 남자가 물러서면서 사과했다. "교황님의 지시대로 했습니다. 저는 정말 빈 상자일 줄은 생각도 못했습니다."

"당신이 잘못했다는 말이 아니오!" 클레멘스 7세는 여전히 화를 냈다. "보석상자가 금고 안에 들어 있었는데 당신이 어떻게 그런 생각을 할 수 있었겠소? 이제 그만 가보시오, 더는 필요 없으니!"

근위병들과 추기경들이 교황을 에워싸며 접근을 막는데도 독수리 얼굴의 남자는 계속 말했다.

"금고 안에 사서가 말했던 책도 여러 권 있었습니다. 그 책들을 안전한 곳에 보관할 수 있게 허락해주십시오."

클레멘스 7세는 대답하지 않았지만, 한 추기경이 보체론에게 자신이 책임질 테니 따라오라고 손짓했다. 교황이 지나갈 수 있게 군중이 비켜서는 사이에 새뮤얼은 좀 전에 깃발을 들고 뛰어다니던 어린 소년에게 다가갔다. 아이가 방금 교황이 던진 보석상자를 주웠던 것이다.

"좀 봐도 되겠니?" 새뮤얼이 물었다.

아이가 상자를 꽉 쥐면서 눈살을 찌푸렸다.

"교황님이 나한테 던져주셨어."

"그냥 보기만 하고 돌려줄게, 약속해. 그리고 그걸 보여주면 너에게 비밀을 하나 알려줄게."

"무슨 비밀인데?" 아이가 경계하는 얼굴로 물었다.

"네가 들어본 적이 없는 굉장한 비밀이야." 새뮤얼이 속삭였다.

아이는 이상한 옷차림의 새뮤얼에게서 눈을 떼지 않은 채 천천히 주먹을 폈다. 새뮤얼은 상자를 받아 들고 도서관에서보다 훨씬 주의 깊게 살폈다. 상아가 약간 누렇게 변한 아주 오래된 보석상자였다. 클레멘스 7세가 손톱으로 일부를 뜯어내고 남은 빨간색 밀랍이 붙어 있는 뚜껑에 상형문자와 웅크리고 있는 자세의 따오기 머리의 인간 형상이 새겨 있었다. 타후티 신을 표현한 것일까? 보석상자는 텅 비어 있지만 반지를 넣어두는 상자가 틀림없었다. 뭔가를 끼우는 동그란 받침의 직경이 약 1.5센티미터쯤 되는 것으로 보아 반지 상자가 분명했다.

"이제 돌려줘." 아이가 독촉했다.

새뮤얼은 꿈에서 깨어나는 듯했다. 얼른 정신을 차리고 남자아이에게 윙크를 보냈다.

"자, 고마워."

"비밀은? 비밀을 알려준다고 약속했잖아!"

"비밀은…… 네가 손에 쥐고 있는 이 상아 상자야. 상자를 영원히 소중하게 간직해야 해. 이 궁전에 있는 보물 중에서 가장 경이로운 보물이거든."

놀란 아이의 파란 눈이 휘둥그레졌다.

"가장 경이로운 보물? 확실해?"

"물론이지." 새뮤얼이 단언했다.

XV

마법의 13가지 위력

수레를 끌면서 산탄젤로 성으로 이르는, 높은 회랑을 지나가는 것은 보통 일이 아니었다. 게다가 수레를 끌던 근위병 중 두 명이 본관을 지키러 달려갔기 때문에 새뮤얼은 남은 근위병 두 명을 도와 트렁크를 어깨에 지고 이동해야 했다. 벽돌과 돌로 지은 끝없이 긴 회랑을 따라가면서 새뮤얼은 수시로 총안을 통해 강 건너 디아빌로의 진영을 바라봤다. 그러나 여전히 안개가 자욱한 데다 비까지 내리기 시작해 두꺼운 장막이 시야를 가렸다.

파세토* 안은 오늘날 러시아워에 지하철을 타기 위해 인파가 몰려든 플랫폼을 연상시켰다. 새뮤얼은 길을 비키라면서 거침없이 뛰어가는 성직자들 때문에 여러 번 넘어질 뻔했다. 트렁크 모서리

* 바티칸과 산탄젤로 성을 연결하는 약 800미터의 회랑으로 비밀 통로로 불린다.

가 어깨를 파고드는 데다 그 무게에 짓눌리는 등이 아팠지만, 훔친 마법서를 배에 묶어놓은 것이 들통 날까 조마조마한 새뮤얼은 아무도 관심을 갖지 않자 안도했다.

새뮤얼은 넘어지지 않으려고 조심하면서 상아 보석상자와 그 안에 있었을 반지를 생각했다. 영생의 반지였을까? 타후티 신의 모습을 새긴 보석상자, 동그란 받침, 보석상자가 시간의 책들과 함께 있었다는 것, 이런 몇 가지 사실만으로도 영원히 살게 해주는 반지가 들어 있던 것이 틀림없었다. 이 추측이 맞는다면 문신한 남자는 왜 새뮤얼에게 그렇게 중요한 반지가 들어 있는 상자를 가져오라고 하지 않았을까? 도서관의 비밀 금고에 보석상자가 있다는 걸 몰랐나? 아니면 보석상자가 비어 있음을 알았던 걸까? 미스터리…….

"왼쪽, 왼쪽으로!" 보체론이 지시했다.

육중한 문을 통해 요새 안으로 들어간 그들은 좁은 층계 쪽으로 방향을 바꿨는데 계단이 어찌나 높은지 올라가기가 몹시 힘들었다. 보체론은 그들을 서재 별관으로 인도했고, 열쇠꾸러미에 달린 열쇠 하나로 문을 열었다.

"트렁크를 여기 내려놓게. 정리는 내가 할 테니까."

서글서글한 인상의 근위병이 허리를 세우면서 안도의 숨을 내쉬었다. 새뮤얼도 홀가분한 맘으로 팔뚝을 주물렀다. 셔츠 안에 감춘 책 때문에 불룩해진 배가 신경이 쓰여 새뮤얼은 그만 가보겠다고 말했다. 하지만 보체론이 붙잡았다.

"아까 이 책들을 옮긴 경험이 있는 네가 도와주면 빨리 정리가 될 것 같구나."

새뮤얼은 방을 훑어봤다. 가구, 트렁크들, 여러 종류의 두루마리들……. 빠져나갈 핑계를 궁리하던 새뮤얼은 배를 움켜잡으면서 말했다.

"그게…… 먼저 좀 갔다와야겠어요."

인상 좋은 근위병이 웃음을 터뜨렸지만 다른 사람들은 못마땅한 표정을 지었다. 새뮤얼은 실례하겠다고 말하고는 금방 돌아오겠다며 뛰어나갔다.

일단 별관을 나온 새뮤얼은 조용한 곳을 찾아 무작정 뛰었다. 엄청나게 두꺼운 벽을 보면 난공불락이라는 말이 실감나는 요새였고, 섬세하게 조각된 격자 천장과 벽화들로 장식한 수많은 방을 갖춘 걸 보면 화려한 궁전이기도 했다. 궁전과 요새를 결합한 건축물……. 부부인 듯한 사람들. 노인과 아이들이 사방에 흩어져 있었다. 급히 챙겨온 보따리들 사이로 맨바닥에 주저앉은 이들, 불행한 시대에 대해 논하고 있는 이들, 피곤에 지친 얼굴로 몇 안 되는 의자를 차지한 이들도 있었다.

잠시 이리저리 다닌 끝에 새뮤얼은 조용하면서 빛이 들어오는 곳을 찾았다. 별관 위층 창턱이었다. 새뮤얼은 배에 묶은 끈을 풀었고, 철로 테를 두른 유리창에 등을 기대고 창턱에 걸터앉았다. 그러고는 마법서를 훑어본 다음 성을 빠져나가서 디아빌로 대장과 맞설 방법을 궁리하기로 결정했다.

새뮤얼은 지체하지 않고 마법서의 뒷부분을 읽기 시작했다. 체임벌린은 영생의 반지에 관해 중요한 정보가 담겨 있는 페이지들이 훼손되었다고 했다. 없어진 것으로 생각되는 10여 쪽 분량은 데생과 지도, 불가사의한 기호로 가득했고, 클러그가 빨간 글씨로 달아놓은 주석이 덧붙여 있었다. 전체적인 내용을 세세히 알 수는 없지만, 몇몇 삽화는 눈에 익었다. 예를 들어 온전한 이 책 10여 쪽의 첫 페이지에 타후티 신의 모습이 있었다. 페이지의 절반을 차지하는, 목탄으로 그린 따오기 머리의 신이 서 있는데 수평으로 벌린 두 팔의 손목에 노란 팔찌를 하나씩 차고 있었다. 클러그가 그 밑에 주석을 달아놨는데, 새뮤얼은 여러 번 읽고 나서야 라틴어로 쓰인 글을 어렴풋이 해독할 수 있었다. '황금팔찌 두 개, 진짜와 가짜' 라는 제목이 달린 문단이었다. 진짜는 타후티 신이 직접 만든 팔찌를 의미하는 것이고, 가짜는 메르워세르가 만든 팔찌를 의미하는 것인데…….

본문에는 다음과 같이 기록되어 있었다. 특히 마지막 문장은 밑줄이 쳐 있었다.

> 두 팔찌는 형제처럼 닮았지만 별개의 것이다. 그런 이유에서 날을 주관하는 신이 두 팔을 벌리고 있는 것이다. 한 팔은 해가 뜨는 동쪽을 향하고, 다른 팔은 해가 지는 서쪽을 향하고 있다는 건 두 팔찌가 서로 대립하는 동시에 상호 보완적이라는 것을 입증한다.

다음 페이지에는 외딴 언덕에 잡초가 무성한 묘지가 흑백으로 그려져 있었다. 무덤 네 기가 줄지어 있고, 무덤마다 받침돌에 태양문양이 새겨 있었다. 화가는 사실적으로 그리려 애를 썼지만 한 곳에 무덤들을 모아놓은 것은 자연스럽지 않았다. 두 개의 무덤은 이슬람교를 상징하고, 세 번째 무덤에는 기독교의 십자가 표시가 있으며, 네 번째 무덤은 받침돌에 새긴 상형문자로 세트니 대신관의 석관묘라는 걸 대번에 알아볼 수 있었다. 상상의 묘지……. 그 밑에 빽빽하게 쓴 세 줄의 글이 있지만 새뮤얼이 모르는 언어였다.

다음 페이지들은 영생의 반지나 태양의 돌과 직접적인 관련이 있는 것 같지 않았다. 바둑무늬 표면에 불편한 자세로 앉아 있는 터번을 두른 흑인 왕, 원과 삼각형 네 개를 포함한 이미지가 여섯 개, 새뮤얼은 일종의 퍼즐 같다고 생각했지만 똬리를 튼 뱀처럼 서로 얽혀 있는 식물의 형상은 의미를 알 수 없었다. 체임벌린이 마법서의 없어진 부분에 잘못된 가치를 부여한 건 아닐까?

다행히 끝에서 두 번째 페이지는 체임벌린의 추측이 맞는 듯했다. 접혀 있는 옛날 지도를 펼쳐보니 네 장에 가까웠다. 거무죽죽한 바탕에 보라색 잉크로 지형을 그려놨고, 클러그의 주석이 달려 있는 것은 중요하다는 표시였다. 윤곽이 흐린 것들도 있지만 이집트에서 현재의 터키까지 동쪽 지중해를 그린 지도가 틀림없었다. 새뮤얼은 이집트 시간 여행을 한 뒤에 연안 지방과 나일 강의 특징을 확인하기 위해 지도책을 펼쳐놓고 살펴봤었다. 아랍어 이름의 여러 도시와 산을 표현하는 원뿔형 그림, 바다를 표현하는 파도가 그려져 있었다. 지도에는 노란색과 흰색으로 표시한 선이 나일 강 지역에서 시작하여 여러 길을 통해 북쪽으로 이어져 있었다. 두 개의 경로를 의미하는 듯한데 이집트에서 터키로 거슬러가는 내륙의 길은 노란색 선으로, 연안을 따라가는 경로는 흰색 선으로 표시되어 있었다.

새뮤얼은 연금술사 클러그의 주석이 없었다면 이런 결론을 내리지 못했을 것이다. 클러그가 몇몇 도시의 이름을 번역해놓았고, 이해하기 쉽도록 주석을 달아놓았기 때문에 새뮤얼은 읽고 또 읽은 끝에 그 의미를 파악할 수 있었다. 이것은 영생의 반지가 이동한 경로를 좇는 지도였다.

모든 것은 두 경로의 출발점인 나일 강에서 시작되었다. 클러그가 도시 이름을 라틴어로 옮겨놨지만, 새뮤얼은 테베라는 걸 알 수 있었다. 클러그는 테베에 대해 이렇게 덧붙였다.

오랜 옛날에 힉소스 민족이 쳐들어와서 파라오들의 왕국과 수도 테베를 점령했다. 메르워세르라는 이름의 새 군주는 임호텝의 여행기록에 따라 또 하나의 황금팔찌를 만들었다. 그러나 메르워세르의 후손들이 옥좌에서 쫓겨나는 날을 맞게 되었다. 그러자 힉소스 민족은 메르워세르의 황금팔찌와 하얀 보석상자 안에 든 영생의 반지를 갖고 왕국에서 도망쳤다.

하얀 보석상자……. 도서관의 비밀 금고에 있던 상자일까?
도망친 힉소스 민족은 얼마 후 둘로 나뉘었다.

한 무리는 메르워세르의 팔찌를 갖고 동쪽으로 떠났고, 다른 무리는 영생의 반지를 갖고 연안을 따라 떠났다.

지도에 노란색 선과 흰색 선으로 경로가 표시되어 있는 이유를 설명해주는 글이었다. 금색을 의미하는 노란색은 메르워세르의 팔찌가 이동한 경로를, 상아의 색깔인 흰색은 보석상자가 이동한 경로를 그린 것이다. 두 물건이 거쳐간 여러 도시가 지도에 표시되어 있었다. 동쪽으로는 바스라, 와시트, 바빌……. 서쪽으로는 라믈라, 수르, 사이다……. 클러그는 지도의 여백에 12개 도시에 대한 주석을 달아놓았는데 도시가 건설된 날짜와 그 도시의 태수 이름, 두 보물을 언급한 서적에 대한 정보도 있었다.

그러나 가장 새뮤얼의 호기심을 끄는 것은 두 경로의 종착지에 관련된 것이었다. 지도에 표시된 경로를 보면 메르워세르의 팔찌는 수세기 동안 이동한 끝에 터키의 도시 이즈미트에 이르렀다. 그런데 블라드 체페슈는 1447년 이즈미트에서 황금팔찌를 훔쳤다고 했었다. 그리고 그 시대에는 그 황금팔찌가 어디서 온 것인지, 어떤 힘을 지니고 있는지 아는 사람이 아무도 없었다고 덧붙였다. 다시 말해서 지도는 메르워세르의 팔찌에 대한 진실을 알려주고 있는 것이었다. 팔찌는 실제로 표시된 경로를 따라 이동한 것이 맞았다. 지도가 팔찌에 대한 진실을 알려주는 것이라면 반지에 대해서거짓을 알려줄 이유가 없었다.

새뮤얼은 손가락으로 짚어가면서 흰색 선을 따라갔다. 흰색 선은 이집트를 나온 뒤로 곧장 북쪽으로 거슬러갔기 때문에 노란색 선보다 훨씬 짧고 간단했다. 그 종착지는 연안 지대에서 가장 가까운 도시 안타키아였다. 클러그는 그림 한쪽 구석에 상당히 긴 주석을 달아놓았다.

안타키아: 비밀리에 시리아 연안으로 이동한 뒤로 시간의 반지는 100년이 넘는 세월 동안 흔적이 묘연했다. 안타키아에서 반지의 존재를 언급한 사람은 우잘라그 알 파라비라는 이름의 철학가로 948년 음악

의 원리에 관한 저서에서 안타키아에 사는 카디*의 금고에서 타후티 신의 인장이 찍힌 하얀 보석상자를 보았는데 그 안에 돌로 만든 이상한 반지가 들어 있었다고 기록하고 있다.

1098년, 1차 십자군 전쟁이 일어났을 때 이슬람을 정복하기 위해 출정한 기독교 군대는 시리아에 상륙하여 무력으로 셀주크투르크의 안타키아를 빼앗았다. 안타키아를 점령한 기독교군은 그리스도의 옆구리를 찔렀던 창과 영생의 반지가 들어 있는 상아 보석상자처럼 더없이 귀중한 보물들을 발견했다. 영생의 반지는 일부 전리품들과 함께 비잔틴제국의 수도 콘스탄티노플에 이어서 새 교황 파스칼의 요청을 받아 로마로 옮겨졌다. 이 사실은 '라 논나'라는 범선의 선상일지에 상아 보석상자를 이탈리아까지 운송한 것으로 기록되어 있다.

이때부터 보석상자와 반지는 교황들이 대대로 로마의 궁전 어딘가에 보관하고 있다. 거기서 반지를 찾아야 한다.

새뮤얼은 지도를 다시 접었는데 머릿속에 여러 가지 추측이 떠올랐다. 반지의 위치를 알아낸 클러그가 반지를 훔치기 가장 좋은 때라고 생각하고 로마로 갔지만, 교황들의 도서관이 건축된 이후였을 거란 가정이 가장 그럴듯했다. 교황 식스토 4세는 보물을 지키기 위

* 이슬람의 재판관.

해 세트니 대신관이라는 뜻밖의 건축가에게 도움을 청했는데 이 건축가가 시간을 지연시켜야 금고를 열 수 있는 보안장치를 고안한 것이다. 현장에 이른 클러그는 난관에 부딪혔다. 비밀 금고에 접근했으나 열 수가 없었던 것이다! 그래서 시간을 지연시키는 방법을 배우기 위해 진시황의 무덤에 갔고, 거기서 목숨을 잃은 것이다.

그렇다고 해도 의문이 남았다. 이 일에서 세트니 대신관의 역할은 무엇이었을까? 게다가 대신관은 왜 교황의 도서관에 마법의 물건을 감춰놓는 걸 허락했을까?

어떤 점에서는 두 시간 전 클레멘스 7세가 비어 있는 상아 보석상자를 열었을 때 그 답을 주었다고 할 수 있었다. 사실, 새뮤얼은 세트니 대신관이 대도서관에 구상한 보안장치에 의문이 생겼다. 열쇠를 갖고 있는 교황을 제외하고 비밀 금고를 열 수 있는 사람이 도대체 누가 있을까? 그렇다면 세트니에게 도서관의 비밀 금고는 흔적을 찾을 수 없는 가장 은밀한 곳에 반지를 감출 만한 최상의 방법이 아니었을까?

"뭐 하고 있어?"

새뮤얼은 소스라치게 놀랐다. 창틀에 눈길을 고정하고 있었기 때문에 좀 전에 클레멘스 7세가 던진 보석상자를 주웠던 남자아이가 오는 걸 보지 못했다.

"생각 좀 하느라고!" 새뮤얼이 대답했다.

"계속 찾아다녔어." 남자아이가 못마땅한 표정으로 새뮤얼을 뚫어져라 쳐다보았다. "발레리아가 그러는데 하얀 보석상자에는 귀중한 것이 전혀 들어 있지 않대."

"발레리아? 발레리아가 누군데?"

"큰누나. 열네 살인데 항상 나를 귀찮게 해. 내가 철부지라서 다른 사람이 하는 말을 무조건 믿는다고 누나가 막 놀렸어. 네가 보물이 뭔지도 모르면서 말도 안 되는 이야기로 나를 속인 거래."

새뮤얼은 어떻게 말할까 궁리하면서 아이를 관찰했다. 정수리 부분에 머리털이 불룩한 금발 남자아이가 그런 놀림을 당했다는 사실에 잔뜩 화나 있었다.

"열네 살 소녀들은 정말 성격이 까다롭지." 새뮤얼이 진지한 얼굴로 말했다. "네 누나는 내가 보물이 뭔지도 모른다고 생각한단 말이지? 한 가지 제안을 할게. 내가 정말 알고 있다는 걸 보여줄게. 잠깐만……."

새뮤얼은 호주머니에 손을 집어넣고 사자머리 석상의 아가리에서 훔쳐온 황금 열쇠를 꺼냈다.

"네 이름이 뭐지?"

"비토리오." 아이가 폼을 재면서 대답했다.

"좋아, 비토리오. 나를 좀 도와줄래? 너를 믿어도 되지?"

아이가 자신 있게 고개를 끄덕였다.

"그럴 줄 알았어." 새뮤얼이 활짝 웃었다. "내 말 잘 들어, 비토리오. 이걸 교황님의 사서 파트리치오 보체론에게 가져가. 나선형 계단을 내려가면 지하 2층에 별관이 있는데 거기 계셔. 찾을 수 있겠지?"

남자아이는 내가 그것도 못할까 봐? 하는 얼굴로 새뮤얼을 쳐다봤다.

"좋아. 나 대신 열쇠를 전해주면 사서가 알아볼 거야. 그리고 열쇠가 정말 중요한 것인지 물어봐. 내가 상아 보석상자에 대해 한 말이 거짓말인지 아닌지 알게 될 거야. 하지만 안심해, 나는 보물에 대해 잘 알고 있으니까……."

아이는 열쇠를 받아 쥐고 새뮤얼에게 고마워하는 눈길을 던지면서 복도로 뛰어갔다.

새뮤얼은 잠시 어른들 사이를 요리조리 피해 달려가는 아이를 바라보면서 스케이트보드가 너무 늦게 발명된 것이 정말 유감스럽다고 생각했다. 새뮤얼은 또다시 미끄러지는 마법서를 배에 대고 끈으로 묶었다. 어떻게 손에 넣은 책인데 뺏길 수는 없었다. 그러고는 창문을 통해 하늘을 내다봤다. 비는 그쳤고, 태양이 모습을 드러내면서 안개가 서서히 걷히고 있었다. 새뮤얼은 이제 강에 걸쳐 있는 도개교를 또렷이 볼 수 있었는데 건너편 기슭과 연결되는 걸 막기 위해 다리가 접혀 있었다. 산탄젤로 성의 광장에 수많은 병사와 구경꾼들이 요새의 성벽 총안들 앞에 집결해서 어떤 광경을 목격했는지 고함을 지르면서 흥분하고 있었다. 새뮤얼은 무슨 일인지 이해하는 데 시간이 좀 걸렸다. 요새는 완전히 차단되었지만, 아직도 많은 피난민이 성으로 들어오려고 애를 쓰고 있었다. 성벽 아래쪽의 둑까지 끌어올린 여러 척의 배에서 내린 사람들이 요새를 향해 뛰어오고 있었다. 성벽 위에서 근위병들이 성으로 올라올 수 있게 밧줄을 던져주자 군중 속에서 만세 소리가 울려 퍼졌다.

성으로 들어오려고 난리를 치는 로마인들. 하지만 새뮤얼은 무슨 수를 써서라도 성을 나가야 했다. 지체 없이 첫 번째 층계로 달려간 새뮤얼은 알록달록한 담요로 몸을 감싸고 있는 젊은 여자에게 본관 마당으로 가는 길을 물었다. 이리저리 돌아다닌 끝에 새뮤얼은 마침내 한쪽으로는 석탑이 내려다보이고, 다른 한쪽으로는 도개교가 설치된 광장에 이르렀다. 성벽을 따라 줄지은 200여 명의 구경꾼들은 밧줄을 내려주는 병사들과 성벽을 타고 올라오려고 애쓰는 사람들에게 조언과 용기를 북돋아주고 있었다.

"꽉 잡으세요. 손을 바꿔가면서……."

"심호흡, 심호흡을 하세요!"

"겁먹지 말고 올라와요! 괜찮으니까 올라오세요!"

새뮤얼은 사람들을 헤치면서 서쪽으로 나 있는 커다란 총안 옆에 자리를 잡았다. 새벽녘부터 로마를 뒤덮고 있던 안개가 거의 걷히면서 오렌지색과 빨간색 지붕들, 교회 종탑들, 무너진 유적들, 클레멘스 7세 궁전의 전체적인 모습이 드러났다. 말 울음소리와 총성이 계속 울려댔지만, 보르고 안에 있는 주력부대가 침략군에게 어떻게 대응하고 있는지 알 수가 없었다. 새뮤얼은 로마 지도를 펼치고 앨리시어를 구하러 갈 방향을 확인했다. 300미터쯤 떨어진 거리에 왼쪽으로 흐르는 강, 태양의 돌이 있는 방향이었다. 좀 더 멀리 다리가 보이고, 건너편 기슭 너머로 복잡하게 얽힌 골목길이 새뮤얼의 눈길을 끌었다. 디아빌로의 캠프는 그 동네 뒤편 어딘가에 있었다.

새뮤얼은 허공에 몸을 숙이고 거리를 가늠하면서 이 난관을 어떻게 헤쳐나갈지 궁리했다. 20미터 아래쪽에 열 명의 사람들이 하늘을 향해 두 팔을 쳐들고 살려달라고 간청하고 있고, 다른 다섯 명은 밧줄에 매달려서 성벽을 타고 올라오고 있었다. 새뮤얼은 내려가고 싶었다. 하지만 뭐라고 핑계를 대지?

새뮤얼은 피난민 무리를 관찰했다. 젊은 남자가 대부분이고, 머리가 백발인 노인 한 명, 자유롭게 움직이기 위해서인지 소매가 긴 망토를 벗어버린 여자 세 명이 있었다.

혼자서는 방법이 없는데……. 군중이나 병사들이나 모두 신경이 곤두서 있었다. 기습적으로 모든 사람의 허를 찌를 연극이라도 해야겠는데…….

"할아버지!" 새뮤얼은 20미터 아래쪽 백발노인을 향해 손을 흔들며 갑자기 고함을 질렀다. "할아버지, 나 보여요? 나 여기 있어요!"

새뮤얼은 주위의 사람들에게 말했다.

"밑에 있는 저분이 우리 할아버지예요! 할아버지, 나 보여요? 내가 내려갈게요!"

점점 더 크게 소리치면서 새뮤얼은 사람들을 헤치고 밧줄을 잡아당기는 근위병들 쪽으로 뛰어갔다. 그러고는 거의 다 올라온 피난민 중 한 명의 손을 잡고 끌어올리려는 근위병 앞에 버티고 섰다.

"우리 할아버지가 저 밑에 계세요." 새뮤얼은 밧줄을 잡아당기는 시늉을 하면서 소리쳤다. "할아버지를 구해야 해요. 할아버지, 내가 내려갈게요."

근위병 중 한 명이 새뮤얼을 비켜서게 하는 동안 다른 근위병이 성벽을 타고 올라온 피난민을 요새 안으로 내려서게 도와주었다.

"저 밑에 있는 머리가 하얀 노인이요." 새뮤얼은 계속 말했다. "저분이 우리 할아버지란 말이에요! 연세도 많고 한쪽 팔을 못 쓰기 때문에 혼자서는 절대로 올라오지 못해요. 내가 내려가서 도와주지 않으면 돌아가실 거예요!"

옆에 있던 근위병이 내려다봤다.

"연로하신 것 같지만……."

"제발 부탁이에요." 새뮤얼은 물러서지 않았다. "내가 내려가서 도와드리는 방법밖에 없어요. 아니면 에스파냐군에게 붙잡힐 거라고요!"

검은 모자를 쓴 중년 부인이 근위병에게 들으라는 듯이 말했다.

"할아버지를 구하겠다고 목숨을 걸다니, 내 아들이 이 아이처럼 용감하면 얼마나 좋을까!"

"맞아요!" 또 다른 남자도 거들었다. "위험을 무릅쓰고 할아버지를 구하겠다는 이 아이의 마음이 너무 예쁘지 않소?"

근위병은 더 말해봐야 소용없다는 걸 이내 알아차렸다. 손가락으로 새뮤얼을 가리키면서 말했다.

"알았다. 하지만 네 목숨이 위험할 수도 있어! 뼈가 부러져도 나를 원망하지 마. 네가 원한 거니까. 서둘러, 밑에 기다리는 사람이 많아!"

"고맙습니다, 정말 고맙습니다!" 새뮤얼이 외쳤다. "내려가서 할아버지가 올라가도록 도울게요."

근위병의 마음이 변하기 전에 밧줄을 움켜잡은 새뮤얼은 마법서가 잘 묶여 있는지 확인한 다음 두 근위병이 신호를 주자 총안을 넘었다. 그리고 심호흡을 한 뒤 두 발로 성벽을 디디면서 미끄러지다 근육이 경직되지 않도록 조심했다. 새뮤얼은 체육 시간에 운동신경이 나쁘지 않은 데다 앨리시어를 구출해야 하는 목적이 있기 때문에 힘을 냈다. 30초도 걸리지 않아서 새뮤얼은 젖은 풀밭에 이르렀고, 사람들로부터 열렬한 박수갈채를 받았다. 박수를 받으면서 탈출하다니!

새뮤얼은 화끈거리는 손바닥을 문지르면서 떨어뜨린 샌들을 찾아 신은 다음 백발노인의 어깨를 얼싸안았다.

"할아버지! 할아버지가 무사하셔서 정말 기뻐요!"

"근데 너는……."

노인의 눈이 휘둥그레졌지만 새뮤얼은 말할 겨를을 주지 않았다.

"내가 있으니까 이젠 안심하셔도 돼요."

새뮤얼은 노인의 허리에 밧줄을 감아서 단단하게 묶은 다음 다리 안쪽으로 걸어주면서 꽉 잡으라고 당부했다.

"이 밧줄을 놓치면 안 돼요, 할아버지! 밧줄만 잘 잡고 있으면 안락의자에 앉은 것처럼 편안하게 올라가실 거예요."

새뮤얼은 노인의 뺨에 입맞춤을 한 다음 성벽 위의 근위병들을 향해 고함을 질렀다.

"당겨요! 우리 할아버지니까 조심해주세요!"

밧줄이 단번에 팽팽해지면서 노인이 올라가기 시작했는데 어리둥절하지만 뜻밖에 차례가 빨리 온 것에 만족하는 얼굴이었다. 노인은 한 팔을 못 쓰기는커녕 두 발로 성벽을 짚어가면서 흔들리는 몸을 조절하고 있었다. 꼭대기에 이른 노인은 스타 같은 환호를 받았고, 근위병들은 용감한 손자에게 밧줄을 던져주기 위해 재빨리 노인의 허리에 묶인 밧줄을 풀었다.

그러나 새뮤얼은 이미 둑에 끌어다놓은 배를 향해 달려가고 있었다.

XVI
일 디아볼로

새뮤얼은 강물의 흐름에 배를 맡긴 채 기슭에서 너무 멀어지지 않도록 이따금 고물에 달린 노를 저었다. 새뮤얼은 그렇게 쾅, 쾅 대포 소리가 울려 퍼지는 보르고 지구의 성벽을 따라가다 태양의 돌이 묻혀 있는 부근의 강가로 배를 몰았다. 이어서 마치 경험이 있는 것처럼 요령 있게 모래사장으로 배를 끌어올려 놓고는 루돌프가 하토르의 상징을 그려놓은 성벽 쪽으로 걸어갔다.

열 걸음쯤 갔을 때 위쪽 비탈, 맘미나를 처음 만났던 쪽에서 말 울음소리가 들렸다. 재빨리 덤불숲에 엎드린 새뮤얼은 목을 빼고 엷은 안개 장막을 통해 동태를 살폈다. 깃털 장식이 달린 철모에 투창으로 무장한 병사 두 명이 말의 고삐를 잡아당기면서 점점 다가오고 있었다. 병사들은 전쟁의 결과를 낙관하는지 웃는 얼굴로 대화를 나누면서 배다리 부근에서 말들에게 물을 먹였다. 그들은 연거

푸 손가락으로 산탄젤로 성을 가리키면서 교황에 대해 말하느라고 덤불숲에 웅크리고 있는 새뮤얼을 알아보지 못했다. 다행히 병사들은 주위를 살피지 않고 이내 발길을 돌렸다.

새뮤얼은 병사들이 시야에서 완전히 사라질 때까지 기다렸다가 일어났다. 사실 새뮤얼이 태양의 돌이 있는 곳으로 돌아온 것은 우선 전투가 벌어지는 동안 태양의 돌에 문제가 생기지 않았는지 확인하기 위해서였다. 그리고 또 다른 생각도 있었다. 일단 디아빌로의 진영에 들어가면 몸수색을 받을 것이고, 귀중품을 모조리 빼앗길 것이 틀림없었다. 처형당할 위험은 물론이다. 그런데 문신한 남자의 지시에 따르면 클레멘스 7세의 구멍 뚫린 동전—칸도르 일라에수스, 즉 '순진 무결'이라는 글자를 새긴—과 황금팔찌, 『마법의 13가지 위력』이 있어야 앨리시어를 구해낼 수 있었다. 따라서 다른 동전들이 디아빌로의 손에 들어가는 걸 막으려면 미리 감춰놓는 것이 현명했다. 특히 현재로 돌아가게 해줄 잿빛 물질이 덮인 동전은 절대적으로 필요했다.

질척한 땅을 엉금엉금 기어가면서 새뮤얼은 가슴속에서 시간의 박동을 느꼈다. 새뮤얼은 하토르의 상징이 있는 성벽 밑의 흙을 파냈다. 태양의 돌은 무사했고, 작동할 준비가 되어 있었다. 새뮤얼은 태양의 돌에서 오른쪽으로 약 10미터 떨어진 데에 동전 여섯 개를 묻었다. 한 가지에 모든 희망을 걸 수는 없지 않은가!

다시 배로 돌아가고 있을 때 덤불숲에서 세 명의 병사가 불쑥 나타났는데 말들을 끌고 물가로 향하고 있었다. 그 뒤로 두 명, 또 네 명……. 새뮤얼은 잽싸게 배에 올라 납작 엎드렸다. 한 분대 전체가 말에게 물을 먹이러 온 모양이었다.

한없이 길게 느껴지는 얼마 후, 새뮤얼은 도로에서 울리는 나팔 소리에 이어 북소리를 들으면서 졸음과 싸웠다. 배다리에 있던 병사들이 손뼉을 치면서 일제히 돌아섰다. 분위기가 심상치 않은데…….

새뮤얼은 조심스레 배 위로 얼굴을 내밀었다. 햇빛에 밀려난 안개가 강물 위로 분산되었고, 100미터쯤 떨어진 곳에 일렬종대로 서 있는 전사들이 움직이기 시작했는데 장갑부대 같았다. 말을 탄 병사들, 빨간색과 회색 깃발을 흔드는 병사들, 모두 고함을 지르는데 북소리에 묻혀서 알아들을 수가 없었다. 수백 명에 이르는 병사들이 보르고 지구에서 새로 점령할 지역을 향해 진군하고 있었다.

새뮤얼은 로마 지도를 펼쳤다. 현재 위치에서 하류 쪽으로 다리가 하나 있었다. 카를 5세의 군대는 클레멘스 7세의 바티칸 궁전을 중심으로 먼저 서쪽으로 이동한 뒤에 동쪽으로 진군할 생각인 것 같았다. 동쪽이라면 앨리시어가 억류되어 있는 곳인데…….

마지막으로 50여 명의 병사들이 사라지자 새뮤얼은 강을 건너기 위해 배를 강물에 띄웠다. 지난 몇 시간 동안 쌓인 피로 때문에 근육이 마비된 새뮤얼은 건너편 기슭에 가교와 연결된 나무배로 이뤄진 부두 같은 곳에 이르기 위해 물살과 싸워야 했다. 간신히 배를 대고 오른 이상한 부두에는 봇짐 하나가 걸려 있는 윈치*를 제외하고 텅 비어 있었다. 새뮤얼은 가교를 건너 차양 덧문이 있는 창고 같은 곳으로 들어간 후 거리 쪽으로 나 있는 층계를 올라갔다. 그러나 중간쯤 이르렀을 때 포기해야 했다. 요란한 말발굽 소리에 부두가 흔들리고, 여기저기서 지휘관들이 명령하는 소리가 들렸다. 침략군에게 이미 점령당한 상태였다!

새뮤얼은 계획을 바꿨다. 골목길이 막혀 있기 때문에 강을 따라가기로 했다. 사실 전쟁에 휘말리지 않고 목적지에 도착할 가능성은 거의 없지 않은가. 새뮤얼은 500미터쯤 둑을 따라가다 강가로 내려가서 걸어가는데 전투가 점점 격렬해지는지 귀가 먹먹할 정도였다. 30분쯤 걸었을까, 강을 따라 줄지은 낚시꾼들의 오두막이 보이는데 거의 폐허나 다름없었다. 잠시 숨 좀 돌리려고 새뮤얼은 아직 세 개의 벽과 지붕의 일부가 남아 있는 오두막으로 들어갔다. 바닥에 잔뜩 널린 그물과 생선 가시들을 발로 치우고 새뮤얼은 잠깐 쉴 생각으로 누웠다. 잠을 자려는 것이 아니라 전투 소리가 잠잠해지고, 용병들에게 들키지 않고 시내로 들어갈 때를 기다리기 위해

* 밧줄이나 쇠사슬로 무거운 물건을 들어 올리거나 내리는 기계.

서였다. 그렇지만 피곤이 몰려왔다. 한 번, 두 번, 하품을 하면서 새뮤얼은 눈꺼풀이 무거워지는 걸 느꼈다. 잠들지 않으려고 노력했지만 자신도 모르게 깊은 잠에 빠져들었다.

새뮤얼은 숨이 막히는 느낌 때문에 소스라치게 놀라 눈을 떴다. 공기를 들이마시다가 가시를 내뱉으면서 얼굴을 찡그렸다.

"웩!"

오두막의 벽에 기댄 채로 새뮤얼은 잠시 후 정신을 차렸다. 로마…… 강…… 앨리시어…….

새뮤얼은 벌떡 일어나 주위의 둑을 살폈다. 어둠이 내리기 시작했고, 다리 위의 횃불들이 켜지면서 도시에 불빛이 반짝였다. 게다가 두 군데서 불길이 치솟는 것으로 보아 침략군이 불을 지른 모양이었다. 전쟁으로 인한 처절한 아우성이 웃음소리와 노랫소리가 섞인 웅성거림으로 바뀌었지만, 간간이 비통한 절규도 들렸다. 얼마나 잔 걸까?

새뮤얼은 지도를 펼쳤다. 이제는 시내로 들어가는 것 말고 다른 선택이 없었다. 강가를 떠나 둑으로 올라가던 새뮤얼은 거리 한복판에서 큰 소리로 떠들어대면서 술을 마시는 병사들을 피해 반대 방향으로 돌아가야 했다. 어두운 골목길로 들어섰는데 이내 성벽문에 매달린 채 꼼짝하지 않는 형체와 맞닥뜨렸다. 시체……. 새뮤얼은 비명을 참으면서 걸음을 빨리 했다. 이어서 성벽을 따라가면서 대문이 부서진 건물들과 아직도 불에 타고 있는 집들과 마주쳤다. 어디에도 인기척이 없고, 몇몇 광장에서는 약탈자들이 즉석 향연을 벌인 흔적이 있었다. 주민들은 모두 떠난 것 같았다.

한참을 걸어가자 집들이 점차 줄어들었다. 새뮤얼은 도시의 경계에 이르렀음을 알았다. 눈앞에 반쯤 흙에 묻힌 원기둥과 신전들이 드문드문 보이는 방대한 대지가 펼쳐졌다. 산사태에 휩쓸린 듯 처참한 몰골이었다. 드디어 그 유명한 원형극장이 모습을 드러냈다. 찬란했던 지난날의 영화를 세월의 무례함에 내어주고 모래더미에 파묻힌 거대한 배를 연상시켰다.

새뮤얼은 몇 미터를 더 가다 기둥 뒤에 숨어서 허리를 숙이고 동태를 살렸다. 폐허가 된 유적들 밑으로 디아빌로가 점령하고 있는 진지가 보였다. 그 주위를 흙더미가 가로막고 있어서 출입이 가능한 통로는 하나밖에 없는데 무장한 병사 세 명이 지키고 있었다. 굉장히 많은 텐트가 집결되어 있는데 대부분 크기가 컸고, 수십 명의 병사가 왔다갔다하거나 훨훨 타오르는 모닥불 주위에 삼삼오오 모여 이야기를 나누고 있었다. 디아빌로 군대의 차분하고 규율이 잡힌 분위기는 새뮤얼이 오는 길에 목격한, 홍청망청 술잔치를 벌이는 장면과는 대조적이었다. 하지만 이것이 오히려 새뮤얼에게는 불리함으로 작용했다. 앨리시어를 구해내려면 병사들이 술에 취해 있는 것이 나을 텐데……. 이렇게 되면 순전히 혼자 힘으로 해내야 하는 것이 아닌가.

새뮤얼은 멀찍이 떨어져 진지의 주변을 살폈다. 어둠을 이용해 용케 진지 안으로 들어간다고 해도 그다음은 어떡하지? 앨리시어가 있는 텐트를 단번에 찾을 수 있을까? 찾는다고 해도 병사들이 지키고 있을 텐데. 설령 앨리시어를 구해낸다고 해도 들키지 않고 둘이 이곳을 탈출할 수 있을까? 기적이 연속적으로 일어나지 않고는 도저히 불가능했다.

골똘히 생각했지만 새뮤얼은 선택의 여지가 없었다. 문신한 남자의 지시를 따르면서 디아빌로가 계약을 지켜주길 바랄 수밖에. 새뮤얼은 칸도르 일라에수스, 즉 '순진 무결'이라는 글자를 새긴 금화를 만지작거렸다. 이 동전으로 일 디아볼로의 환심을 사리란 보장이 없는데…….

새뮤얼은 자신 없는 걸음으로 곧장 진지 입구로 향했다. 병사 한 명이 즉시 장검을 뽑아 들고 달려왔다.

"정지! 거기 누구냐?"

"디아빌로 대장님에게 전할 물건이 있습니다." 새뮤얼은 두 손을 높이 쳐들고 말했다.

성큼성큼 다가온 병사는 새뮤얼의 말을 들은 척도 않고 장검을 턱 밑으로 들이댔다.

"대장님께 동냥이나 무슨 하소연을 하러 온 거라면 죽음을 면치 못해!" 병사가 으름장을 놓았다.

"디아빌로 대장님께 전할 물건이 있어요." 새뮤얼은 떨리는 목소리를 억제하면서 되뇌었다. "이걸……."

새뮤얼은 천천히 손바닥을 펴서 병사의 눈앞에 내밀었다. 병사는 경계의 눈초리로 동전을 집었다.

"이건 구멍 뚫린 두카 금화잖아. 이게 무슨 뜻이야? 너 구걸하러 온 게 아냐? 흙투성이의 누더기를 보면 영락없이 거지꼴인데!"

"금화를 대장님께 직접 전해야 해요." 새뮤얼은 주장했다. "그걸 보면 대장님은 내가 거짓말하는 것이 아니며, 훨씬 중요한 물건도 갖고 있다는 걸 아실 거예요."

병사는 금화와 새뮤얼이 다른 손에 들고 있는 책을 번갈아 쳐다보면서 잠시 머뭇거리더니 도움을 청하기로 결정한 모양이었다.

"파비오! 이리 와봐! 이 두카를 대장님께 가져가서 이 녀석이 만나길 원한다고 말씀드려. 보기에는 위험할 것 같지 않지만 교황의 첩자일지도 모르니까. 대장님이 이 아이의 목을 베어버리길 원하신다면 내가 즉시 처치하겠다고 말씀드리고."

병사는 마치 사람들을 참수하는 것이 자신의 일상적인 역할인 듯 마지막 말을 아무렇지도 않게 내뱉었다.

파비오라는 젊은 병사가 답변을 갖고 돌아올 때까지 장검을 턱 밑에 들이대고 있는 병사 앞에서 새뮤얼은 한 손을 높이 쳐든 불편한 자세로 그렇게 몇 분을 서 있었다.

"대장님이 녀석을 당장 데려오래요!" 파비오가 숨을 헐떡이면서 외쳤다.

'1단계는 통과했군.' 새뮤얼은 속으로 말하면서 팔을 내렸다.

그러나 병사는 새뮤얼의 낙관적인 생각에 찬물을 끼얹었다.

"그렇게 빨리 기뻐할 거 없어. 대장님은 너 같은 놈들을 골려주길 아주 좋아하시지. 내 예상으로는 대장님이 당장 너를 죽이라고 할 게 뻔하거든."

병사는 새뮤얼의 손목을 잡아끌고 텐트들이 밀집해 있는 쪽으로 향했다. 텐트 사이사이에서 100여 명의 병사가 바쁘게 움직이고 있었다. 쇠뇌에 기름칠을 하거나 칼날을 가는 병사들, 커다란 냄비 앞에서 도시락을 싸는 병사들, 좀 떨어진 곳에서 말들을 보살피는 병사들도 있었다. 퀭한 눈, 다양한 칼자국, 주저앉은 콧등, 잘려나간 귀, 보기 편안한 인상들은 아니지만 병사들이 놀라울 정도로 차분한 분위기에서 자신이 맡은 일에 열중한다는 것은 대장의 권위가 어느 정도인지 말해주고 있었다.

병사는 진지의 중앙에 있는 가장 큰 텐트로 새뮤얼을 데려갔다. 텐트 입구 양쪽에 거울 달린 가구가 놓여 있고, 키가 2미터에 이르는 거인 두 명이 지키고 있는데 얼굴에 난 칼자국이 어찌나 선명한

지 새뮤얼은 그들이 쌍둥이인지 바로 알아보지 못했다. 첫 번째 거인이 새뮤얼의 목덜미를 잡는 사이에 두 번째 거인은 새뮤얼의 손에서 책을 빼앗고, 호주머니 안의 물건을 모두 꺼냈다. 메르워세르의 팔찌, 로마 지도, 맘미나가 준 약초 주머니. 거인은 문으로 사용하는 두툼한 보라색 태피스트리 뒤로 사라졌다가 5분쯤 후 돌아와서 새뮤얼의 팔을 잡아끌었다.

알리바바의 동굴이라고 하면 좋을까……. 푹신한 양탄자 위에 큼직한 쿠션들이 보석 박힌 수연통 주위를 에워싸고 있었다. 반투명한 휘장 너머에 저녁 식사가 차려지길 기다리는 것처럼 황금 쟁반과 크리스털 병 등 값비싼 식기들이 가지런히 놓여 있었다. 텐트 안쪽은 침실이자 골동품 가게를 연상시켰다. 검, 방패, 트렁크 위로 늘어진 반짝이는 천, 반지와 목걸이들로 치장한 조각상들에 걸쳐 놓은 그림들, 엄청나게 많은 골동품 속에 검은색 목재 침대가 놓여 있었다. 전리품들일까?

오른쪽으로 약간 밝은 공간에 디아빌로가 옥좌 같은 의자에 앉아서 보물을 감상하고 있었다. 검은색 옷차림의 디아빌로는 옆구리에 단검을 차고 있었다. 클레멘스 7세의 궁전에서 근위병이 말해준 대로 디아빌로는 왼손이 없었다. 헐렁한 소매 밖으로 끝이 뾰족한 갈고리가 삐죽 나와 있었다. 체격이 좋은 디아빌로는 천연두에 걸렸었는지 얼굴이 곰보였고, 하나로 묶은 새까만 머리가 목덜미까지 내려와 있었다. 특히 사람을 쏘아보는 누런 눈빛은 머릿속을 헤집는 것 같아 기분이 나빴다. 디아빌로는 새뮤얼의 남루한 옷차림, 흙투성이 얼굴을 뚫어져라 쳐다보다가 두 부하에게 손짓했다.

"이 아이에게 의자를 갖다줘."

놀라울 정도로 부드럽고 낮은 목소리였다. 거인 중 한 명이 침대 옆에 놓인 의자를 가져와 대장의 바로 오른쪽에 놓고 새뮤얼을 강제로 주저앉혔다.

"됐으니까 너희는 나가 있어." 디아빌로가 두 부하에게 지시했다.

두 거인이 허리를 굽히면서 뒷걸음질로 나갔다. 디아빌로는 오른손을 펴서 손바닥에 있는 클레멘스 7세의 금화를 살폈다. 클리그의 마법서와 메르워세르의 팔찌는 무릎 위에 올려놓고 있었다. 새뮤얼은 가슴을 졸였지만, 평소에 반짝이던 팔찌가 마치 진짜 주인의 품을 떠나서 힘을 잃은 것처럼 전혀 빛을 발하지 않았다.

"정말 소녀를 데려가려고 온 것이냐?" 디아빌로가 누런 눈으로 새뮤얼을 뚫어져라 쳐다보며 물었다.

새뮤얼은 두려움을 드러내지 않으려고 눈썹 하나 까딱하지 않았다. 그 순간 떠오르는 앨리시어의 모습에 새뮤얼은 힘을 냈다.

"소녀는 지금 어디 있습니까?" 새뮤얼이 가까스로 입을 열었다.

"부상자들의 텐트에 있다. 최근에 그 아이의 건강이 아주 안 좋아졌거든." 디아빌로가 걱정하는 척 덧붙였다. "알 수 없는 열병을 앓고 있어. 내 주치의에게 맡겼더니 좀 나아져서 안심하고 있지만…….”

앨리시어가 열병에 걸렸다고? 새뮤얼은 1932년의 시카고에 갔을 때 사촌 릴리가 고열로 쓰러졌던 것이 기억났다. 세트니 대신관은 릴리의 열병을 시간 여행가들이 이따금 걸리는 ‘시간의 병’이라고 했다.

“만나봐야겠습니다.” 새뮤얼은 자신도 놀랄 정도로 단호하게 요구했다.

“진정해라.” 디아빌로는 침착하게 대꾸했다. “먼저 얘기부터 나눠야지.”

“더 할 얘기는 없습니다.” 새뮤얼이 응수했다. “책과 팔찌를 전하면 내 여자친구를 풀어주는 것이 거래 조건이니까요.”

“거래 조건, 물론 그렇지.” 디아빌로는 다른 생각에 빠져 있는 듯 중얼거렸다.

디아빌로는 왼손 대용의 갈고리에 팔찌를 걸어 몇 센티미터 떨어진 곳에 있는 천사 조각상의 팔에 아주 능란하게 끼워 넣었다. 이어서 클러그의 마법서를 읽기 시작했고, 몇몇 페이지에서는 눈길이 오래 머물러 있다가 흡족한 얼굴로 책장을 넘겼다. 감히 방해하지 못한 채 지켜보는 새뮤얼은 미소를 지으면서 책을 덮는 디아빌로를 보고 속으로 예상했다. ‘좋아, 아주 좋아! 너와 네 여자친구는 떠나도 된다!’

그러나 그런 말을 하기는커녕 디아빌로가 새뮤얼을 향해 고개를 돌리면서 질문을 던졌다.

"너를 보낸 자가 이 책과 팔찌를 회수해주는 대가로 나한테 얼마를 지불했는지 아니?"

새뮤얼은 모른다는 듯 고개를 저었다.

"5000두카 금화. 이해할 수도 없는 낡은 마법서 한 권, 여기 모아 놓은 골동품들에 비하면 가치가 훨씬 떨어지는 팔찌 한 개에 대한 대가치고는 엄청난 금액이지. 그자가 왜 나한테 이 일을 맡겼는지 이유를 아니?"

이유를 말할 수 없는 새뮤얼은 디아빌로에게 말려들고 싶지 않았다.

"관심 없습니다. 나는 앨리시어를 풀어주기만 바랄 뿐입니다."

"글쎄…… 과연 그럴까? 그자는 마호메트의 언어, 즉 아랍어를 할 줄 아는 사람이 필요했던 거야. 이 책이 그가 원하는 것이 맞는지 확인할 필요가 있으니까. 그런데 나는 얼마간 오스만투르크에 살았던 적이 있었거든. 정확하게 말하면 감옥에 갇혀 있었는데 아주 놀라운 경험을 했지."

디아빌로는 눈을 게슴츠레 뜨면서 증명이라도 하듯 불구가 된 팔을 들어 올렸다.

"사실 나는 감옥에서 죽음을 경험했다. 웃지 마, 꾸며낸 얘기가 아니라 나는 정말 죽은 거였으니까. 어느 날, 바다에서 술탄의 해적들에게 잡혀 감옥에 갇혔고, 온갖 학대를 이기지 못한 나머지 정신을 잃고 말았어. 그러고는 깨어났는데." 디아빌로가 새뮤얼 쪽으로 몸을 숙이면서 덧붙였다. "지옥의 불에 떨어져 있었지. 내 죄의 목록은 아주 길더군."

디아빌로는 계속 횡설수설했고, 새뮤얼은 잠자코 듣고 있었다. 디아빌로의 이글거리는 눈빛이 매서웠다.

"하지만 나는 의지가 아주 강한 사람이었다. 기어코 이승으로 다시 돌아올 정도로. 그 대가로 왼손을 잃었지만 그거야 감수해야지. 저승에서 나를 기다리고 있는 것이 무엇인지 정확하게 알았으니까. 거기서 내가 견뎌야 하는 고통에 비하면 이승에서 살면서 고통받는 것은 아무것도 아니라는 걸 알았어. 바로 그래서 많은 사람이 나를 믿고 복종하는 거야. 건달들, 도둑들, 살인자들……. 언젠가는 그들이 갈 곳을 내가 먼저 갔다왔다는 걸 알기 때문에……. 나는 그들의 인도자가 된 거지."

이렇게 헛소리를 해대는 걸 보면 디아빌로는 미친 사람이 틀림없었다.

"내가 그 모든 걸 얘기해주는 것은 너에게 알려줄 것이 있기 때문이다. 너를 보낸 자가 약속한 5000두카 금화! 돈은 이제 더 이상 내 마음을 사로잡지 않아. 의문이 생겼거든. 이 마법서에 무슨 내용이 들어 있기에 그토록 어마어마한 돈을 쓰는 걸까? 이 팔찌로 뭘 하려는 거지? 그자가 지금까지 내게 제공한 정보가 너무 모호하단 말이야. 아랍의 현자들이 쓴, 세상에 단 한 권밖에 없는 귀중한 고서적, 가문의 물건이었으나 어느 날 잃어버렸다는 팔찌. 이유가 명확하지 않단 말이야……."

"팔찌와 책을 드렸잖아요." 새뮤얼이 말을 잘랐다. "그 책은 온존한 상태고, 언어도 잘 아시는 거니까 직접 확인해보세요. 나는 분명히 계약을 이행했으니까 대장님도 약속을 지켜주세요."

디아빌로는 뒤로 몸을 젖히고 탐욕스러운 미소를 지었다.

"너 그렇게 자신이 있느냐? 이 계약의 조항을 조목조목 다 알고 있니?"

"무슨 뜻입니까?"

"그자가 너한테 말하지 않은 것이 있는 모양이구나. 팔찌와 책을 확보하면 진짜인지 확인한 다음 너희 둘을 없애버리라는 것이었다."

"뭐라고요?"

새뮤얼은 의자에서 벌떡 일어나려고 했지만, 디아빌로가 놀라울 정도로 민첩하게 갈고리 끝으로 새뮤얼의 목을 찔렀다. 턱밑에 통증을 느끼는 순간 새뮤얼은 목을 따라 피가 흘러내리는 걸 알았다.

"어리석은 녀석, 뭘 기대했던 거야?" 디아빌로는 강제로 새뮤얼을 주저앉히면서 호통쳤다. "감히 내 텐트에 들어와서 계속 건방지게 굴어? 어리석은 녀석 같으니라고!"

디아빌로가 갈고리를 더 세게 눌렀기 때문에 새뮤얼은 피를 많이 흘리지 않으려고 의자 팔걸이 쪽으로 얼굴을 숙이고 있어야 했다. 디아빌로는 그렇게 위협하다가 잠시 후 새뮤얼을 놓아주었다.

디아빌로가 의자에 앉아 있는 새뮤얼을 격하게 밀쳤는데 눈에 살기가 번뜩였다.

"이 책의 내용을 설명해! 너를 풀어줄 마음이 생길 정도로 충분히 설명해주지 않으면 그자와의 약속대로 너를 죽여버리겠다. 알았어? 이 책에 있는 지도가 어떤 종류의 보물과 관련된 것인지 알고 있다. 그리고 네가 가져온 팔찌와 비슷한 이 팔찌들의 그림이 뭘 뜻하는 것인지도. 가짜 반지라는 건 또 무슨 말인지, 기타 나머지 내용도 전부 알아야겠다. 내 호기심을 만족시키면 네 목숨을 살려주지."

새뮤얼은 이미 붉게 물든 셔츠로 떨어지는 피를 멎게 하려고 목을 눌렀다. 상처가 너무 따갑지만 정신을 바짝 차리려고 노력했다. 시간을 벌어야 했다.

"내가 그 모든 걸 설명해주면 앨리시어를 풀어주겠다고 약속할 수 있습니까?"

디아빌로 대장은 헐렁한 바지에 갈고리의 피를 닦으면서 생각에 잠겼다.

"네가 해주는 설명이 내 마음에 들면 소녀도 떠날 수 있다." 디아빌로는 마지못해서 받아들였다.

새뮤얼은 보름달이 뜬 밤에 나타난 늑대인간을 마주하는 느낌이 들었다. 순순히 다 털어놓을 수는 없지 않은가.

"내 여자친구가 이미 죽었는지 어떻게 압니까?" 새뮤얼이 굴하지 않고 단호하게 말했다. "살아 있다는 걸 확인할 수 없다면 그 비밀을 알려줄 이유가 전혀 없습니다. 내 눈으로 직접 봐야겠습니다."

디아빌로는 의도를 파악하려고 새뮤얼을 탐색하듯 쳐다봤다. 위험하지 않다고 판단했는지 쌍둥이 거인들을 불렀다.

"카스토르, 폴룩스!"

두 거인이 보라색 태피스트리 안으로 머리를 들이밀었다.

"소녀를 데려와." 대장이 명했다. "그 누구도 소녀에게 접근하지 못하도록 주의해!"

의자에 느긋하게 앉은 디아빌로는 마치 골려주겠다는 듯 빙긋이 웃으면서 새뮤얼을 응시했다. 새뮤얼은 궁지에서 벗어날 방법을 궁리하고 있었다. 디아빌로의 협박에 굴복해야 하는 건가? 태양의 돌과 황금팔찌에 대해 모든 걸 얘기해줘야 하나? 그랬다가 이번에는 디아빌로가 시간 여행을 하기로 결심해서 불미스러운 일이 연속적으로 일어난다면?

그 반대로 디아빌로의 호기심을 만족시킬 만한 얘기를 꾸며내는 건 어떨까? 하지만 영악한 디아빌로가 속임수를 간파하면 둘 다 죽을 위험이 있는데…….

새뮤얼이 해결책을 찾아내려고 머리를 쥐어짜고 있을 때 보라색 태피스트리가 들춰졌다. 앨리시어가 두 거인에게 이끌려서 들어왔다. 헝클어진 금발, 핼쑥한 얼굴, 파란 눈, 평소 늘 생글거리던 앨리시어의 얼굴이 고통으로 일그러져 있었다. 앨리시어는 릴리와 새뮤얼이 처음 시간 여행을 했을 때와 같은 우스꽝스러운 옷차림이었고, 맨다리는 마치 가시덤불 속을 뛰어다닌 것처럼 여기저기 상처투성이였다. 새뮤얼을 알아본 앨리시어가 뭐라고 소리를 지르려고 했지만 신음소리밖에 나오지 않았다. 그렇지만 앨리시어는 성화 속, 순교하기 직전의 성녀처럼 아름다운 모습이었다.

새뮤얼은 달려가서 앨리시어를 안심시키고 싶었지만, 디아빌로가 갈고리로 새뮤얼의 배를 누르며 움직이지 못하게 했다.

"한 발짝이라도 움직이면 너는 죽는 거야, 네 여자친구가 보는 앞에서! 글쎄, 지금의 건강 상태로 그런 광경을 목격한다면 네 여자친구가 견딜 수 있을지 모르겠구나. 이제 내 말 잘 들어. 네 여자친구를 데려오는 것으로 너의 요구를 들어주었으니 너도 내 요구를 들어주어야 한다. 기분 전환용으로 시작해볼까?"

디아빌로가 허리춤에 차고 있던 단검을 휙 던지자 거인 한 명이 날쌔게 낚아챘다. 디아빌로는 이어서 마법서를 들추다 태양의 돌들을 그려놓은 페이지에서 멈췄다. 하나는 이스터 섬의 조각상 발치에, 또 하나는 분수대 뒤쪽에 있었다.

"이 책 여기저기 있는 그림들 중 하나를 내가 가리켰을 때 네가 그 뜻을 설명하지 못하면 그때마다 카스토르가 네 여자친구의 신체 일부를 베어버릴 거다. 왼손부터 시작할까……. 카스토르, 준비해."

폴룩스가 앨리시어의 왼팔을 움켜잡고 소매를 걷어주자 카스토르는 손목에 단검을 가져갔다. 앨리시어는 비명을 지르려고 했지만 이번에도 공포 때문에 성대가 마비된 듯 아무 말도 나오지 않았다.

"이제 알았니?" 디아빌로는 희열에 찬 얼굴로 물었다. "그럼 됐다. 먼저 이 마법서에 자주 보이는 태양이 뭘 의미하는지 그것부터 설명해주겠니?"

새뮤얼은 디아빌로가 가리키는 태양의 돌 이미지들을 봤다. 우물쭈물하고 있을 시간이 없었다. 새뮤얼은 심호흡을 하고 지금부터 하려는 것이 후회 없는 일이 되기를 바라면서 눈을 감았다.

XVII

앨리시어

여전히 눈을 감은 채로 새뮤얼은 심호흡을 했다. 무엇보다 침착해야 한다. 그래야 이 끔찍한 곳에서 빠져나갈 수 있어……. 디아빌로 대장은 위협적인 어조로 질문을 반복하고 있지만, 새뮤얼은 흔들리지 않아야 했다. 진시황의 무덤과 교황의 도서관에서 이미 두 번 성공한 대로 자기 자신을 다스려야 했다. 가슴속 시간의 박동이 아주 약하게 뛰고 있지만 분명히 느껴졌다. 새뮤얼은 시간의 리듬에 맞춰 심장박동을 늦추기 위해 정신을 집중했다. 잠시 후, 새뮤얼은 가슴속에서 뛰는 시간의 박동이 희미해지는 걸 느꼈고 마법서에 그려진 태양의 돌을 생각하자 더욱 또렷해졌다. 가슴속에서 두 개의 박동이 하나로 합쳐지고 있었다.

"네가 원하는 게 이거라면……." 디아빌로가 말하는데 고장 난 카세트테이프처럼 음절이 길게 늘어지고 있었다. "포올루욱스, 카아스토오르, 자알라버려어……."

디아빌로의 목소리가 저음이 되어 아주 느리게 들리면서 말을 알아들을 수 없게 되었다.

새뮤얼은 눈을 떴다. 텐트 안이 짙은 초록색을 띠고 있었다. 디아빌로는 성난 얼굴로 여전히 마법서를 가리키고 있는데 마비가 된 것처럼 입에서 말이 나오지 않고 눈꺼풀이 힘겹게 닫히고 있었다. 카스토르는 앨리시어의 어깨 위로 단검을 높이 쳐들고 있지만 보이지 않는 끈에 묶인 것처럼 동작이 공중에 멈춰 있었다. 앨리시어도 방어 자세로 마비되어 있었다.

새뮤얼은 즉시 움직였다. 먼저 천사 조각상에서 황금팔찌를 회수한 다음 디아빌로를 떠밀었는데 저항이 약했다. 새뮤얼이 쌍둥이 거인들에게 뛰어가는 사이에 카스토르의 단검이 몇 센티미터쯤 내려왔다. 칼을 피하려고 머리를 움직이는 앨리시어를 꼼짝 못하게 하려는 듯 카스토르가 몸을 약간 돌렸다. 그들은 완전히 마비된 것이 아니라 동작이 아주 많이 느려진 것일 뿐이었다.

새뮤얼이 발길질로 배를 찍어 차자 카스토르는 아주 느리게 쿵, 하고 뒤로 자빠졌다. 이번에는 있는 힘을 다해 폴룩스의 손가락들을 비틀었다. 새뮤얼은 거인의 손아귀에서 앨리시어를 구해내면서 귀에 대고 속삭였다.

"앨리시어, 내 말을 알아들을지 모르겠지만 나를 도와줘야 해."

새뮤얼은 허리를 숙인 자세로 앨리시어를 오른쪽 어깨에 기대게 했다. 그리고 앨리시어가 미끄러지지 않도록 꽉 끌어안으면서 일어섰다. 다른 때라면 앨리시어를 그렇게 안고 가는 것이 몹시 거북했겠지만 상황이 상황이니만큼 힘이 나고 에너지가 넘쳤다.

새뮤얼은 보라색 태피스트리를 들추고 밖으로 나갔다. 디아빌로 군대의 주둔지에 예상 밖의 광경이 펼쳐져 있었다. 병사 수십 명이 깜짝 놀란 얼굴을 하고 있는데 끈끈이에 걸린 것처럼 행동이 자유롭지 않았다. 조금씩, 조금씩 숟가락을 입으로 가져가는 병사, 옆에 앉은 병사의 등을 두드려주려다가 머뭇거리는 듯한 병사. 뭔가를 땅바닥에 뱉으려고 하지만 헛수고로 끝나는 병사……. 모닥불까지 정지되어 있었고, 새뮤얼은 그 옆을 빠르게 지나가다 불에 데었는데도 아픔조차 느끼지 못했다.

새뮤얼은 그렇게 앨리시어를 부축하면서 돌처럼 굳은 채로 통로를 막고 있는 병사들을 요리조리 피해 출구로 향했다. 그리고 반쯤 땅속에 파묻히고 푸르스름한 안개에 휩싸인 원기둥들을 빠르게 통과했다. 걸음을 뗄 때마다 공기에 강한 떨림 같은 것이 일어났고, 가쁘게 몰아쉬는 숨결이 기포가 되어 뺨을 타고 미끄러지고 있었다. 비린내 나는 박하시럽 같은 바다를 걷는 것 같았다.

그렇게 100미터쯤 진지를 빠져나가던 새뮤얼은 어깨로 받치고 있는 앨리시어의 무게가 점점 무거워지고, 심장의 리듬과 시간의 리듬을 일치시키기가 차츰 힘들어졌다. 가슴에서 경련이 일어나고 있었다. 하지만 계속 가는 것 말고 뭘 할 수 있단 말인가. 시간이 지연되고 있을 때 어떻게든 한 발짝이라도 더 디아빌로에게서 멀리 벗어나야 했다.

새뮤얼은 마침내 시내로 들어가는 부근에 이르렀고, 가장 가까운 골목길로 접어들었다. 다리에 화상을 입은 데다 가슴에 통증이 일기 때문에 숨을 돌리기 위해 잠시 멈춰 섰다. 새뮤얼은 어깨에 늘어져 있는 앨리시어를 끌어안은 채 벽에 기대서서 시간의 리듬을 잃지 않으려고 정신을 집중했다. 다시 시간의 박동을 느끼면서 걷기 시작했지만 속도를 줄였다. 불에 타고 있는 두 건물을 지나 다음 집들이 나올 때까지 힘을 내면서 걸어갔다. 그러나 새뮤얼은 또다시 멈춰야 했다. 화재로 인한 연기 때문에 가슴이 아프고 심장이 터질 것 같아서 시간의 박동을 더는 견딜 수 없었다. 질식되기 직전의 상태에 이른 새뮤얼은 문이 부서진 한 건물로 향했다. 앨리시어를 현관의 다져진 흙바닥에 앉혀놓고 그 옆에 주저앉았는데 거의 탈진 상태였다. 눈을 감는 순간 공기를 가르는 소리에 새뮤얼은 순간 소스라쳤다. 시간이 제 흐름을 되찾은 것이다. 새뮤얼은 그 순간 앨리시어가 움직이는 걸 느꼈다. 앨리시어가 소리를 지를 때 새뮤얼은 반사적으로 입을 막았다.

"사람 살……!"

"앨리시어." 새뮤얼은 앨리시어를 두 팔로 감싸 안으면서 속삭였다. "나야, 새뮤얼……. 새뮤얼 포크너……. 좀 전에 텐트 안에서 나 봤지, 기억나?"

앨리시어는 고개를 끄덕이면서도 계속 몸부림쳤다.

"탈출하는 데 성공했지만." 새뮤얼은 덧붙였다. "곧 그들이 뒤쫓아올 거야. 너를 놓아주면 소리를 지르지 않겠다고 약속해줘."

앨리시어가 약속한다는 뜻의 소리를 내자 새뮤얼은 입에서 손을 떼고 잠시 쉬기 위해 다리를 쭉 펴고 누웠다.

"새뮤얼, 이게 무슨 일이야?" 앨리시어가 히스테릭한 어조로 외쳤다.

"쉿! 그렇게 크게 말하면 들켜. 그들이 멀지 않은 데에 있을 텐데……."

"도대체 그 사람들이 누군데? 여기가 어딘데 야만인들처럼 모두 무장하고 있는 거야? 그 사람들이 왜 나를 죽이려고 하는 건데? 그리고 그 사람들이 하는 말, 어느 나라의 언어야? 내가 말하는 이 언어는 또 뭐고?"

앨리시어는 대답을 들으려고 새뮤얼을 흔들었지만, 새뮤얼은 가슴이 바늘꽂이가 된 것처럼 따끔거리고 숨이 찼다.

"1527년의 로마에 와 있어. 내가 설명해줄게."

"뭐라고? 너 지금 무슨 말을 하는 거야?"

앨리시어는 벌떡 일어나 어두컴컴한 속에서 더듬더듬 새뮤얼의 셔츠를 움켜잡았다.

"너 미쳤어? 1527년이라니? 그게 말이 돼?"

그 순간 새뮤얼의 상태가 좋지 않다는 걸 알아차린 앨리시어가 몸을 숙이고 걱정이 가득한 목소리로 물었다.

"새뮤얼, 괜찮아? 숨을 잘 못 쉬잖아? 왜 그래, 다쳤어?"

"아니, 괜찮아. 지쳐서 그래……. 숨 좀 돌리고 여길 나가자."

앨리시어는 새뮤얼의 이마에 손을 대보고 나서 손목을 잡고 맥박을 짚었다.

"몸이 불덩어리야. 그리고 네 심장……. 100미터 달리기라도 한 것처럼 빠르게 뛰고 있어!"

"그럴 거야. 하지만 안심해, 이미 많이 좋아지고 있어."

새뮤얼은 팔꿈치에 의지해서 일어나 앉았다.

"강으로 가야 해, 앨리시어. 그다음에 안전한 곳에 이르면 네가 알고 싶어하는 걸 다 말해줄게. 그들보다 5분에서 10분 정도 앞서 갈 수 있을 거야. 늘 그랬거든. 그래도 조심해야 돼, 그들은 계속 우리를 추적하려고 할 거야."

"도대체 그 사람들이 누군데, 샘? 그리고 내가 어떻게 전혀 모르는 언어로 말할 수 있지?"

"나중에, 앨리시어. 나중에 다 말해줄게. 약속해."

앨리시어의 도움을 받아서 일어난 새뮤얼은 골목을 나갔는데 다행히 카스토르와 폴룩스가 찾으러 다니는 것 같지 않았다. 앨리시어는 새뮤얼을 부축하기 위해 팔짱을 끼었다. 둘은 걷는다기보다는 절룩거리면서 강 쪽으로 향했다. 새뮤얼은 근육통 때문에 움직이기 힘든 데다 가슴에서 통증이 일고, 다리가 마비되어 있었다. 갑자기 오백 살은 된 것 같은 느낌이랄까……. 1932년 세인트메리의 부랑아들을 제압하기 위해서 시간을 지연시키는 능력을 발휘하던 세트니 대신관이 떠올랐다. 대신관도 그 능력을 사용한 직후 얼굴이 창백해지고 녹초가 되지 않았던가. 시간의 끈을 고무줄처럼 늘이는 것에 대한 후유증이 틀림없었다.

새뮤얼은 앨리시어의 부축을 받으면서 왔던 길을 거꾸로 돌아나갔고, 정찰병이 보이면 건물의 그림자 속에 숨었다. 강기슭에 이르렀을 때 가슴 통증이 웬만큼 가라앉았지만 새뮤얼은 앨리시어에게 말하지 않았다. 지금은 침묵이 가장 좋다고 판단했고, 앨리시어가 팔을 놓아버릴까 걱정되었기 때문이다. 디아빌로에게서 벗어나면서 불안감이 약간 사라진 새뮤얼은 앨리시어와 함께 있다는 걸 실감했다. 살에 닿는 손, 뺨에 스치는 머리카락, 새뮤얼의 발소리에 섞이는 또 하나의 발소리, 모두 앨리시어의 것이었다. 어떤 위험이 닥쳐도 이제부터는 둘이 함께 헤쳐나가야 하지 않는가. 이런 상황에서 정말 어이없지만 오히려 새뮤얼은 행복을 느꼈다.

그들은 30분쯤 후 낚시꾼들의 오두막에 이르렀다. 디아빌로의 진지에서 이제는 상당히 멀어진 것 같았다. 새뮤얼은 모든 걸 알고 싶어하는 앨리시어를 위해 잠시 쉬기로 하고 디아빌로를 찾아오다 잠들었던 오두막에 들어가 앉았다. 새뮤얼은 사소한 것도 빠뜨리지 않고 지금까지의 일을 얘기하기 시작했다. 서점 지하실에서 우연히 발견한 태양의 돌, 아이오나 섬에 도착했던 일, 집으로 돌아갈 때까지 계속된 긴 시간 여행, 많은 도움을 주고 중요한 역할을 해준 릴리, 폼페이와 시카고에서의 모험, 세트니 대신관과의 만남, 블라드 체페슈의 브란 성에서 아버지를 구해냈던 일, 루돌프와 문신한 남자가 동일 인물임을 알고 경악했던 일, 진시황의 언덕 속 무덤에 들어갔던 일, 앨리시어를 구하기 위해 마법서를 손에 넣기까지의 과정, 디아빌로의 진지에서 도망치기 위해 시간을 지연시켰던 방법까지 모두 얘기했다.

새뮤얼이 얘기를 끝냈을 때 앨리시어는 잠시 침묵하면서 달빛을 받아 다시 반짝이는 황금팔찌를 쳐다보고 있었다. 이윽고 앨리시어는 새뮤얼의 무릎 위에 손을 올렸다.

"그것으로 많은 것이 설명이 되네. 특히 네가 우리 집에 며칠 있을 때 보던 드라큘라에 관한 책들, 그리고 네 아버지의 건강 상태에 대해 아무것도 말하려고 하지 않았던 일……. 하지만 새뮤얼, 왜 좀 더 일찍 말해주지 않았니? 나도 너를 도울 수 있었을 텐데."

새뮤얼은 씁쓸한 미소를 지었다.

"내 잘못 때문에 이미 많이 괴로워했던 너에게 또 어떻게 그런 말을 하겠어? 너는 제리와 아주 행복하고 평온해 보였는데……. 또다시 내 문제로 너를 귀찮게 할 수는 없었어. 그리고 그때 말했다면 네가 내 말을 믿었을까?"

앨리시어는 잠시 생각했다.

"아마 믿지 않았겠지. 하지만 내가 전에도 말했듯 너에 대해서는 육감이란 게 있어. 네가 거짓말을 하면 나는 금방 알 수 있어. 어쨌든 내가 여기 있는 건 네가 그 사실들을 말하지 않았기 때문이야. 내가 미리 알았다면 경계했을 테니까. 특히 루돌프에 대해서."

루돌프라는 이름을 말하는 것만으로도 앨리시어의 얼굴이 굳어졌다. 새뮤얼은 무릎을 통해 앨리시어의 손이 떨리는 걸 느꼈다.

"어떻게 된 건데?" 새뮤얼이 물었다. "루돌프가 기습적으로 너를 납치했던 거야?"

"아니. 사실은 네 사촌이 나한테 문자메시지를 보냈어."

"뭐?"

"핸드폰으로 문자메시지를 받았는데 네 사촌 릴리가 보낸 거였어. 네가 스케이트 링크 뒤에 있는 카페에서 저녁 7시에 나를 기다릴 거란 내용이었어. 네가 나에게 연락할 방법이 없어서 자기가 대신 보내는 거라며……."

"그건 말도 안 돼." 새뮤얼이 외쳤다. "릴리는 세인트메리에서 수백 킬로미터 떨어진 여름학교에 가 있었어!"

"나도 그게 이상하다고 생각했어. 그래서 핸드폰에 떠 있는 번호로 전화를 걸어봤는데 자동응답기 소리가 들리더라고. 분명히 네 사촌의 목소리였어. 함정이라고 의심할 이유가 전혀 없었지."

새뮤얼은 화가 치밀었다.

"비열한 놈! 그자가 꾸민 짓이 틀림없어. 릴리가 언젠가 나한테 핸드폰을 빌려준 적이 있는데 그때 루돌프는 내가 핸드폰을 팔아먹으려고 훔친 거라면서 생난리를 쳤거든. 그다음에 그 핸드폰을 압수했는데 너를 납치하기 위해 그걸 사용했던 거야."

"그런데 나는 그걸 그대로 믿고 약속 장소로 달려갔으니!" 앨리시어는 한숨을 내쉬었다. "물론 카페에는 너도 릴리도 없었어. 루돌프만 있었지. 루돌프의 말에 따르면 병원에 입원한 아버지 때문에 네가 움직일 수 없어서 미안하다는 말을 대신 전해달라고 했다는 거야. 그러면서 아버지가 행방불명된 뒤로 네가 자꾸 이상한 행동을 해서 식구들이 걱정을 많이 한다고 했어. 내가 뭔가 아는 게 있는지, 너와 내가 서로 믿고 비밀을 털어놓는 사이인지 물어봤어. 그런데 대화를 할수록 머리가 점점 어지럽더라고."

"비열한 놈! 루돌프가 너에게 수면제를 먹였던 거야!"

"응, 내가 화장실에 갔을 때 내 음료수 잔에 수면제를 탄 게 틀림없어. 어지러움이 점점 더 심해져서 괴로워하자 루돌프가 집으로 데려다주겠다고 했어. 그다음은 기억이 잘 안 나. 자동차를 탔고 반쯤 잠이 들었을 때 나에게 주사를 놓았던 것이 어렴풋이 기억나. 나는 발버둥치려고 했지만 힘이 없었어. 그리고 다른 주사들도 놓았던 것 같아."

앨리시어가 소매를 걷었는데 팔 안쪽에 주삿바늘 자국이 여러 개 있었다.

"너를 어디로 데려갔는데?" 루돌프가 태양의 돌을 감춰놓은 장소는 미스터리로 남아 있기 때문에 새뮤얼이 물었다.

"어딘지는 전혀 모르겠어. 처음에는 자동차를 탔고 가죽 냄새가 났어. 베이지색 천을 씌운 좌석, 그리고 요란한 엔진 소리."

"비행기?"

"그럴지도 모르지. 정신이 흐려서 확실하진 않지만…… 굉장히 뜨거웠던 것도 기억나. 나는 사고가 나서 자동차에 불이 난 거라고 생각했어. 그 순간 죽었구나, 생각했는데……."

"시간 속으로 들어갈 때의 현상이야." 새뮤얼이 말했다. "항상 그런 현상이 일어나거든. 하지만 그리 오래가지는 않아. 루돌프가 사용하는 돌이 세인트메리에서 몇 시간 떨어진 곳에 있는 게 틀림없어. 비행기나 헬리콥터가 필요할 정도로 먼 거리거나 재빨리 돌아올 수 있는 아주 가까운 거리이거나. 네가 없어진 다음 날 아침 네 어머니가 너를 찾아다니다가 우리 집에 왔을 때 나를 깨운 사람이 루돌프였거든. 그러니까 루돌프는 벌써 돌아와 있었지."

"그런 짓을 해놓고 딸이 없어져서 발을 동동 구르는 엄마를 위로하는 척하다니! 인간의 탈을 쓰고 어떻게 그럴 수가!" 앨리시어는 흥분했다.

"루돌프로서는 그게 자신이 범인이 아니라는 걸 알리는 방법이었으니까. 게다가 집으로 돌아와서 내가 계략에 걸려들었는지, 로마 지도와 동전이 들어 있는 소포를 잘 받았는지 살필 수도 있었으니 완벽한 범죄가 가능했던 거지. 악마 같은 놈! 내가 믿어지지 않는 건 이 사건에서 이블린 고모의 역할이야. 고모가 공범일 수도 있다는 거잖아!"

"아니, 그건 아닐지도 몰라. 네 고모는 없었거든. 세인트메리에서도 그 후에도 고모는 루돌프와 같이 있지 않았어. 내가 텐트에서 깨어났을 때도 남자들밖에 없었고."

앨리시어는 몸을 부르르 떨면서 말을 계속했다.

"나를 신기한 동물처럼 쳐다보는 중세의 야만적인 전사들……. 정말 악몽이었어. 고함을 질렀지만 팔다리가 쇠사슬에 묶여 있었어. 그리고 루돌프를 봤어. 다른 남자들과 같은 옷차림이었고 디아빌로와 함께 있었어. 네가 아까 왼팔에 손 대신 갈고리가 달려 있고, 정신병자라고 해서 디아빌로라는 걸 알았어. 수면제를 강제로 먹였을 때 어떤 점에서는 안도했어. 아니면 난 미쳐버렸을 테니까. 얼마 후, 시간이 얼마나 흘렀는지 모르겠지만 내가 병이 나고 말았어. 몸에서 열이 펄펄 났고, 이번에는 정말 죽는 거라고 생각했어. 그러다 대포 소리, 고함소리…… 굉장한 소란 때문에 그랬는지 아침에 깨어났어. 험상궂게 생긴 이상한 의사가 나를 진찰하더니 또 강제로 구역질 나는 물약을 먹였고, 오늘 저녁 쌍둥이 거인들이 내 텐트로 들어왔을 때는 거의 정신이 돌아와 있었지. 나를 동물처럼 질질 끌면서 대장에게 데려갔는데 네가 있었어."

앨리시어는 멍한 눈길로 입을 다물었다. 앨리시어가 받은 고통이 자기 탓 같아 새뮤얼은 손을 잡아주었다. 앨리시어는 손을 뿌리치지 않았다. 둘은 그렇게 잠시 꼼짝하지 않은 채 강물에 비친 도시의 불빛을 바라보며 멀리서 간간이 들려오는 웃음소리와 비명소리에 애써 귀를 닫았다.

"네가 무슨 생각하는지 알아, 샘." 얼마 후 앨리시어가 말했다. "내가 아직 어리고, 나에게 일어난 일이 모두 네 탓이라고 생각하고 있겠지. 그래, 너를 원망할 이유는 많아. 하지만 그전에 먼저 너는 네 생각만큼 내가 그렇게 허약하지 않다는 걸 알아야 해. 물론 나는 아주 많이 두려웠어. 엉엉 울기도 했고……. 인간이니까 당연한 거 아니겠어? 하지만 나는 다 컸고, 맞서 싸우는 법을 알아. 나를 믿어도 돼, 샘. 이게 내가 하고 싶은 말이야. 지금부터는 나를 보호하려고 애쓰는 대신 나를 믿고 뭐든지 솔직하게 말해주면 좋겠어."

앨리시어는 일어나서 아주 가까이 다가왔다.

"게다가 너는 나를 구하기 위해 위험을 무릅쓰고 여기까지 왔잖아. 그런 용기를 가진 사람이 이 세상에 몇이나 있을까. 그리고 제리에 대한 네 생각은 오해야. 이제야 나의 매력적인 왕자님을 되찾았거든."

앨리시어는 허리를 숙여 새뮤얼의 이마에 입맞춤을 했다. 짧지만 아주 부드러웠다.

"진심으로 고마워, 샘." 앨리시어가 훨씬 밝아진 목소리로 말했다. "이젠 집으로 돌아가는 게 좋겠어. 너 빨리 샤워할 필요가 있거든."

가슴이 뭉클해진 새뮤얼은 앨리시어가 내미는 손을 잡고 일어났다. 앨리시어는 정말 세상에서 가장 특별한 존재였다.

둘은 길을 나섰고, 새뮤얼이 몇 시간 전에 배를 대놓은 부두까지 갔다. 배가 그대로 있다는 것은 좋은 징조였고, 건너편 기슭, 태양의 돌이 감춰져 있는 곳 가까이에 병사들이 모여 있다는 것은 나쁜 징조였다. 원수는 외나무다리에서 만난다고, 맞은편 배다리에서 디아빌로와 쌍둥이 거인들이 불쑥 나타나는 건 아닐까 싶어 새뮤얼은 불안했다. 하지만 아침에 그랬던 것처럼 병사들이 말들에게 물을 먹이려고 그곳을 선택한 것일 수도 있었다. 말들이 약간 떨어진 어둠 속에서 평온하게 풀을 뜯어먹고 있었다.

"어떡하지?" 앨리시어가 속삭였다.

"배를 타고 더 위쪽으로 갔다가 다시 내려와야지. 병사들이 술에 취해서 우리를 발견하지 못하길 바라면서."

병사들이 큼직한 단지를 통째로 들고 건배하면서 노래를 부르고 있었다.

"운이 따를 수도 있겠어. 가자." 새뮤얼이 말했다.

둘은 배를 묶은 밧줄을 풀고 상류 쪽으로 끌어당기면서 둑과 연결되는 다리까지 갔다. 강 건너 보르고 지구의 성벽에서 훨훨 타오르는 횃불들은 우울한 분위기를 연출하는 반면에 북쪽으로 보이는 산탄젤로 성의 불빛은 물 위에 띄워놓은 커다란 양촛불 같았다.

앨리시어가 먼저 배에 올라 안쪽에 엎드렸고, 뒤이어 새뮤얼이 후미에 웅크리고 앉았다. 둘은 조용히 물 위를 미끄러져 갔고, 새뮤얼은 노를 저으면서 배를 서쪽 기슭 가까운 데로 몰았다. 강 한가운데를 벗어나자 강물의 흐름이 서쪽이라서 다행이었다.

둘은 보르고 성벽 자락의 모래사장에 이르렀다. 새뮤얼이 동전들을 묻어둔 곳이 멀지 않았다. 둘은 배에서 내려 모래사장에 납작 엎드렸다. 50미터쯤 떨어진 거리에 병사들이 아무런 경계를 하지 않고 여전히 홍청망청 먹고 마셔댔다. 말 한 마리만 약간 예민해져서 울음소리를 내고 있었다.

새뮤얼은 성벽까지 기어가서 땅을 파헤쳤다. 동전 여섯 개는 무사했다.

"맙소사!" 새뮤얼은 나직한 소리로 말했다. "두카 금화를 갖고 왔어야 했는데!"

"왜 그래?" 앨리시어가 등 뒤에서 속삭였다.

새뮤얼은 잿빛 물질이 뒤덮인 동전을 보여주면서 말했다.

"루돌프가 이 동전이 있어야 현재로 돌아갈 수 있다고 했어. 근데 문제는 목적지를 선택하려면 일곱 개의 동전이 필요한데 여섯 개밖에 없다는 거야. 그 하나가 디아빌로의 호주머니에 있어."

"그럼 어떻게 되는데?"

"내 경험에 따르면 황금팔찌에 여섯 개의 동전만 매달고 떠나면 태양의 돌이 우리를 여섯 시대 중 어디인가로 보낼 거야."

"그러니까 당장 우리 집으로 돌아갈 수 없다는 뜻이야?"

"확률이 6분의 1이 되는 거지. 그렇다고 루돌프의 말대로 현재로 돌아가는 잿빛 동전만 사용하면 메르워세르의 팔찌를 두고 떠나게 되는 거야. 그러면 크게 후회할 일이 생길 수도 있는데……."

"한 가지 방법밖에 없다면 뭘 망설여? 어디에 도착하든 설마 여기보다 나쁘겠어?"

새뮤얼은 대답하지 않았다. 여기보다 최악의 상황은 얼마든지 가능하지 않은가. 새뮤얼은 팔찌에 동전들을 끼워 넣었고, 둘은 성벽을 따라 도둑처럼 엉금엉금 기어갔다. 하토르의 상징이 그려진 벽

앞에 이르자 새뮤얼은 잡초를 헤치고 태양의 돌이 나올 때까지 흙을 파냈다. 두 번째 말, 세 번째 말이 울음소리를 내기 시작했다. 새뮤얼은 뭔가 불길한 느낌이 들었다.

"이럴 수가!" 앨리시어가 태양의 돌을 손가락으로 만지면서 속삭였다.

새뮤얼은 손으로 앨리시어의 입을 막았다. 그냥 느낌이 아니었다. 실제로 주위가 조용해졌고, 병사 둘이 일어나서 귀를 기울이는 것으로 보아 뭔가 눈치를 챈 모양이었다. 새뮤얼은 지체 없이 메르워세르의 팔찌를 태양의 돌에 댔고 동전들이 얌전히 제 빛살을 찾아갔다. 이어서 새뮤얼은 앨리시어를 잡아끌면서 이미 따뜻해진 타원형 돌 위에 손을 올렸다. 그때 병사 한 명이 그들을 향해 손짓을 했다. 새뮤얼이 앨리시어를 꽉 끌어안는 사이에 발밑의 땅이 진동하면서 윙윙거렸다. 갑자기 부글부글하는 간헐온천처럼 태양의 돌이 토해내는 뜨거운 열기가 팔을 타고 올라와 새뮤얼의 상체와 다리를 휘감았고, 앨리시어의 몸속으로도 파고들었다.

XVIII

일곱 부활교

차가운 대리석 바닥에 이르렀을 때 새뮤얼은 여전히 앨리시어를 꼭 끌어안고 있었다. 앨리시어는 참기 힘든 구토증 때문에 웅크리고 있는 반면에 새뮤얼은 어디에 와 있는지 알기 위해 사방을 둘러봤다. 전등빛이 환한 곳이었다. 유리창, 의상, 그림, 포스터, 언뜻 보기에는 박물관에 와 있는 것 같았다. 새뮤얼은 메르워세르의 팔찌를 회수하려고 팔을 뻗으면서 여섯 개 중 어떤 동전이 이곳으로 인도했을지 궁금했다. 진시황의 중국 동전과 브란 성의 동전, 아랍 글자를 새긴 동전은 분명히 아닐 테고……, 루돌프의 잿빛 동전과 고고학자 체임벌린의 텐트에서 얻은 아주 평범한 노란색 동전, 파란색 플라스틱 칩, 이 세 개 중의 하나일 텐데.

눈앞에 있는 태양의 돌은 포크너 서점에 있는 것과 흡사했지만, 아버지의 지하실에 있는 비밀 공간과는 전혀 관계가 없는 방이었다.

"너, 너무 괴로워." 앨리시어가 말을 더듬었다.

앨리시어는 무릎을 꿇고 머리를 숙인 자세로 경련을 참으려고 애를 쓰고 있었다.

"괜찮아질 거야." 새뮤얼이 앨리시어의 머리를 어루만지면서 안정시켰다. "처음에는 나도 그랬는데 그다음부터는 차츰 견딜 만하더라고."

"난 모, 못 참겠어."

새뮤얼은 구토증이 가라앉길 기다렸다가 앨리시어를 일으켜주었다.

"여기가 어디야?" 앨리시어는 덤덤한 목소리로 물었다.

"모르겠어. 집은 아니야!"

둘은 몇 발짝을 떼었다. 화려한 도기들, 받침돌 위에 놓인 아프리카 조각상과 아시아 조각상들, 진열장, 원기둥의 프리즈* 조각들, 강렬한 색깔의 채색 삽화가 그려진 고문서……. 여러 시대의 마네킹들도 벽면에 줄지어 있었다. 갑옷 차림의 사무라이와 가타나**, 얼룩덜룩한 망토를 걸치고 화려한 깃털 모자를 쓴 아즈텍족 전사, 로마를 침략하는 데 필요한 온갖 무기를 갖춘 기병, 모형 석관에 누운 붕대에 감긴 미라와 붕대 위에 거의 지워진 데생, 아직 정리가

* 건축물의 외면이나 내면에 붙인 띠 모양의 장식물.

** 10세기 이후에 만들어진 일본의 검.

안 된 박물관 같았다.

"여기 좀 봐!" 앨리시어가 외쳤다.

앨리시어가 베이지색 두짝문을 가리켰는데 한 쌍의 검은 뿔과 금빛 원이 그려져 있었다. 아르케오스의 로고……?

"저게 무슨 뜻이지?" 새뮤얼이 중얼거렸다.

새뮤얼은 문 앞으로 걸어가서 조심스럽게 열었다. 화환 모양의 전등빛이 반짝이는 반구형 천장의 방으로, 벽에 잔뜩 붙여놓은 사진, 검은색 천을 씌운 탁자 위에 커다란 흰색 모형 건축물이 있었다. 아무도 없다는 걸 확인한 뒤에 앨리시어와 새뮤얼은 방으로 들어갔다. 축소한 모형 건축물은 복잡한 건축 양식이고, 전체적인 외양은 하토르의 상징을 본뜬 것이었다. 벌어진 U 모양의 건축물, 유리로 된 돔. 건축물 바깥 부분은 역사를 상징하는 건물들로 이뤄져 있고, 작은 라벨에 각 건물의 이름이 적혀 있었다. 피라미드, 환생의 신전, 영생의 파고다, 구세주의 변용 대성당, 브라만교 학승의 사저……. 유리 돔의 안쪽은 최첨단 무역센터를 연상시키지만 명칭이 아주 희한했다. 순교자들의 원형극장, 윤회의 다리, 날짜 은행, 여섯 출생의 오디토리엄……. 건축물 전체는 아름다운 나무들, 꽃길, 연못으로 둘러싸여 있고, 원기둥이 늘어선 정면 현관의 박공에 글씨가 새겨 있었다. 일곱 부활교.

"이게 다 무슨 뜻이지?" 앨리시어가 물었다. "너는 알겠어?"

"글쎄." 새뮤얼이 호주머니에서 잿빛 동전을 꺼내며 대답했다. "하토르의 상징은 루돌프가 골동품 뒷거래를 위해 세운 회사 아르케오스의 로고이기도 해. 어쩌면 루돌프가 우리를 이곳으로 데려올 생각이었는지도 모르겠어."

"그럼 여기가 루돌프의 아지트란 뜻이잖아? 뭐 때문에?"

"너무 많은 걸 묻지 마, 나도 모르니까."

"그렇다면 당장 이곳을 떠나는 것이 낫지 않을까?"

"어디로? 로마로 돌아가? 진시황의 무덤으로? 우선 집으로 돌아갈 방법을 찾아야 해. 정말로 루돌프의 아지트에 와 있는 거라면 어딘가에 동전이 있을 게 틀림없어."

"루돌프가 나타날까?"

"그가 나타나면 이유를 알게 되겠지." 새뮤얼이 격한 어조로 내뱉었다.

둘은 방을 가로지르면서 벽에 붙인 사진들을 살폈다. 고대의 물건들, 조각품, 조각상, 목걸이…… 심지어 옴파로스의 위치를 표시한 커다란 지도까지 있었다. 세계의 중심을 뜻하는 옴파로스는 수세기 전 그리스 델포이에서 도난당한 신성한 돌이었다. 새뮤얼도 옴파로스를 도난당한 직후의 현장에 있지 않았던가.

"루돌프의 아지트가 틀림없어." 새뮤얼이 말했다. "옴파로스는 세계의 배꼽을 뜻하는 돌이야. 얼마 전 런던 경매장에서 약 1000만

달러에 팔렸는데 옴파로스를 의뢰한 곳이 아르케오스였어. 여기는 훔쳐온 골동품들을 전시해놓은 일종의 갤러리 같아."

"저쪽으로 갈까?"

유리 액자에 담은 여섯 장의 대형 포스터가 맞은편 벽면을 가리고 있었다. 첫 번째 포스터의 제목은 〈조세르의 피라미드, BC 2600년경〉이었는데 하토르의 상징을 그린 이집트의 카르투슈*가 눈에 띄었다. 두 번째 포스터는 태양을 에워싸는 한 쌍의 뿔과 함께 중국 한자가 있고, 제목은 〈시경, BC 1000년경〉이었다. 세 번째 포스터는 〈델포이 아폴론 신전의 비문, BC 5세기〉란 제목으로 대리석판에 하토르의 상징과 함께 그리스 문자가 새겨 있었다. 네 번째 포스터의 제목은 〈칸토르베리 성당의 스테인드글라스, AD 12~13세기〉인데 채색 유리에 묘사된 뒤얽힌 파란색과 빨간색 식물 속에서 하토르의 상징을 대번에 알아볼 수 있었다.

다섯 번째 포스터 앞에 이른 새뮤얼이 멈춰 섰다.

"이 그림 좀 봐!" 새뮤얼이 말했다.

앨리시어가 다가왔다. 다섯 번째는 1595년경에 카라바조가 그린 〈사기 도박꾼들〉을 복제한 포스터였다. 생동감과 색채, 빛의 효과로 뛰어난 구도를 이루고 있지만, 새뮤얼의 눈길을 끄는 것은 그림

* 고대 이집트의 벽화에 상형문자로 쓰인 왕의 이름을 에워싸는 타원형 테.

의 아름다움이나 주제가 아니었다. 도박꾼 두 명이 함께 카드 게임을 하는 젊은 남자의 고지식한 점을 이용해서 사기를 치는 장면이었다. 허리춤에 감춘 클로버 카드 한 장을 꺼내려고 하는 첫 번째 사기꾼, 공범에게 지시를 보내기 위해 젊은 남자의 카드를 곁눈질하는 두 번째 사기꾼. 그런데 두 번째 사기꾼이 놀랍게도 루돌프와 닮은 것 같았다. 검은색 머리에 짧은 콧수염, 30대로 보이는 루돌프가 깃털 달린 모자를 쓰고, 구멍 뚫린 장갑을 끼고 있었다.

"이럴 수가!" 앨리시어는 깜짝 놀랐다. "루돌프의 초상화 같아! 우연의 일치라고 생각해?" 새뮤얼은 첫 번째 사기꾼이 등 뒤에 감추고 있는 여러 장의 카드 중 하나를 가리켰다. 새뮤얼의 눈에는 빨간색 하트나 다이아몬드 무늬라기보다 벌어진 U자 안에 원이 그려져 있는 문양처럼 보였다.

"루돌프는 대부분 하토르의 상징 덕분에 시간 여행을 하고 있어. 루돌프가 16세기 화가의 모델이 되고 싶었던 거 같아."

"자기 방의 벽에 자신의 추한 얼굴을 붙여놓으려고? 그건 너무 지나친 이기주의 아닌가?"

"그것으로 끝나는 게 아닐까 봐 걱정이야." 새뮤얼의 얼굴이 심각해졌다.

새뮤얼은 이미 마지막 포스터 앞에 서 있었다. 건축 공사장을 찍은 흑백사진이었는데 비계 사이로 철제 골격이 보였다. 남자 네 명이 철근 구조물 위에 서서 포즈를 잡고 있는데, 그중 루돌프를 금방 알아볼 수 있었다. 이번에는 작업복에 안전모를 쓰고 있었다. 다섯 번째 포스터의 모습보다 좀 더 나이가 들어 보이는 루돌프가 미소를 지으면서 손수건을 내밀고 있는데 한 쌍의 뿔과 태양무늬가 어렴풋이 보였다. 포스터 아래쪽에 이렇게 적혀 있었다. 〈주택보험 빌딩 공사장, 시카고, 1885〉

"왜 하토르 상징과 함께 자기 모습을 드러냈을까?" 새뮤얼이 황당한 표정으로 의문을 제기했다.

"그런 사진 찍는 게 취미인가 봐." 앨리시어가 농담으로 받았다.

"그건 아닌 것 같아. 루돌프는 괜히 이런 걸 남길 사람이 아냐."

둘은 아르케오스의 로고를 새긴, 또 하나의 문을 통해 축소한 모형 건축물이 있는 방을 나와 사무실 겸 서재로 들어갔다. 창문이 거의 없고, 조명이 환했다.

앨리시어와 새뮤얼은 먼저 드레스룸을 둘러봤다. 대리석 욕실이 있고, 옷장에 옷이 잔뜩 걸려 있는데 루돌프가 시간 여행을 할 때 입는 천연섬유로 지은 옷 여러 벌과 회색 양복 한 벌, 풀 먹인 흰색 셔츠 한 장, 골프채를 포함한 골프 장비 일체가 있었다. 드레스룸 왼쪽에 방탄 장치를 한 문이 있어서 새뮤얼이 조심스럽게 열어보려고 했지만, 마그네틱 카드를 사용하는 장치라서 문이 끄떡도 하지 않았다.

"나는 바깥을 살펴봐야겠어. 아지트의 위치가 어디인지 알아야 하니까!" 새뮤얼이 말했다.

앨리시어는 이미 서재 쪽을 구석구석 뒤지고 있었다.

"책밖에 없어, 샘. 근데…… 이쪽으로 와봐."

새뮤얼이 다가갔다. 외국어로 쓴 고서적과 최신작이 대부분이었고, 선반 한 칸에는 신문이나 잡지에서 스크랩한 기사들이 가득했다.

"저거!" 앨리시어가 아연실색한 얼굴로 말했다.

궁금해진 새뮤얼이 앨리시어의 어깨 너머로 몸을 숙였다. 《뉴스위크》에 실린 인터뷰 기사였고, 〈시간은 곧 돈이다〉라는 제목이 달려 있었다. 돌출형 치아, 구릿빛 피부의 루돌프 사진이 함께 실려 있는데 눈가의 주름, 머리숱이 적은 백발, 몰라보게 폭삭 늙은 모습이었다. 의문에 사로잡힌 새뮤얼이 날짜를 봤다.

"맙소사! 루돌프가 우리를 미래의 시간으로 보낸 거야!"

XIX

파란색 플라스틱 칩

“우리가 미래에 와 있어.” 하고 말하는 새뮤얼은 믿기지 않은 얼굴이었다. “현재보다 7년 뒤의 미래! 7년 후야!”

“이건 장난도 아니고, 합성사진도 아니야.” 앨리시어는 한술 더 떴다. “다른 기사도 모두 미래에 일어난 일이야!”

“도대체 무슨 이유로? 루돌프가 뭘 원하는 거지?”

“인터뷰 기사 읽어봐.” 앨리시어가 말했다.

새뮤얼은 《뉴스위크》의 기사를 읽기 시작했다. 신문의 한 면을 차지하고 있었고, 기자가 일곱 부활교의 엄청난 계획에 대해 루돌프에게 질문하는 형식이었다.

뉴스위크: 4년 동안 의혹의 눈길과 비난 섞인 조롱을 받으면서도 끝내 ‘일곱 부활교’ 창설을 앞두고 있는데 복수할 기회가 될까요?

루돌프 학승: 나는 아무에게도 복수하지 않습니다. 일이 이렇게 빨리 진행된 것에 나도 놀랐으니까요! 내가 겪은 특별한 경험과 그 경험으로 얻은 귀한 교훈을 친지들에게 얘기할 때만 해도 사람들이 이렇게 열광할 줄은 예상하지 못했습니다. 지지하는 메시지들이 전 세계에서 날아왔고, 수많은 사람의 열렬한 성원에 몇몇 모욕적인 비판은 묻히고 말았습니다.

뉴스위크: 일곱 부활교에 대한 폭발적인 관심을 어떻게 생각하십니까?

루돌프 학승: 과거의 경험, 우리보다 먼저 살았던 수많은 사람의 경험에 의거해 자신과 자식들, 온 가족이 더 나은 삶을 영위하길 바라지 않는 사람이 누가 있겠습니까? 우리보다 먼저 수천 년 동안 생각하고 사랑하고 괴로워하고 희망했던 남자와 여자들의 삶보다 더 훌륭한 교훈이 있을까요? 내 얘기에 귀기울이고 싶어하는 모든 이에게 주고자 하는 것은 바로 우리 조상들이 남긴 지식과 지혜입니다. 조상들은 삶을 유산으로 남긴 거니까요. 여러 시대의 역사를 몸소 체험했기 때문에 나는 어제의 인간들과 오늘의 인간들을 이어주는 다리가 되기로 결심한 것입니다.

뉴스위크: 하지만 당신이 주장하는 시간을 초월하는 부활을 비웃고 있는 사람도 많습니다.

루돌프 학승: 내가 한 말을 증명했다고 생각합니다. 세계에서 가장 위

대한 학자들은 내가 제공한 증거물을 연구했고, 그 학자들이 어떤 결론을 내렸는지 당신도 알고 있습니다. 학자들은 내가 제시한 것들의 사실성을 인정했습니다. 나는 파라오 조세르의 이집트에서 살았고, 고대 그리스에서 살았고, 진시황의 중국에서 살았고, 다른 시대에도 살았습니다. 조물주께서는 인류에게 과거의 메시지를 전하고 더 행복한 미래를 설계하게 도와줄 사람으로 나를 선택하셨습니다. 조물주께서 나를 선택한 것이니 어쩔 도리가 없지요.

뉴스위크: 어떤 의미로 당신은 영적 지도자라고 할 수 있군요.

루돌프 학승: 내가 주장하는 유일한 직함은 인도 친구들이 나에게 붙여준 학승입니다. 학승이란 교양인이자 인간과 사물에 대한 오랜 경험 때문에 존경받는 현자를 일컫습니다. 나는 학승이 마음에 듭니다.

뉴스위크: 알겠습니다. 루돌프 학승께서는 일곱 부활교의 자금 조달을 둘러싼 논쟁에 대해 어떻게 생각합니까? 학승의 금고로 억만 달러가 답지하고 있다는 말이 있는데요.

루돌프 학승: 돈은 목적이 아니라 수단일 뿐이지요. 그리고 나는 어느 누구에게도 기부하라고 강요한 적이 없습니다. 세계의 수많은 자유시민이 나와 마찬가지로 내 계획이 최상의 미래를 건설할 수 있다고 평가하는 겁니다. 그 계획을 실현할 수 있게 도와주는 것은 곧 미래를 건설할 수 있게 도와주는 것이지요. 그것이 비난받을 일입니까?

뉴스위크: 학승께서 정계에 뛰어들려는 야망을 품고 있다고 주장하는

사람들도 있습니다.

루돌프 학승: 그 사람들이 일곱 부활교에 들어오길 바랍니다! 그들은 내가 알고 있는 과거보다 미래에 대해 알고 싶은 모양입니다.

로드 아머 기자.

"뭐? 루돌프 학승?" 새뮤얼은 어이가 없었다. "탐욕스러운 강도 루돌프가 딱 어울리는데!"

새뮤얼은 분노를 억누르면서 다른 기사를 빠르게 훑어봤다. 학승의 모험, 태어난 뒤로 그가 보낸 여러 삶에 대한 일화들, 동시대인들에게 지식과 행복을 주기 위해 여러 시대를 경험한 '메시아'로 부활한 얘기, 학승이 만난 수세기 전의 조상들, 고대인의 치료술 덕분에 이런저런 병에서 목숨을 구해준 사람들에 관한 것이었다.

가장 흥미로운 것은 《히스토리 투데이》에 실린 기사였다. 유럽과 일본의 연구기관에서 카라바조의 그림과 주택보험 빌딩에서 찍은 사진이 진짜라는 걸 인정했고, 그 시대에 루돌프 학승의 존재를 확인했다는 내용이었다. 게다가 중국의 시경과 델포이 신전, 칸토르베리 성당의 스테인드글라스에 나타나는 하토르의 상징들도 '이론의 여지가 없는 역사적 사실'로 확인되었다는 내용이었다.

새뮤얼이 기사를 거의 다 읽자 앨리시어가 말했다.

"루돌프가 어떤 종파를 창설했다는 얘기지?"

"엄청난 돈과 권력을 가져다주는 종파를 만들었다고 할 수 있겠지. 문제는 루돌프가 왜 이 잿빛 동전을 나에게 주고 자신의 본거지를 발견하게 했는지 그 이유를 알아내야 해."

둘은 계속해서 서재 응접실 가구들 뒤에 있는 옷장 쪽을 조사했다. 서재의 문과 같은 나무 문들 뒤에 반투명 유리 진열장들이 감춰져 있었다. 새뮤얼은 그중 하나에 이마를 대고 살폈다. 구멍 뚫린 동전이 수십 개에 이르렀다! 동전들이 가지런히 정리되어 있고, 동전을 만든 장소와 날짜까지 적어놓은 라벨이 있었다. 루돌프 학승의 보물 창고로군!

"돌아갈 방법을 찾은 것 같아." 새뮤얼이 말했다.

새뮤얼은 진열장을 열려고 걸쇠를 돌렸지만 잠겨 있었다. 앨리시어와 새뮤얼은 유리문을 모두 검사했지만 열리는 것이 없었다.

"그렇다면……." 새뮤얼이 중얼거렸다.

새뮤얼이 낮은 탁자에 놓인 묵직한 스테인리스 재떨이를 움켜잡고 유리문을 박살 내려고 할 때 앨리시어가 팔을 잡았다.

"잠깐! 경보기가 설치되어 있어!"

새뮤얼은 천장을 올려다봤다. 진열장 위에 설치된 경보기에서 빨간빛이 깜박거리고 있었다.

"깨뜨리기 전에 열쇠를 찾아보는 게 나아." 앨리시어가 말했다. "나는 옷장 안을 샅샅이 뒤져볼 테니까 책상은 네가 맡아."

새뮤얼은 유리문을 박살 내겠다는 생각을 단념하고 책상을 살펴봤다. 책상 주인의 야심이 드러나 있었다. 검은색으로 옻칠한 아주 커다란 책상 위에 귀중한 물건들뿐만 아니라 책, 우편물, 영수증도 보였다. 그중 책 한 권이 눈에 띄었다. 『일곱 번의 부활에 관한 진실, 루돌프 학승 지음』, 석양을 배경으로 엄숙한 표정을 지은 루돌프의 초상이 있는 표지였다. 새뮤얼은 책을 들춰보지 않았다.

루돌프와 친분이 두터워 보이는 몇몇 스타들과 어울려 찍은 사진도 여러 장 있었다. 새뮤얼은 그들 중에서 많이 늙었지만 아주 유명한 여가수와 왕년에 최고의 인기를 누렸던 흥행 배우를 알아봤다. 책상 가운데에 높이가 30센티미터쯤 되는 태양의 돌 모형이 놓여 있는데 파란색 합성물질로 태양문양과 수송의 구멍까지 아주 정교하게 만든 것이었다. 돌 윗면에 아이들의 저금통을 연상시키는 구멍이 파여 있었다. 의도적으로 비웃고 있는 건가. 루돌프가 태양의 돌을 어떻게 생각하는지 알 수 있는 대목이었다. 루돌프에게 태양의 돌은 엄청난 돈을 모아들이는 저금통이란 뜻이 아닌가!

새뮤얼은 이어서 서랍 하나를 열었는데 편지와 신문, 잡지가 가득했다. 또 다른 서랍에서는 신문 파일을 찾았는데 대번에 알아봤다. 고향의 신문 《세인트메리 트리뷴》! 몇 장을 들춰봤다. 모두 일곱 부활교에 관한 기사였다. 새뮤얼은 큰 제목을 훑어보다가 새로운 사실을 알았다. 루돌프가 문제의 종파를 창설하기로 결정한 곳이 세인트메리였다! 몇몇 신문의 기사는 설득력이 있었다. 〈일곱 부활교, 시장이 사원 건축 허가를 내렸다! 바렌보임 거리의 주민들이 학승의 계획을 반대하기 위해 결집했으나 수포로 돌아갔다〉, 그 다음 주 기사 : 루돌프 학승은 이렇게 말했다. 〈우리 사원의 설립은 세인트메리에 엄청난 경제적 발판이 될 것입니다〉, 가장 최근의 기사 : 〈바렌보임 거리에 사원 건축 공사가 시작되다!〉라는 제목하에 새뮤얼이 너무나 잘 아는, 빅토리아 양식의 아름다운 집들을 불도저로 무너뜨리는 사진이 실려 있었다.

앨리시어가 아연실색해 있는 새뮤얼을 불렀다.

"새뮤얼, 이것 봐. 열쇠는 없고……."

앨리시어는 책상 위에 코팅이 된 흰색 카드를 올려놨는데 '학승의 사저'란 글자가 찍혀 있었다.

"양복 주머니에 들어 있었어. 마그네틱 카드겠지?"

방금 읽은 기사 때문에 충격을 받은 새뮤얼은 말없이 고개를 끄덕였다. 새뮤얼은 앨리시어의 손을 잡고 빤히 쳐다봤다.

"왜 그래?" 앨리시어가 물었다.

새뮤얼이 《세인트메리 트리뷴》의 기사를 가리켰다.

"루돌프가 우리 동네에 사원을 짓고 있어. 세인트메리 바렌보임 거리에 사원을 지으려고 동네의 집들을 무너뜨리고 있어."

신문을 읽는 앨리시어의 얼굴빛이 어두웠다.

"어떻게 이럴 수 있어?" 앨리시어는 분개했다. "이건 절대 안 돼! 법의 심판을 받아야 할 악당인데!"

"그러게 말이야! 하긴 하늘에서 떨어지는 돈벼락으로 시장과 지지자들을 매수하는 것쯤이야 식은 죽 먹기겠지."

"그럼 서점은? 서점도 없어졌을까?"

"당연히 없어졌겠지!" 새뮤얼은 씁쓸하게 대답하면서 소파에 털썩 주저앉았다. "우리가 지금 서점 지하실에 와 있는 것 같아! 옆방에 있는 태양의 돌이 바로 서점 지하실에 있던 거야! 어쩐지 낯설지 않더라고. 아버지 서점을 루돌프가 차지하다니!"

앨리시어는 새뮤얼의 손을 부드럽게 잡아주었다.

"7년 전의 현재로 돌아간다면 막을 수 있겠지? 열쇠는 찾았어?"

새뮤얼은 고개를 저었다.

"다 뒤져봤어?"

"책상 서랍까지 샅샅이 뒤졌어."

"이 파란색 돌은 뭐야?"

"일종의 저금통."

앨리시어는 무거운지 간신히 돌을 돌려가면서 살폈다. 안에서 쇠붙이 소리가 났다.

"안에 뭐가 들어 있나 봐."

"그렇겠지, 저금통인데!"

앨리시어는 태양문양과 수송의 구멍, 돌 윗면에 파인 구멍을 만져봤다.

"네가 갖고 있는 파란색 칩과 똑같은 플라스틱이잖아."

그 순간 새뮤얼은 정신이 번쩍 들었다. 소파에서 일어난 새뮤얼은 호주머니에서 구멍 뚫린 플라스틱 칩을 꺼내서 앨리시어에게 내밀었다.

"이건 어디서 구한 거야?" 앨리시어가 플라스틱 칩을 살피면서 물었다.

"아버지가 이웃에 사는 맥스 아저씨에게 브란 성으로 가는 뱀문양 동전과 함께 나한테 전해달라고 맡겨놓으셨던 거야."

"그래서 그 동전 덕분에 브란 성으로 곧장 갔던 거고?"

앨리시어는 플라스틱 칩을 돌 윗면의 구멍에 집어넣으려고 했지만 들어가지 않았다. 이어서 타후티 신의 태양문양에 대고 약간 눌렀는데 문양이 들어가는 듯하더니 플라스틱 칩을 삼켜버렸다. 그 순간 찰그랑, 소리가 나면서 납작한 금속 열쇠 같은 것이 수송의 구멍으로 뚝 떨어졌다.

"일이 술술 풀리기 시작하네!" 앨리시어가 기뻐했다.

열쇠를 쥐고 진열장 앞으로 달려간 앨리시어는 단번에 걸쇠를 풀었다.

"고맙지?" 앨리시어가 애교 섞인 미소를 지어 보였다.

새뮤얼이 달려갔다. 가까이에서 보니 진열장은 최신형 모델이었다. 도시 이름을 알파벳 순서로 분류한 진열장은 깊이가 30센티미터쯤 되는 미닫이서랍들로 이뤄져 있고, 서랍마다 동전 50개가 들어 있는데 메달 모양으로 만든 라벨에 장소와 날짜, 어떤 것은 시간까지 기록되어 있었다. 새뮤얼과 앨리시어는 이어서 H와 L이라고 표시된 진열장을 열었는데 예를 들어 런던의 경우는 여러 시대를 열 번쯤 다녀왔는지 기록이 아주 길었다. 엄청나게 다녔군!

S가 표시된 진열장은 제일 오른쪽에 있었다. 상파울루나 시드니를 위한 서랍 두세 칸을 빼고는 대부분 세인트메리에 관련된 것이고, 특히 지난 10년 동안의 동전들이 들어 있었다. 최소한 500개는 될 것 같은 동전! 세인트메리의 동전들은 훨씬 체계적이고 세세하게 분류되어 있었다.

"찾았다!" 앨리시어가 외쳤다.

앨리시어는 그들이 떠난 시기와 거의 일치하는 서랍 세 칸을 가리켰다.

"내가 납치를 당하기 직전으로 돌아가는 게 어때?" 앨리시어가 물었다.

"그건 안 돼. 세트니 대신관의 말에 따르면 같은 시대, 같은 시간의 세인트메리에 두 명의 앨리시어와 두 명의 새뮤얼은 존재할 수 없어. 굉장히 위험한 일이 벌어진다고 했어."

새뮤얼은 아주 단순한 메달형 은빛 라벨을 집었는데 손으로 직접 쓴 날짜와 시간 이외의 다른 기록은 없었다.

"우리가 없어진 지 엿새째 날이 적당할 것 같아. 몰래 돌아가려면 도착 시간은 자정이 좋겠어."

새뮤얼은 동전을 이리저리 뒤집어봤다. 동전 뒷면에도 날짜가 새겨 있었다.

"이건…… 루돌프가 직접 만든 동전들이야."

"뭐?"

"동전들이 다 똑같아. 금속도 모양도 조잡한 세공도 똑같은데 날짜만 달라. 루돌프가 타후티 신의 동전 만드는 방법을 알아낸 게 틀림없어."

"저것 좀 봐, 네 생일 날짜의 동전도 만들어놨어. 6월 5일, 17시!" 앨리시어가 바로 밑에 있는 칸을 가리켰다.

"생일 얘기가 나와서 말인데." 새뮤얼은 동전에 새긴 날짜를 보면서 한숨을 내쉬었다. "아버지의 서점 지하실에서 태양의 돌을 발견한 때가 바로 내 생일날이었어. 그래서 선물도 못 받았지. 이걸 보니까 생각나네." 그렇게 말하면서 새뮤얼은 생일 날짜의 동전과 떠나온 지 엿새째 날짜의 동전을 호주머니에 집어넣었다.

앨리시어가 다음 진열장을 살피는 동안 새뮤얼은 아주 중요한 또 다른 날짜를 찾기 시작했다. 3년 전 어머니가 교통사고를 당했던 날……. 무모한 희망일지 모르지만, 이유는 순수했다. 만에 하나 어머니 엘리사 포크너가 사망한 날의 동전을 루돌프가 진열장 안에 간직하고 있다면? 그 날짜의 동전이 있으면 어머니를 구할 수 있을지도 모르는데……. 새뮤얼은 '뱀문양 동전 덕분에 브란 성으로 곧장 갔던 거냐'고 물었던 앨리시어의 말이 머릿속에서 떠나지 않았다. 비록 맥스 아저씨가 중개인 역할을 했지만, 파란색 플라스틱 칩과 뱀문양의 동전을 새뮤얼에게 전하라고 맡긴 사람은 분명히 아버지 앨런이었다. 그리고 뱀문양의 동전은 새뮤얼을 블라드 체페슈에게 인도했다. 단순한 우연이었을까? 아니면 모든 걸 예상하고 있는 아버지가 메르워세르의 팔찌를 손에 넣기 위해 브란 성의 동전뿐만 아니라 어머니가 사고를 당하기 직전으로 돌아갈 수 있는 동전을 찾게 하려고 루돌프의 아지트로 갈 수 있는 플라스틱 칩까지 주었던 걸까? 그렇다면 아버지는 오랜 세월 자신을 괴롭힌 고대 이집트 유적 답사 동기생이 타후티 신의 동전이 가득한 박물관을 만들 계획이라는 것까지 알고 있었단 말인가?

새뮤얼은 떨리는 마음으로 찾기 시작했다. 교통사고는 7월 11일 일어났는데……. 다리가 후들거렸다. 정말 7월 11일 날짜의 동전이 있었다! 두 개나! 10시라고 적힌 동전과 15시라고 적힌 동전. 이런 기적이! 이번만은 행운의 여신이 새뮤얼 편이었다!

새뮤얼은 7월 11일 날짜의 동전 두 개를 호주머니에 집어넣고 앨리시어의 목을 끌어안았다.

"내가 너를 정말 많이 좋아하는 거 알지?" 새뮤얼은 앨리시어의 뺨에 입맞춤을 하면서 말했다.

"너 왜 이래?"

"방법을 찾았어."

"뭔데?"

"집에 돌아가면 설명해줄게. 가자."

"출발하기 전에 저건 네가 봐둬야 할 것 같은데……."

앨리시어는 T가 표시된 진열장 앞에 서서 루돌프가 새뮤얼에게 준 동전처럼 잿빛 물질이 덮인 동전을 손가락으로 건드렸다. 라벨에 이렇게 기록되어 있었다. 타이타닉호, 1912년 4월 15일.

"루돌프가 이 정도로 악질이었어?" 앨리시어가 흥분했다. "이 잿빛 물질은 깊은 바닷속의 산호가 틀림없어. 루돌프는 우리를 집이 아니라 바닷속으로 보내려고 했던 거야!"

새뮤얼은 고개를 끄덕였다.

"한 사람보다는 두 사람의 머리가 훨씬 낫네. 디아빌로에게서 도망칠 때도 그랬고! 그렇다면 루돌프는 우리가 여기 올 거란 예상은 전혀 하지 않았다는 뜻인데……."

새뮤얼은 말을 중단했다. 진열장을 기계적으로 쭉 훑어보던 새뮤얼은 타이타닉호의 동전들 바로 옆에서 테베라고 쓴 라벨을 발견했다. 그런데 10여 개의 사물들 중에 가슴속에 소중히 간직한 것이 있었다. 3000년 전 세트니 대신관의 아들 아흐무시스가 현재로 돌아갈 수 있게 새뮤얼에게 주었던 유리로 만든 쇠똥구리 반지!

"이건 첫 번째 이집트 시간 여행을 할 때 현재로 돌아오기 위해 사용했던 거야. 따라서 세트니 대신관의 무덤에 남아 있어야 하는데 루돌프의 더러운 손에 들어와 있다니……. 이제 가자."

"잠깐!" 앨리시어가 입에 손가락을 대면서 속삭였다.

앨리시어는 공포에 사로잡힌 얼굴로 모형 건축물이 있는 방 쪽을 쳐다봤다. 새뮤얼은 쇠똥구리 반지를 얼른 호주머니에 넣으면서 귀를 기울였다. 인기척이 들렸다. 옆방에서 나는 발소리…….

XX

연쇄살인

"앨리시어, 옷장 안에 숨어." 새뮤얼이 속삭였다. "내가 무슨 일인지 가볼게."

"무슨 소리야? 같이 있어야 해!"

"내 말대로 해. 둘이 같이 움직이면 들키기 쉬워!"

앨리시어가 마지못해서 옷장으로 가는 동안 새뮤얼은 무기가 될 만한 것이 없는지 주위를 둘러봤다. 스테인리스 재떨이를 움켜쥐고 살금살금 하토르의 상징을 새긴 문 앞으로 다가갔다. 새뮤얼은 모형 건축물의 방에 아무도 없는지 확인하고 나서 들어갔다. 탁자의 검은 천을 스치면서 박물관으로 연결되는 두짝문에 귀를 댔다. 아무 소리도 나지 않았다. 바깥의 공사장에서 나는 소리를 잘못 들은 걸까? 아니면 층계에서 울리는 발소리였을까? 가능성은 있었다. 하지만 조명기구, 드레스룸에 있는 셔츠와 양복, 마그네틱 카드, 그렇게 만반의 준비를 해놓았다는 것은 태양의 돌을 사용해서 시간 여행을 하는 사람이 있다는 뜻이 아닌가.

새뮤얼은 아르케오스의 로고가 있는 두짝문의 손잡이를 조금씩 돌렸다. 먼저 진열장의 일부가 보이다가 박물관이 서서히 드러났다. 사무라이 조각상, 기병 조각상, 모두 그대로였다. 조금 안심이 된 새뮤얼이 방을 자세히 살피려고 문을 좀 더 여는 순간이었다. 딱딱하고 차가운 물체가 이마를 눌렀다. 총부리……?

"이런, 새뮤얼 포크너!" 문짝 뒤에 숨어 있던 루돌프가 외쳤다. "4000미터 물밑에 가라앉았을 거라고 생각했는데! 손에 쥐고 있는 것을 내려놓고 꼼짝하지 마!"

새뮤얼이 시키는 대로 하자 총구가 머리를 더 세게 눌렀다.

"이렇게 또 만나다니!" 루돌프가 이를 갈았다. "너는 별로 변하지 않았구나."

"당신은 많이 변했네요." 새뮤얼이 차갑게 내뱉었다.

《뉴스위크》에 실린 사진처럼 루돌프는 많이 늙어 보였다. 사각턱, 파란색의 험악한 눈초리, 눈가의 자글자글한 주름, 많이 벗겨진 이마, 백발. 드레스룸에 걸린 것들과 같은 옷을 입은 루돌프가 반들거리는 검은색 권총을 겨누고 있었다.

"너 때문이야! 7년 전에 내 지시를 지켰다면 내가 그렇게까지 하지는 않았을 텐데……. 1미터 뒤로 물러서!"

새뮤얼은 세 발짝 뒤로 물러서다 미라가 들어 있는 유리관에 부딪혔다.

"좋아! 두 손을 등 뒤로 하고 움직이지 마. 나는 명사수고, 357매그넘 권총에는 탄환 8발이 장전되어 있다."

새뮤얼에게서 눈을 떼지 않은 채 이번에는 루돌프가 열려 있는 금고까지 뒷걸음쳤는데 동전 진열장과 비슷했다. 금고는 여러 개의 선반으로 이뤄져 있었고, 포장이 된 물건들과 고서적들이 보였다.

"정리를 좀 하는 중이었는데 네가 방해했어. 약 2500년 전 스키타이족의 나라에서 기념품 하나를 가져왔지. 그 물건이 사악한 손에 들어가는 걸 원치 않거든."

도저히 봐주기 힘든 교활한 미소를 지으면서 루돌프는 10여 센티미터 크기의 황금 펜던트 목걸이를 보여주었는데 뒷발로 일어선 말에 올라탄 기마병의 모습이 새겨 있었다. 루돌프가 훔쳐온 펜던트를 금고 선반에 놓으려면 돌아서야 했다. 이때가 기회라고 생각한 새뮤얼은 눈을 감고 심장박동의 리듬을 지연시켜 가슴속에서 뛰는 시간의 리듬과 일치시키려고 노력했다.

그러나 경련이 일어나며 새뮤얼은 가슴을 칼로 쑤시는 듯한 통증과 함께 심장이 터질 것 같았다. 다리가 후들거려 쓰러지지 않기 위해 진열장에 기대고 서야 했다.

"왜 어디 아프냐?" 루돌프는 즐거워했다. "압박감이 심했나? 시간 여행의 후유증을 견디기에는 우리가 아직은 좀 허약하단 말이야. 똑바로 서서 두 손을 등 뒤로 돌려!"

새뮤얼은 오그라드는 것 같은 심장을 풀기 위해 눈을 뜨고 심호흡을 했다. 이제는 시간을 지연시킬 수 없었다. 집중력이 떨어졌고, 심장도 더 이상 버텨낼 힘을 잃은 상태였다.

"너를 원망했지." 루돌프가 말을 계속했다. "로마에서 메르워세르의 팔찌를 가져오기로 했던 거 기억나지? 디아빌로와 무슨 일이 있었는지 모르지만 그의 설명이 너무 모호했어. 디아빌로는 네가 마법을 부리듯 갑자기 사라졌다고 했지만, 어쨌든 디아빌로가 너를 도망치게 내버려둔 거잖아! 그리고 네가 현재로 돌아오지 않았기 때문에 나는 네가 타이타닉호의 동전을 사용했고, 물고기 밥이 되었다고 생각했어. 그런데……."

"그런데 나는 이렇게 멀쩡히 살아 있죠." 새뮤얼이 응수했다.

"그래, 멀쩡히 살아 있구나!" 루돌프가 비아냥거렸다. "포크너 가문의 마지막 사람으로!"

그 말에 새뮤얼은 주먹 한 방을 얻어맞은 것처럼 충격을 받았다. 포크너 가문의 마지막 사람이라니!

"아! 놀라는 걸 보니 네가 아직 모르는 모양이구나." 루돌프는 비열한 웃음을 흘렸다. "무슨 일이 일어났을 것 같니? 좀 늦었지만 조의를 표하마. 네 할아버지 집에 불행한 사고가 있었지. 화재가 나서 모두 불에 타버렸어."

"뭐라고요?"

"네가 떠나고 며칠 후였지! 한밤중에 불이 났고, 모두 사망했다."

새뮤얼은 앞으로 다가서려고 했지만, 루돌프가 총부리로 위협해서 꼼짝할 수 없었다.

"가만히 있어! 그런다고 그들이 살아나는 것도 아닌데."

"그럼 아버지는?" 새뮤얼이 힘없는 목소리로 물었다.

"불쌍한 앨런." 루돌프가 한숨을 내쉬었다. "그는 의식불명 상태에서 끝내 깨어나지 못했지. 여섯 달 후에 의사들이 인공호흡기를 떼어내기로 결정을 내렸다."

새뮤얼은 얼굴에 두 번째 어퍼컷을 얻어맞은 것 같았다. 아버지……. 아버지가 살아나지 못했다니. 아버지가 실패했단 말인가!

"인생은 너무 불공평하지 않니?" 루돌프가 말을 이었다. "내가 자주 하는 말이지. 특히 시간 여행을 하고 치르는 대가가 너무 비싸다는 걸 실감할 때마다 그래. 시간 여행을 하는 사람은 너무 빨리 늙어서 요절한단 말이야. 그건 모순 아닌가? 시간의 경계를 물리칠 수 있는 태양의 돌이 야금야금 살아가는 시간을 앗아가고 있으니! 따라서 오랜 세월 하토르의 상징을 사용해온 나는 특히 생명이 단축되고 있다. 하토르의 상징을 사용할 경우 단점과 장점이 뭔지 너는 알지? 출발 지점과 도착 지점에 하토르의 상징을 그려놓았을 경우는 자유롭게 이동할 수 있지. 하지만 이제는 하토르의 상징이 수십 개에 이르다 보니 열다섯 번이나 스무 번은 시도해야 원하는 곳으로 갈 수 있지. 시간 속으로 뛰어들 때마다 살 수 있는 시간이 급격히 줄어들고 있어. 그게 불쾌하기 짝이 없단 말이야!"

새뮤얼이 불쾌한 것은 무엇보다도 루돌프가 다른 사람들의 목숨을 경시하는 태도였다. 특히 포크너 일가의 목숨에 대해서.

"시간 여행을 하면서 나는 몇 가지를 개선하기에 이르렀다. 예를 들어 하토르의 상징이 있는 곳을 원산지로 하는 동전을 많이 갖고 여행하면 그곳으로 가기 위한 시도를 2분의 1이나 3분의 1로 줄일 수 있었어. 그러다 보니 당연히 타후티 신의 동전을 만드는 방법에 대해 관심을 갖게 되었다. 그렇게 해서 인도의 한 책에서 그 시대의 현재에서만 시간의 동전을 만들 수 있다는 걸 알았다. 물론 몇 가지 규칙을 지켜야 하지. 천체의 빛이 지닌 힘이 스며들도록 햇볕이 내리쬐는 곳이나 황금팔찌 가까이에서 동전을 만들어야 한다는 규칙이지. 나는 그 비법에 따라 동전을 만들었고, 쓸데없는 여행을 피할 수 있었어. 실패한 적도 몇 번 있지만. 그런데 제일 큰 문제는 내가 너무 빨리 늙고 있다는 거야. 따라서 나는 황금팔찌를 손에 넣을 필요가 있었지."

루돌프는 금고에서 선반 하나를 잡아당겼다. 빛을 반짝이는 황금팔찌가 놓여 있는데 거리가 떨어져 있는데도 새뮤얼의 호주머니에 있는 팔찌와 같은 것으로 보였다.

"팔찌를 갖고 있었어요?" 새뮤얼이 중얼거렸다.

"그래, 갖고 있다. 하지만 쉽지 않았어. 네 부모 때문에."

"내 부모 때문이라니요!" 새뮤얼이 소리를 버럭 질렀다. "이 일에 왜 그분들을 끌어들입니까? 돌아가셨다면서요! 돌아가신 분들에 대한 최소한의 예의도 없어요?"

"네가 뭘 안다고 그들이 이 일에 연루되어 있지 않다는 거야?" 루돌프가 반격했다. "너는 이 일의 전체적인 내막을 모르고 있어. 나에게 덤벼서 당장 죽을래, 아니면 내 얘기를 끝까지 들을래?"

새뮤얼은 손바닥을 손톱으로 찌르면서 감정을 억눌렀다. 루돌프에게 총 쏠 이유를 만들어주면 안 돼……. 앨리시어 혼자서 이 악당과 싸우게 둘 수는 없어. 아직은 기회가 있을지 모르는데 그걸 놓쳐서는 안 돼. 참자, 루돌프가 실수를 저지를 때까지 참자.

"얘기하세요." 새뮤얼은 분노를 삼켰다.

"암, 그렇게 나와야지. 황금팔찌를 감상할 수 있는 특권을 주는 건데." 루돌프는 거드름을 피웠다. "이게 바로 진짜 황금팔찌란 말이다. 너도 분명히 황금팔찌에 대해 들었을 거야. 전설에 따르면 타후티 신이 손수 만든 것인데 힉소스족이 침략했을 때 어딘가에 숨겨놓은 팔찌를 몇 세기 후에 세트니 대신관이 발견했지."

루돌프는 비웃음을 흘렸다.

"세트니는 미친 늙은이야. 자기가 숭고한 미션을 수행한다는 망상에 빠져 있었지. 악의적인 시간 여행가가 개인적인 목적으로 시간의 흐름을 역행하는 걸 막아야 한다는 사명감에 사로잡혀 있었거든. 순진하기는! 마치 자기 혼자서 역사의 흐름을 감시할 수 있다는 듯이!"

"세트니 대신관은 의롭고 선한 분이에요." 새뮤얼이 응수했다. "세상을 위해 방대한 지식을 의롭게 활용하는 위대한 현자라고요. 당신과는 정반대지요!"

"그렇게 의롭고 그렇게 선한 사람이 어리석기 짝이 없다니!" 루돌프가 비아냥거렸다. "세트니는 영생의 반지를 찾아냈지만 자기 자신을 위해 사용할 생각조차 하지 않았어. 영생의 반지를 무덤 안 어딘가에 감춰놓고 자기는 그 옆에서 죽었으니 그게 어리석은 게 아니고 뭐야!"

"세트니 대신관은 반지가 지니고 있는 힘을 알기 때문이에요. 반지를 사용하는 사람을 해칠 수 있기 때문에 최선을 다한 겁니다!"

"네가 세트니와 그렇게 친하면." 루돌프가 갑자기 웃음을 터뜨렸다. "반지를 어디에 숨겼는지 물어보고 나를 도와주면 되겠네. 어서! 네 코앞에 있으니까!"

루돌프가 권총으로 유리관을 가리켜서 새뮤얼은 뒷걸음쳤다. 미라……. 유리관 속에 들어 있는 미라가 그럼……?

"말도 안 돼요! 그분이 아니에요!"

"어쩌나 맞거든. 진짜 세트니야! 테베 박물관에서 어마어마한 돈을 주고 내가 샀지. 세트니가 영생의 반지에 대한 비밀을 털어놓을 거란 기대를 하면서……. 하지만 멍청한 늙은이가 입을 열지 않아. X선 촬영과 스캐너 촬영도 해봤는데 몸속에 보석이라곤 없었다."

새뮤얼은 세 번째로 치미는 분노를 억누르고 있었다. 몸이 황갈색 붕대에 칭칭 감겨 있는 미라 앞에서 새뮤얼은 잠시 슬픔과 두려움을 느꼈다. 흐릿하지만 복부 위에 그린 삼각형 두 개—삼각형 안이 점으로 가득했다—는 시간의 흐름을 상징하는 모래시계를 의미하는 것 같았다. 새뮤얼은 세트니와 마지막으로 나눴던 대화를 떠올렸다. '대신관님, 우리가 다시 만날 날이 있을까요?' 하고 물었을 때 태양의 돌을 지키는 대신관은 이렇게 대답했다. '네가 상상하는 방식으로는 아닐 것이다.' 그 말대로 시간 여행가 중에 가장 숭고한 정신을 지닌 인물의 유해 앞에 이렇게 서 있게 되다니! 그것도 혐오스러운 루돌프의 박물관에서!

"『마법의 13가지 위력』을 잃지 않았다면 세트니가 무덤 안 어딘가에 숨겨놨을 반지의 위치를 알 수 있었을 텐데. 마지막 페이지에 석관묘 그림과 주석이 있다고 했는데……. 도대체 어디다 숨겨놓은 거야? 그걸 알아야 하는데……. 너 아는 거 없어?"

"몰라요." 새뮤얼은 단언했다.

"음…… 그렇다면 할 수 없지. 그 얘기는 나중에 다시 하자. 지금은 너에게 약속했던 얘기를 해주겠다. 네 아버지와 내가 테베에서 고대 유적을 발굴하던 시절에 시작된 이야기, 30년에 걸친 오랜 이야기지. 무슨 이유였는지 모르지만, 앨런은 태양의 돌을 발견한 순간부터 홀려버렸지. 태양의 돌에 뭔가 깊은 뜻이 있다고 확신하는 것처럼. 태양의 돌 주위를 빙빙 돌더니 마침내 앨런은 땅바닥에 굴러다니는, 작은 잔에서 찾은 구멍 뚫린 동전 하나를 그 문양에 올려놓기에 이르렀지. 나는 바로 그 옆에 있다가 앨런과 함께 시간 속으로 내던져지게 되었다. 우리 시대로 돌아오기 위해 겪어야 했던 일련의 시련에 대해서는 생략하겠다. 그게 얼마나 쉽지 않았는지는 너도 충분히 알 테니까. 일단 발굴 현장으로 돌아온 뒤 다시 작업을 계속하던 중에 나는 아주 소중한 것을 발견했지. 태양의 돌과 관련이 있는 황금팔찌! 어느 날 밤, 우리는 팔찌를 시험해보다 또다시 몇 세기 전으로 가게 되었는데 이번에는 어느 정도 이동을 통제할 수 있다는 느낌이 들었지. 그런데 돌아온 뒤에 네 아버지가 느닷없이 모든 걸 그만두는 것이 좋겠다고 하는 거야. 시간 여행을 하면서 얻게 되는 이득을 아무리 말해도 내 말을 들으려고 하지 않았어. 대화가 격해지면서 치고받고 싸우게 되었는데……."

루돌프는 수십 년이 흘렀는데도 아직도 그때의 상황이 이해가 되지 않는다는 듯 눈살을 찌푸렸다.

"어떻게 된 건지 모르겠는데 네 아버지가 나를 때려눕혔지. 정신이 들었을 때 태양의 돌 옆에서 시커먼 형체와 강렬한 빛을 봤고, 네 아버지는 사라지고 없었어."

새뮤얼은 미소를 참으면서 속으로 말했다. '그 시커먼 형체가 바로 나였고, 뒤에서 몰래 권총 손잡이로 후려친 것도 나였지요. 때마침 그 현장을 목격하게 된 내가 날린 회심의 일격이라고 할까!'

"널방을 나가다가 나는 경비원에게 붙잡혔지. 고고학자 체임벌린이 널방에 몰래 들어간 사실을 알고 격분했고, 나는 가차 없이 쫓겨났다. 그 뒤로는 네 아버지를 만날 수 없었어. 황금팔찌는 물론이고! 내가 왜 앨런을 원망하는지, 이젠 알겠지? 내게서 황금팔찌를 빼앗음으로 인해 앨런은 내 인생의 일부를 훔쳐간 거야!"

루돌프는 손을 부르르 떨었다. 새뮤얼은 실수로 방아쇠를 당길까 가슴이 조마조마했다. 그러나 자제를 한 루돌프가 말을 이었다.

"물론 그때까지만 해도 황금팔찌가 그렇게 대단한 물건인지 몰랐지. 나의 유일한 관심은 또 다른 태양의 돌들이 있는 위치를 알아내는 것이었으니까. 그걸 알아내는 데 2년이 걸렸지. 2년 동안 세계 곳곳을 돌아다녔고, 수많은 도서관에서 자료를 수집한 끝에 결국 해냈어. 그 뒤로 10년 동안 현재에 잠깐씩 머물면서 시간 여행을 떠났고, 전쟁이 일어난 나라에서 온갖 보물을 가져왔지. 나를 부자로 만들어줄 값비싼 물건들이니까. 게다가 귀한 정보도 마음대로 이용할 수 있었어. 가령 어떤 회사의 10년 후를 내다볼 수 있다면 주식시장에서 돈을 얼마나 벌어들일 수 있을까? 그 누구보다 50년쯤 먼저 금광의 위치를 알 수 있다면 어떻게 될까? 그래, 나는 톡톡히 재미를 보았지."

새뮤얼을 자극할 목적인지 루돌프가 대놓고 흡족한 표정을 지었다. 자아도취에 빠진 루돌프는 경계를 늦추고 있었다.

"그러다 문득 값비싼 골동품들을 판매하려면 내 회사를 만들어야 한다는 생각에 이르렀지. 그렇게 해서 하토르의 상징을 로고로 사용하는 아르케오스라는 회사가 탄생한 거야. 그러나 어깨에 문신까지 하면서 하토르의 상징을 사용하면 사용할수록 빠르게 늙어 가고 있다는 걸 깨달았다. 시간 여행의 해로운 결과를 제한할 수 있는 사물이 있다는 걸 알아차리고 다시 정보를 수집하던 중 황금팔찌에 대한 묘사와 세트니를 암시하는 글을 보게 되었어. 물론 네 아버지가 가로챈 그 팔찌였다."

루돌프가 잠시 말을 중단하고 선반을 밀어 넣은 다음 금고를 닫았는데 어찌나 동작이 날렵한지 공격할 겨를이 없었다.

"네 아버지의 흔적을 찾는 데 몇 달이 걸렸지. 앨런이 세인트메리로 이사했다는 걸 알았을 때 그 도시를 선택한 이유에 대해서는 의문을 가질 필요가 없었어. 나는 바렌보임이라는 인물을 알고 있었으니까. 20세기 초에 바렌보임이 살았던 집의 위치를 알아낸 다음 그 집의 새 주인을 만나러 갔는데 알코올에 중독된 마녀가 미친개들과 살고 있더군. 그건 그 집에 태양의 돌이 있다는 걸 숨기기 위한 위장술이었지. 내가 집을 팔라고 제안했지만 마녀는 딱 잘라 거절했어. 하지만 끈질긴 협상 끝에 결국은 이따금 지하실을 사용해도 좋다는 허락을 받아냈어. 돈으로 안 되는 일은 없으니까!"

루돌프는 발꿈치로 진열장 문을 닫고 나서 새뮤얼을 향해 한 발짝 다가왔다.

"그다음 황금팔찌의 행방을 찾기로 하고 네 부모를 감시하기 시작했다. 좀 한가해지거나 시간 여행을 하지 않을 때 잠깐씩 시간을 냈지. 네 아버지가 무슨 일을 꾸미는 건 아닌지, 그 팔찌를 보관하고 있는 건지, 아니면 어디다 팔아먹었는지 먼저 알아야 했으니까. 어쨌든 세인트메리로 이사한 것이 무슨 꿍꿍이가 있어서인지, 아니면 우연인지도 확인할 필요는 있었지. 물론 몰래 들어가서 집을 뒤져볼 생각도 했어. 하지만 앨런이 경보기를 설치해놨기 때문에 위험을 무릅쓰고 싶지 않았다. 정원에서 뛰노는 너도 여러 번 봤지. 내 기억에 너는 그때도 부산스럽고 버릇없는 아이였어."

새뮤얼은 가슴이 오그라드는 것 같았다. 아무것도 모른 채 평화롭게 살던 시절부터 이미 루돌프는 어둠 속에 웅크리고 우리 가족을 엿보고 있었다는 것인가.

"그러던 어느 날 팔찌를 보게 되었지." 루돌프가 내뱉었다. "늦은 오후, 네 부모가 친구들과 함께 외출을 하는데 네 어머니가 손목에 팔찌를 차고 있는 거야! 앨런이 그걸 아내에게 선물로 주다니! 예전에 내가 발견했을 때만큼 빛나지는 않았지만, 대번에 알아볼 수 있었지. 보도에 차를 세우고 차창을 내리고 있던 나는 네 어머니가 지나가는 순간 달려들어서 빼앗을 수도 있었지만…… 주위에 사람이 너무 많았어. 목격자가 많으면 일을 망칠 수 있기 때문에 때를 기다리기로 했지."

루돌프는 굳은 얼굴로 한 발짝 더 다가섰다.

"시간 여행의 장점은 음모를 위장하기 쉽다는 거야. 예를 들어 은행을 털기로 마음먹었다고 치자. 그 경우 완벽한 알리바이를 만들어야 하겠지? 그렇게 하려면 범행 당일 은행에서 아주 멀리 떨어진 어느 단골집에 모습을 드러내서 증언해줄 사람들을 확보해놓는 거야. 그다음 일주일 후 미래의 자신이 범행 당일인 과거로 돌아와서 범행을 저지르면 누구도 알아챌 수 없는 완벽한 알리바이가 되는 거야. 복면을 썼다면 더군다나 아무도 의심할 수 없을 테고."

새뮤얼은 바늘꽂이를 삼키는 느낌이었다.

"내 부모님에게 그렇게 했다는 뜻이에요?"

"아, 새뮤얼!" 루돌프가 흥분한 어조로 외쳤다. "아직도 내 말을 제대로 이해하지 못했구나! 황금팔찌는 내 것이었는데 네 아버지가 빼앗은 거야! 따라서 당연한 일이지! 우리가 또다시 싸운다면 어떻게 될까? 내가 또 당할 것 같니? 혹시 일이 잘못될 경우를 생각해서 대비를 잘할 필요가 있었지."

"어쨌든 아버지에게 복수할 생각이었잖아요." 새뮤얼이 한숨을 내쉬었다.

"당연하지! 나도 인간인데. 그리고 네 아버지는 뜨거운 맛을 봐야 정신을 차릴 인간이야! 아무튼 나는 모든 걸 철저하게 준비했어. 나는 세인트메리의 한 세공업자에게 내가 정한 날짜와 시간에 햇볕이 내리쬐는 곳에서 타후티 신의 동전 15개를 만들어달라고 주문했지. 그사이에 나는 오스트레일리아로 갔고, 알리바이 확보를 위해 호화 호텔에 투숙하면서 나이트클럽에도 모습을 드러냈지. 집으로 돌아와 보니 주문한 동전이 소포로 와 있더군. 그래서 예닐곱 번쯤 시도한 끝에 내가 원하는 날짜에 태양의 돌이 있는 바렌보임의 집 지하실에 이를 수 있었다."

새뮤얼은 목에 걸린 바늘꽂이가 가시를 잔뜩 세운 고슴도치가 된 것처럼 말을 하기가 몹시 힘들었다.

"그날이 7월 11일이었어요?"

"그래, 맞을 거야. 초여름이었으니까. 바렌보임의 지하실에서 나와 곧장 너희 집으로 갔는데 앨런은 없고 네 어머니만 있었지. 네 어머니가 차고로 들어갈 때 따라가서 황금팔찌를 내놓으라고 했더니 도둑을 맞았다고 주장했어. 물론 난 그 말을 믿지 않았어. 보석

함까지 뒤져봤는데 팔찌가 없는 거야. 나는 너무 흥분한 나머지 이성을 잃었어. 그런데도 네 어머니는 계속 팔찌를 도둑맞았다는 말만 하는 거야! 어휴, 고집이 어찌나 센지! 하지만 내가 어떻게 그 말이 사실이라고 믿을 수 있겠니? 그게 말이 돼? 물론 3년이 지난 후에야 비로소 어떻게 된 일인지 알게 되었다. 누군가가 나보다 먼저 팔찌를 훔쳐갔다는걸. 누구도 의심하지 않았던 사람, 바로 미스 맥파이였어!"

"미스 맥파이?" 새뮤얼은 깜짝 놀랐다.

"그래, 맞아! 그 도둑이 원칙주의자인 노처녀일 줄이야 누가 의심이나 했겠어! 누구에게나 결점은 있다더니 그 여자는 보석 앞에서 눈이 뒤집히는 도둑이었던 거야. 네 어머니가 손목에 차고 있는 황금팔찌를 보는 순간 맥파이는 참을 수가 없었던 거지. 그 여자가 너를 돌봐주기 위해 너희 집에 자주 들락거렸던 거 기억나니? 그게 팔찌를 훔치기 위해서라는 걸 누가 짐작이나 하겠어? 네 어머니가 집에 누군가가 들어와서 가져간 것 같다고 주장했지만 나는 그때 제정신이 아니었어. 그래서……."

루돌프의 눈빛에 살기가 번뜩였다.

"그래서요?" 새뮤얼은 목구멍에 걸려 있던 것이 위에 얹힌 느낌이 들었다.

"내가 한 대 갈겼는데 네 어머니가 넘어지면서 탁자 모서리에 부덮쳤어……. 얌전히 있으면 되는데 너무 심하게 대들었단 말이야!" 루돌프가 짜증스럽게 내뱉었다. "네 부모는 내 일을 방해하는 사람들이었어. 그다음에 시체를 치워야 했기 때문에 네 어머니를 차에 싣고 둠즈데이 언덕까지 몰고 가서 사고가 난 것처럼 꾸몄지. 갓길에서 비탈을 따라 자동차가 굴러 떨어지는 걸 본 다음 나는 걸어서 현장을 떠났어."

새뮤얼은 눈물을 흘리면서 주먹을 꽉 쥐었다. 더는 참을 수 없었다. 어머니를 죽이고, 우리 집을 엉망으로 만들어놓고도 일말의 가책도 없이 뻔뻔하게 자기가 한 짓을 떠벌리고 있다니! 루돌프는 어떤 방법으로든 그 대가를 치러야 했다. 반드시 응분의 대가를 치르게 해주겠어!

"내 얘기가 마음에 드니? 그럼 이제 본론으로 들어가야지. 나에게 줄 선물이 있을 텐데? 자, 주머니에 있는 걸 다 꺼내!"

메르워세르의 팔찌……. 루돌프는 메르워세르의 팔찌까지 가지려는 것이다! 황금팔찌 두 개를 손에 넣으면 루돌프는 영생의 반지를 찾아낼 것이 틀림없었다. 그러나 아직 기회는 있었다. 새뮤얼이 호주머니에서 팔찌를 꺼내는 순간 루돌프는 팔찌를 보느라고 잠시 경계를 늦출 테고, 그 마지막 기회를 놓치지 말아야 하는데…….

새뮤얼은 조금이라도 방심하는지 엿보기 위해 루돌프에게서 눈을 떼지 않은 채 천천히 바지 호주머니에 손을 집어넣었다. 루돌프가 한눈을 파는 순간 다리를 걷어차 권총을 떨어뜨릴 생각이었다.

그러나 그다음 연속 동작을 머릿속으로 구상하고 있을 때 모형 건축물의 방 쪽에서 무슨 소리가 났다. 앨리시어……. 앨리시어가 위험을 무릅쓰고 옷장을 나온 것이 틀림없었다. 새뮤얼은 본능적으로 약간 열린 문 쪽을 쳐다봤다.

"이런! 네 여자친구가 여기 있었을 텐데 내가 왜 그 생각을 못했지?" 루돌프는 화가 나서 씩씩거렸다. "그 아이를 깜빡 잊고 있었어! 네가 여길 왔다는 건 디아빌로에게서 구해낸 앨리시어도 데려왔다는 건데! 계집애가 사무실 어딘가에 숨어 있는 게 틀림없어! 현재로 돌아오지 않은 것이 오히려 잘된 건지도 모르겠다. 너희가 깊은 바다에 빠져 죽지 않았으니 이 미래에서 죽이면 되니까!"

루돌프는 새뮤얼을 향해 권총을 겨눈 채 아르케오스의 로고를 새긴 두짝문을 가리키며 말했다.

"앞장서, 꼬마 포크너……. 이제 숨바꼭질을 시작해볼까."

XXI

엿새째 날

"옷장 안에 숨어 있을 거야." 루돌프가 내뱉었다. "내가 틀렸나? 나라면 그랬을 텐데."

새뮤얼은 잠자코 오른쪽 문짝을 밀고 모형 건축물이 있는 방으로 들어갔고 루돌프가 권총을 겨눈 채 뒤따랐다.

"아, '일곱 부활교'에 대해 말해줄 시간이 없었구나. 큰 성공을 거두고 있는데! 다른 상황이었다면 너도 흥미로워했을 텐데……."

새뮤얼은 이 위기 상황을 앨리시어에게 알려줄 방법을 궁리하느라고 아무 말도 하지 않았다. 하지만 목덜미에 들이댄 총부리 때문에 새뮤얼은 도살장으로 끌려가는 양이 된 느낌이었다.

"계속 가!" 루돌프가 지시했다. "나도 그 아이의 얼굴이 보고 싶으니까."

사무실로 들어가던 새뮤얼은 외부와 연결된 문, 마그네틱 카드를 사용하는 문이 열려 있는 걸 대번에 알아봤다.

"아하!" 루돌프가 말했다. "네 여자친구가 바람을 쐬고 싶었던 모양이구나. 내 옷을 뒤져서 마스터키를 꺼냈군. 밖으로 나갔다면…… 글쎄, 무사할지 모르겠구나. 그래도 옷장은 확인해보는 게 좋겠지?"

루돌프는 새뮤얼을 앞세우고 드레스룸으로 들어가면서 옷장을 뒤져보고 되돌아 나왔다. 루돌프가 벽에 설치된 카드 판독기의 플라스틱 케이스를 열고 여러 개의 선이 연결된 것을 누르자 사이렌이 울리면서 천장에서 네온 불빛이 깜박거리기 시작했다.

"멀리 가지는 못했을 거다. 공사장 곳곳에 경비원들이 개를 데리고 순찰을 돌거든. 다시 한 번 말하는데 그 아이가 잘못된 선택을 했을까 걱정이구나!"

루돌프는 새뮤얼의 어깨를 툭, 치면서 복도로 나가라는 표시를 했다. 페인트와 석고 냄새가 진동하는 복도에서 새뮤얼은 스트로보스코프* 불빛 때문에 현기증을 느꼈다. 도대체 앨리시어가 어디로 간 거지? 왜 나갔을까?

하얀 층계 앞까지 걸어간 새뮤얼은 발길질로 루돌프를 넘어뜨릴 기회라고 생각했다. 금빛 난간을 잡으면서 안쪽으로 휘어지는 층

* 시각 잔영을 이용하여 급속히 회전, 진동하는 물체를 관찰하는 장치.

계 중간쯤 올라갔을 때 기회를 잡기로 했다. 그러나 새뮤얼이 첫 계단을 오르기도 전에 등 뒤에서 쿵, 하는 소리에 이어 항아리 깨지는 소리가 났다. 재빨리 돌아서던 새뮤얼은 두 손으로 골프채를 휘두르는 앨리시어와 그 발치에 쓰러진 루돌프를 발견했다.

"앨리시어!" 새뮤얼이 외쳤다.

앨리시어는 바들바들 떨고 있었다.

"내…… 내가 죽인 건 아니지?"

"죽어 마땅한 인간이야." 말은 그렇게 하면서도 새뮤얼은 루돌프의 맥박을 확인하면서 말했다. "죽은 게 아니라 그냥 기절한 것 같아. 근데 넌 어떻게 된 거야?"

"내가 밖으로 나간 것으로 믿게 하려고 카드로 문을 열어놓은 다음 모형 건축물이 놓인 방 탁자 밑에 숨어 있었어. 그다음 루돌프와 네가 내 옆을 지나갔고, 나는 루돌프가 복도로 나가길 기다렸다가 따라갔지. 옷장에서 골프채 하나를 들고 나왔거든. 새뮤얼, 이자를 후려칠 때 얼마나 떨렸는지 몰라!"

앨리시어가 몸을 움츠리고 있어서 새뮤얼은 다정하게 안아주었다. 앨리시어의 몸이 뜨겁지만 부들부들 떨고 있어서 새뮤얼은 뺨에 입맞춤을 해주지 않을 수 없었다.

"고마워, 앨리시어. 아주 완벽했어!"

"나를 믿으라고 말했잖아?" 앨리시어가 소곤소곤 말했다.

그때 머리 위에서 무슨 소리가 나더니 계단을 뛰어 내려오는 발소리가 요란했다.

"빨리 가자. 경비원들이 오나 봐." 새뮤얼은 앨리시어를 잡아끌면서 말했다.

둘은 사무실로 돌아가서 문을 잠근 다음 루돌프의 박물관을 향해 뛰었는데 사이렌이 더 크게 울리고 있었다. 새뮤얼은 진열장 금고 쪽으로 우회해서 금속 손잡이를 돌렸지만 꿈쩍도 하지 않았다.

"안에 또 하나의 황금팔찌가 있는데……."

"새뮤얼, 금고잖아!" 앨리시어가 소리쳤다. "비밀번호를 알아낼 때까지 저 사람들이 기다려줄까?"

맞는 말이었다.

"알았어. 가자."

둘은 진열장 사이를 지나 태양의 돌이 있는 곳으로 뛰었고, 새뮤얼은 쭈그리고 앉아서 메르워세르의 팔찌를 준비했다. 타이타닉호의 동전, 즉 잿빛 동전을 버리고 대신 7월 11일 날짜의 동전 두 개를 팔찌에 끼워 넣고, 유리 쇠똥구리 반지와 생일 날짜의 동전을 수송의 구멍에 집어넣었다.

"이것도 가져가자." 앨리시어가 귀에 대고 속삭였다. "너무 예뻐서……."

앨리시어는 진홍빛의 구멍 뚫린 메달 하나를 보여주고 나서 수송의 구멍에 집어넣었다. 새뮤얼이 황금팔찌를 태양의 돌에 가까이 대자 동전들이 제자리를 찾았다. 이어서 그들이 떠나온 지 엿새째 날의 동전을 태양문양에 올렸다. 그 순간 여섯 개의 빛살에서 동시에 하얀 불꽃이 분출하자 앨리시어가 튀어나오려는 비명을 억누르려고 손으로 입을 막았다. 새뮤얼은 앨리시어를 꼭 끌어안은 채 작은 불꽃을 응시했다. 이어서 태양의 돌이 눈부신 빛에 휩싸였고, 새뮤얼은 금빛 광채를 반짝이는 앨리시어의 눈빛에 사로잡혔다. 마치 두 개의 태양이 빛나고 있는 것 같았다.

새뮤얼은 부드럽게 앨리시어의 손을 잡고 바닥에서 40센티미터 높이에 떠 있는 반구형의 에너지 덩어리를 만지게 했다.

"이상해." 앨리시어가 잠시 후 중얼거렸다. "손이 빨려드는 것 같아."

사이렌 소리와 깜빡거리는 네온 불빛에도 불구하고 둘은 그렇게 잠시 초자연적인 힘을 온몸으로 느끼고 있었다. 하지만 점점 가까워지는 발소리 때문에 더는 지체할 수 없었다. 새뮤얼은 앨리시어의 어깨에 팔을 두르면서 태양의 돌 윗면에 손바닥을 댔다. 가슴속에서 시간의 박동뿐만 아니라 바닥에서 올라오는 진동이 느껴졌다. 새뮤얼이 돌의 둥근 면을 손바닥으로 좀 더 세게 누르자 즉시 땅속에서 용암이 분출하는 것 같더니 둘은 불덩이의 소용돌이 속으로 빨려들었다.

새뮤얼이 먼저 깨어났는데 평소에 시간 여행을 하고 돌아왔을 때 느끼던 것과는 사뭇 달랐다. 마치 벼락을 맞고 쓰러졌다가 살던 장소로 돌아온 것 같다고 할까. 새뮤얼은 일어나서 주위를 둘러봤다. 포크너 서점의 지하실은 형광등 불빛이나 골동품이 특징을 이루는 루돌프의 사저와는 거리가 먼 원래의 모습이었다. 노란색 걸상, 간이침대, 전등도 똑같았다. 루돌프의 소굴보다는 훨씬 소박했지만 편안했다.

새뮤얼은 먼지가 쌓인 시멘트 바닥에 웅크린 상태로 힘겹게 깨어나는 앨리시어를 일으켜주었다.

"여…… 여기가 어디야?"

"우리 집, 정확하게 말하면 아버지 서점의 지하실이야."

"돌아온 거야? 확실해?"

"응, 돌아왔어."

강력한 이동에 몹시 충격을 받은 듯 앨리시어는 힘겹게 고개를 끄덕였다. 그러고는 두 팔로 새뮤얼의 목을 감싸면서 가슴에 얼굴을 묻은 채 아무 말도 하지 않았다. 당황한 새뮤얼은 어찌할 바를 모르고 있다가 꼭 안아주면서 눈을 감았다. 마침내 앨리시어가 몸을 빼면서 얼굴을 돌렸다.

"집에 전화해야 돼." 앨리시어는 힘없이 말했다. "그래도 되지?"

둘은 조용히 1층으로 올라갔고, 새뮤얼은 앨리시어가 전화를 거는 사이에 침실로 올라가서 옷을 갈아입고 유도 가방에 소지품을 챙겨 넣었다. 새뮤얼이 층계를 내려올 때 앨리시어는 수화기를 내려놓고 있었다.

"통화했어?"

"아버지는 안 계시고 엄마와 통화했어. 인생에서 가장 행복한 날이라면서 얼마나 기뻐하시는지! 당장 차를 몰고 오신다고 했어."

"내가 마지막으로 만났던 날 많이 슬퍼하셨어. 뭐라고 말할 거야?"

앨리시어는 어깨를 으쓱했다.

"사실대로. 이런 상황에서는 솔직한 게 가장 낫지 않을까?"

앨리시어가 윙크를 던지자 새뮤얼은 화제를 바꿨다.

"나도 할아버지께 알려야겠어."

앨리시어가 전화기 앞의 자리를 양보하고 세수를 하러 욕실로 올라간 사이에 새뮤얼은 할머니의 핸드폰 전화를 눌렀다. 벨소리가 열두 번이나 울리는데도 할머니는 전화를 받지 않았다. 새뮤얼은 한 번, 두 번, 세 번 계속 걸었다. 식구들 모두 깊이 잠들어 있는 것이 틀림없었다.

"갈아입을 옷이 있을까?" 앨리시어가 층계 위에서 물었다. "엄마가 이 꼴을 보면 소리를 지를 것 같아."

"아버지 옷장에 있어." 새뮤얼이 대답했다. "왼쪽 첫 번째 방이야. 천연섬유로 지은 옷이 많으니까 아무것이나 입어."

돌아서는 앨리시어를 보면서 새뮤얼이 이번에는 집 전화로 걸었지만 역시 아무도 받지 않았다.

얼마 후, 단정하게 머리를 빗은 앨리시어가 앨런 포크너의 '시간 여행복' 차림으로 나타났는데 좀 전보다는 얼굴이 훨씬 밝아 보였다.

"통화했어?" 앨리시어가 물었다.

새뮤얼은 파자마처럼 보이는 베이지색 바지에 셔츠가 어쩌면 그렇게 앨리시어에게 잘 어울리는지 감탄했다.

"안 받아. 그래도 계속 해봐야지."

"할아버지, 할머니가 귀가 어두우셔서 못 듣는 거 아닐까?"

"이블린 고모라도 받을 텐데 이상해. 고모는 귀가 밝거든."

"그럼 릴리는? 릴리는 돌아왔겠지?"

새뮤얼은 문 위쪽에 걸린 괘종시계를 봤다. 12시 34분, 날짜도 표시되어 있었다.

"우리가 떠난 지 엿새째 날이야. 릴리는 다음 달에야 돌아와. 릴리가 있든 없든 고모와 할머니는 전화벨 소리가 그렇게 많이 울리면 잠이 들었더라도 깼을 텐데. 한밤중에 모두 외출했다면 몰라도. 하지만 밤에 외출하는 일은 한 번도 없었는데……."

"무슨 문제가 생긴 걸까?"

"모르겠어. 루돌프가 아까 했던 말 들었어?"

"음…… 마지막 얘기만 들었어. 네 어머니에 대해 말하고 있을 때였거든."

"엄마……." 새뮤얼은 비통한 어조로 말했다. "교통사고가 아니라 그 교활한 놈이 죽인 거였어. 사고로 위장한 살인! 그뿐만이 아냐. 내가 로마로 떠난 뒤에 할아버지 집에 불이 났다고 했어. 그래서 그 화재로 우리 식구가 모두 죽었다고……."

"뭐라고?" 앨리시어가 외쳤다.

"내가 떠난 지 며칠 후에 집에 불이 났다는데 그게 엿새째 날일 수도 있어."

앨리시어는 새파랗게 질렸다.

"네 말뜻은 지금 이 순간일 수도……?"

거리에서 나는 요란한 바퀴 소리에 앨리시어는 말을 맺지 못했다. 둘은 헬레나 토드를 맞으러 뛰어나갔다. 차에서 튀어나온 앨리시어의 어머니는 현관까지 거의 날아와서 딸을 부둥켜안았다.

"앨리시어! 앨리시어! 오, 내 딸!"

딸에게 키스를 퍼붓는 토드 부인의 얼굴은 정말 눈물 반 웃음 반이었다.

"엄마, 엄마, 진정해요! 나 무사히 돌아왔어요! 여기 있잖아요!"

"어디 다친 데는 없니? 얼마나 걱정했는지 몰라. 너 많이 말랐구나? 너를 때리지는 않았어?"

"금방 좋아질 거니까 안심해요, 엄마. 새뮤얼 덕분에 살았어요.

새뮤얼이 나를 구해낸 거예요."

헬레나 토드는 얼른 뒤로 돌아서서 새뮤얼을 꼭 끌어안고 다시 눈물을 흘렸다.

"새뮤얼! 너도 돌아왔구나! 할아버지, 할머니께서 너를 얼마나 애타게 찾아다녔는지 몰라! 너희 둘 같이 있었던 거야?"

새뮤얼은 빨리 알아야 할 것을 묻는 것으로 그 난처한 질문을 피했다.

"할아버지, 할머니는 별일 없으시죠?"

"어제도 그저께도 통화했어. 잘 지내시는 걸로 아는데, 왜?"

앨리시어와 새뮤얼은 눈길을 주고받았다.

"새뮤얼을 집에 데려다줘야 해요, 엄마. 빨리요."

"먼저 전화부터 드려야지! 얼마나 기뻐하시겠니……."

"아주 급해요." 앨리시어가 말을 잘랐다. "샘은 식구들이 위험에 처해 있다고 생각해요."

"뭐? 무슨 일이……."

"엄마, 제발 내 말대로 지금 당장 새뮤얼의 집으로 가요. 가면서 다 설명할 테니까, 그럼 되죠?"

어리둥절한 토드 부인은 딸과 새뮤얼을 번갈아 쳐다봤다. 두 아이의 표정이 심상치 않다고 느낀 그녀는 더 이상 캐묻지 않고 서둘러 차에 올랐다. 뒷좌석에 앉은 새뮤얼은 앨리시어가 납치 상황에 대해 설명하는 얘기를 건성으로 듣고 있었다. 앨리시어의 어머니가 질문을 퍼부으면서 어머, 세상에! 그럴 수가! 분노의 외마디를 내지르는 동안 새뮤얼은 차창 밖의 네온 불빛을 보면서 세인트메리의 하늘로 치솟는 시커먼 연기나 불덩어리가 없는지 유심히 살폈다. 이제는 화재가 일어나는 날이 오늘 밤이란 확신이 들었기 때문이다. 방화범은 루돌프일 수밖에 없었다. 그렇지 않다면 뭐 때문에 정확하게 오늘 밤에 세인트메리로 가는 동전을 만들어놓았겠는가? 루돌프는 어머니 엘리사를 납치하는 데 성공했던 그 술책을 새뮤얼 가족에게 되풀이하고 있는 것이 틀림없었다. 사건이 일어난 날, 다시 말해 오늘, 루돌프는 캐나다에서 멀리 떨어진 곳으로 간 다음 미래의 자신이 과거로 돌아와서 불을 지르려는 것이었다. 완벽한 알리바이를 확보하고 쥐도 새도 모르게 포크너 일가를 없애 버리기 위해서…….

그러나 이번에는 뜻대로 안 될 거야!

너무 늦지 않았기를 바라면서 새뮤얼은 주먹을 불끈 쥐었다. 새뮤얼은 루돌프의 아지트 진열장에서 자정이라고 새긴 동전을 가져왔었다. 그런데 서점 지하실에 도착하고 몇 분 지난 뒤, 문 위쪽에 걸린 괘종시계는 이미 12시 34분을 가리키고 있었다. 30분 이상 늦었는데…….

"당장 경찰에 신고해야 돼!" 앨리시어의 어머니는 흥분했다. "납치범이 이블린의 약혼자일 줄이야 누가 의심이나 하겠어! 그래서 너를 강제로 차에 태우고 어디로 데려갔니?"

앨리시어가 시간 여행을 했다는 걸 어머니에게 설명하려는 순간 마침 차가 할아버지 집의 동네로 들어서서 어둠에 잠긴 집들이 눈에 들어왔다. 정원들을 따라 설치된 가로등 불빛이 간간이 보이고, 두세 집 정도만 불이 켜 있었다.

"근데 동네가 왜 이렇게 조용하지?" 앨리시어가 중얼거렸다.

"어머, 얘 좀 봐." 토드 부인은 어이가 없다는 듯 말했다. "새벽 1시가 다 되어가는데 당연하지. 다들 자는 시간이잖아!"

새뮤얼은 바깥 공기가 들어오게 차창을 내렸는데 수상한 냄새는 나지 않았다. 자동차가 우회전을 해서 가로수가 있는 낯익은 길로 접어들 때였다. 반대 방향에서 전조등을 끈 채 과속으로 달려오는 시커먼 차 한 대가 쌩, 지나갔다.

"저건 루돌프의 차야!" 새뮤얼이 분노했다.

"뭐, 루돌프가 여기 있다고?" 토드 부인이 기겁했다. "어떡하지? 이제 어떡해야 되나?"

"우리 집까지 곧장 빨리 달리세요!"

토드 부인은 액셀러레이터를 밟았고, 마침내 우측으로 30미터쯤 떨어진 곳에 할아버지의 집이 보였다. 평소와 다르게 일층과 이층 창문에 커튼이 쳐 있는데 마치 여러 대의 텔레비전이 같은 방송을 틀어놓은 것처럼 노란빛과 오렌지빛이 섞인 불빛 같은 것이 움직이고 있었다.

"너무 늦었어. 집에 이미 불이 나고 있어!"

XXII

화재

헬레나 토드가 황급히 차를 세우자 새뮤얼이 부리나케 내렸다.

“소방서에 연락하세요! 빨리!” 새뮤얼이 소리쳤다.

“가지 마!” 앨리시어가 새뮤얼을 말렸다. “너무 위험해! 소방차가 오면 그때…….”

그러나 새뮤얼은 이미 할아버지의 꽃밭을 뛰어넘어 현관문을 향해 달려가고 있었다. 자물쇠에 열쇠를 넣고 돌렸지만 뭔가에 걸려서 열리지 않았다. 새뮤얼은 거실 유리창 앞으로 뛰어가서 큼직한 돌을 집어 들고 냅다 던졌다. 유리가 박살이 났고, 새뮤얼은 손을 집어넣어 창문 손잡이를 잡을 수 있었다. 곧바로 쫓아온 앨리시어가 새뮤얼의 어깨를 토닥였다.

“너를 막을 수 없다는 거 알아, 샘.” 앨리시어가 속삭였다. “무슨 일이 일어나든 내가 곁에 있다는 걸 잊지 마, 알았지?”

새뮤얼은 앨리시어의 뺨을 어루만져주고 나서 커튼을 젖히고 창틀을 뛰어넘었다. 거실 쪽은 아직 불이 붙지 않았지만, 보일러를 가동했을 때처럼 탁, 탁, 튀는 소리, 바람소리…… 같은 잡음이 들리고 있었다. 현관 쪽으로 고개를 돌리다가 새뮤얼은 주방, 그리고 고모와 할아버지, 할머니의 침실이 있는 복도 쪽에서 새나오는 불길을 봤다. 차고에서 나는 건지 휘발유 냄새도 진동했다. 새뮤얼은 전등을 켜려고 하다가 누전이라도 일어나면 대형 화재로 번질까 봐 그만두었다.

"할머니? 고모?" 새뮤얼은 고함을 질렀다.

아무도 대답하지 않았다. 불길을 뚫고 들어가야 했다. 새뮤얼은 커튼을 힘껏 잡아당겨 봉에서 떼어냈다. 그러고는 천이 불길을 막아주길 기도하면서 커튼을 뒤집어썼다.

"고모? 할아버지?"

모두 깊은 잠에 빠진 모양이었다.

다가갈수록 점점 뜨거운 열기를 느끼면서 새뮤얼은 침실을 향해 뛰었다. 메케한 연기가 주방에서 새나오고 있어서―플라스틱 제품이 타고 있는 게 틀림없었다―새뮤얼은 손으로 입을 막고 복도로 뛰어들었다. 시뻘건 불길이 핥고 지나간 벽지가 시커멓게 그을려 있었다. 다행히 불이 나기 시작한 단계였다. 태양의 돌을 사용하면서 살을 태울 듯이 뜨거운 열기에 익숙해져 있어서일까, 새뮤얼은 생각보다 견딜 만했다.

새뮤얼은 왼쪽 첫 번째 방문을 발길로 차서 문을 열었다. 고모의 방이었다.

"고모!" 새뮤얼은 소리를 질렀다. "이블린 고모!"

침대에 누워 있는 고모가 보였다. 고모는 세상모르고 잠들어 있었다.

"고모! 고모, 잠을 깨세요!"

새뮤얼은 방을 둘러봤다. 방에 딸린 욕실에서 시작된 불인지 바닥에 유리병들이 흩어져 있고, 한가운데 흥건한 액체에서 타는 불이 벽의 아랫부분과 양탄자로 옮겨 붙고 있었다.

"이블린 고모!"

새뮤얼은 어깨에 두르고 있던 커튼으로 바닥을 내리치면서 불을 껐다. 그러고는 침대로 달려가 고모를 흔들었다.

"고모! 일어나요!"

새뮤얼이 베개 옆에서 발견한 솜뭉치의 냄새를 맡는 순간 클로로포름* 냄새가 코를 쏘았다. 루돌프는 포크너 일가가 꾸벅꾸벅 졸다가 잠에 빠져들 때까지 기다렸던 것이 틀림없었다. 새뮤얼은 고모를 잠에서 깨어나게 하려고 하는 수 없이 뺨을 때렸다. 두세 번 더 뺨을 때리자 고모가 눈을 뜨고 혀가 잘 안 돌아가는 목소리로 물었다.

"토스트? 토스트를 태운 거예요?"

"지금 밥 먹을 시간 아니에요! 고모, 집에 불이 났다고요!"

"뭐, 뭐라고……?"

이블린이 정신을 차리고 사태를 파악하기까지는 시간이 약간 필요했다.

"새뮤얼! 불이 났다고?"

"괜찮을 거니까 침착하세요. 고모, 이걸 쓰세요."

새뮤얼은 침대 커버를 벗겨 고모의 몸에 씌워주었다.

"이걸 뒤집어쓰고 있으면 불길을 피할 수 있을 거예요. 이제 나가요, 빨리!"

새뮤얼은 고모를 일으키고 강제로 문턱에 붙은 불길을 뛰어넘게 했다.

"다 불타고 있어!" 이블린이 소리쳤다.

이블린은 잠시 소리를 지르다 연기 때문에 기침을 해댔고, 무슨 말인가 하는데 딸꾹질에 끊겨서 알아들을 수 없었다. 새뮤얼은 고모를 거실로 잡아끌었는데 이제는 소파 쪽에 불이 붙어 있었다.

"창문 앞으로 뛰어가세요. 앨리시어가 나갈 수 있게 도와줄 거예요. 나는 할아버지 할머니에게 가야 하니까."

고모를 두고 돌아선 새뮤얼은 할머니의 침실로 향하면서 차고와

* 무색의 휘발성 액체로 마취제로 쓰인다.

주방에서 풍겨 나오는 유독가스를 맡지 않으려고 조심했다. 열기가 훅훅 쏟아지는 복도를 지나서 할아버지와 할머니가 잠들어 있는 방으로 갔다.

"할머니!" 새뮤얼은 목이 쉬어라 불렀다. "할아버지!"

방으로 들어서면서 새뮤얼은 침대 앞에서 불덩어리를 봤다. 옷을 쑤셔 넣고 휘발유를 뿌린 휴지통에서 타는 불이 침대 커버로 옮겨 붙으려는 중이었다. 침대 옆에는 정원에서 바비큐할 때 사용하는 가스통이 놓여 있었다. 루돌프는 불을 지르는 것으로 만족하지 않고 집을 통째로 날려버릴 작정이었다. 새뮤얼은 가스통을 욕실 방향으로 힘껏 걷어차 가능한 한 멀리 굴러가게 했다. 어둠 속에 할아버지가 베개를 받치고 앉아 있는데 말없이 꼼짝 않고 있었다. 새뮤얼이 달려갔다.

"할아버지, 괜찮아요? 여기 이러고 있으면 안 돼요!"

얼이 빠진 것 같은 도노반은 거의 의욕이 없어 보였고, 새뮤얼이 일으키려고 애를 쓰는데도 가만히 있었다.

"누군데 소리를 질러?" 할아버지가 멍한 얼굴로 물었다.

"할아버지, 여기에 발을 올려놓고 계세요."

새뮤얼은 할아버지의 두 발을 머리말 탁자 위에 올려놨다.

"이제 할머니를 깨울게요. 할머니, 샘이에요. 할머니, 어서 일어나야 해요."

할머니가 머리를 끄덕이면서 한쪽 눈을 떴다.

"샘?" 할머니가 외쳤다. "오, 하느님, 샘! 꿈은 아니지? 샘 맞아?"

"불이 났어요, 할머니." 새뮤얼은 가능한 한 차분하게 말했다. "빨리 나가야 해요."

"불이 나……."

깜짝 놀라서 정신을 차린 할머니의 첫 번째 반응은 할아버지가 있는지 확인하는 것이었다. 이어서 할머니는 오른쪽 창문을 가리켰다.

"저쪽, 저쪽으로 나가야 해."

창살이 있는 고모의 방—병적으로 두려움이 많기 때문에—과는 달리 할아버지의 방에서는 문제없이 정원으로 나갈 수 있었다. 그냥 뛰어내리면 되었다. 새뮤얼은 커튼을 젖히고 두 짝 창문을 활짝 열었다. 바깥 공기가 얼굴을 스칠 때 누군가가 이름을 외쳐 부르는 소리가 들렸다.

"새뮤얼! 새뮤어얼!"

"이쪽이에요! 할머니 방 창문 앞으로 와요!"

할머니가 넋을 놓은 할아버지에게 가기 위해 침대를 돌아가는 사이에 새뮤얼은 가스통을 집어 들고 밖으로 내던졌다. 위험물질을 하나라도 없애기 위해서였다. 이어서 새뮤얼은 발판으로 사용할 수 있게 화장대 의자를 창문 밑으로 옮겨놨다.

"새뮤어얼!"

정원의 어둠 속에서 이블린 고모에 이어 앨리시어가 나타났다.

"새뮤얼!" 고모가 숨을 헐떡이면서 외쳤다. "릴리……."

"릴리가 왜요?"

"릴리가 이층 자기 방에 있어!"

"릴리가 여기 있다고요?"

"응." 고모가 울먹였다. "어제 돌아왔어. 자기가 없으면 네가 돌아오지 못한다면서 돌아왔거든!"

새뮤얼은 목구멍에서 뭔가가 울컥 올라오는 것 같았다. 릴리가 여름학교에서 돌아와 지금 이층에서 자고 있다니!

"소방서에 연락했어요?" 새뮤얼이 물었다.

"엄마가 3분 전에 했으니까 곧 도착할 거야." 앨리시어가 외쳤다.

물론 곧 오겠지……. 소방서는 거리가 좀 떨어져 있는데……. 소방차가 올 때까지 기다리고 있을 수는 없었다.

"침대 밑에 가스통이 있어." 새뮤얼이 외쳤다. "소방관들이 도착하면 꼭 말해야 돼. 여러 개 있는 것 같아. 나는 릴리를 찾으러 갈 거야. 앨리시어, 할아버지와 할머니 부탁해."

탄식과 조심하라는 말이 쏟아졌지만, 새뮤얼은 아무 말도 듣고 싶지 않았다. 이제는 벽에서 숨 막히는 연기가 새나오는데 마치 집이 모든 구멍을 통해 유독한 열기를 뿜어내는 것 같았다. 주방과 거실 쪽에서 더욱 거세진 불길이 차고의 문 아래쪽으로 내려가기 시작했다. 할아버지의 차가 주차되어 있는데…… 대형 폭발로 이어질 위험이 있었다.

새뮤얼은 층계를 뛰어 올라갔다. 방 두 개—자신의 방과 사촌의 방—는 이미 불이 번지고 있었다. 새뮤얼은 책상 위에 있는 컴퓨터, 어머니 사진, 손때 묻은 모든 것을 생각했다. 그것들을 다시는 보지 못하게 되는구나…….

그러나 릴리에 비하면 전혀 중요하지 않았다.

새뮤얼은 심호흡을 하면서 사촌의 방으로 들어갔다. 커튼에 불이 붙었고, 책장에 꽂힌 책들이 타면서 천장 쪽으로 노란 불이 치솟고 있었다. 다행히 문 오른쪽의 침대에는 불길이 닿지 않은 걸 보고 새뮤얼은 안도했다. 새뮤얼은 재빨리 담요를 들췄다. 릴리는 웅크린 자세로 코에 솜뭉치를 댄 채 땀에 흠뻑 젖어 있었다. 새뮤얼은 즉시 클로로포름으로 적신 솜뭉치를 던져버리고 등을 대고 눕게 릴리의 몸을 돌렸다. 릴리는 헝겊 인형처럼 축 늘어졌다. 루돌프가 클로로포름의 양을 너무 많이 사용한 걸까?

"릴리? 릴리, 빨리 여길 나가야 해!"

새뮤얼이 릴리의 어깨를 흔들었지만 반응이 없었다. 죽은 사람처럼……. 그래서 머리맡 탁자에 놓인 물병을 집어 들고 얼굴에 쏟았지만—피식, 소리와 함께 릴리의 머리털에서 연기가 피어올랐다—

릴리는 꿈쩍도 하지 않았다. 새뮤얼은 주위를 둘러보면서 릴리를 구하는 데 걸릴 시간을 가늠해봤다. 책상 밑에 있는 휴지통에서 시작된 불이 뒤쪽 커튼으로 옮겨 붙었다가 옆의 책상으로 번졌고, 이제는 벽을 타고 오르면서 포스터들과 침대 밑에 깐 보라색 양탄자를 집어삼키려 하고 있었다. 창문 밑에 쌓아놓은 잡지 옆에도 시커먼 것이 있었다. 불길이 이미 가스통을 핥고 있었다.

"릴리!" 새뮤얼은 릴리를 더 세게 흔들었다. "여기서 나가야 해. 이러다……."

펑! 마지막 말은 고막이 터질 것 같은 엄청난 폭발음에 묻혀버렸다. 집 전체가 심하게 흔들리면서 방에 뜨거운 바람이 휘몰아쳤다. 새뮤얼은 본능적으로 릴리의 몸을 덮치면서 머리와 피부에 폭발로 인한 충격을 느꼈다. 몇 초 후, 벽이 진동을 멈추고 공기의 떨림이 그쳤을 때 새뮤얼은 고개를 들었다. 침대 시트, 옷장, 바닥이 온통 잿빛 먼지로 뒤덮여 있고, 석회가루가 날아다니고 있었다. 새뮤얼은 코와 입에 들어간 가루를 뱉어낸 다음 귀를 만져봤다. 귀가 먹먹하고, 라디오가 지지직거리는 듯한 소리 외의 다른 소리는 들리지 않았다. 박살이 난 창문과 어지럽게 날아다니는 종잇조각들을 제외하면 릴리의 방은 변한 것이 없었다. 불은 계속 침대 쪽으로 번지고 있지만, 가스통은 멀쩡했다. 1층 주방이나 차고에서 폭발이 일어난 모양이었다. 층계참 쪽으로 시뻘건 불길이 올라오고 있다는 것은 아래층의 불길이 더 거세지고 있다는 뜻이었다. 어쨌든 더는 꾸물거리고 있을 때가 아니었다.

새뮤얼은 힘없이 늘어진 사촌의 등 밑으로 두 팔을 집어넣고 침대 끝으로 끌어당긴 다음 쭈그린 자세로 릴리의 몸을 어깨로 받쳐서 간신히 업고 일어났다. 늘어져 있어서일까, 릴리가 너무 무겁게 느껴졌다. 새뮤얼은 그렇게 릴리를 업고 한 손에 담요를 움켜쥔 채 층계를 향해 조금씩 발을 떼었다. 마치 귀마개를 쓰고 있는 것처럼 바깥의 소리가 이상하게 들렸다. 귀가 먹은 게 아닐까 생각하는 순간 상황이 급박해졌다. 층계는 아직 통행이 가능한데 맨 아래 계단과 거실 입구가 불길에 휩싸여 있었다. 할머니 방으로 가는 복도는 형체를 알아볼 수 없고, 시커먼 연기가 자욱했다. 새뮤얼은 소방차가 오길 기다릴까 생각했지만, 더 큰 위험이 닥칠 수 있었다. 가스통이 폭발하면…….

새뮤얼은 정신을 집중하면서 눈을 감았다. 디아빌로의 텐트 부근에서 뭔가를 하다가 그대로 동작을 멈춘 듯한 병사들의 모습, 정지되어 있는 것 같던 모닥불이 생생하게 떠올랐다. 시간을 지연시키는 것……. 이 불구덩이를 통과하려면 그 방법밖에 없지 않을까? 물론 그럴 수 있다면…….

새뮤얼은 가슴속 시간의 흐름에 귀를 기울이면서 심장박동의 규칙적인 흐름을 확인하는 순간 또다시 루돌프의 아지트에서 느꼈던

극심한 통증이 일었다. 가슴에 못이 박히는 것 같다고 할까. 새뮤얼은 비틀거렸지만 등에 업힌 릴리의 무게가 책임감을 일깨워주고 있었다. 책임감을 저버릴 수 없었다. 새뮤얼은 통증에도 불구하고 이를 악물고 가슴속 시간의 리듬에 맞춰 심장의 리듬을 지연시켰다. 맙소사! 새뮤얼은 더 이상 견딜 수 없었다. 바깥으로 나갈 때까지 정신을 집중할 힘도 자신도 없었다.

새뮤얼은 눈을 떴다. 다행히도 공중에 정지되어 있는 것 같은 에메랄드빛 불길, 초록빛을 띤 집이 중력의 법칙에 저항하고 있었다. 거실의 가구들은 시커먼 점처럼 보이고, 복도는 터널을 연상시키고, 소용돌이 모양으로 오르던 연기가 천장에서 구불구불한 물결로 정지되어 있었다.

새뮤얼은 넘어지지 않으려고 허벅지를 난간에 기대면서 계단을 내려갔다. 그리고 겉보기에는 정지된 것 같지만 숨 막히는 열기를 뿜어내는 불바다 앞에 이르렀다. 새뮤얼은 자신의 머리와 릴리의 머리에 담요를 씌운 다음 불구덩이 속으로 들어갔다. 창문에 이르려면 기껏해야 6미터에서 7미터였다. 뜨거운 온도, 전자레인지를 통과하는 듯한 끔찍한 느낌 외에 다른 것은 감지할 수 없었다. 문제는 가슴속이었다. 시간의 리듬에 맞춰 심장의 리듬을 유지하려면 초인적 노력이 필요했다. 심장이 죄어들면서 더 이상 참을 수 없는 지경이 되었다. 통증이 목과 왼쪽 팔로 퍼지기 시작했고, 뇌는 모든 걸 포기하고 싶은 유혹에 굴복하지 않으려고 싸우고 있었다. 그러나 무슨 일이 있어도 릴리를 보호해야 했다. 이 생각이 어둠 속의 등대처럼 새뮤얼을 인도했다.

새뮤얼은 거의 움직이지 않는 불길을 뚫고 계속 전진했고, 직관에 따라 움직인 것이 옳았다는 걸 확인하고 안도했다. 열기는 대단하지만 불은 새뮤얼을 공격할 겨를이 없었기 때문이다. 심장이 터지기 직전인 상태로 현관 복도를 통과하다가 소파 모서리에 부딪치면서 왼쪽으로 방향을 잡았지만 새뮤얼은 신문꽂이 앞에서 멈춰 서야 했다. 가슴속에서 통증과는 다른 뭔가가 일어나고 있었다. 마치 감전된 것처럼 상체가 마비되면서 심장이 멎는 것 같았다. 아직은 좀 더 시간을 지연시켜야 하는데……. 이대로 멈추면 최악의 상황을 피할 수 없었다. 창문까지는 아직도 2미터가 남았고, 등에 업힌 릴리는 의식이 없었다. 지금 집중력을 늦추면 불이 다시 활활 타오를 것이고, 그러면 둘은 불길에 휩싸이는데……. 2미터만 더.

새뮤얼은 고통의 비명을 지르면서 마지막 힘을 다해 뛰어들었다. 한 발짝, 두 발짝을 가는 데 성공했지만, 세 발짝을 떼려는 순간 몸속에서 뭔가가 멎으면서 몸이 전혀 말을 듣지 않았다. 새뮤얼은 시간이 제 흐름을 되찾은 소리를 어렴풋이 들었고, 동시에 마지막 심장박동이 한없이 길게 뛰는 걸 느꼈다. 그러고는 머릿속이 새까매지면서 바닥에 머리를 부딪치며 엎어졌는데 위에서 짓누르는 릴리의 무게가 느껴지지 않았다.

새뮤얼은 심장박동이 멈췄다.

XXIII

이블린 고모

따뜻하고 평온한 액체의 세계…… 새뮤얼은 몸이 자유롭게 움직여졌다. 무거운 짐에서 벗어나고, 참아야 했던 통증에서 벗어난 몸이 미끄러지듯 움직이고 있었다. 주위는 온통 액체였고, 물소리가 들렸다. 마치 저 멀리 강 건너에서 들려오는 것처럼 사람들의 소리가 아득했다. 호흡이 멈출까, 행여나 마지막 생명의 끈을 놓칠세라 바쁘게 움직이는 손길도 느껴졌다. 시커먼 하늘을 수놓은 별처럼 어지럽게 움직이는 불빛도 보였다. 그러나 모든 것에서 벗어난 새뮤얼은 홀연히 바다에서 떠돌고 있었다. 어머니를 만나러 가야 하는데…….

'안 돼, 죽으면 안 돼…….' 다른 세상에서 누군가가 울먹였다.

이어서 뭔가가 입술을 스쳤다. 약속의 맛을 가진 입맞춤……. 생명의 입맞춤. 새뮤얼은 앨리시어의 아름다운 얼굴이라고 생각했지만, 어쩌면 새로운 상황으로 인한 착각일 수도 있었다. 빨간색과 노란색 점이 섞인 안개처럼 희미하게 보이기 때문이었다. 그러나 입맞춤이 길어졌고, 새뮤얼은 마치 저항할 수 없는 어떤 알 수 없는 힘에 떠밀리듯 서서히 물의 장막 밖으로 휩쓸려나가는 느낌이 들었다. 몸의 기능이 돌아온 것 같아서 입을 벌리고 숨을 쉬려고 했지만 뜻대로 되지 않아 그렇게 잠시 가사 상태에 있다가 다시 정신을 잃었다.

새뮤얼은 한참 후 깨어났다. 사랑하는 가족의 얼굴, 루돌프와 디아빌로의 추악한 얼굴, 불구덩이에서 사투를 벌이던 악몽 같은 장면, 얽히고설킨 하얀 실루엣들, 들것, 주사, 알코올 냄새, 딸그랑거리는 소리에 뒤섞인 희미한 이미지들 속에서 정신이 들었다. 새뮤얼은 형광등의 초록빛에 익숙해지기 위해 눈을 깜박이다가 파란색 환자복 차림으로 병원 침대에 누워 있다는 걸 알았다. 가슴에는 심전계의 유도 코드들이 붙어 있고, 팔에 연결된 링거의 주사액이 카테터를 따라 똑, 똑 떨어지고 있었다. 새뮤얼은 조심스럽게 다리와 손가락을 움직여보다 여기저기 거즈 반창고를 붙여놓은 부분의 살갗이 당기는 걸 느꼈다. 반사적으로 가슴 부위를 만져봤지만, 숨이 막히는 것처럼 참을 수 없는 고통은 더 이상 느껴지지 않았다. 게다가 아픈 데도 없었다. 새뮤얼은 침대 옆에서 깜박이는 심전계 모니터를 쳐다보다가 세인트메리 병원의 로고를 알아봤다. 그것은 아버지와 그리 멀리 떨어져 있지 않으며, 일어나기만 하면 아버지를 만날 수도 있다는 의미가 아닌가…….

"어머, 깨어났구나!" 뒤에서 누군가가 말했다.

새뮤얼은 돌아봤다. 누군가가 병실 한쪽 구석에 앉아 있었다.

"고모?" 새뮤얼은 깜짝 놀랐다. "고모가 왜 거기 있어요?"

"너를 병원으로 데려온 이틀 전부터 내가 병실을 지키고 있어." 이블린이 대답했다. "네가 깨어나길 기다리면서."

"이틀이나요?" 새뮤얼은 흘러간 시간보다는 뜻밖에도 고모가 병실을 지켰다는 말에 놀랐다.

"좀 어떠니?" 이블린이 물었다.

"좋아요. 버스에 깔렸던 것 같은 느낌이지만 괜찮아요."

이블린이 의자를 들고 새뮤얼에게 다가와 앉더니 정말 놀랍게도 다정하게 새뮤얼의 팔뚝에 손을 올려놨다

"새뮤얼, 푹 쉬어야 한다고 의사 선생님이 말했어. 네가 심장발작을 일으켰대."

새뮤얼은 그 말에 눈살을 찌푸렸다.

"심장발작이요?"

"응. 검사 결과 심장발작 증상으로 결론을 내렸어. 하지만 의사는 낙관적이야. 후유증은 없을 거라면서. 앰뷸런스가 현장에 도착

하는 즉시 응급처치를 했기 때문에 네 목숨을 구했어. 이제 너는 기운을 차리면 되는 거야, 알았지?"

오랜만에 처음으로 이블린 고모가 모든 사람, 특히 조카를 원망하지 않는 것 같았다. 늘 찡그리던 얼굴이 부드러웠고 어머니처럼 다정했다.

"릴리는 어떻게 됐어요?" 새뮤얼이 물었다. "할아버지와 할머니는요?"

"릴리의 경우는 기적이었어. 네가 어떻게 폭발이 일어나는 그 불구덩이 속을 빠져나왔는지 모르겠지만, 릴리는 멀쩡했어. 긁힌 상처 하나 없이. 정말 기적이야. 할머니도 괜찮으셔. 집은 다 타버렸지만……. 그래서 서점으로 피신했어. 그런데 할아버지는……."

이블린은 약간 주저하다가 말을 이었다.

"너무 큰 충격을 받으셨어. 한밤중에 잠을 깨서 잿더미로 변한 집을 보셨으니……. 제정신이 아니셔."

"아직도요?"

"혼란에 빠지신 것 같아. 병원에서 24시간 지켜보고 있는데 효과가 없어. 대부분의 시간을 멍한 얼굴로 침대에 누워 계셔. 말씀은 하시는데 거의 헛소리 수준이고."

"그래도 희망은 있는 거죠?"

"할아버지가 얼마나 건강하신 분인지 알지? 며칠 더 두고 봐야지……."

"그럼 아버지는?"

이블린 고모는 난처한 얼굴로 눈을 깜박였다.

"나아졌다 나빠졌다 해. 깨어날 거라고 말하면 거짓말이겠지."

새뮤얼은 유도 코드들에서 해방되는 즉시 313호실로 가리라 마음먹었다. 아무도 해주지 않으면 직접 코드들을 뽑으면 되는 거였다.

"네가 알아야 할 것이 또 있어." 이블린 고모가 심각한 얼굴로 덧붙였다. "지난 며칠 할머니와 릴리, 나는 많은 얘기를 했고, 내가 너에 대해 얼마나 잘못 생각하고 있는지 알았어. 미안하다, 새뮤얼. 너한테 내가 너무 심했어. 내가 눈이 멀어서 옳지 못한 행동을 했구나. 루돌프가 하는 말만 믿었으니! 그에게 잔뜩 홀려 있었던 거야. 내가 조금만 더 분별력이 있었다면 이런 일은 일어나지 않았을 텐데."

그 순간 새뮤얼은 혹시 자신이 죽은 게 아닌지, 천국이 아니라 이블린 고모가 걸핏하면 보내버리겠다고 하던 어딘가에 와 있는 것이 아닌지 의문이 들었다. 그렇지만 둘은 분명히 살아 있었다. 뉘우치는 고모의 얼굴은 정말 진지했다.

"루돌프, 불을 지른 사람이 루돌프 맞죠?"

이블린이 고개를 떨구었다.

"후회하고 있어, 새뮤얼. 내가 얼마나 후회하고 있는지 넌 상상도 못할 거야. 도쿄로 출장을 갔던 루돌프가 화재 전날, 돌아오겠다고 한 날짜가 분명히 아니었는데 밤에 우리가 자려고 할 때 선물 꾸러미를 잔뜩 들고 나타났어. 평소에는 침착하던 루돌프가 신경이 날카롭고, 흥분해 있는 것 같았어. 그때 뭔가 이상하다는 걸 눈치챘어야 했는데! 선물을 푸는 동안 루돌프는 일본에서 가져온 음료수 맛을 보라고 했지. 우유와 과일을 주성분으로 만든 시럽 같은 거였어."

"수면제를 타기 위해 강한 맛이 나는 시럽을 사용한 것 같네요."

"릴리도 어제 그렇게 말했어." 이블린 고모는 씁쓸하게 인정했다. "그 말이 맞는 거 같아. 그걸 마시고 나서 우리 모두 하품을 하면서 침실로 들어갔으니까. 그다음…… 그다음은 몸이 마비되고 침대에 그대로 푹 쓰러졌던 것만 어렴풋이 기억나."

"모두 잠들자 루돌프가 조용히 행동으로 옮긴 거군요."

"소방관들이 가스통 여섯 개를 수거했어. 주방에서 폭발한 것을 빼고. 그리고 20분쯤 후 집이 폭발했어."

"자신의 일을 방해하는 포크너 일가를 모조리 없앨 생각이었던 거죠. 그래도 나는 루돌프가 왜 고모를 죽이려고 했는지 이유를 모르겠어요. 나와 아빠는 그렇다 치고 왜 고모까지?"

"내가 입을 열까 봐 두려웠겠지. 몇 가지 사실을 폭로할까 봐. 지난 이틀 곰곰이 생각해봤는데 불은 나를 죽이는 것이 목적이었다는 결론을 내렸어."

얼굴이 굳어진 이블린은 현기증을 참으려고 애를 쓰는 것이 역력했다. 사랑했던 남자가 온 가족을 죽이려고 했으니…….

"솔직히 말하면 열흘쯤 전부터 우리 사이가 달라지고 있었어. 늘 세심하게 배려하고 자상하던 루돌프가 멀어진 것 같고 무관심하게 변하고 있었어. 뭐랄까, 더 이상 내가 필요 없는 것 같았어."

"네?"

회한에 사로잡힌 이블린은 고개를 가로저었다.

"이상한 일이 있었어, 새뮤얼……. 우리가 함께 사는 동안 내내 루돌프는 나를 이용한 거야. 그에게 나는 그 이상도 그 이하도 아니었어. 그는 나를 사랑한 게 아냐. 그저 나를 이용했을 뿐이지. 그런 상황이면 누구라도 알아차렸을 텐데. 시카고의 건물에 대해서도 좀 더 깊이 생각했더라면……."

"시카고의 건물이요? 거기가 뭐 하는 곳인데요?"

"아르케오스 본사. 공식적으로는 뉴욕이 본사로 되어 있지만 사실 루돌프의 사무실은 시카고의 건물에 있어. 그런데 그 건물은 너의 외증조부모님이 살던 곳이야. 내가 그 사실에 대해 의혹을 품었어야 했는데……."

새뮤얼은 심장발작으로 뇌 기능에 필수적인 신경세포가 손상된 것이 아닌지 의문이 들었다.

"죄송한데요, 고모 무슨 말인지 전혀 모르겠어요."

"그럴 거야. 루돌프와 내가 여행할 때 가장 자주 간 곳이 시카고 본사였어. 루돌프는 그곳에 골동품들을 보관해두고 사업을 했거든."

시카고, 새뮤얼은 생각에 잠겼다. 세인트메리에서 비행기로 한 시간 거리에 있는 루돌프의 아지트……. 앨리시어를 납치해서 데려간 데가 거기였겠지?

"아르케오스 본사와 외증조부모님과 무슨 관계가 있는데요?"

"할머니의 부모님은 1930년대 초 그 건물에 사셨어. 우연이라고 하기에는 이상하지 않니? 당시 새로 지은 건물이었고, 온갖 편리한 시설을 갖추고 있었어. 할머니가 어린 시절을 보냈던 집이야. 할머니는 아가씨가 될 때까지 그 집에서 살았고, 포크너 식품점에서 일하다 네 할아버지와 사랑에 빠졌지. 앨런 오빠와 내가 어렸을 때 거의 일요일마다 그 집의 마당에서 놀았던 기억이 나. 어느 일요일, 오빠가 나를 보일러실로 데려갔는데 끔찍한 일이 일어났어……."

이블린은 마치 견딜 수 없는 기억을 떠올린 듯 부들부들 떨었다.

"이제는 알아. 시간 여행에 대한 릴리의 얘기를 듣고 나서 나는 포크너 가문의 운명은 그날부터 시작되었다는 걸 깨달았어. 오빠가 거기서 모험할 생각을 했던 바로 그날, 그날은 정말 단순한 호기심 때문이었는데……. 우리는 지하실에 가는 것이 금지되어 있었거든. 커다란 보일러와 온수 밸브 때문에 위험하니까. 하지만 그날 오후는 지하실 문이 열려 있었고, 오빠가 같이 들어가 보자고 나를 꾀었어. 우리는 가슴을 두근거리면서 계단을 내려갔고, 지하실에서 방향을 잃고 돌아다니다 커다란 보일러를 보면서 숨바꼭질을 하게 되었지. 오빠가 숨을 데를 찾다 석탄 자루더미 뒤에서 구멍을 발견했어. 구멍을 좀 더 파내고 랜턴을 비춰봤더니 한 사람이 들어갈 수 있는 통로가 있더라고. 터널을 따라 2, 3미터쯤 가니까 석고 덩어리, 오래된 종이들, 죽은 쥐, 오물이 가득한 방이 나왔지. 한쪽 구석에 뼈다귀들도 있는데 그 바로 옆에 둥근 모양의 이상한 돌이 있는 거야. 원과 선들이 새겨 있는 돌…….”

새뮤얼이 벌떡 일어나 앉자 심장과 연결된 심전계에서 삐삐, 삐삐 소리가 갑자기 빨라졌다.

“외증조부모님의 건물 지하실에 태양의 돌이 있었단 말이에요?”

이블린 고모는 고개를 끄덕였다.

“오빠는 ‘뚱뚱한 돌’이라고 불렀지. 한마디로 말해서-오빠는 돌에 홀려 있었지만, 난 느낌이 좋지 않았어. 뼈다귀와 오물 때문에 불길한 느낌이 들었거든. 그래서 나는 나가자고 소리치면서 아빠에게 일러바치겠다고 위협했지만, 오빠는 들은 척도 하지 않았어. 말다툼을 하게 되었는데 오빠가 이렇게 소리치는 거야. ‘나가고 싶으면 너 혼자 가!’ 오빠가 랜턴을 꺼버렸고, 나는 오빠가 툴툴거리면서 멀어져 가는 소리를 들었어. 나도 따라가려고 했지만 통로가 높고, 깜깜했어. 무서워서 뱅뱅 돌다가 엉엉 울기 시작했지. 한참을 그러고 있는데 쥐들이 내 다리 위를 뛰어다니는 것 같고, 해골이 공격해오는 느낌이 들었어. 그 불길한 뚱뚱한 돌이 나를 집어삼킬 것만 같았거든. 정말 미칠 것 같았어……."

이블린의 얼굴이 창백했다. 새뮤얼은 손을 떨면서 시선을 고정하고 있는 고모가 얼이 빠져 있다는 생각이 들었다.

"진정하세요, 고모." 분위기를 바꾸기 위해 새뮤얼이 말했다. "아빠가 고모를 찾으러 돌아왔죠?"

"그래, 돌아왔지만 너무 늦게 왔어. 그때부터 신경쇠약 증세가 나타나기 시작했지. 아무것도 아닌 일에도 이따금 극도의 공포에 사로잡혔으니까. 그저 장난이었다는 건 알아. 그때 오빠가 열 살이었으니까 아무것도 모를 때였지. 그렇긴 해도 나에게는 엄청난 충격이었어."

"근데…… 루돌프가 어떻게 그 건물을 손에 넣었죠?"

"루돌프는 그 점에 대해서는 절대 입을 열지 않아. 내가 아는 건 1970년대 할머니의 부모님이 세상을 떠난 뒤에 그 집이 팔렸다는 것, 그리고 4, 5년 전에 루돌프가 그 건물을 사서 대규모 공사를 했다는 것, 그게 다야."

"그 뚱뚱한 돌을 어쨌는지 물어봤어요?"

"루돌프는 그런 돌의 존재에 대해 모른다면서 인부들이 주차장을 만들 때 그 돌을 파괴했을 거라고 했어. 돌이 어디에 있었는지 기억이 희미하지만 그래도 내가 확인해봐야 했는데."

"거짓말!" 새뮤얼이 분개했다. "돌을 보관하고 있는 게 틀림없는데! 그 건물에 눈독을 들인 게 바로 그 돌 때문이면서! 그 돌 덕분에 루돌프는 시간의 길을 돌아다니면서 귀한 물건들을 수집한 거예요!"

"릴리도 똑같이 말하더구나. 그리고 할머니와 얘기를 하던 중에 또 다른 사실을 알았어. 너와 관련된 건데……."

새뮤얼이 눈살을 찌푸리면서 귀를 기울였다.

"릴리와 네가 폼페이 여행을 한 뒤에 시카고에 도착한 적 있었다면서? 집들을 허물고 있는 공사장에?"

"네…… 맞아요. 불도저로 밀어붙이는 바람에 우리를 인도한 태양의 돌이 파묻히고 있었지만 우리는 막을 방법이 없었어요."

"릴리가 인터넷으로 시카고의 옛날 지도를 찾아봤는데 할머니가 보시더니 어릴 적에 살았던 건물이 있던 곳이 틀림없다는 거야."

새뮤얼은 눈을 동그랗게 떴고, 심전계는 수치가 빠르게 올라가고 있었다.

"그러니까 우리가 도착했던 곳이 외증조부모님의 건물을 짓고 있던 공사장이란 뜻이에요?"

이블린이 고개를 끄덕였다.

"그래서 내가 포크너 가문의 운명이 그 돌에 연관되어 있다는 거야."

"믿을 수 없어요!" 새뮤얼이 소리쳤다. "그럼 우리 식구 모두 그 돌과 관련이 있었다는 거잖아요! 처음부터! 고모, 할머니, 아빠, 릴리, 나……. 루돌프까지도! 아, 그래, 맞아요! 우리가 1932년의 시카고에 갔을 때, 공사장 부근에 아르케오스의 로고를 그린 차가 있었어요. 살펴보니 골동품 상점의 트럭이었죠. 그게 바로 루돌프의 상점이었던 거예요. 그건 돌에 대해 알고 있었다는 뜻이에요!"

"그래, 모두 그가 꾸민 일이었어. 처음부터. 한 발 물러나서 생각하니까 이렇게 뻔히 보이는데!"

"한순간도 의심을 해본 적이 없었어요?"

"루돌프는 미스터리한 면이 있었고, 그게 그의 매력이라고 생각했으니까……."

"하지만 아까 루돌프가 고모를 이용한 거라고 말했잖아요?"

"오빠에게 접근하기 위해 나를 이용한 것 같아. 오빠를 지켜보면서 일상을 자세히 알기 위해서……. 루돌프는 늘 우리 가족에 대해 많은 걸 물어봤어. 신경쇠약을 극복하려면 식구들과의 일에 대한 얘기를 자꾸 해야 치료가 된다고 단언했지. 그러면서도 이상한 건 할아버지와 할머니께 인사드리는 걸 한사코 거부했어. 우리 두 사람에 대한 확신이 서면 그때 하자면서. 사실은 오빠가 자기를 알아볼까 봐 두려워했던 건데 나는 전혀 눈치채지 못한 거야. 게다가 오빠가 행방불명된 뒤에야 집에 인사 오는 걸 수락했는데 난 바보같이 그것도 모르고……."

새뮤얼은 그 생각은 못했는데 돌이켜보니 루돌프를 만난 것이 그리 오래된 일이 아니었다. 그때까지는 고모 입에서 자주 이름이 튀어나오는 루돌프가 세인트메리에서 멀리 떨어진 곳에서 무역업을 하는 대단한 비즈니스맨이지만 얼굴 없는 남자로 남아 있었다.

"아르케오스 본사에 두 사람이 함께 갔을 때 뭘 하셨어요?" 새뮤얼이 물었다.

"루돌프는 대부분의 시간을 사무실에 있었고, 나는 그 집 꼭대기 층에서 그를 기다렸지. 특별히 할 일도 없어 루돌프 생각만 하면서……."

"뭘 했다고요?"

"루돌프를 생각했다고. 잊을 염려는 없었지. 사방에 그의 초상화가 있었으니까! 내가 가까이 있다는 걸 알면 정신 집중이 돼서 생각을 정리하는 데 도움이 된다고 주장했어. 마치 내가 자기에게 긍정적인 전파라도 보내준다는 듯이……. 그때는 그 말이 왜 그렇게 로맨틱하게 들리던지 내가 그 정도로 바보였으니……."

"최근에는 무슨 일이 있었는데요?" 새뮤얼은 아무런 내색을 하지 않고 물었다. "루돌프의 태도가 좀 달라졌다고 했잖아요?"

"아, 그거! 뭐랄까, 좀 멀게 느꼈어. 약 열흘쯤 전에 같이 뉴욕으로 가기로 했는데 마지막 순간에 비행기를 탈 수 없다는 거야. 중요한 바이어를 만나야 한다면서. 그 이튿날 뉴욕에서 나와 합류했는데 딴 생각을 하고 있었어. 그때부터 그가…….”

그때 병실 문이 벌컥 열려서 이블린은 말을 중단했다. 하얀 콧수염을 기른 나이 든 의사에 이어 간호사가 의료 카트를 밀고 들어왔다.

“음, 자네 말이 맞았군, 자네트.” 의사는 인사도 없이 말했다. “역시 기계는 거짓말을 하지 않아. 우리의 용감한 주인공이 정말 깨어났구나!”

의사는 새뮤얼에게 다가서서 심전계에서 깜박이는 수치를 살펴본 뒤에 맥박을 재기 위해 손목을 짚었다. 헝클어진 희끗희끗한 머리, 콧수염, 좀 무섭게 생긴 의사는 난해한 방정식을 풀고 있는 아인슈타인 같은 표정을 지었다.

“으흠! 아직은 불규칙해. 하지만 아주 많이 좋아졌다. 용감한 소년, 어디 아픈 데는 없니?”

“음…… 아무렇지도 않아요.” 새뮤얼은 이제 일어나서 다녀도 된다는 허락이 떨어지길 바라면서 대답했다.

“좋아, 아주 좋아.” 닥터 아인슈타인은 흡족해했다. “더 이상의 추가 검사는 필요 없겠지만 몇 가지 테스트를 위한 검진은 계속 받아야 해. 그런데 부인.” 의사가 이블린에게 덧붙였다. “좀 쉬세요, 많이 지쳐 보입니다. 위험한 상황은 벗어났으니까 걱정하지 마세요. 물론 주사만 꼬박꼬박 잘 맞는다면!”

의료 카트에서 나는 딸깍, 소리에 새뮤얼이 쳐다봤다. 공포영화에서처럼 간호사 자네트가 무서운 바늘을 주사기에 꽂고 있었다. 새뮤얼은 주사를 싫어했다. 주삿바늘이 살을 뚫고 들어올 거란 생각만으로도 본능적으로 근육이 단단해지고 혈관이 살 속으로 들어가 버렸다. 주사를 맞느니 차라리 죽는 게 더 나을 것 같았다.

XXIV

마취

닥터 아인슈타인―본명은 호크였다―이 그렇게 진단함에 따라 새뮤얼은 세인트메리 병원에서 48시간 감시를 받는 환자가 되었다. 검진 첫째 날에 받은 몇 가지 테스트 중에서 자전거 타기를 한 결과 걱정할 만한 증상이 전혀 나타나지 않았다. 그러나 늙은 의사는 회의적인 한숨을 내쉬었다.

"거, 참 이상하군……."

새뮤얼은 심장에 대한 진실이 들통 날까 두려워 뭐가 이상한지 의사에게 묻지 않았다. 무엇보다도 앞으로 해야 할 일에 방해를 받고 싶지 않았다.

새뮤얼은 X선 촬영을 하고 나오다가 간호사 이소벨을 다시 만났다. 아버지의 병실에서 만났을 때 친절하게 대해주면서 도움이 필요하면 언제든 찾아오라고 했었다. 간호사는 불이 났을 때 새뮤얼이 보여준 용감한 행동을 칭찬하면서 건강 상태가 괜찮은지 여러 번 병실을 찾아왔다. 새뮤얼은 그 참에 아버지의 상태에 대해 물었다. 이소벨은 최근 며칠 사이에 코마 상태가 악화되었으며, 깊은 무의식에 빠져든 것 같다고 솔직하게 알려주었다. 그러면서도 코마는 병리학적으로 예측 불가능해 갑자기 깨어나는 환자도 더러 있다고 희망적인 말도 잊지 않았다. 그 말은 새뮤얼에게 두 가지 의미로 다가왔다. 아직은 아버지가 살아날 희망이 있다는 것, 그리고 '그 일'을 서둘러야 한다는 것…….

다음 날 아침나절은 몇 가지 신체기능 테스트를 받는 데 보냈고, 점심시간이 지나서야 마침내 유도 코드들과 링거에서 해방된 새뮤얼은 자유를 되찾을 수 있었다. 아버지를 보러 가려고 준비하는데 병실 문이 열리며 릴리가 얼굴을 들이밀었다. 새뮤얼이 서 있는 걸 보고 릴리가 뛰어 들어왔다.

"오빠! 일어났구나!"

릴리가 어찌나 꼭 끌어안는지 새뮤얼은 숨이 막힐 것 같았다.

"어어! 회복기 환자라는 거 잊지 마! 나를 보내버리고 싶은 건 아니지?"

"오빠가 나를 살렸어! 불구덩이를 뚫고 올라와서 폭발이 일어나는데도 나를 업고 거실까지 내려갔고……."

"그만 됐어!" 새뮤얼이 말을 끊었다. "그래, 나 슈퍼맨이야. 하지만 너무 대수롭지 않은 슈퍼맨 버전이잖아! 내가 그런 상황이었다면 너도 그랬을 텐데. 선사시대에 도착했을 때 기억 안 나? 내가 원시인 부족에게 붙잡혀 있을 때 곰의 두개골을 뒤집어쓰고 나를 구해준 사람이 누구였더라?"

릴리는 괜한 말을 한다는 듯 고개를 저었지만 눈빛이 감동과 기쁨으로 반짝였다.

"오빠가 내 사촌이라는 게 너무 자랑스러워. 이렇게 건강을 되찾은 오빠를 보게 돼서 정말 기뻐!"

"호크 박사님도 네 생각과 같을지 모르겠다. 여전히 나를 중환자처럼 대하고 있거든."

"호크 박사님이 희끗희끗한 머리에 콧수염이 있는 분 맞지? 그 의사가 엄마에게 오빠가 심장 서맥(느린맥박)이라고 했대."

영리한 릴리가 드디어 박식한 실력을 발휘하듯 거침없이 의학 용어를 툭 내뱉었다.

"뭐라고?"

"서맥. 박동수가 지나치게 느려지는 일종의 심장병이지. 그래서 계속 테스트하는 것이 틀림없어."

"서맥이라는 게 위험한 거야?" 심장에 문제가 생긴 원인을 알고 있는 새뮤얼이 물었다.

"엄마 말에 따르면 의사는 그리 걱정하는 얼굴이 아니었대. 어쩌면 자신의 연구 분야라 특별히 그런 증세에 호기심이 있을지도 모르지."

"그냥 호기심으로 끝나면 좋겠다. 이렇게 계속 의사의 모르모트가 되고 싶지는 않아. 그건 그렇고 할아버지는 어떠셔?"

"정신을 놓으신 것 같아." 릴리가 한숨을 쉬었다. "할아버지는 어디에 있는지, 몇 시인지, 일어나야 하는지 자야 하는지 아무것도 모르셔. 딴 데 정신을 팔고 있는 것 같아."

"휴!" 새뮤얼의 얼굴이 어두워졌다. "최근에 너무 큰일이 많았잖아. 화재, 아빠의 의식불명, 실종 사건……. 충격의 연속이었는데 할아버지로서는 견디기 힘드셨을 거야."

"오빠 말이 맞겠지." 릴리는 확신이 없는 얼굴이었다. "그건 그렇고……."

노란색 원피스 차림의 릴리가 어깨에 메고 있던 화려한 색깔의 배낭을 열었다.

"자, 이거 가져왔어."

릴리는 시커메진 책 한 권을 내밀었는데 젖어서 불은 빨간색 표지에 그을린 자국이 선명했다.

"시간의 책!" 새뮤얼이 반가워했다. "이걸…… 어떻게 찾았어?"

"오빠 옷장에서. 불에 타기도 하고, 소방차가 뿌려대는 물에 젖기도 했지만, 전혀 읽을 수 없는 건 아냐."

새뮤얼은 조심스럽게 책을 받아 들었다. 책은 화상을 입은 생명체 같았다. 잔해더미에서 파낸 시체라고 할까……. 이 느낌을 뭐라고 설명해야 할까, 새뮤얼은 잠시 책을 응시했다. 신성모독, 가장 적합한 표현일지 몰랐다. 둘도 없이 소중하고 신성한 것을 더럽히고 훼손했으니. 지키지도 못하면서 그런 소중한 것을 간직하고 있었으니…….

남아 있는 페이지들을 넘겨보는데 손가락에 시커먼 재가 묻었다.

"맨 뒤쪽을 봐." 릴리가 말했다.

마지막 페이지들은 그나마 상태가 양호했다. 시커먼 자국 때문에 내용은 보이지 않고, 종이마저 누런색을 띠어 읽기도 힘들지만, 반복되는 페이지들 덕분에 소제목을 유추할 수 있었다. 「일곱 부활교의 원년」, 그리고 여기저기 글이 보이지만 온전한 문장은 아니었다. 새로 창설된 종교는 전격적인 성공을 거두었으며……, 학승은 자신이 창설한 종교에 세계적인 의미를 부여하면서 1000년을 더 살기를 원하고 있다. 세인트메리는 이제 시간과 역사를 뛰어넘는 신앙의 본거지가 되었다…….

"너는 어떻게 생각해?" 새뮤얼이 물었다.

"루돌프가 이긴 것 같지 않아?" 릴리가 떨떠름하게 말했다. "앨리시어에게 들었는데 미래에서 봤다면서? 일곱 부활교 사원의 공사장, 루돌프의 박물관, 그가 신교를 창설하고 하려는 일을 설명한 신문기사들……. 시간의 책에 있는 내용으로 봐도 성공한 거잖아?"

"그래, 성공한 거지. 자신을 영적 지도자로 자처하고 있으니까. 추종하는 신도가 수천, 어쩌면 수십만에 이를지도 모르지. 결국 세트니 대신관이 우려했던 일이 일어나고 만 거야."

"엄마는 이 모든 일에 대해 몹시 후회하고 있어." 릴리는 머뭇거리다가 말을 이었다. "조금만 분별력이 있었다면 이런 참사는 피했을 거라며 자책하고 있어. 불행히도 오빠가 깨어나지 못했다면 엄마는 실의에 빠졌을 거야."

"어제 얘기를 좀 나눴는데 고모랑 좀 가까워진 것 같아." 새뮤얼이 말했다.

릴리는 고개를 가로저었다.

"그래도 난 엄마와 루돌프에 대해 석연치 않은 점이 있어. 오빠는 루돌프가 엄마의 피앙세로 행세한 이유가 뭐라고 생각해? 엄마가 외삼촌이나 오빠에 대한 정보원으로 이용당했다는 건 알겠는데 동거까지 할 필요가 있었을까? 그렇게까지 해서 루돌프가 얻는 게 뭐지? 오빠는 그게 이상하지 않아?"

새뮤얼이 고개를 끄덕였다. 릴리가 역시 기대를 저버리지 않고 이번에도 예리한 지적을 했다. 거리를 둘 수도 있었을 텐데 루돌프가 고모와 동거를 하면서까지 얻는 것이 무엇일까? 새뮤얼은 지난 몇 시간 동안 그 의문에 대해 곰곰이 생각하다 답을 찾았다.

"너의 엄마니까." 새뮤얼은 수수께끼 같은 대답을 했다.

"그거 정말 대단한 이유네." 릴리가 빈정거렸다.

"네가 생각하는 것보다 훨씬 대단한 이유지!" 새뮤얼이 정색을 하고 말했다. "먼저, 왜 여름학교에서 빨리 돌아왔는지 설명해줄래?"

릴리는 눈살을 찌푸렸다.

"첫 번째 이유는 주방이 불결했고, 두 번째 이유는 오빠가 없어졌다는데 내가 없으면 현재로 돌아오지 못할 거란 생각 때문이었어."

"그 점에 대해서는 정말 고마워. 가까운 사람 중에 생각의 힘만으로 시간 여행가를 출발점으로 돌아올 수 있게 도와주는 능력을 지닌 사람이 있다는 건 큰 행운이지."

릴리는 눈이 동그래지면서 새뮤얼이 무슨 말을 하려는 건지 깨달았다.

"맙소사! 엄마도 그런 능력이 있다는 뜻이야?"

"물론! 세트니 대신관의 말을 기억해봐. 네가 지닌 특별한 능력은 어머니를 통해서 딸에게 전달되는 모계유전이라고 했잖아!"

릴리는 입을 멍하니 벌리고 있었다.

"그 때문에 루돌프가 고모를 곁에 두려고 했던 거야! 고모가 루돌프를 시간 여행에서 출발점으로 돌아오게 할 수 있기 때문에. 게다가 루돌프는 하토르의 상징을 문신으로 새기고 있으니까 훨씬 쉽게 돌아올 수 있었지. 루돌프는 고모를 시카고의 아지트로 데려다놓고 기다리면서 자기를 생각하라고 부탁만 하면 되었던 거야. 그러고는 조용히 태양의 돌을 사용한 것이고!"

"엄마에게도 그런 능력이……." 릴리는 도저히 믿을 수가 없다는 듯 되뇌었다.

"할머니도 마찬가지야." 새뮤얼이 한술 더 떴다. "나는 그 능력을 고모에게 전한 것이 할머니라고 확신해. 아빠가 드라큘라에게 붙잡혀 있을 때 할머니가 여러 번 꿨다는 꿈이 그걸 설명해주고 있어. 이상한 배경이 있는 안개 속에 아빠가 나타나서 죽지 않았다고 말했다는 꿈 말이야. 그건 할머니가 태양의 돌과 특별한 관계가 있기 때문일 거야."

"그러니까 오빠 말은 엄마의 능력이 할머니에게서 받은 거라고?"

"당연하지." 새뮤얼이 인정했다. "하지만 또 다른 가정도 있어. 시카고의 건물."

"시카고의 건물?"

"우리가 1932년의 시카고에 도착했을 때 공사를 하고 있던 건물. 할머니의 부모님이 살았던 건물. 그 건물 지하실 어딘가에 묻혀 있던 태양의 돌……. 고모한테 들었지?"

릴리는 부르르 떨고 있었다.

"난 할머니가 거기서 살았기 때문에 그런 능력이 생긴 것이 아닐까 생각해. 태양의 돌과 가까이 있었기 때문에."

"그러니까 돌의 마력이 할머니에게 전해졌다는 뜻이야? 그리고 딸들을 통해 유전이 되었고?"

"물론 증거는 없어. 하지만 나는 우리 가문이 그 돌과 관련되어 있다는 고모의 말에 동의해."

"그럼 루돌프도 그 모든 걸 알고 있었단 말이잖아?"

"좋은 지적이야. 고모에게 그런 능력이 있다는 걸 루돌프가 어떻게 알았을까? 고모를 만나기 전부터 알고 있었을까? 그건 루돌프만 아는 일이겠지……. 하지만 두 사람 사이에 뭔가 문제가 생기기 시작했던 것이 열흘 전쯤이었다는 건 알아. 고모는 루돌프가 무관심해진 것처럼 태도가 달라졌다고 했어. 나는 루돌프에게 더 이상 고모가 필요 없게 된 것은 미스 맥파이의 집에서 황금팔찌를 회수했기 때문이라고 생각해. 황금팔찌가 있으면 자기 혼자서도 자유자재로 이동할 수 있으니까."

"아, 황금팔찌! 맥파이가 외숙모의 팔찌를 훔쳐갔다는 건 앨리시어한테 들었어. 그럼 루돌프 때문에……."

릴리는 깜짝 놀라서 입을 다물었다.

"루돌프 때문에 엄마가 돌아가신 거냐고?" 새뮤얼이 대신 말을 마무리했다. "응, 그런 생각이 들어. 맥파이가 팔찌를 훔쳐가지 않았다면, 엄마는 루돌프가 찾아와서 팔찌를 요구했을 때 내줬을 거야. 그랬으면 말다툼을 벌이지 않았을 것이고, 루돌프가 엄마를 때려서…… 그런 일이 일어나지도 않았겠지. 어쨌든 결국 루돌프가 엄마를 죽인 거잖아? 따라서 책임은 루돌프에게 있는 거야."

무거운 침묵이 흐르는 사이 새뮤얼은 엄마와 루돌프의 싸우는 모습, 탁자 모서리에 부딪치는 이마, 언덕 비탈로 굴러떨어지다 전복되는 자동차의 이미지들을 떨쳐내려고 애를 썼다.

"서점 지하실에 내려갔는데." 릴리가 속삭였다. "오빠가 미래에서 가져온 동전들을 봤어. 특히 7월 11일 날짜의 동전들, 외숙모가 돌아가신 날이잖아. 외숙모를 구하러 갈 생각인 거지?"

새뮤얼은 병실의 벽을 응시하고 있었다.

"그럴 거야." 새뮤얼이 마침내 시인했다. "루돌프의 위협을 받다가 돌아가시게 내버려둘 수 없어. 너무 부당하잖아. 그리고 엄마를 현재로 돌아오게 하면 아빠가 살아야겠다는 희망을 찾을 거야."

릴리는 한 걸음 다가서서 슬픔 때문에 헛소리를 하는 아이를 달래는 것처럼 새뮤얼의 손을 잡았다.

"오빠의 심정은 충분히 이해해. 하지만 오빠는 그러지 못해. 좀 전에 오빠가 세트니 대신관에 대해 말했잖아. 그분이 한 말 기억 안 나? 자기가 살던 시대의 같은 곳으로 돌아가는 것은 자살 행위나 다름없다고. '같은 시공간에 같은 영혼이 두 개가 있을 수는 없지.' 그리고 단언했어. '만약 그런 일이 일어난다면 영혼은 벼락을 맞은 것처럼 타버리고 말 것이다.' 그 말이 무슨 뜻인지 알잖아? 3년 전의 세인트메리로 돌아간다는 건 눈 깜짝할 사이에 죽는다는 거야!"

새뮤얼은 벽에서 시선을 뗐다.

"한 가지 방법이 있어." 새뮤얼은 말 한마디 한마디에 힘을 주었다. "세트니 대신관이 직접 우리에게 알려준 방법이야. 자기가 살던 시대로 돌아갈 때의 위험을 강조하면서 이런 말을 덧붙였어. '시간 여행가가 최면에 걸려 있다면 몰라도.' 기억 안 나?"

"아니, 똑똑히 기억하고 있어. 그래서? 오빠에게 최면에 대한 초능력이 있다는 거야? 그게 무슨 뜻인지 알고 하는 말이야?"

"그 최면이라는 것은 인위적인 의식의 변화를 의미하는 거라고 생각해. 그런 상태에서는 정신이 잠들어 있거나 변화되어 있어서 완전히 그 자신이라고 할 수 없어. 따라서 그건 또 하나의 쌍둥이 정신이라고 할 수 있지. 그 상태라면 엄마를 구하는 것이 문제가 되지 않을 거야. 내 희망 사항이지만!"

"와우! 어떻게 그런 생각을 했어? 출발하기 전에 수면제를 먹을 거야? 반쯤 잠든 상태로 도착했다가 루돌프와 맞닥뜨릴 수도 있는데 그것도 예상하고 있는 거지?"

"수면제를 먹을 필요는 없을 거야. 릴리, 엄마가 사망하는 순간에 나는 이미 잠들어 있었으니까. 아니, 마취가 되어 있었지. 그날 오후에 내가 맹장 수술을 받았잖아?"

"아, 맹장 수술! 그래, 맹장 수술을 받은 게 그날이었지……. 그 생각은 전혀 못했어! 하지만…… 하지만 마취된 시간과 외숙모에게 일어난 사고 시간이 일치한다고 확신해?"

"내가 확인해봤어. 아버지 병실을 담당하는 이소벨이란 간호사가 있는데 나한테 아주 친절했거든. 그 간호사가 맹장 수술을 받았을 때의 내 진료 차트를 보게 해줬어. 나는 7월 11일 14시 30분에 수술실에 들어갔다가 16시 30분에 회복실로 옮겨졌어. 마취가 풀리기까지 최소 한 시간은 걸리니까 14시 30분에서 17시 30분 사이에 3년 전의 새뮤얼은 인위적인 최면 상태에 있는 거지. 곧 세트니 대신관이 말한 경우와 크게 다르다고 볼 수 없는 상태야. 따라서 그 정도의 시간이면 엄마에게 알려서 사고를 막을 수 있어."

"하지만…… 루돌프의 동전을 믿어도 될까? 3년 전의 세인트메리에 너무 일찍 도착하거나 너무 늦게 도착하면 신의 저주라고 할 수 있는 벼락을 맞는 거잖아?"

"안심해, 릴리. 루돌프의 동전들은 제대로 작동하는 것 같아. 앨리시어와 내가 세인트메리로 돌아오기 위해 사용했던 동전에 자정이라고 새겨 있었어. 그런데 우리가 서점에 도착해 괘종시계를 본 시간이 12시 30분경이었거든. 정확하지는 않지만 그래도 많이 벗어나지는 않았어. 내가 루돌프의 진열장에서 가져온 7월 11일 날짜의 동전 두 개는 각각 10시, 15시라고 표시되어 있어. 루돌프가 마지막으로 사용한 동전이라고 확신해. 경찰이 엄마의 전복된 차를 17시 경 둠즈데이 언덕 밑에서 발견했으니까 사고는 한두 시간 전에 일어난 게 틀림없어. 다시 말해 내가 마취되어 있는 시간과 일치하지. 결론적으로 내가 꾸물거리지 않는다면 모든 걸 막을 수도 있어."

"그 시간에 도착한다고 해도 현재로 돌아오게 하려면 외숙모를 설득해야 할 텐데 문제가 없을까?"

"그래도 그렇게 억울하게 돌아가시는 것보다는 나아."

"하지만 세트니 대신관은 무슨 일이 있어도 시간의 흐름을 역행하는 일은 하지 말아야 한다고 했잖아? 세상의 흐름을 바꿀 경우에는 엄청난 재앙이 연쇄적으로 일어날 거라면서. 엄마를 구하기로 결정하면서 오빠에게 엄청난 위험이 따른다는 건 알고 있지?"

"나도 호크 박사님의 검사를 받는 동안 그 점에 대해 정말 많이 생각했어. 그런데 내가 3년 전으로 돌아가는 건 과거를 뒤집는 것이 아냐. 반대로 나는 그 시간을 복원하는 거야."

"어째서?"

"아주 간단해! 우리가 말하는 과거, 엄마가 돌아가셨던 과거……. 그건 진짜 과거가 아니라 루돌프가 조작한 과거니까!"

"좀 더 자세히 말해줄래?"

"물론! 7월 11일, 황금팔찌를 회수하려고 우리 집을 찾아왔던 루돌프는 미래에서 온 거였어. 많이도 아니고 일주일이나 이주일 후의 미래에서 온 루돌프……. 그 시각 현재의 루돌프—그를 루돌프 1이라고 부르자—는 캐나다에서 아주 멀리 떨어진 곳에 모습을 드러냈어. 명백한 알리바이를 만들기 위해서. 루돌프 1이 멀리 떨어진 곳에서 돌아다니고 있는 버전, 이 시퀀스에서는 당연히 어머니가 사망한 게 아냐! 미래의 루돌프, 즉 루돌프 2가 등장하는 건 며칠 후니까. 내가 훔쳐온 그 동전으로 루돌프 2는 7월 11일로 시간을 거슬러가서 어머니를 공격한 거니까. 다시 말해서 엄마를 죽인 두 번째 시퀀스만 남고 첫 번째 시퀀스는 지워져 있는 거라고 할 수 있어. 따라서 내가 엄마의 목숨을 구하는 것은 정말로 과거의 시간을 바꾸는 것이 아니라 첫 번째 버전으로 과거의 시간을 복원하는 거야! 나는 엄마가 죽지 않는 버전으로 시간을 복원시키겠다는 거야! 이제 이해하겠어?"

릴리의 눈에서 감탄의 빛이 반짝였다. 릴리가 무슨 말을 하려는 순간 배낭에서 음악소리가 울렸다.

이지적인 사람이면 좋겠는데,

오! 예, 헤~~~븐의 미남!

"오, 싫어!" 새뮤얼이 웃음을 터뜨렸다. "너 아직도 그걸 벨소리로 사용하고 있어?"

"쉿!" 릴리가 입을 다물게 했다.

릴리는 점점 노랫소리가 커지는 흰색 핸드폰을 꺼냈다.

얼마나 잘생겼으면

얼마나 멋졌으면

내 눈이 부드러워졌을까

해~~~변의 미남!

새뮤얼이 가까스로 웃음을 참고 있을 때 릴리는 화면에 뜬 전화번호를 확인한 뒤에 핸드폰을 건네면서 말했다.

"바보같이 웃지 말고 받아봐, 오빠한테 온 거니까."

XXV

고백

새뮤얼이 핸드폰을 받아 귀에 대는 사이에 릴리는 병실을 나갔다.

"여보세요?"

핸드폰을 통해 들려오는 목소리가 햇살처럼 새뮤얼의 가슴에 따뜻하게 퍼져왔다.

"새뮤얼? 나 앨리시어……. 괜찮은 거야?"

"앨리시어! 나…… 응, 괜찮아! 아주 좋아! 곧 퇴원할 수 있을 거야……. 너, 너는 어디야?"

"부모님이 나를 세인트메리에서 멀리 떨어진 곳으로 데려왔어. 경찰이 루돌프를 체포할 때까지는 안심할 수 없다면서. 방금 바닷가 별장에 도착했어. 납치 사건에 너무 충격을 받아서 덧문도 열어놓지 않으려고 할 정도야!"

"루돌프가 너를 어디로 데려갔는지 얘기했어? 1527년의 로마와 다른 데도?"

"응, 대충만……. 그래서 부모님이 나를 별장으로 데려온 거야. 휴양지에서 좀 쉬어야 한다고 생각하신 거야. 엄마는 내 말을 믿는 것 같은데 아빠는 정신 나간 아이로 바라보셔. 가능한 한 빨리 정신과 의사에게 데려갈 생각까지 하고 계셔."

"그럴 거야. 어른들이 듣고 싶어하는 종류의 얘기가 아니니까."

"내가 전화를 한 건 우리 부모님에 대해 말하기 위해서가 아냐, 샘. 릴리의 말로는 네 심장에 문제가 생겼다던데?"

"너희 둘 아주 친해졌나 보네." 새뮤얼은 난처한 질문을 농담조로 피했다. "핸드폰을 내밀면서 릴리가 지었던 그 음모자의 표정을 너도 봤어야 하는데!"

"네 사촌은 아주 영리한 아이야. 너에게 전화를 걸고 싶어도 누가 옆에 있는지 알 수가 없어서 걱정이었거든. 근데 병실에 누군가 있었다면 릴리가 직접 전화를 받았을 텐데 너에게 핸드폰을 넘겨준 걸 보면 아무도 없다는 거잖아, 그치?"

"와우, 내 옆에 든든한 제임스 본드 걸이 두 명이나 되네!" 새뮤얼은 릴리와 앨리시어의 신중한 태도가 흐뭇했다. "나한테 무슨 중요하게 할 말이 있다는 뜻이야?"

"자유롭게 통화하면서 묻고 싶은 게 있었어. 네가 미래에서 가져온 그 동전들……. 릴리는 아마도 네가 그 동전들을 사용해서 루돌프가 네 어머니를 공격하지 못하게 막을 거라고 하던데 사실이야?"

"그래서 훔쳐온 거야."

"하지만 릴리는 3년 전으로 돌아가면 네 목숨이 위험하다고 했어."

"그 문제에 대해 방금 릴리와 얘기를 나눴어. 지금은 릴리도 생각이 바뀌었을 거야. 다른 시간 여행보다 훨씬 더 위험하진 않아."

"훨씬 더 위험하진 않다는 말은 그럼?"

"어쨌든 난 빨리 떠나야 해. 물론 루돌프와 맞닥뜨리면 무슨 일이 일어날지 예측할 수 없지만."

"내가 말려봐야 소용없겠지?"

"앨리시어, 얼마나 비이성적으로 보일지 나도 잘 알아. 하지만 불이 난 할아버지의 집으로 뛰어 들어간 것이나 디아빌로의 텐트로 들어간 것도 이성적인 행동으로 볼 수는 없지. 그래도 해냈잖아? 그리고 난 선택의 여지가 없어. 하지 않으면 나 자신을 배반하는 거니까. 이해하겠어?"

잠시 침묵이 흐르는 사이에 핸드폰에서 나는 건지 찍찍, 찍찍 잡음이 들렸다. 이윽고 앨리시어가 체념 섞인 한숨을 내쉬었다.

"두려워, 샘. 소방관들이 의식을 잃고 쓰러진 너를 에워싸고 있을 때 난 네가 또다시 나를 떠난 거라고 생각했어. 이번에는 영원히……. 가슴이 찢어지는 것 같고, 그 허망함을 견딜 수 없었어. 사이렌 소리, 노란색과 빨간색 불빛, 울부짖는 고모, 이웃집 사람들.

그 사람들이 하는 말……."

앨리시어의 마지막 말은 알아들을 수 없는 중얼거림이 되었다.

"그때 한 소방관이……." 앨리시어는 훌쩍거리며 말을 이었다. "네가 숨을 멈춘 것 같다고 소리치는 거야. 나는 참을 수가 없어서 너를 부둥켜안았어. 너를 깨어나게 하려고, 그 악몽을 멈추게 하려고……. 나는 그럴 수 있다고, 그럴 힘이 있다고 확신했어. 그래서 너에게 입맞춤을 하려는 순간, 구급대원들이 나를 떼어냈어. 그러고는 너를 앰뷸런스로 옮겼는데 네 호흡이 돌아왔다고, 이제는 괜찮다고 하는 거야. 그때야 비로소……."

앨리시어는 거의 흐느끼고 있었고, 새뮤얼은 안아주고 싶은 마음을 느꼈다. 그러나 앨리시어는 수십 킬로미터쯤 떨어진 아주 먼 곳에 있었다. 게다가 새뮤얼도 곧 먼 시간 속으로 떠나야 하지 않는가! 어쩌면 다시는 고백할 기회가 없을지도 몰랐다.

"사랑해, 앨리시어." 새뮤얼은 자신도 놀랄 정도로 솔직하게 고백했다.

"……."

"너를 사랑해, 우리가 아주 어릴 적부터. 그리고 너를 사랑하지 않은 적이 없어, 단 한순간도. 우리가 만나지 않고 지내던 지난 3년 동안도……. 난 영원히 너를 사랑해, 앨리시어. 로마의 강가, 루돌프의 박물관에서 함께 보낸 몇 시간은 정말 오랜만에 갖는 내 인생

최고의 순간이었어. 함께 있었기 때문에 두려움을 이길 수 있었어. 우리 둘만 있었기 때문에 더더욱……."

"고마워, 새뮤얼." 앨리시어는 힘없이 대답했다. "난……."

하지만 앨리시어는 너무 감격해서 아무 말도 덧붙일 수 없었다.

"그게 다가 아냐." 새뮤얼이 말을 이었다. "불 속에서 릴리를 구하고 의식을 잃었을 때 마치 두 세상 사이를 떠다니는 것 같은 아주 이상한 상태에 있었어. 그러고는 갑자기 내가 이 세상을 떠나는 느낌이 드는 거야, 정말로 떠나는 것 같았어. 바로 그 순간 네가 나를 향해 몸을 숙이고 입맞춤을 했어. 어쨌든 나의 뇌는 그렇게 해석했어. 분명한 건 그때 나는 살아야 할 이유를 알았고, 그래서 돌아온 거야. 네가 있는 쪽으로."

새뮤얼은 입을 다물었다. 앨리시어가 새뮤얼에게 그토록 부족하다고 섭섭해하던 진지함으로 속마음을 털어놓았다. 이제 앨리시어가 선택할 차례였다. 앨리시어가 어떤 결정을 내리든 새뮤얼의 마음은 변하지 않을 것이다.

침묵이 흐르고 좀 전과 같은 잡음이 들렸다. 앨리시어의 숨소리가 약간 커진다는 것은 뭐라고 말해야 할지 망설이고 있다는 신호였다.

"착잡해, 새뮤얼." 앨리시어가 마침내 입을 열었다. "어제 제리와 헤어졌어. 그래서 머리가 복잡해."

"헤어졌다고?" 새뮤얼은 뛸 듯이 기쁜 마음을 억누르며 물었다.

"지난 몇 주일 너무 많이 싸웠어. 제리가 질투가 심하다는 건 너도 눈치챘을 거야. 나를 소유물처럼 대하는 것이 얼마나 지겨웠는지 몰라. 어쨌든 네가 다시 나타난 뒤로…… 나와 제리의 사이는 전과 같지 않았어."

앨리시어는 다시 말을 중단했고, 새뮤얼은 눈을 꼭 감았다.

"솔직하게 말하면 나도 너를 사랑해, 샘. 하지만 내 감정에 대해 확신을 갖고 싶어. 그리고……."

앨리시어가 갑자기 나직한 소리로 말했다.

"잠깐, 누가 올라오는 것 같아……. 아빠가 틀림없어. 계속 나를 감시하고 있거든. 내가 미쳐서 창문으로 뛰어내릴까 불안하신 모양이야. 네, 아빠?" 앨리시어가 큰 소리로 대답했다. "잠깐 기다리세요, 옷 갈아입고 있어요!"

발소리에 이어 속삭이는 소리가 들렸다.

"미안해, 다시 전화할게. 나와 다시 통화하기 전에 떠나야 한다면 반드시 돌아온다고 약속해줘. 난 너를 믿어, 샘. 네가 성공할 거라고 믿어. 그리고 나도 너와 같은 마음이야. 다음에 너에게 입맞춤할 때는 꼭 깨어 있어야 돼, 알았지?"

새뮤얼이 병실 앞의 복도를 빠른 걸음으로 휙 지나가자 이런저런 얘기를 나누던 환자의 가족들이 도망이라도 치는 건가 하는 얼굴로 돌아봤다. 그러나 새뮤얼은 뛰는 것도, 도망치는 것도 아니었다. 너무 기뻐서 정신없이 걸어가는 것일 뿐이었다. 앨리시어가 사랑한다고 말했어! 제리와 헤어졌다고 했어. 비록 아직은 약간 망설이는 것 같지만, 새뮤얼은 확신했다. 앨리시어가 나를 선택했어. 루돌프에게서 어머니를 구해내고, 아버지가 혼수상태에서 깨어나는 즉시 앨리시어에게 달려갈 수 있다. 그러면 고독과 슬픔으로 보낸 3년 전의 행복하던 시절로 되돌아가는 것이다. 아니, 전보다 훨씬 더 좋아질 것이다.

새뮤얼은 아버지를 만나려고 외과 병동을 지나 병원의 홀 쪽으로 방향을 잡았다. 대기실에 앉아 있던 릴리는 만화책을 읽고 싶어서 죽을 지경이니까 혼자 아버지를 만나보라면서 어머니 이블린이 도착하면—릴리의 말에 따르면 고모는 곧 도착할 예정이었다—함께 오겠다고 말했다. 릴리는 앨리시어와 무슨 얘기를 나눴는지에 대해 전혀 묻지 않고 행복해하는 새뮤얼을 쳐다보면서 빙긋이 미소를 지을 뿐이었다. 최고의 파트너 사촌 릴리…….

그러나 새뮤얼이 313호 병실에 들어서자마자 좋았던 기분이 단번에 날아갔다. 병실 분위기가 얼마나 썰렁한지, 휴식이나 요양 장소라기보다는 영안실 분위기를 연상시켰다. 깜박이면서 생명지수를 알리는 수치들, 삐삐, 삐삐, 소리만 들릴 뿐 살아 있다는 신호라고는 없었다. 축 늘어진 자세로 누워 있는 아버지, 그건 아버지의 상태가 악화되고 있다는 증거였다. 게다가 입에는 호흡과 음식 섭취를 도와주는 파란색의 복잡한 호스가, 코에는 유리병들이 달린 문어 모양의 금속 기계가 연결되어 있었다. 아버지의 몸은 가슴이 아플 정도로 말라 있었고, 붕대로 감아놓은 가슴과 목이 보였다. 아버지는 체중만 빠진 것이 아니라 상처도 아주 심했다. 정말 충격적인 모습이었다.

새뮤얼은 모니터에 나타난 심장박동의 수치를 봤다. 분당 평균 52회. 이 정도는 아니었는데……. 새뮤얼은 이불 밖으로 나온 뼈만 앙상한 아버지의 손목을 잡자 소름이 끼쳤다. 대리석처럼 차가웠다. 그러나 아버지와 교감하기 위해서는 무슨 말이든 해야 했다.

"아빠? 샘이에요. 죄송해요. 아직 엄마를 모셔오지 못했어요. 며칠 동안 많은 일이 일어났고…… 앨리시어부터 구해야 했어요."

새뮤얼은 루돌프가 어떻게 앨리시어를 납치했는지, 앨리시어를 구출하기 위해 이집트에서 진시황의 중국으로, 다시 로마로 가야 했고, 그다음에는 미래로 가야 했던 상황을 자세히 얘기했다. 하지만 할머니 집에 불이 났다는 것과 병원에 입원한 이야기는 하지 않았다. 지난번과는 달리 아버지는 어떤 반응도 보이지 않았다. 새뮤얼이 아버지의 팔을 주물러주고, 뺨을 어루만지고, 귀에 대고 속삭여도 아버지는 멍한 상태였다.

"한 가지에 대해 아빠의 의견을 알고 싶어요." 새뮤얼은 낙담하지 않고 말을 이었다. "엄마가 나를 따라 현재로 돌아오길 거부할 경우를 대비해서 생각해둔 게 있어요. 영생의 반지. 내가 뭘 말하는지 아빠는 알죠? 신비한 힘이 있다는 그 반지에 대해 들었어요. 고고학자 체임벌린에 따르면 그 반지는 영원히 살게 해줄 뿐만 아니라 어떤 병이든 치료할 수 있다고 했어요. 세트니 대신관이 무덤 어딘가에 영생의 반지를 감춰놨다는 것과 그 반지를 찾으려면 황금팔찌 두 개가 필요하다는 것도 알고 있어요. 메르워세르의 팔찌는 이미 갖고 있으니까 아빠가 엄마에게 선물했는데 도둑맞은 또 하나의 황금팔찌를 내가 꼭 찾아낼 거예요. 어떻게 생각하세요, 아빠? 영생의 반지에 대한 전설이 사실이라면……. 아빠, 그 반지만 찾아오면 아빠가 도와줄 거죠?"

새뮤얼은 아빠의 손을 만지면서 심장박동수를 나타내는 모니터에 눈길을 고정했다. 52…… 52…… 51…… 52……. 좋아지는 기미도, 나빠지는 기미도 없었다. 어떤 반응을 기대했지만 실패였다. 하지만 아버지는 지금 의사소통하기에는 너무 힘이 없는 것일 수도 있었다. 그 경우라면 어머니 엘리사를 데려오는 것이 늦을수록 위험해지는 것이 아닌가.

새뮤얼은 속으로 외쳤다. '서둘러야 해.'

이날 오후, 새뮤얼은 닥터 아인슈타인에게 나중에 꼭 다시 와서 검사를 받겠다는 약속을 하고 나서야 퇴원 허락이 떨어졌다. 새뮤얼은 아버지에게 작별의 입맞춤을 했고, 이소벨 간호사에게 고맙다고 인사한 뒤 릴리와 함께 고모의 차에 올랐다.

그들이 서점 앞에 이르렀을 때 첫 번째로 만난 사람은 맥스였다. 맥스는 가로등에 기대어 세워둔 자전거 앞에 서 있었다. 새뮤얼을 본 맥스는 반가워하면서 손을 으스러져라 꽉 잡고는 할아버지와 할머니를 도와 짐을 정리해주고 돌아가는 길이라고 말했다. 새뮤얼은 자전거에 묶어놓은 체인을 풀기 위해 맹꽁이자물쇠의 번호를 맞추는 맥스 아저씨를 물끄러미 쳐다보다가 문득 괜찮은 생각이 떠올랐다.

"맥스 아저씨, 궁금한 게 있는데요. 이제는 바렌보임 거리도 강도가 없는 조용한 동네가 되었는데 도난방지 장치를 할 필요가 있나요?"

가는귀가 먹은 맥스 아저씨가 새뮤얼을 쳐다보는데 제대로 알아듣지 못한 것 같았다.

"강도? 바렌보임이 강도들의 거리냐고? 그럼, 강도들의 거리지! 정원에 둔 자전거를 이미 도둑맞은 적이 있어. 그래서 이렇게 자물쇠를 채우는 거야."

"그 번호를 저도 알면 안 될까요?" 새뮤얼이 천진한 얼굴로 물었다.

"너라면 물론 알려주지." 맥스 아저씨는 주저 없이 대답했다. "필요하면 언제든 자전거를 사용해도 돼."

맥스 아저씨는 가까이 오라고 손짓하면서 귀에 대고 속삭였다.

"번호는 1937이야. 내가 1937년에 태어났거든. 알았지?" 맥스 아저씨는 그렇게 말하면서 윙크를 했다.

새뮤얼도 윙크를 보내면서 손을 흔드는 사이에 자전거에 올라탄 맥스는 집을 향해 힘차게 페달을 밟았다. 자전거야말로 정말 편리한 이동 수단이 아닌가…….

새뮤얼은 포크너 서점으로 들어갔고, 현관을 넘어서자마자 할머니가 눈물을 글썽이면서 반겨주었다. 할머니는 두 팔을 벌리고 꼭 안아주면서 나직하게 말했다.

"오, 내 강아지 새미! 내 강아지……."

할머니는 새뮤얼의 팔을 잡아끌면서 새롭게 배치해놓은 집 안을 보여주었다. 서점으로 사용하던 커다란 방은 식구들의 생활공간으로 바뀌었다. 서가는 모두 벽면에 붙여놓았고, 테이블과 의자들이 가운데 자리를 잡았고, 창가 쪽에 텔레비전이 놓여 있었다. 요컨대 임시 거처지만 따뜻하고 쾌적한 보금자리가 꾸며졌다.

"새미, 너는 소파침대를 벽에 붙여서 사용해야겠다. 불편하겠지만 당분간은 그걸로 만족해야겠구나."

"그럴게요, 할머니. 내 걱정은 마세요." 새뮤얼이 대답했다.

이층 복도에는 박스가 쌓여 있고, 욕실에는 불이 난 집에서 꺼내

온 옷가지가 잔뜩 쌓여 있는데 탄내가 진동했다. 릴리와 고모는 새뮤얼의 방을 차지했고, 다락방은 불이 난 집에서 수거해온 가구로 가득 찼으며, 할머니와 할아버지는 아들 앨런의 방을 썼다.

"할아버지는 어떠세요?" 새뮤얼이 물었다.

할머니는 체념한 듯 어깨를 으쓱했다.

"오늘도 계속 헛소리를 하시는구나. 그래도 가서 안아드려, 좋아하실 거야."

새뮤얼은 두려운 마음으로 문을 열었다. 할아버지는 침대 가장자리에 앉아서 열린 창문을 통해 하늘을 바라보고 있었다.

"할아버지, 괜찮으세요?"

도노반이 약간 고개를 돌려 아무 말 없이 새뮤얼을 쳐다봤다. 면도를 하지 않은 할아버지의 해쓱한 얼굴은 무표정했다. 너무나 쇠약해진 할아버지의 모습에 충격을 받은 새뮤얼은 말문이 막혔다. 두 사람은 한동안 그렇게 서로를 쳐다봤다. 이윽고 할아버지가 떨리는 목소리로 말문을 열었다.

"내가 그놈을 봤어."

"그놈이요?" 새뮤얼은 어안이 벙벙했다. "누굴 봤는데요?"

"악마." 할아버지는 아주 진지하게 말했다. "악마를 봤어."

"악마요?"

"그날 밤, 봤어……. 그놈이 내 앞에 서 있었어. 불덩어리를 갖고 있었는데……. 지옥의 불길." 할아버지는 복수심이 가득한 어조로 덧붙였다. "그놈이 우리를 모두 태워 죽이려고 했어!"

새뮤얼은 루돌프를 말하는 것이라고 생각했다. 할아버지는 루돌프가 불을 지르는 걸 목격한 것이 틀림없었다.

"루돌프를 본 거죠, 할아버지?" 새뮤얼이 물었다.

그러나 할아버지는 딴전을 부리면서 말을 계속했다.

"악마, 악마가 거기 있었어! 그놈이 불길과 함께 다가왔어. 손에 불을 들고 있었어. 악마였어. 내가 그놈을 봤어." 할아버지가 큰 소리로 외쳤다. "악마!"

그 소리에 놀란 할머니가 방으로 뛰어 들어왔다.

"진정해요, 여보, 진정해요!"

할아버지에게 다가간 할머니는 목을 감싸면서 부드럽게 흔들어 주었다. 잠시 후, 안정을 되찾은 할아버지는 언제 무슨 일이 있었냐는 듯 다시 하늘을 응시했다.

"오늘 아침부터 이러시는구나." 할머니는 한숨을 내쉬었다. "때로는 흥분하고, 때로는 완전히 정신을 놓아버리니……. 의사들은 더 이상 손쓸 수가 없다고 하는데 정말 걱정이구나."

이번에는 고모와 릴리가 뛰어 들어왔는데 두 사람의 침통한 얼굴을 보면서 새뮤얼은 할아버지의 상태에 대해 비관적으로 생각하고 있음을 알았다. 새뮤얼은 분노가 치밀었다. 루돌프 때문에 또 한 사람이 희생된 것이 아닌가. 새뮤얼은 아버지의 옷장 앞으로 걸어가서 문짝을 거칠게 열고 선반에 정리되어 있는 시간 여행의 옷을 움켜잡았다.

"너 뭐 하는 거니?" 할머니가 눈살을 찌푸리면서 물었다.

"이 모든 게 루돌프 때문에 일어났어요!" 새뮤얼이 소리를 버럭 질렀다.

"그래, 알아. 그래서 뭘 어쩌겠다는 거니?"

"엄마를 찾으러 갈 거예요."

"뭐?" 할머니는 새뮤얼에게 다가서면서 외쳤다. "너 그게 무슨 소리야?"

"자세한 건 릴리가 설명해줄 거예요." 새뮤얼은 당황하지 않고 대답했다. "엄마를 모셔오면 아버지가 의식불명 상태에서 깨어나실 거예요. 그러면 할아버지에게도 효과가 있을지 몰라요."

"엘리사를 데려오다니!" 할머니는 어이가 없는 얼굴로 외쳤다.

할머니가 구원을 청하기 위해 고모와 릴리 쪽을 쳐다봤지만, 두 사람은 시선을 피한 채 아무 말도 하지 않았다.

"몇 시간이면 끝나는 일이에요." 새뮤얼은 할머니를 안심시켰다. "내가 여러분에게 부탁하고 싶은 건." 새뮤얼은 차례로 쳐다보면서 덧붙였다. "내가 출발하고 나면 세 사람이 그 능력으로 나를 생각해 달라는 거예요. 그러면 나는 반드시 돌아올 거예요!"

시간 여행가의 옷으로 갈아입은 새뮤얼은 시간의 책을 들고 세 여자에게 작별 인사를 한 뒤에 곧장 지하실로 내려갔다. 비밀의 방으로 들어간 새뮤얼은 태양의 돌 앞에 꿇어앉았다. 떠나기 전에 동전을 선택해야 했다. 9개의 동전이 있었기 때문이다. 브란 성의 동전, 테베의 동전, 진시황의 중국 동전, 체임벌린의 텐트에서 가져온 평범한 노란색 동전, 그리고 미래 루돌프의 진열장에서 훔쳐온 동전 다섯 개—어머니가 사망한 날짜의 동전 두 개, 앨리시어와 새뮤얼을 현재로 돌아오게 해준 동전(떠나온 지 엿새째 날 동전), 새뮤얼의 생일 날짜를 새긴 동전, 아흐무시스의 유리 쇠똥구리 반지. 어떤 동전들을 가져가고, 어떤 것들을 두고 가지? 목적지를 결정하는 동전에 대해서는 선택의 여지가 없었다. 당연히 7월 11일 15시라고 표시된 동전이어야 했다. 너무 늦게 도착하지 않기만 바랄 뿐이었다. 하지만 다른 여섯 개의 동전은…….

새뮤얼은 7월 11일 오전 10시라고 표시된 동전을 제외시켰다. 마취가 되지 않은 상태인 3년 전의 그 시간에 도착하면 위험할 수 있었다. 곰곰이 생각하다가 이번에는 브란 성의 동전을 제외시켰다. 그곳은 정말 다시는 가고 싶지 않았다. 새뮤얼은 남은 동전 여섯 개를 메르워세르의 팔찌에 끼우고 태양의 돌에 가까이 댔다. 동전들이 여섯 개의 빛살에 있는 제자리를 찾아갔고, 이제는 어머니에게 인도해줄 동전을 태양문양에 갖다대는 일만 남았다. 그 순간 부드러운 빛이 감돌기 시작했고, 타후티 신의 태양이 뜨겁게 달아올랐다. 돌의 표면을 에워싸는 찬란한 빛의 장막, 그 모습에 홀린 새뮤얼은 한순간 무엇을 하려는지 잊었다. 그러나 심하게 흔들리는 바닥의 진동에 새뮤얼은 정신이 번쩍 들었다. 태양의 돌 둥근 면에 손을 올려놓았고, 뜨거운 열기에 휩싸이는 순간 새뮤얼은 중얼거렸다.

"엄마, 내가 가요……."

XXVI

수몰된 도시의 물고기

새뮤얼은 어두컴컴하면서 퀴퀴한 냄새가 진동하는 곳에서 깨어났다. 곰팡내가 나는 탁한 공기, 손가락에 닿는 바닥의 느낌이 낯설지 않았다. 새뮤얼은 일어나 태양의 돌에서 동전을 회수한 다음, 빛으로 주위를 살피기 위해 메르워세르의 팔찌를 흔들었다. 지하실……. 부서진 잡동사니들, 녹슨 기계들, 유통기한이 지난 통조림…… 등으로 너저분한 지하실. 지하실의 상태는 엉망이지만 새뮤얼은 포크너 서점, 아니 이렇게 쓰레기장처럼 버려지기 전에는 게리 바렌보임이 살았던 집의 지하실이라는 걸 금방 알아볼 수 있었다. 릴리와 새뮤얼이 1930년대 초에 도착했을 때도 시간 여행가의 지하실은 이와 비슷한 모습이었다. 온갖 잡동사니가 이 정도로 많지 않았고, 벽의 한 면에 붙여놓은 흰색 옷장도 없지만, 전체적인 분위기는 그 지하실이 틀림없었다. 이건 새뮤얼이 1930년대에서부터 현재 사이, 어느 때쯤의 지하실에 제대로 도착했음을 의미하는 것이다. 그런데 왜 정확하게 3년 전으로 돌아오지 않은 거지?

새뮤얼은 계단이 있어야 하는 쪽으로 걸어갔다. 맥스 아저씨는 앨런 포크너가 서점을 내기 전에 마르타 캘러웨이라는 미친 노파가 개들과 함께 살았다고 말했다. 게리 바렌보임의 증손자였던 고고학자 체임벌린이 해준 말도, 지하실에 있는 태양의 돌을 이따금 사용하기 위해 노파와 모종의 협상을 했다는 루돌프의 말도 맥스 아저씨의 말과 일치했다. 새뮤얼은 속으로 말했다. '나는 협상할 것이 없는데…….'

이제 눈이 어둠에 익숙해진 새뮤얼은 밝은 쪽으로 향하다 예상대로 계단을 발견했다. 빨리 나가고 싶은 마음에 새뮤얼은 서두르다 마치 덫처럼 쳐놓은 철사 줄에 발이 걸리면서 윙윙거리는 소리가 났다. 새뮤얼은 그대로 멈춰 섰지만 이미 늦었다. 정적이 흐르는 지하실에 소리가 울려 퍼졌다. 새뮤얼은 아무도 듣지 않았기를 바랐지만, 대번에 1층에서 으르렁거리는 소리에 이어 타다다닥, 타일 바닥에 발톱 긁히는 소리가 요란했다. 마르타 캘러웨이의 개들! 새뮤얼은 그 순간 체임벌린이 바렌보임의 집 앞에서 찍은 사진들이 악몽처럼 떠올랐다. 거품을 뿜어내는 아가리, 철책을 물어뜯는 송곳니, 살기를 띤 눈빛……. 새뮤얼은 절망적으로 숨을 만한 곳을 찾아봤다. 미친개들에게 맞서서 이길 확률은 거의 없었다. 층계에서 개 짖는 소리가 쩌렁쩌렁 울렸고, 새뮤얼은 여러 가지 위험에도 불구하고 자신만이 할 수 있는 방법을 쓰기로 결정했다. 새뮤얼은 눈을 감고 정신을 집중하면서 특히 심장에 문제가 생길지도 모른다는 걱정을 하지 않으려고 애를 썼다. 가능한 한 빨리 가슴속 시간의 흐름에 귀를 기울이고 시간의 리듬에 맞춰서 심장박동의 리듬을 지연시켜야 했다. 다행히 가슴에서 통증이 일지 않았고, 심장박동이 순순히 느려지는 걸 느꼈다. 새뮤얼은 주먹을 꽉 쥐고 정신을 긴장시켰고 갑자기 몸이 시간의 리듬에 빠져드는 것 같았다. 성공이었다.

새뮤얼은 눈을 떴다. 지하실이 푸르스름한 빛에 잠겨 있고, 1미터 앞에 커다란 개 한 마리가 뒷발을 구부리고 달려들려는 자세로 정지해 있었다. 그 뒤로 다른 개 네 마리도 마지막 계단을 뛰어 내려오는 동작에서 멈춰 있었다. 그중 한 마리는 달려오다 바닥에 발이 닿으려는 찰나에 정지된 상태였다.

개들을 피해 지체 없이 계단을 뛰어 올라간 새뮤얼은 주방으로 연결되는 복도에 이르렀다. 동물원에서 나는 것 같은 역겨운 냄새가 진동했다. 새뮤얼은 거실로 방향을 틀다가 마르타 캘러웨이와 마주쳤다. 얼룩덜룩한 목욕 가운을 걸친 마르타는 감히 허락도 없이 지하실에 침입한 자를 쏘아 죽일 기세로 쌍발 장총을 겨누고 있었다. 무뚝뚝한 표정, 쭈글쭈글한 뺨과 턱, 축 늘어진 귀처럼 두 갈래로 묶은 머리에 두른 밴드, 무언의 으르렁거림으로 일그러진 윗 입술……. 함께 사는 개들과 어쩌면 그렇게 닮았는지!

새뮤얼은 장총에 개의치 않고 마르타를 소파 쪽으로 밀치고 지나갔다. 그러고는 곧장 현관문까지 달려가 자물쇠에 꽂힌 열쇠를 돌린 다음 열쇠꾸러미를 호주머니에 넣었다. 밖으로 나와보니 작은 마당은 개들을 지키기 위해서인지 감시가 삼엄했다. 3미터 높이의 철책을 이중으로 쳐놓은 울타리, 사슬에 묶여 줄지어 있는 밥그릇들, 지붕이 뾰족한 개집 열 개는 포로수용소를 연상시켰다. 같은 종의 또 다른 개 세 마리가 마당의 통로 한가운데에서 보초를 서고 있는데 입맛을 다시듯 혀를 날름거리는 동작에서 멈춰 있었다.

새뮤얼은 거리 쪽으로 나 있는 대문까지 걸어갔다. 당연히 문이 잠겨 있었기 때문에 열쇠꾸러미에서 재빨리 골라낸 열쇠로 대문을 열고 밖으로 나갔다. 그러고는 마르타가 쫓아올 걸 대비해서 대문을 다시 잠그다가 개 모양의 열쇠고리에 새긴 글씨를 보았다. 마르타 캘러웨이, 바렌보임 27번지, 세인트메리.

새뮤얼은 심장에 가해지는 압박을 풀어야 할지 망설였다. 제한된 시간 내에 멈추는 것이 중요하다는 걸 알고 있었다. 경험상 총 4분에서 5분이었다. 심장이 충격을 견뎌주기만 하면 아직은 괜찮았다. 하지만 시간의 흐름을 지연시키는 능력은 루돌프와 마주칠 경우 결정적인 카드로 사용할 필요가 있는데……. 벌써부터 그 능력을 다

써버린다면? 하지만 마르타 캘러웨이의 개들이 쫓아와서 벨에어 동네에 빨리 가지 못한다면, 루돌프보다 늦게 도착할 수도 있었다.

새뮤얼은 심장박동과 시간의 리듬이 일치하도록 조심하면서 달리기 시작했다. 범버디어 씨의 집과 포스터 씨의 집을 지나쳐서 맥스 아저씨의 집에 이른 새뮤얼은 대문을 밀고 들어가면서 탄성을 질렀다. 늘 그랬듯이 안뜰의 나무에 자전거가 묶여 있었다. 새뮤얼은 앞바퀴에 채운 도난방지 장치를 살펴보면서 낯익은 맹꽁이자물쇠와 같은 모델이라는 걸 확인했다. 비밀번호 1937을 조합하자 자물쇠의 고리가 돌아가면서 체인이 풀렸다.

"죄송해요, 맥스 아저씨." 새뮤얼이 중얼거렸다. "이럴 만한 이유가 있어서 자전거를 잠시 빌려갈게요."

자전거에 올라탄 새뮤얼은 100미터쯤 힘차게 페달을 밟으면서 수몰된 도시에서 자전거 경주를 하는 한 마리 물고기가 된 느낌이었다. 도시가 정말로 초록색 물에 잠긴 것 같았고, 새뮤얼이 페달을 밟을 때마다 소용돌이가 일어나며, 입에서 일정한 간격으로 한 줄기의 거품이 새나왔다.

한참을 달리다 마르타 캘러웨이와 개 떼의 추격을 따돌렸다고 판단한 새뮤얼은 숨을 돌리기 위해 자전거에서 내렸다. 그러고는 눈을 감고 심장의 압박을 풀면서 공기를 가르는 소리가 나기를 기다렸다. 눈을 떴을 때 세인트메리는 요술처럼 원래 모습을 되찾고 있었다. 상큼한 색깔의 덧문이 인상적인 아담한 집들, 꽃이 활짝 핀 화단, 그네를 타며 노는 아이들……. 눈부신 햇살, 날씨는 좋았다. 분명 7월의 날씨였다.

한 약국의 디지털 간판에 다양한 정보가 연이어 나타나는데 날짜와 시간이 표시되고 있었다. 7월 11일 15시 12분……. 조금 늦었지만, 정확하게 3년 전 그날의 세인트메리에 와 있는 것이 틀림없었다.

다시 자전거에 올라탄 새뮤얼은 힘을 내면서 페달을 밟았다. 몇 분 후면 정말 어머니를 다시 만날 수 있단 말인가! 이 시각 어딘가에 있을 어머니……. 새뮤얼은 그날의 장면을 떠올렸다. 수술실로 옮겨질 때 어머니는 새뮤얼이 제일 좋아하는 잠옷—슈퍼맨이 그려진—을 가지러 집에 갔다가 마트에 들러 만화책과 간식을 사오겠다고 약속했다. 새뮤얼은 뺨에 입을 맞추면서 용기를 내라고 속삭이던 어머니의 모습이 아직도 생생했다. '샘, 자다가 일어난 것 같은데 수술은 이미 끝나 있을 거야…….' 새뮤얼은 엘리베이터로 향하는 이동침대의 삐걱거리는 소리, 이동침대를 밀고 가는 간호조무사의 말도 기억났다. '불안해하지 마, 금방 끝날 거니까.' 그리고 왼쪽에서 문 닫히는 소리……. 전에는 전혀 기억나지 않던 것들이 이런 긴장된 순간에 생생하게 떠오르다니!

머릿속에서 이런저런 기억이 교차했다. 금발의 간호사가 준 진통제의 쓴맛, 죽은 듯이 잠들었던 몇 시간, 연속으로 본 다섯 편의 만화영화, 아침나절에 방문한 미스 맥파이—자기가 가져온 초콜릿 상자의 금빛 포장지를 뜯어서 날름날름 집어먹었다—그 밖의 이미지들……, 그 모든 일이 고스란히 되살아나고 있었다!

15분쯤 후, 마침내 벨에어 동네로 이르는 비탈길에 접어들었다. 점점 옆구리가 불편한 새뮤얼은 얼굴을 찌푸리면서 잘 아는 커브길에서 자전거의 속도를 늦췄다. 예전에 살던 동네 입구를 표시하는 단풍나무 길로 들어서면서 안도의 숨을 내쉬었다. 모든 것이 그대로였다. 하얀 집들, 꽃이 만발한 정원, 보도 한쪽으로 나란히 주차되어 있는 차들, 나무에 앉아서 목청을 겨루는 새들……. 비극적인 사건이 일어날 조짐이라곤 없었다.

새뮤얼은 미스 맥파이가 장미꽃을 손질하고 있는 18번지의 집을 지나쳐서 모퉁이로 접어들어 예전의 집으로 향했다. 마치 아무 일도 없다는 듯 동네는 정말 조용했다. 집 앞에 이른 새뮤얼은 테라스 벽에 걸린 다트, 부모님이 커피를 마시던 예쁜 탁자를 보면서 가슴이 찡했다. 세 식구가 모여 바비큐 파티를 하던 마지막 저녁 식사, 토론토로 이틀 동안 출장을 떠난다고 말하던 아버지의 모습이 떠올랐다. 새뮤얼은 더 이상 지난날을 떠올리지 않기로 했다. 너무 감상에 빠지면 평정을 잃을 수 있기 때문이다.

보도에 세운 차들에 사람이 없는지 다시 한 번 일일이 확인한—루돌프의 차는 없었다—다음, 새뮤얼은 자전거에서 내렸다. 그러고는 엘리사, 앨런과 새뮤얼 포크너라고 명패를 붙인 우편함에 자전거를 기대놓은 뒤에 좀 더 심하게 결리는 옆구리를 문질렀다. 스케이트보드를 타기 시작한 뒤로는 자전거를 타지 않아서 근육 경련이 일어난 걸까? 차고와 마찬가지로 대문이 닫혀 있었다. 새뮤얼은 문짝에 귀를 대고 들어봤지만, 집 안에서 수상한 소리는 전혀 나지 않았다. 어머니는 아직 오지 않은 모양이었다.

그 순간 새뮤얼은 집 안으로 잠입하는 것도 괜찮으리라는 생각이 들었지만—가령 창틀을 부수고 들어가든가—, 모든 출입구에 경보장치가 되어 있다는 것이 기억났다. 새뮤얼은 세인트메리의 경찰에 도둑으로 붙잡히고 싶은 생각이 전혀 없었다. 어머니의 차가 골목길에 나타나길 기다리는 것이 가장 좋은 방법이었다. 아니지……. 새뮤얼은 그사이에 아버지에게 약속한 대로 또 하나의 황금팔찌를 회수하기로 마음을 바꿨다. 어쨌든 미스 맥파이는 그 팔찌를 포크너 가족에게 당연히 돌려줘야 하는 것이니까.

"안녕하세요, 미스 맥파이?" 새뮤얼이 인사했다.

장미꽃을 들여다보고 있던 맥파이는 허리를 세우다 새뮤얼을 보고 움찔 물러섰다.

"깜짝 놀랐잖아요!" 맥파이가 항의했다. "무슨 일이죠?"

새뮤얼은 대꾸 없이 맥파이의 눈을 똑바로 쳐다봤다. 불과 며칠 전에 엘리사와 앨런의 신뢰를 이용하여 황금팔찌를 훔쳐갔으면서도 이날 아침에는 병원에 와서 친절한 이웃인 척 연극을 했던 여자!

“근데 누구죠?” 맥파이이가 경계하는 눈빛으로 새뮤얼의 옷차림을 훑어보면서 물었다. “무슨 자선단체에서 모금하러 온 거라면 그냥 돌아가요.”

“내가 누군지 알면 그런 걱정은 하지 않아도 될 겁니다.” 새뮤얼은 넌지시 말했다. “나는 부인에게 속죄할 기회를 주러 온 거니까요.”

“종교단체에서 온 거예요?” 맥파이이는 짜증스러운 목소리로 내뱉었다. “난 그런 거에 관심 없으니까 내 정원에서 썩 나가요, 지금 당장!”

“솔직히 말해서 나는 부인이 도둑질을 했다고 생각하지 않아요.” 새뮤얼은 차분한 어조지만 단도직입적으로 말했다. “부인이 잠시 이성을 잃었던 거라고 생각해요. 포크너 부인의 손목에서 팔찌를 보는 순간 무슨 수를 써서라도 갖고 싶다는 유혹을 물리치지 못했기 때문에 그랬을 거라고 생각해요. 그러니까 지금 포크너 부인에게 팔찌를 돌려주면 되는 겁니다.”

“지금 무슨 말을 하는 거예요?” 맥파이이의 목소리가 떨리고 있었다.

맥파이이는 뒤로 한 발짝 물러서면서 협박했다.

“당장 꺼져! 아니면 경찰을 부를 거야!”

“그거 좋은 생각이네요.” 새뮤얼이 응수했다. “부인이 아이를 돌봐준다는 핑계로 들어간 집에서 무슨 짓을 했는지 경찰에 말하면 되니까요. 예를 들어 보석을 뒤져서…….”

아버지가 ‘미스 보석’이라는 별명으로 부르는 맥파이이는 충격을 받은 것이 표정에 드러났다. 소리치려고 입을 벌리던 맥파이이는 동네 사람들을 불러 모아봤자 자신에게 유리하지 않다고 판단한 모양이었다.

“누구예요?” 맥파이이가 목소리를 낮추면서 다시 물었다.

“나는 오늘 아침에 병원에 있었지요.” 새뮤얼은 밀어붙였다. “부인은 깃이 넓은 초록색 원피스를 입고 있었죠. 그리고 포크너 부인에게 물방울무늬 블라우스가 잘 어울린다면서 수술이 끝나면 아들을 보살펴주겠다고 말했어요. 사심이 없는 아주 친절한 이웃, 그게 바로 진정한 이웃 아닙니까? 그러면서 부인은 선물로 가져온 초콜릿을 반이나 먹어치웠죠. 설마 오늘 아침에 있었던 일까지 모른다고 하진 않겠지요?”

마치 가면이 찢어져서 당황한 것처럼 맥파이이는 어쩔 줄 몰라했다. 적대적인 표정이던 맥파이이의 얼굴이 장미꽃만큼 빨개져서 바둑무늬 앞치마를 신경질적으로 구기고 있었다.

“원하는 게 뭐예요?” 맥파이이가 부들부들 떨면서 물었다.

“마음이 편해질 수 있게 도와드리지요, 미스 맥파이. 하지만 그러려면 그 팔찌를 내게 돌려주셔야 해요. 팔찌는 내가 포크너 부인에게 전할 것이고, 누구에게서 받았는지 절대 말하지 않겠다고 약속할게요. 그리 되면 부인으로서는 무거운 짐을 내려놓는 것이니 마음이 편해지지 않겠습니까?"

새뮤얼은 이런 말이 통할지 자신이 없었지만 달리 뾰족한 수가 없었다. 루돌프처럼 폭력적이면서 야비한 방식은 정말 쓰고 싶지 않았다.

맥파이는 약간 머뭇거리면서 누가 쳐다보는 사람이 없는지 주위와 옆집 창문들을 힐끔거렸다. 그러고는 알아들을 수 없는 말을 구시렁거리면서 낯선 방문객을 집 안으로 데리고 들어갔다. 새뮤얼은 그녀를 따라 거실로 들어갔는데 오래된 잡동사니로 가득했다. 너무 낡은 소파, 너무 낡은 괘종시계, 너무 낡은 장식장에 진열해놓은 오래된 조각상들, 누렇게, 아니 거의 갈색으로 변한 꽃무늬 벽지…… 숨이 막힐 것 같았다. 나이 든 여자가 혼자 살면서 고독을 달래기 위해 지나치게 많은 물건들로 집 안을 채우고 있었다.

"그냥…… 빌린 건데." 맥파이는 새뮤얼을 돌아보면서 내뱉었다. "돌려주려고 했어요. 당연히 돌려줘야지요! 그냥 좀 갖고 있다가…… 어쨌든 다른 건 절대 손대지 않았어요! 그리고 포크너 부인은 팔찌가 마음에 안 든다면서 차지도 않기에……. 난 정말 부인이 팔찌가 없어진 걸 알아챌 줄 몰랐는데……."

새뮤얼은 아무 말도 하지 않았다. 생각보다 일이 잘 풀리고 있는데 괜한 말을 해서 망칠 필요는 없었다. 보라색 세트 롤로 동그랗게 말아놓은 머리, 세월이 남긴 주름진 얼굴, 도둑질한 걸 들키고 잔뜩 겁먹은 모습, 맥파이는 새뮤얼에게 분노보다는 동정심을 불러일으켰다.

"난 포크너 가족을 정말 좋아해요." 맥파이가 말을 이었다. "맹세코 처음 한 짓이에요! 그 뒤로 정말이지 그 일이 머리에서 떠나지 않고 있었어요. 그렇지 않아도 그 팔찌 때문에 계속 찜찜했는데……"

이층 층계로 향하던 맥파이가 난간을 잡았다.

"그런데 당신이 그 팔찌를 정말 포크너 부인에게 갖다줄지 어떻게 믿죠? 갖고 도망칠지 어떻게 알죠?"

"그 팔찌는 포크너 가족의 것이니까 당연히 돌려줘야지요." 새뮤얼이 자신 있게 대꾸했다. "나한테 속는 게 아닌지 의심하시는데…… 내가 아까 병원과 보석에 대해서 했던 말로도 충분히 거짓이 아니라는 걸 증명했다고 생각해요. 내가 아침에 입은 포크너 부인의 옷차림에 대해 자세히 알고 있는 것에 내심 놀랐잖아요? 그런 소소한 것까지 알고 있는 걸 보면 충분히 판단이 될 텐데요. 나를 좋은 일을 하는 요정으로 생각하세요. 선한 세상으로 만들려고 노력하는 요정……. 인간은 누구나 잘못을 저지를 수 있으니까요, 안 그래요?"

맥파이는 새뮤얼을 물끄러미 쳐다보다가 마음의 결정을 내렸다.

그러고는 "빌어먹을 팔찌!" 하고 욕설을 내뱉으면서 계단을 올라갔다. 새뮤얼은 이층으로 따라 올라갔고, 맥파이는 정원에 관련된 카탈로그를 잔뜩 늘어놓은 책상 서랍을 열었다.

"내가 가져갔다는 걸 말하지 않겠다고 약속하죠?"

새뮤얼이 고개를 끄덕였다.

"부인을 고발하고 싶었다면 진작 경찰에 신고했겠지요. 그런데도 이렇게 부인을 설득하는 것은 조용히 해결하고 싶어서입니다."

맥파이는 만족하는 것 같았다. 이어서 서랍에 손을 넣고 끈으로 묶은 파란색 벨벳 주머니를 꺼냈다. 맥파이는 끈을 풀고 천천히, 아주 천천히 주머니에 들어 있는 것을 손바닥에 떨어뜨렸다. 황금팔찌! 맥파이는 몸을 약간 떨었다.

"그래도 멋진 것인데." 맥파이는 아쉬운 듯 한숨을 내쉬었다.

새뮤얼은 자석에 끌리듯 황금팔찌를 향해 한 발짝 다가섰다. 거리가 떨어져 있는데도 메르워세르의 팔찌와 똑같아 보였다. 오랜 세월 수많은 손길에 닳고 닳은 것처럼 훨씬 반들거리고 정교해 보이는 걸 빼면 오히려 복제한 팔찌보다도 빛이 나지 않는 것 같았다. 황금인데도 제 빛을 잃은 것처럼.

새뮤얼은 맥파이의 못마땅해하는 눈길을 받으며 좀 더 다가갔다.

"어떤 심정일지 알아요." 새뮤얼은 맥파이를 위로하기 위해 나직하게 말했다. "하지만 이건 포크너 부인에게 돌려줘야 해요."

새뮤얼이 팔찌를 움켜쥐는 순간 골목길에서 엔진 소리가 울렸다. 새뮤얼은 창문 쪽으로 뛰어가서 내다봤다. 어머니의 차가 26번지를 향해 올라가고 있었다. 새뮤얼은 그대로 굳어버렸다. 어머니, 살아 있는 어머니! 운전석에 앉은 어머니를 눈으로 확인한 것은 아니지만, 분명히 어머니의 차였다! 새뮤얼은 모퉁이까지 차를 눈으로 좇다가 마비 상태에서 벗어났다. 루돌프가 개입하기 전에 어머니를 만나야 했다.

"나는 가야겠어요. 부인의 행동을 높이 평가합니다. 이 일은 우리 둘만의 비밀이라는 것, 약속은 꼭 지킬게요."

새뮤얼이 빠르게 인사를 하고 계단을 향해 뛰어가다 황금팔찌를 호주머니에 넣으려는 순간이었다. 갑자기 빛을 찾은 것처럼 팔찌가 강렬하게 반짝였다. 좋은 징조일까?

18번지에서 나온 새뮤얼이 울타리에 기대놓은 자전거를 세우고 올라타려는데 이번에는 오른쪽 허벅지가 욱신거렸다. 꼼짝할 수가 없는 새뮤얼은 나오는 비명을 간신히 참았다. 옆구리 통증 때문에 근육이 파열된 것이 틀림없었다. 유도 훈련을 하다 장딴지 부상을 당한 적이 있는데 이틀 동안 발가락도 움직이지 못한 채 누워 있어야 했다. 이것은 지금 자전거와 작별을 고해야 한다는 의미였다.

새뮤얼은 손으로 오른쪽 옆구리를 잡으면서 절룩절룩 걸어갔다. 휘어지는 골목길에 이른 새뮤얼은 20미터쯤 떨어진 곳에 좀 전까지만 해도 없던 작은 오토바이가 세워져 있는 것을 발견했다. 평범한 모델의 검은색 오토바이, 전혀 위협적으로 보이지 않았다. 다만 포크너 가족의 집 앞에 세워져 있다는 걸 빼면…….

XXVII

고지가 눈앞인데

새뮤얼은 통증을 참으면서 가능한 한 빨리 26번지를 향해 올라갔다. 오토바이의 엔진이 아직 뜨겁다는 건 운전자가 방금 내렸다는 뜻이었다. 오토바이 주인이…… 루돌프일까?

새뮤얼은 차고로 들어가서 어머니의 빨간색 시보레의 차체를 만져보지 않을 수 없었다. 지난 3년 동안 만져보지 못했던 어머니의 차, 3년 동안 악몽 속에 보이던 우그러지고 찌그러진 어머니의 차. 그런데 지금 멀쩡한 상태로 눈앞에 있다니! 차창을 통해 뒷좌석 등받이 위쪽에 놓인 낯익은 플라스틱 인형들도 보였다. 새뮤얼은 전율이 일었지만 이성적으로 생각해야 했다. 감상에 젖어 있을 때가 아니었다.

새뮤얼은 차고에서 세탁실을 거쳐 주방으로 들어갔다. 계피 향과 고소한 쿠키 냄새가 은은하게 풍기고 있었다. 햇살 가득한 이 예쁜 주방이 얼마나 소중한 행복의 향기를 담고 있는지 새삼 느껴졌다. 어머니가 크레이프나 쿠키를 만드는 동안 여기 참나무 식탁에 앉아 숙제를 하면서 얼마나 즐거운 시간을 보냈던가!

새뮤얼은 악기와 아프리카 탈들―어머니가 수집하는―로 장식된 널찍한 거실로 들어가서 귀를 기울였다. 이층 안쪽에 있는 방에서 말소리가 들렸다.

"지금 농담하는 거요?" 루돌프가 고함을 지르고 있었다.

"농담 아니라니까요!" 어머니는 쌀쌀맞게 대꾸했다. "팔찌를 이 보석함에 분명히 넣어두었는데……."

"그런데 팔찌가 어디로 갔단 말이오? 발이 달린 것도 아닌데!" 루돌프가 외쳤다.

"모르겠어요. 난 분명히……."

벽장문이 쾅, 닫히는 소리가 났고, 새뮤얼은 계단을 뛰어 올라갔다. 그러나 끝까지 올라갈 수 없었다. 배까지 퍼진 통증으로 갑자기 면도칼에 살이 찢기는 것처럼 아팠다. 새뮤얼은 난간에 의지한 채 옆구리를 잡고 주저앉았다. 도저히 참을 수 없는 통증이었다. 누군가 배를 찢는 것 같은 느낌이었다.

"여기 서랍 안에 넣어둔 게 어디로 없어진단 말이오?" 루돌프가 흥분했다.

새뮤얼은 신음소리를 내지 않으려고 이를 악물었다. 일어나서 다시 올라가려고 했지만 다리가 말을 듣지 않았다. 새뮤얼은 너무 아파서 눈물까지 글썽이면서 셔츠를 들춰봤다. 상처가 있는 것도 피가 나는 것도 아니었다. 그렇지만 보이지 않는 칼이 복부의 장기를 파고드는 것 같았다. 아, 흉터…… 맹장 수술…… 맹장 수술을 했지, 참! 그렇다면 이 통증은 자전거나 옆구리 통증과는 전혀 관계가 없는 것이었다. 3년 전 이날의 새뮤얼은 이 시각 세인트메리의 병원 수술대에 누워 있지 않은가!

새뮤얼은 호흡을 다스리려고 노력했다. 꼭 해야 되는데……. 어쨌든 3년 전 새뮤얼의 육체와 정신이 결합되고 있는 것이 틀림없었다. 뇌에 문제가 생긴 것이 아니라면 마취 상태의 분신이 수술하는 부위의 통증을 생생하게 느끼는 것은 당연했다.

"당장 팔찌를 내놓지 않으면 가만두지 않겠어!" 루돌프가 계속 위협하고 있었다.

새뮤얼은 심호흡을 하고 나서 일어나려고 애를 썼다. 통증은 여전히 견딜 수 없을 정도지만, 진짜로 아픈 것이 아니라 이미 일어난 수술의 반향일 뿐이었다. 이미 수술을 받았고, 이미 나 있는 수술 자국이기 때문에 더 이상 위험하지 않았다. 의지력을 발휘해서 이 기억 속의 통증을 이겨내야 되는데…….

새뮤얼은 허리를 구부린 채 이를 악물고 한 계단, 두 계단 올라갔다. 어머니가 위에 있다는 생각만 하면서…….

"거짓말!" 루돌프는 분통을 터뜨렸다. "처음부터 거짓말이야! 남편하고 아주 똑같군!"

"내 남편을 알아요?" 엘리사는 깜짝 놀랐다.

"좀 알지! 오늘 당신에게 무슨 일이 일어나면 그건 전적으로 당신 남편 때문이야!"

새뮤얼은 입술을 깨물면서 두 손으로 오른쪽 다리를 마지막 계단에 올렸다. 복도 끝에 있는 부모님의 침실이 너무 멀게 느껴졌다.

"내 남편을 어떻게 알죠?" 엘리사가 놀란 목소리로 물었다.

"당신에게 설명하자면 너무 길어. 내가 말해줄 수 있는 건 앨런이 나에게 빚을 지고 있다는 거지. 아주 큰 빚이지. 그러니까 그걸 당신이 갚아야 한단 말이야!"

따귀를 때리는 것 같은 소리에 이어 외마디 비명소리에 새뮤얼은 얼어붙었다.

"이 정도는 시작일 뿐이야!" 루돌프가 막 나가고 있었다. "셋까지 세겠다. 셋을 셀 동안 팔찌를 주지 않으면 당신이 사랑하는 남편에게 하직 인사를 해야 할 거야. 하나……."

새뮤얼은 벽에 기대면서 간신히 복도를 걸어갔다. 도저히 빨리 갈 수가 없었다. 루돌프가 어머니를 죽이려고 하는데 손가락 하나 까딱할 힘이 없다니……. 새뮤얼은 궁여지책으로 눈을 감고 심장 박동을 지연시키기 위해 남은 힘을 모으려고 애썼다. 그러나 수술의 통증 때문에 정신을 집중할 수 없었다.

"둘……."

"난 정말 그 팔찌가 어디 있는지 모른다고요." 공포에 질린 엘리사가 반박했다. "갖고 있다면……."

새뮤얼은 내가 황금팔찌를 갖고 있다고 외쳤지만, 목구멍에서 나오는 소리가 어찌나 작은지 어머니의 비명소리와 가구 부서지는 소리에 묻히고 말았다. 루돌프가 또 어머니를 때린 것이다!

그러고는 조용했다.

"셋……." 루돌프의 목소리에 희열이 가득했다.

이제 반쯤 열린 문까지 남은 거리는 1미터……. 소파와 엎어진 원탁 사이의 양탄자에 쓰러진 어머니가 보였다. 어머니는 의식을 잃은 것 같았다.

"엄마!" 새뮤얼이 목놓아 불렀다. "엄마!"

넓적다리의 통증을 참으면서 새뮤얼은 절룩거리는 걸음으로 속도를 내어 방으로 들어갔다. 그러고는 곧장 어머니를 향해 걸어갔다.

"이건 또 뭐야?" 루돌프가 으르렁거렸다.

그러나 새뮤얼은 개의치 않고 어머니 옆에 쓰러질 듯 주저앉았다. 양팔을 포갠 자세로 쓰러진 어머니의 이마에서 피가 흘러내리고 있었다. 루돌프의 위협에 아랑곳없이 새뮤얼은 어머니의 가슴에 귀를 댔다. 물방울무늬 블라우스 속의 심장은 아직 뛰고 있었다.

살아 있었다!

"당장 일어나지 않으면 네 몸뚱이에 구멍을 내주겠다!" 루돌프가 고함을 질렀다.

새뮤얼은 잠시 망설였다. 어머니가 살아 있다는 것이 무엇보다 중요했다. 여기서 어머니를 데리고 나갈 방법을 찾으려면 복종해야 했다. 새뮤얼은 덤덤한 얼굴로 천천히 돌아봤다. 눈앞에 있는 루돌프는 현재에서 자주 보는 루돌프보다 더 젊어 보였다. 눈가의 주름도 적고, 머리도 덜 희끗희끗하고, 더 호리호리한 체격……. 반면에 몰인정하고 악의적인 눈초리와 먹잇감을 끝장내고 싶어 안달하는 야수처럼 턱을 실룩거리는 버릇은 똑같았다. 밝은 회색 여름 양복 차림의 루돌프는 권총을 겨누고 있는데 총신이 유난히 긴 것으로 보아 소음기를 달아놓은 것 같았다.

"피를 흘리고 있잖아요!" 새뮤얼은 있는 힘을 다해 소리쳤다. "빨리 병원에 모셔가야 한다고요."

"네가 들어오면서 '엄마' 라고 부르는 소리를 분명히 들었어. 그게 무슨 헛소리야?"

새뮤얼은 배가 뒤틀리듯 아프지만 침착해지려고 애를 썼다.

"대답해!" 루돌프가 소리쳤다. "왜 엄마라고 불렀어? 내가 알기로 외아들의 나이는 열한 살이나 열두 살이란 말이야. 여러 번 본 적도 있고……."

루돌프는 탐색하는 눈초리로 새뮤얼을 훑어봤다.

"너! 그 옷, 어디서 난 거니?"

"이마를 다쳤다고요." 새뮤얼은 흔들림 없이 말을 계속했다. "병원으로 데려가야 해요."

루돌프는 권총을 겨눈 채 허리를 숙이고 새뮤얼을 유심히 살폈다.

"이럴 수가! 그래, 닮았구나. 나이 차이는 나지만……."

루돌프가 알아차린 듯 갑자기 두 발짝 물러섰다.

"일어나! 일어나라고!"

새뮤얼은 얼굴을 찡그리면서 일어났다.

"어디서 왔는지 설명해!" 루돌프가 엄포를 놨다. "거짓말은 안 하는 게 좋을 거다."

새뮤얼은 눈을 감았지만 여전히 심장박동에 영향을 줄 정도로 정신을 집중할 수 없었다. 이 상황에서 뭘 할 수 있을까? 어떻게 하면 루돌프가 어머니의 목숨을 살려주게 만들 수 있을까? 루돌프가 예민하게 반응할 만한 말을 한다면……. 앨리시어를 납치한 뒤에 루돌프가 사용한 수법을 그대로 따라하는 것도 하나의 방법일 수 있었다.

"주고받자는 제안을 하러 왔어요." 새뮤얼은 마른기침을 하면서 말했다.

"주고받아? 뭘 주고받아?"

"어머니를 더 이상 괴롭히지 않고 조용히 떠난다면, 황금팔찌를 줄게요."

루돌프의 눈에 탐욕의 빛이 번뜩이고 입가에 경련이 일었다.

"네가 갖고 있다고? 네가 사는 시대에서 팔찌를 가져왔단 말이지? 몇 년 뒤의 미래에서? 4년 뒤? 5년 뒤의 미래에서?"

"거의 비슷해요."

"어떤 돌을 사용했지?"

"바렌보임의 돌이요."

"바렌보임의 돌이라……. 마르타가 너에게 자기 집을 드나들게 허락했단 말이니? 어림없는 소리! 나에게만 독점권이 있어!"

"운이 좋았어요. 들키지 않고 몰래 들어갔거든요."

"운이 좋았다고? 나는 운이 좋다고 말하는 인간들을 믿지 않아. 아주 위험한 자들이지. 그러니까 그따위 헛소리는 집어치우고 팔찌나 내놔!"

"구조대에 연락하게 해주는 즉시 팔찌가 어디 있는지 말해줄게요." 새뮤얼이 둘러댔다. "그리고 팔찌를 받는 즉시 떠나겠다고 약속한다면."

루돌프는 고개를 끄덕였다.

"약속이야 얼마든지 할 수 있지. 구조대에 연락하게 해주면 그 대가로 황금팔찌가 있는 곳을 알려주겠다……?"

그러나 그 순간 루돌프의 입가에 번지는 비열한 미소는 말과 일치하지 않았다.

"그런데 말이야, 생각을 좀 해봐야겠다. 내가 네 어머니와 한창 얘기를 하는 중에 네가 여기에 도착했단 말이야. 네가 앨런의 아들이라는 것, 몇 살 더 먹은 너의 나이, 그 옷차림으로 판단하건대 네가 미래에서 곧장 온 것은 분명해. 시간 여행의 징후로 보이는 허연 얼굴빛도 그렇고. 그런데 의문은 네가 왜 하필이면 오늘 이 순간에 나타났냐는 거야!"

루돌프는 엘리사와 새뮤얼을 동시에 사정거리 속에 넣기 위해 약간 왼쪽으로 움직였다. "내가 한 가지 가정을 해볼까? 네 어머니와의 대화가 원하는 방향으로 되지 않았다고 가정하자. 그랬으면 무슨 일이든 일어났을 거야, 그렇지? 그런데 미래의 시간 어딘가에 있던 네가 하필이면 이 결정적인 순간에 나타났다는 것은 상황이 바뀔 수도 있다는 뜻이지. 더군다나 정확하게 과거의 오늘 오후로 와서 나한테 황금팔찌를 준다는 것, 그건 뭘 의미할까? 무엇보다 같은 시공간에 또 다른 자신이 나타나는 건 목숨이 위태로운 일인데도 너는 이렇게 멀쩡히 살아 있단 말이야. 네가 어떻게 해낸 건지는 모르겠지만, 네가 황금팔찌를 갖고 있다는 건 확실해. 그러니까 죽을 이유가 전혀 없는 시대에서 머리통이 박살 나고 싶지 않으면 엎어진 원탁을 바로 세우고 그 위에 팔찌를 내려놔! 내 말 알아들었니?"

루돌프는 권총을 새뮤얼의 눈높이로 겨누었다.

"셋까지 세겠다."

루돌프는 총을 쏘려는 것이 분명했다. 그의 눈에 동정의 빛이라고는 찾아볼 수 없었다. 어머니를 죽이려 하고 있었다. 새뮤얼은 원탁을 들어서 루돌프의 얼굴에 던질 생각이었지만 너무 힘이 없었다. 어머니를 구하려면 일단은 살아남아야 했다. 루돌프가 실수를 저지르길 기다리면서 기회를 엿보는 수밖에.

새뮤얼은 옆구리를 잡고 허리를 숙이면서 신음소리를 내지 않으려고 혀를 깨물었다. 원탁을 바로 세운 다음 호주머니에서 꺼낸 타후티 신의 황금팔찌—맥파이에게서 방금 찾아온—를 검은색 원탁 위에 내려놨다. 황금팔찌는 마치 시커먼 바다에 누워 있는 태양 같았다.

"눈부시군!" 루돌프가 중얼거렸다. "시간 여행가만 빛나게 할 수 있지. 그런 경험이 있거든. 이 팔찌는 내 것이야. 네 아버지가 20년 전쯤 나한테서 빼앗아갔어. 어떤 의미에서는 네 아버지의 잘못을 네가 바로잡는구나."

"그렇다면 이제 우리를 그만 괴롭히시죠. 이 팔찌를 갖고 빨리 가세요. 신고는 하지 않겠다고 약속할게요."

"실은 나도 그럴까 봐 걱정했는데 그렇다면 다행이고. 근데 말이야, 나도 신중해야 되지 않겠니? 네가 무기를 갖고 있을지도 모르는

데. 내 등 뒤에서 총이라도 쏘면 어떡하라고. 그러니까 다른 호주머니에 있는 것도 다 꺼내놔! 뭐가 잔뜩 들어 있는 것 같은데."

새뮤얼은 아연실색했다. 메르워세르의 팔찌……. 감춰놓을 생각조차 하지 않았으니!

"우물쭈물하는 걸 보니 정말 수상하구나." 루돌프가 으름장을 놓았다. "내가 결심을 하게 도와줘야겠니?"

루돌프는 권총을 약간 내리면서 새뮤얼의 얼굴을 겨누었다.

"그럼 네 어머니를 먼저 쏠까? 고지가 눈앞인데 어머니를 잃으면 유감스러운 일 아니니?"

새뮤얼은 까무러칠 것 같았다. 메르워세르의 팔찌까지 빼앗기면 어머니를 현재로 데려갈 방법이 없었다. 게다가 녹초가 된 듯 몸까지 말을 듣지 않는데…….

"너에게는 안됐지만 할 수 없지."

"잠깐 기다리세요." 새뮤얼이 더듬더듬 말했다.

새뮤얼은 호주머니에서 마르타 캘러웨이의 열쇠꾸러미를 꺼내 원탁 위에 내려놨다.

"이건 뭐야?" 루돌프가 비아냥거렸다. "개 모양의 열쇠고리, 정말 특이하군. 또?"

새뮤얼은 마지못해서 메르워세르의 팔찌를 꺼냈다. 팔찌에 매달린 여섯 개의 동전이 짤그랑거리자 루돌프의 눈에서 탐욕의 빛이 번뜩였다.

“이럴 수가! 두 번째 황금팔찌까지! 어쩐지 얼굴색이 이상하다 했어! 호주머니를 까뒤집어 봐, 또 뭐가 더 있는지 봐야겠다. 어서!”

새뮤얼이 이번에는 7월 11일 날짜의 동전을 내려놨다. 루돌프가 거울 쪽으로 비켜서라는 손짓을 하면서 원탁에 다가섰다. 그러고는 먼저 황금팔찌 두 개를 살펴보면서도 새뮤얼에 대한 경계를 늦추지 않았다. 루돌프는 내색하지 않으려고 애썼지만, 팔찌 두 개로 할 수 있는 일을 생각하면서 위험한 기쁨을 느끼고 있는 것 같았다. 이어서 7월 11일 날짜의 동전에 관심을 보이더니 불쾌한 듯 혀를 끌끌 찼다.

“이것도 내 거 같은데? 너 이거 어디서 났어?”

사실대로 말해야 할까? 일곱 부활교와 다른 것들까지? 새뮤얼은 말하지 않기로 했다.

“나의 현재에서 가져왔어요.”

“너의 현재 어디에서?”

“시카고, 아르케오스 본사에서 가져왔어요.”

“네가 아르케오스도 알아? 그 아버지의 그 아들 같은 얼굴을 하고서…… 만만치 않은 녀석이야.”

루돌프는 마치 탐색하듯 새뮤얼을 뚫어져라 쳐다봤다.

“다른 상황이었다면 같이 일할 수도 있었을 텐데……. 네 아버지보다는 훨씬 용감하고, 영리하고, 나를 실망시킬 것 같지도 않은데 말이야."

이미 들어본 말이 아닌가. 그러고는 동업 운운하면서 타이타닉의 동전으로 앨리시어와 함께 깊은 바닷속으로 보내려고 하지 않았던가.

"미안하지만 얘야, 뜻밖의 일이 일어나는 것이 인생이란다. 나는 너도 네 어머니도 그냥 두고 갈 수가 없어. 여기서 굿바이 해야겠어."

새뮤얼은 숨을 죽이면서 이마를 향하고 있는 총구를 보았다. 무슨 방법이든 해보고 싶지만 통증에 시달리는 몸은 기력이 없었다.

"마지막으로 어머니를 안아드리는 건 괜찮겠죠?" 새뮤얼이 애원하듯 말했다.

루돌프가 어깨를 으쓱했다.

"나도 인간이야. 하지만 빨리 끝내. 울고 짜고 하는 감정놀이는 딱 질색이니까."

새뮤얼은 배가 찢어질 듯 아프지만 개의치 않고 어머니 옆에 주저앉았다. 시간이 얼마 없는데……. 새뮤얼은 마지막으로 어머니를 쳐다보면서 정말 아름답다고 생각했다. 이마에서 흘러내리다 피가 엉겨 붙은 관자놀이……, 잠들어 있는 것 같았다. 새뮤얼은 사랑한다고 말하고, 용서를 구한다고, 제대로 해내지 못해서 죄송하다고 말하고 싶었다. 그리고 훌륭한 어머니였다고, 죽어도 좋으니까 어머니 곁에 좀 더 있고 싶다는 말도 하고 싶었다.

"이제 그만!" 루돌프가 외쳤다. "무릎 꿇어!"

새뮤얼은 어머니의 손을 꼭 잡았다. 어머니와 아버지가 맹세했던 사랑의 징표인 금반지가 느껴졌다. 그 영원한 사랑의 결실이 아들 새뮤얼이었다.

"서둘러, 아니면 네 어머니부터 쏘겠다!"

새뮤얼은 부모님에게 보내는 마지막 작별 인사로 반지에 입을 맞췄다. 이 세상에서 사랑만이 영원불멸한 것이 아닐까? 거의 체념한 채 양탄자 위에 무릎을 꿇는 순간 문득 떠오르는 생각이 있었다. 반지……. 왜 좀 더 일찍 반지 생각을 못했을까?

새뮤얼은 루돌프를 향해 머리를 들었다.

"루돌프, 쏘기 전에." 새뮤얼이 쉰 목소리로 말했다. "마지막 제안을 할게요. 어머니와 나를 살려주면 황금팔찌보다 훨씬 더 소중한 것을 줄 수 있어요. 영생의 반지……."

XXVIII

트렁크 안에서

새뮤얼은 자동차 트렁크에 짐짝처럼 실려 있었다. 허벅지의 통증이 어찌나 심한지 무릎 사이에 고개를 파묻은 자세로 웅크렸지만 차가 덜컥거릴 때마다 신음이 새나왔다. 이제는 살이 찢어지는 것 같은 통증뿐만 아니라 몸의 일부가 잘려나간 느낌이 들었다. 시간적으로 봐서 의사가 맹장을 떼어낸 다음 바늘로 배를 꿰매고 있는 순간이 틀림없었다. 그런데다 트렁크의 좁은 공간과 열기, 엔진 소리까지 더해지고 있으니…….

그러나 새뮤얼은 살아 있었다. 어머니 엘리사도 기절한 상태로 자동차 뒷좌석 어딘가에 있는 것이 분명했다. 영생의 반지는 절체절명의 순간에 어머니와 아들의 목숨을 연장시키는 첫 번째 기적을 보여주었다. 루돌프는 탐나는 것을 손에 넣을 수 있는 기회라면 절대 놓치지 않을 인간이었다. 루돌프가 잠시 이해타산을 따져보다가 말했었다.

"자세히 말해봐."

새뮤얼은 1527년의 로마에서 『마법의 13가지 위력』을 손에 넣을 때까지 있었던 일을 얘기하면서 영생의 반지를 찾는 데 필요한 정보—물론 황금팔찌 두 개를 다 갖고 있을 경우—를 알게 되었다고 덧붙였다.

"어떤 정보였어?" 루돌프가 눈빛을 번뜩이면서 물었다.

루돌프가 납득할 만한 설득력 있는 설명이 필요했다. 그 마법서에는 많은 정보가 있었는데—이것은 사실이었다—, 그 짧은 시간에 유용한 정보인지 아닌지 구별하는 것이 불가능했지만 세트니의 무덤에 간다면 그 반지를 찾을 수 있을 거라고 단언했다.

"시간을 벌려고 수작을 부리는 거란 생각이 들지만……." 루돌프는 일단 짚고 넘어갔다. "그 마법서에 대해 내가 알고 있는 내용과 비슷하단 말이야. 그리고 네가 황금팔찌 두 개를 갖고 있었다는 것만으로도 어느 정도 네 말에 신빙성이 있다고 보니까 너와 네 어머니 죽이는 일을 일단 보류하지. 하지만 단지 보류라는 걸 명심해! 네가 약속을 어기는 즉시 이행할 테니까."

그러고는 권총으로 위협하면서 새뮤얼을 차고로 데려가 강제로 자동차 트렁크에 태웠다. 몇 분 후, 새뮤얼은 문소리에 이어 루돌프가 뒷좌석에 무거운 것을 내려놓으면서 휴! 하고 내뱉는 소리를 들었다. 잠시 후, 루돌프는 트렁크를 두드리며 속삭였다.

"네 어머니는 뒷좌석에 실어놨다. 얌전히 있으면 아무 일도 없을 거다."

이윽고 자동차가 출발했는데 하필이면 세인트메리 병원의 의사가 수술대에 누워 있는 새뮤얼에게서 맹장을 떼어내는 순간이었다. 새뮤얼은 가능한 한 몸을 웅크리고 있는 것 말고 달리 방법이 없었다.

상상의 바늘에 상상의 상처가 꿰매지는 동안 새뮤얼은 루돌프에게 영생의 반지를 찾아주겠다고 약속한 것이 너무 무모한 결정이 아니었을까, 의문이 들었다. 영생의 반지를 찾을 경우 그 결과로 일어날 수 있는 재앙은 감히 상상조차 하고 싶지 않았다. 살아야 한다는 본능에서 튀어나온 말이지만, 새뮤얼은 일단 세트니 대신관의 무덤에 가면 기력을 회복해서 루돌프의 위협에서 벗어나리란 기대를 하고 있었다. 어쨌든 루돌프는 대가를 치러야 하지 않는가.

시간이 얼마 되지 않았는데 차가 멈춘 걸 보면 목적지가 바렌보임의 집 같았다. 개 짖는 소리가 요란했고, 새뮤얼은 몇 분 더 트렁크 안에 갇혀 있었다. 여전히 자동차의 시동이 걸려 있는 상태에서 말소리가 들리는데 알아들을 수 없었다. 마침내 트렁크가 열렸고, 새뮤얼은 눈부신 햇빛 때문에 눈을 가려야 했다.

"네 어머니는 엄중한 감시를 받고 있어." 루돌프가 다시 협박했다. “네가 조금이라도 허튼짓을 했다가는 마르타의 개들이 밥 먹는 시간을 앞당기는 횡재를 누리게 될 거야. 그러니까 얌전히 집으로 들어가면 아무 일도 일어나지 않을 거다.”

트렁크에서 간신히 나온 새뮤얼은 허리를 펴면서 이를 악물었다. 시보레 자동차는 마당에 주차되어 있었다. 허리춤에 권총을 찬 루돌프가 자동차와 개집들 사이에 서 있는데 어느새 새뮤얼과 아주 비슷한 옷으로 갈아입은 상태였다. 새뮤얼은 재빨리 주위를 둘러봤다. 그러나 이웃 사람들은 마르타 캘러웨이의 집에서 나는 소란에 아무 관심이 없는 것 같았다. 마치 외면하는 것이 습관이 되어 있는 듯했다.

새뮤얼은 힘겹게 현관 계단을 올라갔다. 개 두 마리가 짖어대면서 계속 좇아오는데 물어뜯을 듯이 발광하고 있었다. 새뮤얼이 악취가 진동하는 거실로 들어서는 순간 현관문이 닫혔다.

“저 아이요?” 마르타 캘러웨이가 물었다.

루돌프는 고개를 끄덕였다.

새뮤얼 앞에 버티고 선 마르타 캘러웨이가 장총을 턱 밑에 들이댔다.

“너 어떻게 했기에 나와 개들의 눈에 띄지 않은 거야, 응?”

“운이 좋았어요.” 새뮤얼은 시선을 피하지 않으려고 애쓰며 대답했다.

쭈글쭈글한 뺨, 축 늘어진 귀처럼 두 갈래로 묶은 머리, 마르타는 늙은 개, 아니 그보다는 담배 피는 개라고 하면 좋을 것 같았다. 입에 누런 담배꽁초를 물고 있어 말투가 끈적끈적하게 들렸다.

"그만해요." 루돌프가 끼어들어 장총을 내리게 했다. "아직은 이 아이가 필요하니까. 당신은 여자나 잘 지켜요."

루돌프는 밑바닥이 푹 꺼진 볼품없는 소파에 누워 있는 엘리사를 가리켰다. 여전히 의식이 없는 엘리사의 입에 재갈이 물리고, 양손은 걸레 같은 천에 묶여 있었다. 그 옆에 개 세 마리가 앉아서 혀를 늘어뜨린 채 이따금 낑낑거렸다.

"이 여자가 어디로 도망치겠어. 흥 어림도 없지!" 마르타 캘러웨이가 갑자기 음흉한 웃음을 터뜨렸다.

"열쇠는 차에 꽂혀 있소." 루돌프가 말했다. "뭘 해야 하는지 알고 있죠?"

"나 그 정도로 바보 아니에요." 마르타는 발끈했다. "16시 30분 정각에 당신이 돌아오지 않으면 이 예쁜 여자가 실린 차를 둠즈데이 언덕 밑으로 굴려버리는 거죠. 하지만 나는 택시를 타고 돌아와야 하니까 추가분이 있다는 거 알죠?"

"그런 걱정은 말고 여자가 깨어나면 도망치지 못하게 잘 지키기나 해요!" 루돌프는 얼른 말을 돌렸다.

"나를 한 방 먹인 녀석의 어미인데 내가 또 당하는 일은 없을 테니 걱정 마요! 그리고 이 녀석이 훔쳐간 내 열쇠꾸러미는 언제 돌려 줄 거요?"

"나중에, 나중에!" 루돌프가 버럭 고함을 질렀다. "너는 저쪽으로 가!"

루돌프가 지하실로 내려가는 층계 쪽으로 새뮤얼을 떠밀자 쏜살같이 쫓아온 개들이 킁킁 냄새를 맡으면서 바지 자락을 물고 늘어졌다.

"달곤!" 마르타 캘러웨이의 목소리가 쩌렁쩌렁했다. "이리 와!"

갑자기 감전이라도 된 듯이 제일 큰 개가 돌아서자 나머지 개들도 즉시 돌아섰다.

"이제 내려가도 돼요. 내 귀염둥이들은 얌전하게 굴 테니까."

이번에는 지하실에 불이 켜 있는 걸 다행으로 여기면서 새뮤얼은 계단을 내려갔다. 형광등 속의 지하실은 여전히 잡동사니가 가득해서 새뮤얼은 넘어지지 않으려고 요리조리 피해 다녀야 했다.

"안쪽으로 들어가!" 루돌프가 명령했다.

태양의 돌 주변은 비교적 깨끗했고, 바로 옆의 흰색 옷장이 열려 있었다. 옷걸이에 걸린 회색 양복, 선반에 가지런히 정리된 시간 여행가의 복장…… 루돌프의 옷장이 틀림없었다. 문짝 안쪽에 검은색으로 그린 하토르의 상징이 있었다.

"이 장소가 불결하다는 건 나도 알아. 하지만 그게 장점이기도 하지. 이렇게 개들이 우글거리는 쓰레기장 같기 때문에 이 비밀 장소가 발각되지 않은 거니까. 어쨌든 네가 오기 전까지는……. 두 손을 등 뒤로 돌려."

새뮤얼이 순순히 두 손을 뒤로 돌리자 루돌프는 수갑을 채우듯 바지로 양 손목을 꽁꽁 묶었다. 새뮤얼은 고통의 신음소리를 내뱉었는데 손목이 너무 꽉 묶여서가 아니라 상체가 뒤로 젖혀지면서 배의 통증이 심해졌기 때문이다.

"네 어머니를 살리고 싶으면 엄살 부리지 말아야지." 루돌프가 이죽거렸다. "왜 시차 때문에 힘들어서 그래? 자, 이거나 보고 정신 똑바로 차려!"

루돌프가 옷장에서 꺼낸 검은색 상자를 열고 새뮤얼의 얼굴 앞에 들이댔다. 일종의 시간 여행용 자명종이었는데 16시 16분을 가리키고 있었다.

"단도직입적으로 말하겠다. 15분 후에는 마르타가 네 어머니를 데리고 둠즈데이 언덕으로 마지막 드라이브를 갈 거야. 그런데 불행히도 마르타가 운전하는 걸 보면 사고를 낼까 봐 아주 조마조마하거든. 그러면 너는 고아가 되는 거야. 너와 내가 빨리 돌아와서 마르타가 핸들을 잡는 걸 막지 못한다면 말이다."

루돌프는 자명종을 다시 옷장 안 제자리에 집어넣었다.

"너도 경험해봐서 알겠지만 과거에서는 현재보다 시간이 일곱 배로 빨리 흘러. 다시 말해 일단 출발하고 나면 약속된 15분의 일곱 배쯤 되는 시간을 사용할 수 있지. 그러니까 약 한 시간 반 동안 임무를 이행하면 되는 거야. 그 정도면 충분하겠지?"

영생의 반지를 어떻게 찾을지 아무 생각이 없지만 새뮤얼은 고개를 끄덕였다. 중요한 것은 장소를 바꿔서 루돌프에게서 벗어나는 것이었다.

"좋아. 자, 그럼 이제 어떤 동전을 선택해야 할까?" 루돌프가 호주머니에서 메르워세르의 팔찌와 동전 여섯 개를 꺼내면서 물었다.

"유리로 만든 거요." 새뮤얼이 말했다. "세트니 대신관의 시대에 만든 쇠똥구리 모양의 반지예요. 하지만 나중에 이곳으로 어떻게 돌아오죠?"

"그건 걱정할 필요 없어." 루돌프는 자신만만했다. "너를 여기로 데려온 동전을 사용하면 되니까. 이미 방문한 곳으로 다시 갈 경우, 그곳을 떠날 때 사용했던 동전을 갖고 있으면 여행가는 자신이 마지막으로 태양의 돌을 사용한 이후의 시간으로 갈 수 있지. 그래야 시간 여행가가 자기 자신과 마주치는 일이 없으니까. 모르고 있었니?"

새뮤얼이 고개를 끄덕이자 루돌프의 입가에 미소가 번졌다.

"너에게 필요한 건 시간 여행에 대한 선생님이구나." 루돌프는 거드름을 피웠다. "쯧쯧, 앨런이 아들까지 망쳐놓은 모양이군."

"빨리 가죠, 아까운 시간이 흐르고 있는데." 새뮤얼이 말했다.

"그래, 맞아. 시간이 흐르고 있지. 시간보다 소중한 건 없어, 그렇지? 그럼 이제 출발하자."

루돌프는 옷장을 닫고 잠시 권총을 응시하다가 태양의 돌을 향해 새뮤얼의 등을 떠밀었다. 그러나 새뮤얼이 앞으로 걸어갈 때 루돌프는 권총 손잡이로 뒤통수를 세게 내리쳤다. 새뮤얼은 지하실의 천장이 머리 위로 떨어지는 느낌이 들었다. 그리고 주위가 깜깜해졌다.

XXIX

두 개의 태양은 동시에 빛날 수 없다

새뮤얼은 깨어나면서 찢어질 듯 아프던 배의 통증이 사라진 걸 알았다. 허벅지의 통증도, 바늘로 꿰매는 것 같은 아픔도 느껴지지 않았다. 그 대신 목덜미 부위가 뻐근했고, 두 손이 등 뒤로 묶인 채 차갑고 딱딱한 바닥에 쓰러져 있었다. 냉장고 안의 죽은 생선 같다고 할까……. 주위가 고요하고 캄캄했다. 얼마 동안이나 이러고 있었을까? 그런데 루돌프는 어디에 있지?

새뮤얼은 입안에 있는 흙먼지를 뱉고 일어서기 위해 몸을 비틀었다. 네모난 돌덩어리에 의지해서 일어서던 새뮤얼은 돌을 만지는 순간 세트니 대신관의 석관이 놓일 받침돌이라는 걸 알아차렸다. 석관이 없다는 것은 그들이 목적지에 제대로 도착했다는 뜻이었다. 새뮤얼이 처음으로 테베에 왔을 때도 무덤 공사가 거의 끝나가는 중이었지만, 관은 아직 놓여 있지 않았다. 새뮤얼은 무덤의 실내 장식을 맡은 기술공들과 며칠을 보내다가 세트니 대신관의 아들 아호무시스를 만났고, 그가 전해준 유리 쇠똥구리 반지 덕분에 현재로 돌아올 수 있었다.

새뮤얼은 옆으로 세 걸음을 크게 떼다가 벽에 부딪쳤다. 가운데에 받침돌이 있고, 가로와 세로 길이가 약 4미터…… 이 정도 면적이면 널방인 것 같았다. 그런데 루돌프가 어떻게 된 건지 알 수 없었다. 오는 중에 어디론가 일시적 이탈을 한 걸까? 다시 떠나는 데 필요한 황금팔찌를 찾을 수만 있다면 루돌프가 사라진 것이 얼마나 행운인가. 빨리 서둘러야 했다. 우선 바지에 묶인 손목을 풀어야 하는데…….

새뮤얼은 벽을 따라 움직이다가 항아리와 상자 같은 것에 부딪쳤는데 속이 꽉 차 있는 소리가 났다. 대신관의 마지막 여행길을 위한 부장품이 들어 있는 걸까? 새뮤얼이 아호무시스와 마지막 대화를 나누고 무덤에 다시 들어왔을 때 온갖 종류의 부장품이 준비되어 있었는데……. 이것도 추측이 맞았음을 확인시켜주고 있었다.

그때 머리 위쪽에서 들리는 발소리에 새뮤얼은 고개를 들었다. 천장 중앙에 뚫린 구멍에서 오렌지색 불빛이 보였다. 꽤 커다란 구멍, 이 방을 드나드는 유일한 출구가 분명한데 늘어져 있어야 할 밧줄사다리가 없다는 건 누군가가 사용한 것이 틀림없었다. 그리고 그 누군가는…….

"그래도 깨어나긴 했구나!" 루돌프의 빈정거리는 목소리가 울렸다. "10분이나 산책을 다녔어. 난 네가 겨울잠이라도 자는 줄 알았는데!"

루돌프가 구멍을 내려다보면서 횃불을 흔들어대고 있었다.

"네 어머니 생각을 하면 그렇게 편히 쉴 때가 아니지!"

"당신이 때려서 기절한 거잖아요!" 새뮤얼이 항의했다.

"그래, 내가 후려갈겼다. 너 내가 그렇게 어수룩해 보이니? 내가 그 정도의 경계심도 없었다면 그 많은 시간 여행을 하면서 과연 살아남을 수 있었을까?"

루돌프는 횃불을 왼손으로 바꿔 쥐고 권총을 꺼내 새뮤얼을 겨누었다.

"여기 도착하면서 두 가지 놀라운 사실을 알았는데 그게 뭔지 아니? 첫째, 수송의 구멍에 물건을 집어넣으면서 기대했던 대로 황금팔찌는 역시 대단한 물건이었어. 황금팔찌가 시간의 길에서 중요한 역할을 한다는 걸 증명해주었거든. 권총과 팔찌를 동시에 회수할 수 있었으니까."

루돌프는 흥분해 있었다.

"둘째, 우리가 도착했을 때 횃불이 타오르고 있었어. 마치 앞선 여행가가 우리를 위해 남겨놓은 것처럼. 그런데 그 여행가는……."

루돌프는 새뮤얼도 알아차렸다고 확신하기 때문에 누구라고 말할 필요를 느끼지 않았다. 루돌프의 이론이 정확하다면 이미 방문한 곳으로 다시 갈 경우, 떠날 때 사용했던 동전이 있으면 자신이 마지막으로 다녀간 이후의 시간으로 보내지는 것이었다. 다시 말해서 루돌프가 들고 있는 횃불은 새뮤얼이 아흐무시스와 작별한 뒤에 무덤 어딘가에 꽂아두고 나온 것일 가능성이 컸다.

"이런 운명의 장난이 있나!" 루돌프는 비아냥거렸다. "마치 내가 불로장생하게 되는 이 전대미문의 순간을 축하해주기 위해 네가 미리 밝혀놓은 것처럼. 이제는 네가 임무를 완수하는 일만 남았다!" 루돌프가 조급한 어투로 내뱉었다. "반지는 어디 있어?"

새뮤얼은 대답하지 않고 뭔가 무기가 될 만한 것이 없는지 부장품이 있는 쪽을 살폈다. 어두컴컴한 속에 두세 개의 항아리, 동물 형상의 조각상들, 의자 몇 개, 창……. 창을 손으로 잡을 수만 있다면 손목에 묶인 바지를 잘라내고 무기로 사용할 수 있을 텐데.

"이미 많이 지체했다." 루돌프가 경고했다. "째깍째깍, 시간이 흐르고 있어!"

새뮤얼은 가까운 벽 쪽으로 갔는데 축소한 인물들에게 에워싸인 타후티 신의 모습이 새겨 있었다. 새뮤얼은 따오기 머리의 신이 손에 든 아주 평범한 왕관을 보는 척하면서 1미터쯤 떨어진 벽에 기대놓은 창을 곁눈질하고 있었다. 촉이 날카로운 진짜 창이었다.

"무릎부터 한 방 쏴줄까?" 루돌프는 아무렇지도 않게 내뱉었다.

새뮤얼은 눈을 감고 가슴속에서 뛰는 또 하나의 박동에 귀를 기울였다. 새뮤얼에게 이로운 기운이 흐르고 있는지 심장박동과 돌의 박동을 단번에 결합시킬 수 있었다. 어둠이 약간 밝아지더니 연한 초록빛을 띠었고, 공기의 미세한 떨림이 수면에서 일어나는 파문처럼 동심원으로 퍼져나갔다. 그렇지만 새뮤얼은 시간을 지연시키는 능력이 잠깐 동안만 허용된다는 걸 알고 있었다. 이미 마르타 캘러웨이의 집에서 일부를 사용하지 않았던가! 그러나 한 번 더 사용하기로 결정했다.

새뮤얼은 팔꿈치로 창을 쓰러뜨린 다음 발꿈치 사이에 끼었다. 그러고는 창의 촉이 닿게 허리를 구부린 자세로 몇 번을 더듬거린 끝에 촉을 손목에 묶인 천에 대고 조금씩 돌리는 데 성공했다. 새뮤얼은 촉에 마찰되는 천이 해지고 있는 걸 느꼈다. 그러나 주도면밀한 루돌프가 어찌나 여러 번 돌려서 꽁꽁 묶어놨는지 시간이 오래 걸릴 것 같았다.

새뮤얼은 그렇게 계속 촉을 돌리면서 널방을 살폈다. 기하학적 형태, 바위를 깎아서 만든 벽, 널방이 마치 동화책에서나 볼 법한 호박색 물이 가득한 고대의 연못 같았고, 호박색 광채는 유리 쇠똥구리 반지와 색깔이 너무나 비슷했다. 천장 쪽의 횃불이 묘한 갈색빛을 띠고 있고, 위협적으로 횃불을 휘두르는 자세로 굳어버린 루돌프는 그림자 인간 같았다. 방 가운데에 놓인 바윗덩어리로 이뤄진 받침돌이 군데군데 반투명한 것처럼 속에 박혀 있는 형상들이 드러나 보였다.

"저게 뭐지?" 새뮤얼이 중얼거리는데 입에서 한 줄기의 거품이 새나왔다.

진시황의 무덤에 있을 때 깜깜한 동굴에서 첫 번째 태양의 돌을 조각하던 순간과 너무나 똑같지 않은가! 처음에는 그저 평범해 보이는 바위였는데 일단 시간의 리듬이 지연되는 순간 새뮤얼은 조각해야 할 태양문양과 빛살의 명확한 형태를 또렷이 볼 수 있었다. 그런데 이 바윗덩어리도 그 속에 깊이 박힌 태양문양과 빛살들의 윤곽이 드러나 보이는 것이 아닌가.

새뮤얼은 눈을 찡그리면서 그 윤곽을 자세히 살폈다. 지금까지 있었던 이상한 일들이 뒤죽박죽으로 스쳐가면서 진시황이 죽기 전에 전해준 말이 갑자기 머릿속에 울렸다. '두 개의 태양은 동시에 빛날 수 없다.' 두 개의 태양! 이것으로 모든 것이 설명되지 않는가! 석관 받침돌에 태양의 돌이 하나가 아니라 두 개가 있는 것이다! 두 개의 태양! 두 개의 태양이 동시에 빛날 수 없는 것은 형상을 드러내는 때가 서로 다르기 때문이었다. 이것은 아버지 앨런이 유적 발굴을 하던 1985년 세트니 대신관의 무덤에 도착하면서 왠지 낯설게 느껴졌던 이유를 설명해주고 있었다. 그때 새뮤얼은 벽 쪽의 부장품들이 있는 곳에서 깨어났다. 태양의 돌이 타후티 신의 벽화 쪽을 향하고 있던 것이다.(반면 맨 처음 테베에 갔을 때의 기억을 더듬어보면 세트니 대신관의 시신을 넣은 석관을 받침돌에 올리기 전이었고, 받침돌에 새긴 태양의 돌은 널방 안쪽, 즉 벽화를 등지는 쪽으로 향해 있었다). 새뮤얼은 좀 이상한 느낌이 들었지만, 그날은 앨리시어를 구출해야 하는 일 때문에 경황이 없어서 깊이 생각할 겨를이 없었다.

오늘은 그 모든 일이 명확해지고 있었다. 받침돌의 양면에 태양의 돌이 새겨 있지만, 두 개가 동시에 형상을 드러내지 않는 것이 틀림없었다. 다시 말해서 세트니 대신관을 안장하기 전에는 널방 안쪽을 향하는 태양의 돌만 만날 수 있었다. 루돌프와 새뮤얼이 방금 도착한 방향이었다. 그러나 세트니를 안장한 뒤에는 제2의 태양의 돌, 다시 말해서 타후티 신의 모습을 새긴 벽화와 부장품들이 놓인 벽 쪽을 향하는 태양의 돌을 사용할 수밖에 없는 것이다. 그것이 바로 지금 새뮤얼이 꿰뚫어보는 바윗덩어리 속에 박힌 제2의 태양의 돌이었다.

이런 초자연적인 일이 어떻게 가능할까? 세트니 대신관을 안장한 뒤에 어느 조각가가 만든 경이로운 능력일까? 아니면 반지를 감춰놨기 때문에 불가피하게 자신의 무덤을 찾아온 세트니 대신관이 직접 마술을 부려놓은 것일까?

새뮤얼은 이제 진시황이 전해준 미스터리한 메시지가 바로 비밀리에 존재하는 또 하나의 태양의 돌을 암시하고 있다는 확신이 들었다. '두 개의 태양은 동시에 빛날 수 없다.' 이 메시지는 뜻을 해독하면 귀한 보물이 있는 곳에 이르는 일종의 암호였던 것이다!

이마에서 굵은 땀방울이 떨어졌다. 새뮤얼은 너무 생각에 골똘한 나머지 흐르는 땀이라고 생각했는데 가슴에서 심한 경련이 일어나고 있었다. 새뮤얼은 안간힘을 다해 손목에 묶인 바지를 풀려고 했지만 아직도 단단히 묶여 있었다. 시간의 흐름을 정상으로 되돌리기 전에는 자유로워질 수 없을 것 같았다.

새뮤얼은 통증을 참기 위해 허리를 펴고 얼굴을 들다가 받침돌 표면에 뭔가 반짝이는 것을 발견했다. 석판 위에서 반짝이는 두 개의 원. 또 다른 암호일까?

새뮤얼은 바윗덩어리에 다가갔다. 두 개의 쌍둥이 원—두 개의 황금팔찌를 의미하는 걸까?—이 무지갯빛을 발하고 있는데 원 안에 십자형으로 배치한 삼각형 네 개가 그려져 있었다. 삼각형들—피라미드를 표현한 것일까?—안에 점들이 찍혀 있었다. 그런데 점들이 찍힌 위치가 가운데나 아래쪽, 위쪽, 경우에 따라 달랐다.

새뮤얼은 잠시 뚫어져라 쳐다봤다. 이런 종류의 이미지를 『마법의 13가지 위력』에서 본 적이 있는데……. 마법서에는 원과 삼각형 네 개를 조합한 이미지가 여섯 개 있었는데 순서 없이 여러 군데에 표시되어 있었다. 시간이 있으면 암호를 풀어보겠지만 지금은 그럴 때가 아니었다.

새뮤얼은 다시 손목에 묶인 천을 창의 날카로운 촉에 대고 자르기 시작했다. 손을 움직이는 것이 한결 편해졌지만, 완전히 잘라내려면 아직은 먼 것 같았다. 새뮤얼은 가슴 통증이 더 심해지고 있어서 심장 발작이 일어날까 봐 일단 중단했다. 게다가 머릿속으로 작전을 짜야 하는데…….

새뮤얼은 마치 실수로 창을 쓰러뜨려서 자신도 놀랐다는 얼굴로 타후티 신의 모습을 새긴 벽화 앞으로 돌아갔다. 그러고 나서 눈을 깜박이자 밀폐된 공기를 가르는 소리가 났고, 이어서 반대쪽 벽에 부딪쳐 반향되는 메아리가 울렸다. 바로 옆에서 항아리 한 개가 터지는 바람에 새뮤얼이 놀라 황금빛 벽면에 바짝 붙었다. 루돌프가 방금 총을 쏜 것이다!

"너 무슨 짓을 한 거야?" 루돌프가 고함을 질렀다.

"미쳤어요?" 새뮤얼이 항의했다. "나를 죽일 생각이에요?"

"무슨 짓을 하려는 게 틀림없어!" 흥분한 루돌프가 내뱉었다. "등을 벽에 바짝 붙이고 꼼짝하지 마!"

격분한 루돌프가 밧줄사다리를 내리고 4미터쯤 되는 높이에서 횃불을 널방으로 던졌다. 그리고 새뮤얼을 향해 권총을 겨눈 채 밧줄에 매달려서 내려왔다. 루돌프는 바닥에 발이 닿기가 무섭게 새뮤얼에게 달려들었다. 새뮤얼을 타후티 신의 얼굴에 밀어붙이고는 우악스럽게 총부리를 왼쪽 눈에 들이댔다.

"무슨 짓을 한 건지 바른대로 불어!" 루돌프가 윽박질렀다. "나를 어떻게 마비시킨 거야, 응?"

"몰라요!" 새뮤얼이 응수했다. "나도 갑자기 몸을 움직일 수가 없어서 이상했다고요! 처음에는 창이 쓰러졌고, 그다음에는……."

"머리에 한 방을 쏴야 정신 차릴래?" 루돌프가 고함쳤다. "너는 그래도 싸! 더러운 머리통에 구멍을 내줄 테다!"

"맹세코 난 아무 짓도 안 했어요!" 눈에 대고 방아쇠를 당길까 봐 두려운 새뮤얼이 말했다. "하지만 뭔가를 찾은 것 같아요. 반지에 관한 건데……." 새뮤얼은 얼른 덧붙였다.

"반지? 반지에 관해서, 뭐?" 루돌프는 더 세게 총부리를 누르면서 소리쳤다.

"반지를 찾는 방법을 알 것 같아요."

"찾은 것 같다, 알 것 같다…… 이런 미꾸라지 같은 놈!"

"방법을 알아낸 것 같아요."

루돌프는 분노에 치를 떨면서 당장이라도 새뮤얼을 죽일 기세였다. 그러나 생각을 바꿨다.

"하여튼 입만 살아가지고!" 약이 바짝 오른 루돌프가 씩씩거렸다.

"태양의 돌이 하나 더 있다고 확신해요." 새뮤얼이 툭 내뱉었다. "받침돌 속에 숨어 있어요." 그러고는 턱으로 바윗덩어리를 가리켰다.

"태양의 돌이 하나 더 있는데 숨어 있다고?"

"네……. 『마법의 13가지 위력』에 받침돌 이미지가 있었는데 밖으로 드러나는 태양의 돌과 속에 숨어 있는 태양의 돌이 표시되어 있었어요. 반지를 찾으려면 두 개의 돌을 연달아 사용해야 되는 것 같아요."

"태양의 돌 두 개를 연달아 사용한다……." 루돌프는 반신반의하는 얼굴이었다. "그건 또 무슨 말이야?"

"그리고 받침돌 표면에 이상한 도형도 있어요. 뭔가를 알려주는 암호일 수도 있어요. 가서 직접 확인해봐요!"

루돌프는 눈살을 찌푸리면서 권총을 겨눈 채 받침돌을 향해 뒷걸음쳤다. 가다가 횃불을 집어든 루돌프는 세트니의 석관이 놓일 곳을 비췄다. 잠시 석판을 살피던 루돌프가 아연실색한 얼굴로 물었다.

"넌 이게 뭐라고 생각하는데?"

그 질문을 가까이 오라는 뜻으로 이해하고 벽에서 떨어진 새뮤얼은 절호의 기회라고 생각하면서 받침돌을 향해 걸어갔다. 불빛을 받은 두 개의 원은 좀 전의 어스름 속에서 반짝일 때보다는 확실히 덜 인상적이지만 회색 돌에 또렷이 새겨 있었다. 그뿐만 아니라 두 개의 원 양쪽에 태양과 물결 표시가 있었다.

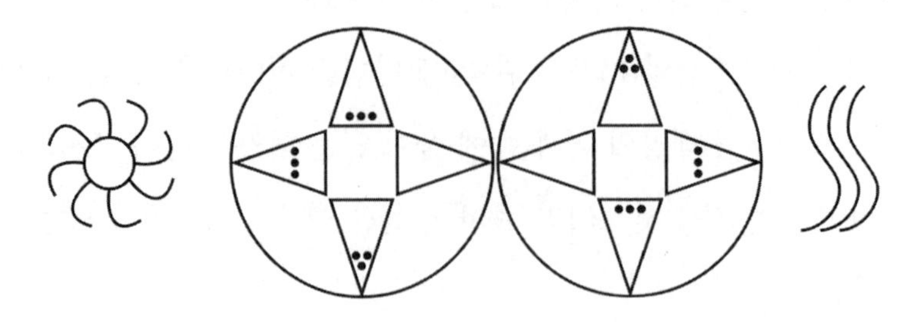

"이게 뭐라고 생각하느냐고?" 루돌프가 다시 물었다.

새뮤얼은 생각에 잠겼다. 『마법의 13가지 위력』에 있는 것과는 달리 원이 두 개고 삼각형들의 위치도 다르게 배열된 이미지들이었다. 그것은 이 도형들을 움직일 수 있다는 뜻이 아닐까……?

"한번 돌려봐요." 새뮤얼이 넌지시 알려주었다.

루돌프가 권총을 내려놓지 않은 채 오른손 엄지손가락으로 원 하나를 누르면서 천천히 4분의 1바퀴를 돌리자 맷돌 갈리는 소리가 났다.

"비밀 장치로군, 네 말이 맞았어! 석관 밑에 숨어 있었으니……. 네 아버지와 나는 생각도 못했는데! 그다음은?"

루돌프는 새뮤얼을 향해 총부리를 올렸다.

"이제 뭘 하냐고? 생각하는 무슨 방법이 있을 거 아냐?"

새뮤얼은 물론 생각하고 있었다. 어떤 의미에서는 세트니 대신관의 생각이라고 할 수 있지만…….

"세트니 대신관의 미라를 본 적 있죠?" 새뮤얼이 물었다.

"미라를 본 정도가 아니지." 루돌프는 거드름을 피웠다. "테베 박물관과 오랜 협상 끝에 아주 힘들게 구입했는데!"

"그럼 복부 위에 그려놓은 것도 봤겠네요. 삼각형 두 개가 있고, 여기 있는 것들처럼 삼각형 안에 황색 점이 찍혀 있어요. 반쯤 지워지긴 했지만……. 처음 보는 순간 나는 모래시계라는 생각이 들었는데……."

"아, 모래시계!" 루돌프는 탄성을 질렀다. "그래, 맞아, 모래시계가 틀림없어! 그것으로 삼각형 안의 점들이 설명이 되네. 모래알들이야! 모래시계에 모래알이 들어 있잖아! 아주 잘했어! 계속 이런 식으로 하면 마르타가 어떻게 하기 전에 네 어머니를 구할 수 있을 거다."

새뮤얼은 더 이상 루돌프의 말을 믿지 않았다. 루돌프가 할아버지와 할머니, 그리고 어머니에게 무슨 짓을 했는지 잘 알고 있지 않은가. 루돌프는 오직 자신의 길을 가로막는 포크너 일가를 모조리 제거하겠다는 생각밖에 없었다. 루돌프의 약속을 믿기보다는 다시 떠나게 만들어야 했다. 다른 시대의 같은 장소, 예를 들어 1980년대의 세트니의 무덤이 최상이었다. 사실 새뮤얼은 고대 유적 발굴 현장을 떠날 때 고고학자 체임벌린의 권총을 항아리 뒤쪽 부장품들 속 깊이 감춰놓았다. 권총을 회수하면 궁지에서 벗어날 수 있는

데……. 물론 이 손목부터 풀어야 하지만. 새뮤얼은 두 손을 비틀고 비틀다가 엄지손가락 하나를 빼내는 데 성공했지만 그 정도로는 아직 충분하지 않았다.

"다음 단계는?" 루돌프가 물었다.

"삼각형 두 개의 조합으로 모래시계를 만든다고 가정할 경우, 네 개의 삼각형 중에서 두 개를 제대로 골라내야지요."

"그러면 반지가 있는 곳으로 우리를 인도할 거란 뜻이니?"

"그렇죠." 새뮤얼이 힘주어 대답했다.

"네 생각에는 어떤 걸 골라야 할 것 같니?"

"음…… 조합의 종류는 그리 많지 않을 거예요. 출발을 의미하는 모래시계의 배치를 알아내야 해요. 먼저 비어 있는 삼각형 두 개의 방향을 일치시키는 것이 모래시계를 만드는 열쇠가 될 것 같아요. 삼각형 안이 비어 있다는 건 모래가 없다는 뜻이고, 모래가 없다는 건 모래시계가 아니라는 뜻이에요. 만족스러운 조합을 찾아내면 아마 모래시계가 작동하겠죠."

루돌프는 고개를 끄덕이면서 손가락으로 오른쪽의 원을 반 바퀴(좀 전에 시험 삼아 4분의 1바퀴를 돌려놨기 때문에), 왼쪽의 원을 4분의 1바퀴 돌려서 새로운 조합을 만들었다.

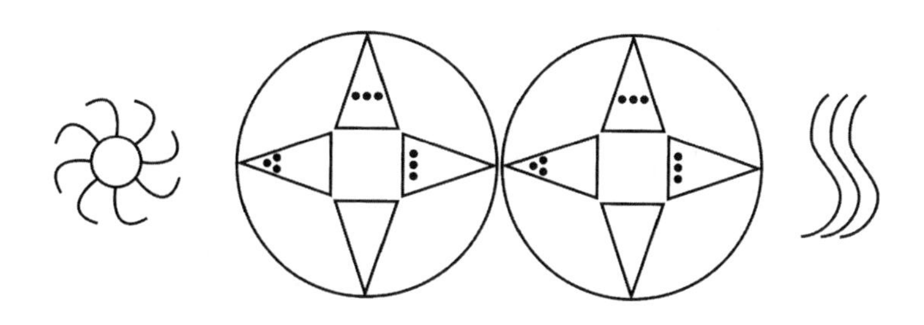

“어떻게 생각하니? 빈 삼각형을 하나는 오른쪽으로, 다른 하나는 왼쪽으로 내려서 방향을 맞췄어. 이제 모래시계가 작동할까?”

“내 생각에…….” 새뮤얼은 잠시 머뭇거리다가 말했다. “이 조합은 아닌 것 같아요.”

“왜?” 루돌프가 발끈했다.

“두 원의 양쪽에 있는 태양과 물결 표시 때문이죠. 아마 위와 아래를 가리키는 지표가 되겠죠. 하늘의 태양과 지구의 바다, 따라서 태양 표시가 있는 왼쪽이 위가 되고, 물결 표시가 있는 오른쪽이 아래가 되는 거죠. 나도 확실한 건 아니지만 왠지 당신이 만든 조합은 반대 방향인 것 같아요.”

“네가 그렇게 똑똑해?” 루돌프는 자존심이 상한 얼굴이었다. “누가 그 아버지의 아들 아니랄까 봐, 잘난척하는 건 아버지랑 아주 똑같군!”

“태양의 돌이 우리를 아무 데다 던져버리길 바라는 거예요?” 새뮤얼이 응수했다.

새뮤얼에게 독기 어린 눈길을 던지고 나서 루돌프는 아무 말 없이 원반을 돌려서 삼각형의 위치를 완전히 뒤바꿨다.

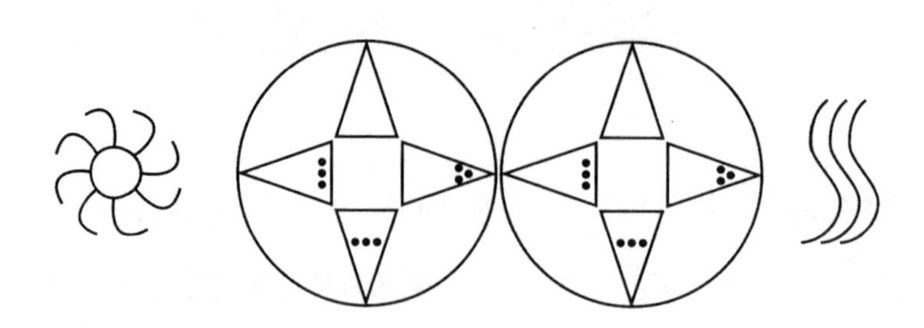

루돌프는 틀림없이 무슨 변화가 있을 거라고 기대하면서 결과를 지켜봤지만 아무런 반응이 없었다.

"이게 제대로 된 건지 아닌지 어떻게 아냐 말이야?" 루돌프가 짜증을 냈다

"방법은 하나밖에 없어요." 새뮤얼이 말했다. "다른 시대의 무덤으로 가보는 거예요. 제2의 태양의 돌을 작동해보기 위해서. 틀리지 않았다면 반지를 갖게 되는 건데……."

"하지만 네 말이 맞다는 증거가 없잖아?"

"네, 증명할 수는 없어요. 다만 세트니 대신관이 자신의 무덤 어딘가에 반지를 감춰놓았다는 걸 나와 마찬가지로 당신도 알고 있는 것. 그리고 지금까지 아무도 반지를 발견하지 못했다면 분명히

감춰져 있을 거라는 것 말고는. 게다가 반지를 찾으려면 황금팔찌 두 개가 필요하다는 건 당신도 알고 있어요. 왜 황금팔찌 두 개가 필요할까요? 그건 바로 태양의 돌이 두 개이기 때문이죠. 게다가 그 의문에 대한 답은 당신이 이미 알고 있다고 생각해요. 고대 유적 답사를 갔던 시절, 태양의 돌이 석관묘의 어느 위치에 있었는지 기억나요?"

루돌프는 고갯짓으로 받침돌의 벽화 쪽 면을 가리켰다.

"그게 확실한 증거 아닌가요?" 새뮤얼은 속으로 쾌재의 미소를 지었다. "그렇다면 당신이 사용했던 태양의 돌은 세트니를 안장한 이후의 것이 맞겠죠? 받침돌 속에 제2의 태양의 돌이 숨어 있는 것도 인정하죠?"

루돌프는 새뮤얼의 논리적인 말에 승복하는 것 같았다.

"제2의 태양의 돌을 사용하면 세트니 대신관을 매장한 이후의 시대로만 갈 수 있다고 치고…… 그럼 이제 어떻게 해야 되는데?"

새뮤얼은 대답하기 전에 심호흡을 했다. 목표에 도달하기 직전 마지막 반전의 기회……. 이번에야말로 정말 그럴듯한 거짓말을 둘러대야 했다.

"당신이 빼앗아간 일곱 개의 동전 중에 아랍 글자를 새긴 동전이 있어요. 그 동전이 게리 바렌보임의 것이에요. 게리 바렌보임을 알죠?"

루돌프는 잠자코 있었다.

"고고학자 체임벌린은 게리 바렌보임의 외증손자예요." 새뮤얼이 말을 이었다. "체임벌린이 많은 걸 물려받았는데 그중 바렌보임이 어느 날 아몬을 섬기는 대신관의 무덤에 갔다는 사실을 기록한 수첩들이 있었어요. 그곳이 바로 우리가 있는 여기를 뜻하는 것이고, 그 시기는 세트니를 안장한 뒤부터 체임벌린이 처음으로 무덤을 발굴할 때까지라고 볼 수 있어요. 다시 말해 우리가 반지를 찾으러 가야 하는 시대와 일치하죠. 그런데 바렌보임이 사용한 것이 아랍 글자를 새긴 동전이란 말이에요. 그러니까 그 동전이 우리를 제2의 태양의 돌이 있는 데로 곧장 인도할 게 틀림없어요."

새뮤얼은 깍지를 꼈다—손목에 묶인 천에서 방금 새끼손가락을 빼냈던 것이다. 루돌프가 너무 꼼꼼하게 살피지만 않는다면 계획대로 되는 건데……. 루돌프는 함정이 아닌지 의심하는 눈초리로 새뮤얼을 뚫어져라 쳐다봤다.

"이제 우리가 운명을 같이하게 되었으니 너에게 알려줄 것이 있다." 루돌프가 미소를 흘리면서 말했다. "나 없이는 네 어머니를 구하지 못해, 절대로. 알았니?"

"내가 당신을 돕기 위해 이렇게 노력하는 것은 오직 어머니를 구하기 위해서예요." 새뮤얼이 답했다. "시간 여행을 한두 번 더 하더라도 따를 거니까 안심해요."

"좋아." 루돌프는 웃음을 터뜨렸다. "네가 방금 한 말을 명심하고 이제 벽으로 물러서서 움직이지 마!"

새뮤얼이 복종하는 사이에 루돌프는 거의 다 탄 횃불을 받침돌 위에 내려놓고 호주머니에서 동전들이 매달린 황금팔찌를 꺼냈다. 루돌프는 동전을 갖고 알 수 없는 짓을 하고 나서 그들을 여기까지 인도한 태양의 돌이 있는 쪽으로 걸어갔다. 루돌프가 태양문양에 황금팔찌를 대자 에너지의 장막이 퍼지면서 방이 빛으로 가득 찼다.

"벽을 향해 돌아서!" 루돌프가 명령했다.

새뮤얼은 행여 루돌프가 낌새를 챌까, 재빨리 느슨해진 천을 움켜쥐면서 타후티 신을 새긴 벽화를 향해 돌아섰다. 이번에는 무엇으로 때리려는 걸까? 항아리로? 권총 손잡이로?

"좋아." 루돌프가 흡족한 얼굴로 다가왔다. "그럼 출발할까, 꼬마 포크너?"

루돌프가 새뮤얼의 옆구리에 총부리를 대고, 다른 팔로 목을 휘감더니 세게 졸랐다. 새뮤얼은 버둥거렸지만 숨이 막혀왔다. 세인트메리 박물관에서도 느꼈지만 루돌프는 정말 힘이 장사였다.

"얌전히 있어." 루돌프가 귀에 대고 속삭였다. "회전목마를 태워줄 거니까."

XXX
돌지기

"일어나!"

격렬한 이동 때문에 정신이 멍한 새뮤얼은 옆구리를 세게 걷어차이자 몸이 더 오그라들었다.

"일어나!" 루돌프가 고함을 질렀다.

두 번째로 엉덩이를 걷어차인 새뮤얼은 간신히 무릎을 꿇고 앉았다. 여러 가지 이미지와 느낌이 교차하고 있었다. 팔로 우악스럽게 목을 조르는 루돌프에게 낡은 짐짝처럼 질질 끌려가던 느낌, 받침돌에서 퍼져 나오는 에너지의 장막, 숨이 거의 막히는 순간 온몸을 집어삼킬 듯한 용암처럼 뜨거운 열기…….

"너 무슨 짓을 꾸민 거야?" 루돌프가 폭발했다. "황금팔찌도 동전도 없어졌어!"

새뮤얼은 눈을 깜박였다. 빛이 아주 희미하지만 얼굴 앞 5센티미터 앞에 있는 권총을 알아볼 수 있었다. 루돌프가 부들부들 떨고 있었다.

"나를 이 시대로 보낸 이유가 뭐야? 말해!"

루돌프는 관자놀이에 권총을 들이대면서 새뮤얼을 강제로 일으켰다. 새뮤얼은 손목이 여전히 묶여 있기 때문에 가까스로 일어나서 주위를 둘러봤다. 이번에는 타후티 신을 새긴 벽화 쪽에 도착해 있었고, 발치에 제2의 태양의 돌이 드러나 보였다. 세트니의 석관이 받침돌 위에 놓여 있고, 널방 안쪽에 체임벌린 발굴 팀이 뚫어놓은 터널이 보였다. 터널 쪽에서 희미한 빛이 비쳐들고 있었다.

이런 상황이 아니었다면 새뮤얼은 계획대로 진행되어서 기뻤을 것이다. 어쨌든 아버지 앨런의 아랍 글자를 새긴 동전 덕분에 고대 유적 발굴 현장인 세트니의 무덤에 와 있었다. 새뮤얼이 청년 시절의 앨런을 만난 뒤에 대니얼 체임벌린의 권총을 감춰두고 떠난 직후였다. 이제 손목을 풀고 부장품들 속에서 권총을 집어 들기만 하면…….

"반지를 찾는 방법을 말하지 않으면 쏴버리겠다!" 루돌프가 목소리를 깔고 경고했다.

어두컴컴하지만 루돌프의 안색이 창백하고 덜덜 떠는 것이 보였다. 릴리나 앨리시어처럼 고열에 시달리는 '시간의 병'에 걸린 걸까? 아니면 황금팔찌와 동전이 사라진 것 때문에 불안에 떨고 있는 걸까?

"미안하지만 나는 확실한 방법이라고 주장한 적 없어요." 새뮤얼은 시간을 끌었다. "반지를 찾으려면 황금팔찌 두 개가 있어야 하고, 황금팔찌 두 개가 필요한 이유는 태양의 돌이 두 개이기 때문이라고 말했을 뿐이에요. 황금팔찌와 동전들이 저쪽에도 없는 거 확실해요?"

흠칫 놀란 루돌프는 머리를 박살 내버리겠다고 욕설을 퍼부으면서 직접 확인하기 위해 널방 안쪽의 받침돌을 살피러 갔다.

"없어!" 루돌프가 받침돌 반대쪽에 서서 분통을 터뜨렸다. "팔찌도 동전도 없잖아!"

"그럼 두 번째 황금팔찌, 그것도 없어졌어요?" 새뮤얼이 물었다.

루돌프는 호주머니에 손을 집어넣었다.

"아니, 있어. 그래서 이해할 수 없단 말이야……." 루돌프가 황금팔찌를 꺼내면서 구시렁거렸다. "이 팔찌와 권총은 수송의 구멍 안에 있었어. 하지만 이곳으로 오는 데 사용한 것은 모조리 사라졌단 말이다! 이런 궁지에 몰아넣은 이유를 바른대로 부는 게 좋을 거야." 루돌프가 총을 겨누면서 덧붙였다. "아니면 네 어머니를 영원히 못 보게 될 거다!"

"모래시계들을 다시 작동해봐야지요." 새뮤얼은 등 뒤로 묶인 손 때문에 계속 몸을 비틀면서 대담하게 말했다. "반지를 찾으려면 다른 조합을 시도해봐야겠어요."

"석관을 들어 올리자고?"

잠시 생각에 잠겨 있던 루돌프는 대신관의 석관을 향해 몸을 숙이더니 관을 떠밀기 시작했다. 석관이 30센티미터쯤 밀려났을 때 바위를 뚫고 만든 터널 쪽에서 무슨 소리가 들렸다. 깜짝 놀란 루돌프가 허리를 세우고 소리가 나는 방향으로 권총을 겨누었다.

"터널……." 루돌프가 악다구니를 쳤다. "빌어먹을 포크너! 네가 그래서 나를 여기로 데려온 거였어!"

광기에 사로잡힌 루돌프는 새뮤얼과 터널을 향해 권총을 번갈아 겨냥하고 있었다.

"발굴 현장! 내가 왜 그렇게 어리석었을까! 너는 일부러 이곳으로 온 거였어. 바렌보임이나 영생의 반지와는 전혀 상관없는데! 앨런이 도와주러 오길 바란 거야! 20년 전 청년 시절의 네 아버지를!"

루돌프는 점점 더 숨을 헐떡이고, 온몸이 가려운 것처럼 몸을 흐느적거리고 있었다. 광기로 인한 발작이 일어나는 건가?

"당장 나와!" 루돌프가 터널에 숨어 있는 침입자에게 외쳤다. "나오지 않으면 총을 쏜다!"

새뮤얼은 그 순간 의혹이 일었다. 청년 앨런이 대화를 나누고 나갔다가 새뮤얼에 대해 궁금한 게 있어서 다시 돌아온 걸까? 그럴 가능성도 있었다.

"너도 움직이지 마!" 루돌프는 누가 들어오는지 보려고 허리를 비트는 새뮤얼을 향해 소리쳤다. "다음은 네 차례니까."

터널의 불빛이 이제 이리저리 흔들리고, 널방의 내벽에 일그러진 그림자가 어른거리기 시작했다. 누군가 랜턴이나 그 비슷한 걸 들고 다가오고 있었다.

"두 명의 포크너를 한 번에 없애버릴 수 있게 되다니!" 루돌프는 즐거운 비명을 지르고 있었다.

터널 입구에 밝은색 옷을 입은 남자의 실루엣이 드러났다. 두 팔을 쳐든 남자의 얼굴이 한 손에 들고 있는 랜턴에 가려 있었다.

"앨런, 그걸 내려놔. 어허, 겁먹지 말고." 루돌프가 이죽거렸다. "옛 친구와의 재회, 얼마나 감격스러운 순간인데……."

남자는 무슨 말인지 전혀 모르겠다는 듯 머뭇거리다 천천히 랜턴을 내렸다. 남자의 얼굴을 보는 순간 새뮤얼은 온몸이 뻣뻣해졌고, 루돌프는 비명을 질렀다.

"안 돼! 이건 말도 안 돼!"

모습을 드러낸 남자는 앨런이 아니라 루돌프였다! 젊은 루돌프! 청년 앨런을 죽일 기세로 목을 조르고 있을 때 새뮤얼이 권총 손잡이로 때려눕혔던 루돌프! 새뮤얼은 바닥에 쓰러진 채 기절해 있는 루돌프를 두고 떠나지 않았던가! 그런데 지금 두 명의 루돌프가 맞닥뜨린 것이다!

새뮤얼은 믿기지 않는 얼굴로 두 루돌프를 번갈아 쳐다봤다. 젊은 루돌프는 총을 겨누고 있는, 머리가 희끗희끗한 제2의 루돌프 앞에서 아연실색해 있었다. 랜턴의 따뜻한 불빛에도 불구하고 나이 든 루돌프의 얼굴은 파랗다 못해 창백했다. 그뿐만 아니라 머리 끝에서부터 발끝까지 감전이라도 된 듯 온몸에서 경련이 일어나고 있었다. 루돌프는 당혹스러운 표정으로 청년을 응시하면서 끔찍한 일이 일어나리란 걸 직감했다. 나이가 다른 자기 자신과의 만남은 자연의 순리에 역행하는 것이었다.

30초 동안 침묵이 흘렀고, 마침내 루돌프는 냉정함을 되찾았다. 다리가 휘어지고, 사지를 부들부들 떨면서 루돌프는 새뮤얼을 향해 돌아섰다.

"네가 이겼다고 생각하지, 꼬마 포크너?" 루돌프는 이를 갈았다. "아무 일도 없었던 것처럼 내게서 벗어날 수 있을 거라고 생각하니? 착각하지 마. 내 복수는 이미 시작되었으니까. 안녕, 꼬마 포크너……."

루돌프는 눈살을 찌푸리면서 권총을 쥔 손이 너무 흔들리지 않도록 애를 썼지만 경련이 심하게 일어나고 있었다. 다른 손으로 손목을 잡고 방아쇠를 당기려는 순간 갑자기 플래시가 터지듯 섬광이 일었다. 새뮤얼은 처음에 총알이 터진 거라고 생각했지만, 폭발음이 울리지 않았다. 섬광이 사라졌을 때 새뮤얼은 루돌프가 폭발했다는 걸 알아차렸다. 빛의 덩어리로 변해버린 루돌프, 인간의 형체였다는 걸 어렴풋이 짐작할 뿐 널방 안의 밀폐된 공기 속에 하얀 입자들이 날아다니고 있었다. 루돌프가 폭발하다니! 좀 전까지만 해도 멀쩡하게 살아 움직이던 육신이 한순간에 가루가 되어버리다니! 루돌프의 온몸에 넘치던 에너지는 이제 한 다발의 불꽃에 불과했고, 몸을 구성하던 원자들이 구름 같은 먼지에 섞여 흩어지고 있었다. 루돌프는 인간과 시간을 경시한 대가를 치르고 있는 것이었다!

그리 멀지 않은 곳에서 끔찍한 광경을 지켜보던 젊은 루돌프는 알아들을 수 없는 소리를 지르면서 랜턴을 떨어뜨리고 터널로 줄행랑쳤다. 새뮤얼은 외면하지 않고 똑똑히 지켜봤다. 그건 영원히 머릿속에 새겨둬야 할 일종의 경고였다. 돌의 힘을 절대로 과소평가하면 안 된다는 경고의 메시지였다.

날아다니던 입자들이 가라앉고 빛의 덩어리도 꺼졌다. 널방 안이 다시 고요해졌다. 루돌프가 있던 자리에는 형태를 잃은 천과 권총, 반짝이는 팔찌만 남아 있었다. 새뮤얼이 이긴 것이다.

아직 할 일이 남아 있지만…….

받침돌의 모서리에 기대고 선 새뮤얼은 우툴두툴한 면에 대고 손에 묶인 천을 비벼대면서 마침내 남은 세 손가락을 빼는 데 성공했다. 마르타 캘러웨이의 집을 떠난 지 시간이 얼마나 지났을까? 의식을 잃었던 시간까지 계산해도 30분을 넘기지는 않았을 것이다.

그러면 앞으로 1시간가량 남은 건데……. 새뮤얼은 그 정도의 시간이면 충분하다고 생각했다.

새뮤얼은 달려가서 권총을 걷어차고 황금팔찌를 주웠다. 광채의 강도로 보아 타후티 신의 신성한 황금팔찌였다. 이제 메르워세르의 팔찌와 동전들이 어디로 사라졌는지 알아야 하는데…….

새뮤얼은 태양의 돌 쪽으로 돌아서서 수송의 구멍을 살폈지만, 아무것도 없었다. 타후티 신의 동전 없이는 세인트메리로 돌아가는 것이 쉽지 않았다. 이젠 정말 동전을 찾을 방법이 없는 건가? 모래시계를 조합하고 제1의 태양의 돌에 황금팔찌를 댈 때 동전을 사용하지 못하게 막는 어떤 장치를 건드린 걸까? 이번에는 타후티 신의 팔찌를 사용하는 것 외에 다른 방법이 없는 걸까?

'두 개의 태양은 동시에 빛날 수 없다…….'

하지만 태양의 돌 두 개를 차례로 사용했는데 왜 실패했을까?

새뮤얼은 아우라에 휩싸인 황금팔찌를 태양문양에 가까이 가져갔다. 황금팔찌는 태양문양에 꼭 들어맞았지만 어떤 반응도 없었다. 태양문양도 수송의 구멍도 받침돌도 아무런 변화가 없었다.

새뮤얼은 갑자기 등 뒤에서 뭔가 이상한 기운을 느꼈다. 최악의 상황일까 두려워하면서 홱 돌아섰는데 황금빛 벽에서 발견한 것은 상상과는 전혀 달랐다. 타후티 신이 움직이고 있었으니! 타후티 신의 발치에 축소된 인물들도 모두 움직이고 있었다! 만화영화처럼!

윤곽이 흐릿한 옷차림에 숱진 머리, 옆모습으로 표현된 호리호리한 인물들이 수평으로 움직이고 있었다. 살아서 움직이는 만화영화의 캐릭터들처럼!

새뮤얼은 착시 현상이 아닌지 확인하기 위해 한 발짝 앞으로 나갔다. 따오기 머리의 신이 보이지 않는 파라오에게 아주 평범한 왕관을 씌워주는 것처럼 위엄 있게 목과 긴 부리를 숙이고 있었다. 왕관을 씌워주는 듯한 행동을 끝낸 타후티 신이 천천히 머리를 들었다가 다시 그 행동을 반복했다.

타후티 신의 다리 양쪽에서는 백성들이 장난꾸러기 아이들처럼 야단법석을 떠는 것 같았다. 그러나 자세히 보니 그 무질서는 표면적인 것일 뿐이었다. 각 장면마다 나름의 일관성이 있고, 같은 인물들이 같은 행동을 반복했다. 그 인물들 중에 계속 등장하는 남자가 있었다. 튜닉 차림에 키가 작은 민머리 남자는 다른 인물들과 달리 가죽자루를 어깨에 메고 있었다. 세트니? 어쨌든 새뮤얼과 릴리에게 나타났을 때의 모습과 아주 흡사했다. 민머리와 어깨에 줄곧 둘러메고 있던 가죽자루. 물론 동일인이라고 확인할 방법은 없었다. 내벽의 황금빛 물질에 새긴 인물들은 윤곽이 흐릿한 데다 모두 눈매가 비슷비슷하고, 표정도 똑같았다. 그러나 어딘가 낯이 익었다. 어쨌든 아몬을 섬기는 대신관의 무덤인데 세트니일 가능성도 있었다.

새뮤얼은 계속 유심히 살피다가 마침내 눈앞에 있는 시퀀스마다 세트니를 찬양하는 짧은 스토리를 담고 있다는 걸 알아차렸다. 예를 들어 타후티 신의 왼쪽 무릎 높이에 신관의 모습을 표현한 다섯 개의 장면이 이어져 있었다. 거대한 조각상—아몬 신의 조각상인가?—앞에 엎드린 모습, 연못에서 목욕재계하는 모습, 갈대밭에서 찾아낸 상자에서 여러 개의 석판을 꺼내는 모습—태양의 돌을 작동하는 법을 설명하는 것일까?—, 무릎을 꿇고 태양문양을 손으로 만지는 모습, 강가에 있는 또 다른 태양의 돌 옆에서 깨어나는 모습…….

다음 이야기도 다섯 개의 장면이 연속되는데 갑옷 차림의 기병들이 탑으로 들어가려고 애쓰는 모습이 표현되어 있었다. 그다음은 식물이 울창한 섬에서—우거진 풀이 하늘거리고 있었다—흥분한 세 남자가 반쯤 흙에 묻힌 태양의 돌을 파괴하지 못하도록 막는 신관의 모습이 표현되어 있는데, 새뮤얼은 세 남자의 삼각모자와 검을 보면서 해적이라고 생각했다. 게다가 여기서부터는 신관이 마치 태양의 돌을 지키듯 오른손에 들고 있는 모습이 일관성 있게 나타났다. 진정한 돌지기 세트니 대신관의 모습이 아닌가.

새뮤얼은 편안한 자세로 다음 벽화들을 보기 위해 쭈그리고 앉았다. 여전히 몇몇 장면은 무슨 뜻인지 이해가 되지 않았지만—예를 들어 가마에 탄 나이 든 남자가 보석으로 치장한 공주와 알 수 없는 게임을 하는 장면—, 다른 장면들은 많은 걸 연상시켰다. 세트니가 둥근 산 속에서 파고다형 궁전을 발견하고, 지팡이에 의지하는 수염이 덥수룩한 노인과 오랫동안 대화를 나눈 다음 침대에 눕게 도와주는 장면이 특히 그랬다. 노인은 진시황이 틀림없었다. 그리고 세트니가 세계지도를 그리는 데 열중한 모습도 있었다. 대신관이 그토록 자랑스러워하던 태양의 돌이 있는 위치를 그린 지도! 이런 열다섯 개의 장면을 배경으로 타후티 신은 계속 엄숙하게 상체를 숙이고 있었다. 열다섯 개의 장면은 세트니 대신관의 행적을 그린 벽화가 틀림없었다!

그러나 그중에서 특히 새뮤얼의 관심을 끄는 것이 있었다. 왼쪽 벽화 아래쪽에 그려진 일련의 이미지들이었다. 그리 객관적인 시각이라고 할 수 없을지 모르지만, 새뮤얼은 이 장면에서 세트니 대신관과 함께 있는 소년과 소녀의 모습에 눈길이 머물렀다. 다섯 장면으로 이뤄진 시퀀스의 첫 번째 그림에서 태양의 돌을 든 세트니가 긴 복도를 따라 두 아이를 뒤쫓는 모습을 보면서 새뮤얼은 1932년의 시카고에서 탔던 기차를 떠올렸다. 두 번째 장면은 대신관이 두 아이를 부랑아 무리로부터 구하기 위해 개입하는 모습이었다. 팩스턴 패거리! 세 번째 장면은 대신관과 두 아이가 태양의 돌이 있는 위치를 그린 지도를 펼쳐놓고 얘기를 나누고 있고, 네 번째 장면은 피라미드를 짓고 있는 건축가이자 시간 여행가! 즉 대신관이 이야기해주었던 임호텝이 틀림없었다! 다섯 번째 장면에서는 이상한 의식이 거행되고 있는데 대신관이 서 있는 자세로 바닥에 무릎을 꿇은 소년을 향해 태양의 돌을 내미는 모습이었다. 소년은 눈을 감고 하늘을 향해 두 손을 쳐든 자세로 태양의 돌을 받고 있는데 마치 중요한 임무를 받는 것 같았다.

새뮤얼은 다섯 개의 장면으로 이뤄진 그림을 오랫동안 응시했다. 앞의 네 장면은 세인트메리에서 대신관과 만났을 때를 표현한 것이지만 마지막 장면은 진실이라고 할 수 없었다. 아니면 하나의 상징으로 보아야 하는 걸까? 세트니 대신관이 새뮤얼에게 돌을 지키는 임무를 완수할 자격이 있다는 말을 한 건 사실이었다. 하지만 새뮤얼은 그렇게 하겠다고 답하지 않았다.

새뮤얼은 후계자의 손에 태양의 돌을 주려고 허리를 숙이는 대신관의 동작을 다시 한 번 유심히 살폈다. 타후티 신의 몸짓과 비슷한 데가 있었다. 타후티 신은 작은 돌이 아니라 왕관을 들고 있다는 것을 제외하고는. 아무 장식이 없는 동그란 머리띠 모양의 아주 평범한 왕관이었다. 게다가 모양만 왕관이지 어떤 머리에도 씌울 수 있는 크기가 아니었다. 그렇다면 혹시……. 왕관이 아니라 반지? 중요성을 고려해서 아주 크게 표현한 반지일 가능성도 있었다. 영생의 반지……. 황금팔찌 두 개를 가진 루돌프를 유인해서 여기까지 왔던 것은 바로 영생의 반지를 얻기 위해서가 아닌가.

새뮤얼은 오래 생각하지 않았다. 타후티 신의 발치에 무릎을 꿇고 앉아 대신관과 함께 있는 소년의 동작을 흉내 내면서 눈을 감고 두 손을 내밀었다. 우스꽝스러운 모습일 수 있지만 이것이 반지를 갖고 떠날 수 있는 최선의 방법이라면…….

처음에는 아무 일도 일어나지 않았다. 그러다 잠시 후, 석관 쪽에서 금속성의 작은 소리가 났다. 새뮤얼은 눈을 뜨고 태양의 돌을 향해 뛰어갔다. 타후티 신의 팔찌는 여전히 태양문양에 있었다. 그런데 수송의 구멍은 더 이상 비어 있지 않고, 안에 동전이 한 움큼 들어 있었다.

새뮤얼은 재빨리 동전을 셌다. 하나, 둘, 셋, 넷…… 일곱, 일곱 개였다! 일곱 개의 동전을 되찾게 되다니! 그뿐만이 아니었다. 메르워세르의 팔찌는 돌아오지 않았지만, 드디어 돌로 만든 반지, 영생의 반지가 모습을 드러냈다. 야호!

새뮤얼은 반지를 손바닥에 올려놓고 흥분과 동시에 감격했다. 그토록 원하던 반지가 이렇게 평범할 줄이야! 우툴두툴한 잿빛 돌로 만든 반지, 조각이 되어 있지도, 어떤 기호가 새겨 있지도 않은 그저 평범한 돌 반지. 이런 반지를 보고 어느 누가 그런 엄청난 힘을 지니고 있다고 생각할까? 영생의 반지를 손에 넣게 되다니!

새뮤얼은 타후티 신에게 감사의 뜻을 표하기 위해 돌아섰지만, 벽화는 이미 부동 상태를 되찾은 뒤였다. 하는 수 없지……. 이제는 빨리 7월 11일로 돌아가야 했다.

황금팔찌를 집어 든 새뮤얼은 잠금쇠를 풀고 태양의 돌을 작동하기 위한 준비를 했다. 먼저 유리 쇠똥구리 동전에 이어서 고고학자 체임벌린의 노란색 동전, 진시황의 중국 동전과 아랍 글자를 새긴 테베의 동전을 차례로 황금팔찌에 끼우던 새뮤얼은 나머지 동전들이 어떤 건지 궁금해졌다. 불을 밝혀서 자세히 살펴볼 필요가 있었다.

새뮤얼은 젊은 루돌프가 터널 입구에 떨어뜨리고 간 랜턴을 집어다 받침돌에 올려놨다. 나머지 세 개는 루돌프의 사무실에서 훔쳐온 동전들이었다. 은으로 만든 것하며 날짜와 시간이 새겨 있는 것하며 동전들이 아주 비슷했다. 첫 번째는 새뮤얼의 생일 6월 5일 날짜의 동전, 두 번째는 앨리시어와 함께 미래에서 돌아오게 해준 엿새째 날의 동전. 그런데 세 번째 동전에는 어머니를 구하러 돌아가야 할 날짜 7월 11일이 아니라 7월 23일이 새겨 있었다!

"비열한 놈!" 새뮤얼은 부르짖었다. "비열한 놈!"

루돌프……. 루돌프가 마르타 캘러웨이의 집으로 돌아갈 수 있는 동전을 바꿔치기 한 것이다! 새뮤얼이 자동차 트렁크에 갇혀 있을 때 바꿨을까? 아니면 출발하기 전에 루돌프가 동전을 갖고 알 수 없는 짓을 하더니 그때였을까? 7월 23일……. 12일 후라니! 이건 애초부터 루돌프가 엘리사를 살려줄 생각이 전혀 없었다는 뜻이다. 루돌프는 영생의 반지를 손에 넣을 때까지 시간을 벌려는 속셈이었던 거야! 그래서 어머니를 영원히 못 보게 될 거란 말을 한 거였어!

새뮤얼은 너무 화가 나서 동전들을 내팽개칠 뻔했다. 그때 멀리서 개 짖는 소리가 들려서 새뮤얼은 침착해지려고 노력했다. 발굴 현장의 경비원이 개를 데리고 순찰을 도는 것이 틀림없었다. 어쩌면 도망친 젊은 루돌프가 체임벌린에게 보고했을지도 모랐다

새뮤얼은 정신을 차리고 곰곰이 생각했다. 황금팔찌도 있고, 일곱 개의 동전도 있는데…… 여기서 주저앉을 수는 없었다. 어딘가를 경유해서 길을 돌아가긴 하겠지만, 원하는 때에 세인트메리에 도착할 방법은 분명히 있을 거야.

새뮤얼은 일곱 개의 동전을 다시 하나하나 살폈다. 제일 가까운 날짜의 동전을 선택해야 그나마 가능성이 있었다. 6월 5일, 생일 날짜의 동전……. 그날이라면 아버지 앨런이 맡겨놓은 동전들을 맥스 아저씨가 아직 간직하고 있을 때였다. 그중에서 파란색 플라스틱 칩만 손에 넣으면 루돌프의 아지트로 갈 수 있었다. 사무실 안의 진열장에 있는 7월 11일 날짜의 동전만 손에 넣는다면…….

물론, 그것은 어머니에게 가기까지 적어도 두 단계를 더 거쳐야 한다는 의미였다. 그 모든 일을 최소한 60분 안에 해낼 수 있을까? 어려운데……. 어렵지만 전혀 불가능한 것도 아니었다. 생일 날짜의 동전은 17시라고 새겨 있는데, 그날—새뮤얼에게 이 모든 일이 시작되었던 날—새뮤얼은 오전 중에 아이오나 섬을 향해 첫 번째

시간 여행을 떠났었다. 따라서 새뮤얼이 자신의 분신과 맞닥뜨릴 위험은 없었다. 성공하는 데 필수적인 조건이었다!

동전을 선택한 새뮤얼은 나머지 동전들을 황금팔찌에 끼워 넣고 태양의 돌에 가까이 가져가다가 깜짝 놀랐다. 황금팔찌가 제자리를 찾아가기 위해 새뮤얼의 손을 빠져나갔던 것이다. 마치 의지대로 움직이는 생명체처럼!

그 순간 여섯 개의 빛살에서 분출하는 진주 같은 금빛 알들이 휘황찬란한 빛의 장막을 만들어냈다. 새뮤얼은 수송의 구멍에 영생의 반지를 집어넣은 다음 태양문양을 향해 손을 내밀었다. 가슴속 시간의 박동과 발밑의 흔들림이 이토록 강력하게 느껴지기는 처음이었다. 땅과 시간, 태양이 우주와 일체가 되는 것 같았다. 손바닥을 펴면서 마지막으로 태양문양을 뚫어져라 쳐다보던 새뮤얼은 태양의 돌에게 덥석 붙잡히는 느낌이 들었다.

XXXI

선물

새뮤얼은 이상한 느낌 때문에 깨어났다. 추웠다. 뜨거운 열기에 휩싸인 상태로 출발했는데 몸이 얼어붙는 것처럼 추웠다. 새뮤얼은 눈을 뜨고 뭔가 잘못되고 있다는 걸 알아차렸다. 지하실은 생일날 떠날 때의 상태가 아니었다. 태양의 돌을 숨기기 위한 칸막이도, 유니콘 무늬가 있는 태피스트리도, 간이침대도, 노란색 걸상도, 심지어 태양의 돌조차 없었다.

어리둥절한 새뮤얼은 휘청거리면서 일어났다. 분명히 지하실은 맞는데 낯익은 것이라곤 보이지 않았다. 사방에 쌓인 상자들, 상자를 나르기 위한 바퀴 달린 수레, 약간 열린 창문 밑에 놓인 커다란 탁자, 바닥 여기저기 흩어져 있는 스티로폼, 끈, 페인트 냄새……. 이삿짐인가?

"태양의 돌……." 새뮤얼은 중얼거렸다.

안쪽 구석을 뒤지던 새뮤얼은 플라스틱 재질의 덮개를 들추고 태양의 돌을 찾아냈다. 황금팔찌와 동전들도 얌전히 제자리에 있었다. 새뮤얼은 안도의 숨을 내쉬면서 호주머니에 팔찌를 집어넣었다. 온몸이 덜덜 떨리는 새뮤얼은 수송의 구멍에서 꺼낸 영생의 반지를 손에 꼭 쥐면서 마음을 가라앉혔다. 그러고는 창문 앞에 섰는데 바깥은 6월 5일 17시에 어울리게 화창한 날씨였다. 그렇다면 제대로 온 건가?

그 순간 새뮤얼은 탁자 위에 놓인 플래카드를 발견했다. 초록색으로 도안한 커다란 글씨였다. 6월 3일, 포크너 고서점 개점!

6월 3일, 새뮤얼은 다시 읽어보면서 아연실색했다. 어떻게 이럴 수가! 아버지가 서점을 열었던 것은 한겨울 크리스마스 며칠 전이었는데! 도저히 이해할 수 없었다.

충격을 받은 새뮤얼은 다리가 후들거려 탁자에 기대야 했다.

6월 3일, 내 생일 이틀 전인데……. 그렇다면 아버지의 서점이 이미 몇 달 전부터 존재하고 있었단 말인가? 너무 혼란스러웠다.

새뮤얼은 쓰러지지 않으려고 탁자에 몸을 기대면서 두 손으로 짚었다. 이 모든 것에는 어떤 이유가 있는 것이 틀림없었다. 동전이 제대로 인도했는데도 이전과 전혀 다르다면 이것이 의미하는 것은 단 한 가지, 과거가 변했다는 것밖에 없었다. 열네 살이 되는 생일보다 몇 주일, 아니면 몇 달, 몇 년 전에 시작되어 6월 3일까지 이어지는 또 하나의 시퀀스, 새뮤얼이 살았던 것과는 완전히 다른 일련의 사건으로 이뤄지는 시퀀스가 존재한다는 건데……. 그렇다면 이 새로운 과거 버전에서는 앨런 포크너가 행방불명된 것이 아니고, 아들 새뮤얼은 아버지를 찾으려고 지하실을 뒤질 필요가 없다는 뜻이기도 했다. 따라서 새뮤얼은 태양의 돌을 발견하는 일도, 아이오나 섬으로 가는 일도 없는 것이다.

"틀림없어." 등 뒤에서 누군가가 속삭였다.

새뮤얼은 탁자에 몸을 기댄 채 조심스럽게 돌아섰다. 목소리로는 누군지 모르겠는데 왠지 모르게 낯설게 느껴지지 않았다. 층계 밑에, 청바지에 흰 셔츠 차림의 소년이 종이봉지를 들고 새뮤얼을 유심히 관찰하고 있었다. 새뮤얼 포크너……. 또 한 명의 새뮤얼 포크너! 같은 나이, 반항기가 엿보이는 눈빛, 좀 더 가냘픈 체격…….

제2의 새뮤얼은 전혀 놀라는 기색 없이 다가와서 강렬한 눈빛으로 바라보았다.

"내가 미친 건가? 너 유령은 아니지?"

자기 자신과 맞닥뜨렸다는 놀라움과 육신이 더는 버티지 못할 것이라는 느낌 때문에 새뮤얼은 대답할 수 없었다. 몸속에서 살과 피가 빠져나갈 준비를 하는 것 같았다.

"내가 3년 전부터 봐왔던 모든 것." 제2의 새뮤얼이 말을 계속했다. "다시 말해 내가 맹장 수술을 받고, 엄마가 사고를 당하는 순간

부터…… 나는 꿈이 아닐까 생각했어!"

제2의 새뮤얼이 한 발짝 더 다가와서 형제처럼 다정하게 손을 내밀었다.

"나는 너를 많이 봤어. 여기 세인트메리뿐만 아니라 여기저기 이상한 장소에서도. 네가 뛰어다니던 눈 덮인 도시 브루게, 곰의 공격을 피해 달아나던 선사시대의 동굴, 해적선이 정박해 있는 중세의 섬, 화산 폭발로 파괴되는 도시 폼페이, 나에게 정신분열 증세가 있어서 인격분열이 일어나고 있다고 주장하는 의사……. 하지만 나는 머릿속에서만 일어난 일들이 아니라고 말했어. 이건 실제로 일어난 일들을 내가 기억하는 것이라고!"

그 말속에 거의 번뇌에 가까운 혼란스러움이 느껴졌다. 새뮤얼은 본능적으로 그 이유를 알았다. 3년 전의 세인트메리로 가기 위해 맹장 수술을 받을 때의 마취 상태를 이용하여 시간의 흐름을 역행한 것에 대한 따끔한 질책이 내포되어 있었다. 두 새뮤얼은 시공간을 넘어 특별한 끈으로 연결되어 있는 것이 틀림없었다. 어쨌든 미래의 새뮤얼이 외과 수술의 통증을 느낄 수 있다면 그 통증이 과거의 새뮤얼에게 전해지는 것은 당연한 일이 아니겠는가.

"미, 미안해." 새뮤얼은 마침내 말문을 열었다.

"미안해할 필요 없어." 제2의 새뮤얼이 미소를 지었다. "네 잘못만은 아냐. 우리는 둘이니까. 사실 너와 나는 하나야, 안 그래? 아빠가 이 집을 샀을 때 난 이곳에 발을 들여놓지도 않았는데 어디인지 알아본 이유를 이제야 깨달았어."

제2의 새뮤얼은 걱정스러운 얼굴로 말을 중단했다.

"떨고 있잖아! 추워?"

유체 이탈이 시작되기 일보 직전일까, 새뮤얼은 느낌이 아주 이상했다. 근육이 마비되었고, 조금만 움직여도 피부의 얇은 막이 찢어질 것 같았다. 루돌프에게 일어난 일을 똑똑히 기억하고 있는데…….

"이제…… 죽는 거겠지." 새뮤얼은 탄식하듯 말했다. "그건 괜찮아. 너와 아빠가……."

새뮤얼은 한 다발의 불꽃으로 생을 마감할 거란 생각에 만감이 교차하면서 더는 말을 잇지 못했다.

"너는 죽지 않아." 제2의 새뮤얼이 대꾸했다. "너한테는 영생의 반지가 있잖아? 반지를 손가락에 끼면 돼. 여기 그렇게 쓰여 있어."

제2의 새뮤얼이 손에 쥐고 있던 종이봉지를 흔들어 보이더니 붉은 가죽으로 장정한 책 한 권을 꺼냈다. 시간의 책! 시간의 책을 갖고 있다니!

"얼굴이 창백해지고 있어. 빨리 반지를 껴!"

새뮤얼은 너무 늦었다고 생각하면서 한숨을 쉬었다. 몸이 터지기 일보직전의 물방울 같았다. 새뮤얼은 손에 쥐고 있던 반지에 집게

손가락을 밀어 넣었다. 그러나 어떤 반응을 느낄 겨를도 없이 눈부신 빛의 섬광이 번쩍하더니 주위의 세계가 폭발하면서 사방으로 흩어져버렸다.

새뮤얼은 바닥에 쓰러져 있었다. 죽었단 생각이 잠시 뇌리를 스쳤지만, 뭔가가 코를 자극했다. 새뮤얼은 눈을 떴다. 스티로폼 조각이 코에 박혀 있었다. 이건 지하실에 그대로 있다는 건데……. 이제는 몸이 떨리지도, 폭발할 것 같은 느낌도 들지 않았지만, 아주 비좁은 곳에 누워 있는 것 같았다. 50센티미터쯤 떨어진 데에 붉은 책이 보였다.

팔꿈치에 의지해서 일어나던 새뮤얼은 깨끗한 셔츠에 청바지까지 입고 있다는 걸 알았다.

"이게 어떻게 된 거지……?"

새뮤얼은 벌떡 일어나다가 두통을 느꼈다. 혼자 있는 건가?

"새뮤얼?"

그러나 아무도 대답하지 않았다. 1미터쯤 떨어진 거리의 탁자 옆에 구겨진 옷가지가 놓여 있었다. 새뮤얼이 입고 있던 옷이었다. 마치 급하게 벗어놓은 것 같았다. 이건 다시 말해서…….

"믿을 수 없어! 꿈이었단 말이야?"

새뮤얼은 옷가지 앞에 꿇어앉아서 옷을 만져보다가 경악했다. 시간 여행가의 복장이 틀림없었다. 호주머니 안에 황금팔찌도 있었다. 좀 더 떨어진 거리에 영생의 반지도 보였다.

새뮤얼은 불안한 마음으로 반지를 주웠다. 꿈이 아니었다. 루돌프처럼 폭발해서 하얀 입자로 날아다니게 될 찰나였는데……. 반지를 꼈기 때문일까?

새뮤얼은 팔, 다리, 얼굴을 만져봤다. 몸은 멀쩡했다. 숨이 막히지도 않았다. 마비되었던 근육도 자유롭게 움직였다. '너와 나는 하나야, 안 그래?' 그 말이 아직도 귓가에 생생했다. 논리적으로 생각하면 죽었어야 하는데 새뮤얼은 죽은 게 아니었다. 새뮤얼은 자신의 몸이 아닌 몸으로 깨어난 것이다. 혼자서. '너와 나는 하나야…….' 이걸 뭐라고 설명할 수 있을까? 새뮤얼과 또 다른 그 자신이 결합된 것으로 봐야 할까? 하나로 합쳐진 것으로 봐야 할까? 영생의 반지 덕분에 폭발에서 살아남은 것으로 봐야 할까? 같은 시공간에서 같은 존재 두 명이 공존하는 것이 불가능하기 때문에 서로 뒤섞여버린 것일까? 그들은 하나이기 때문에…….

혼란스러운 새뮤얼은 시간의 책을 향해 팔을 뻗었다. 제2의 새뮤얼, 다시 말해 분신이 말했었다. '여기 그렇게 쓰여 있어!' 새뮤얼은 책의 두툼한 가죽 표지를 어루만졌다. 시간의 책을 처음 발견했을 때와 비슷했다. 마치 화재로 인해 불에 탄 적도, 루돌프가 찢은 적도 없었다는 듯 온존한 상태의 책. 새로운 과거에 이어 새로운 현재가 시작되는 건가?

새뮤얼은 책을 아무 데나 펼쳤다. 두 페이지씩 반복되고, 왼쪽 윗부분에 같은 소제목이 있는 것도 똑같았다. 「반지 추적자들」. 내용을 해독하기에 앞서 새뮤얼의 눈길이 19세기풍의 흑백 삽화 네 개에 머물렀다. 삽화마다 서로 다른 인물이 표현되어 있었다. 전설에 따르면 모자를 코까지 푹 눌러쓴 수염 기른 남자의 이름은 풀드르 2세였다. 새뮤얼은 다른 세 사람을 대번에 알아볼 수 있었다. 한 명은 동양식 궁전의 창문을 통해 도망치려다 붙잡힌 듯한 모습으로 표현된 브루게의 연금술사 클러그였다. 또 한 명은 바티칸 도서관에 있는 것과 아주 흡사한 비밀 금고를 여는 세트니의 모습이었다. 마지막 한 명은 눈을 감고 바닥에 무릎을 꿇은 자세로 타후티 신의 손에서 왕관, 아니 터무니없이 커다란 반지를 받는 새뮤얼의 모습이었다. 시간의 책 속에 새뮤얼이 당당히 등장해 있다니!

호기심에 이끌린 새뮤얼은 내용을 읽기 시작했다.

오랜 세월의 우여곡절 끝에 영생의 반지—제3왕조의 조세르 왕(이집트력 4610년)—가 테베의 고대 유적지 세트니 대신관의 무덤에서 발굴되었다. 셈(샘 또는 사움)이라는 이름의 어린 여행가는 수차례 노력한 끝에 신성한 반지가 있는 곳을 알아내기에 이르렀고, 태양신 라의 심장이자 서기관들의 주인이고, 시간의 계산을 주관하는 타후티 신에게서 직접 반지를 받았다. 전설에 따르면 영생의 반지(신전의 반지 또는 영속의 반지)는 대심판관이자 만물의 주인인 태양신 라가 보트를 타고 하늘을 가로지르며 세상을 여행할 목적으로 만든 것으로 전해지고 있다. 태양신 라의 반지가 어떤 방식으로 인간들의 손에 전해졌는지는 알려지지 않았으나 반지 추적자라는 말에서 많은 사람이 반지를 탐내고 있었다는 걸 짐작할 수 있다. 그 첫 번째 인물이 네페르호텝이었으며(제3왕조의 조세르 왕, 이집트력 885년)…….

계속 읽어 내려가던 새뮤얼은 수천 년 동안 반지의 흔적을 좇았던 수많은 '반지 추적자들' 중에서 클러그라는 이름을 발견했다. 클러그가 중국에서부터 로마에 이르기까지 반지를 추적하는 여정이 기록되어 있었지만, 찾아내는 방법에 대해서는 자세한 내용이 없었다. 마치 시간의 책이 반지 추적자들의 개인 신상에 관한 비밀을 지켜주고 있는 것처럼.

마지막 문장은 신성한 반지가 지닌 힘에 관련된 것인데 그 힘을 이렇게 정의하고 있었다. 어떤 상황에서든, 어떤 위험이 닥치든 반지를 끼고 있는 존재는 그 반지를 빼지 않는 한 목숨을 보존할 수 있다. 제2의 새뮤얼이 죽지 않으려면 반지를 손가락에 끼라고 했던 것은 바로 이 대목을 두고 한 말이었다.

새뮤얼은 시간의 책을 덮고 두 손으로 머리를 감싸 쥐었다. 느낌이 이상했다. 육체적으로 이상한 것이 아니었다. 빨리 해야 할 일이 있었는데……. 맥스 아저씨의 집으로 달려가서 파란색 플라스틱 칩을 얻어 떠나야 하는데……. 그리고 아버지, 아버지가 어딘가에 살아 있는 게 분명했다. 뭘 어떻게 해야 하지?

그 순간 1층과 연결되는 층계의 문이 열리고 음악 소리가 들렸다. 귀에 익은 목소리.

"새미 오빠! 이제 와도 돼! 준비 끝났어!"

릴리……. 최고의 파트너, 너무나 소중한 릴리의 목소리였다.

"내 말 안 들려?"

새뮤얼은 일어나면서도 어떻게 행동해야 할지 알 수가 없었다. 반신반의하면서 조심스럽게 시간의 책을 종이봉지에 집어넣은 다음 옷가지를 둘둘 말아 빈 상자에 넣었다. 그러고는 집게손가락에 반지를 꼈다. 만일을 대비해서…….

릴리는 이제 계단을 내려오고 있었다. 흰색 원피스 차림에 어깨 위에서 찰랑거리는 생머리, 삐죽거리는 입술…….

릴리는 달라진 데가 없었다. 발랄하고, 당차고, 거침이 없는 사촌동생 릴리.

"생각 좀 하느라고." 새뮤얼이 미안해했다.

"또 시작이네! 빨리 와, 다 준비됐어. 모두 기다리고 계신단 말이야!"

새뮤얼이 따라가야 하나 잠시 머뭇거리자 대번에 알아챈 릴리가 물었다.

"왜 그래? 어디가 안 좋아? 정신 나간 사람 같아! 여기 계속 처박혀서 생각만 하고 있을 건 아니지?"

"그래, 알았어. 가야지."

"케이크 맛을 보면 기분이 훨씬 나아질 거야! 빨리 가자!"

새뮤얼은 로봇처럼 릴리를 따라 나갔다. 생일……. 새뮤얼의 생일이었다! 아버지가 아주 가까이 있는 것이 틀림없었다. 아버지에게 말할 수도, 아버지를 만질 수도 있는 것이다. 그다음에 파란색 플라스틱 칩을 가지러 가면 돼.

계단을 올라가는데 달콤한 초콜릿 향기가 진동하고, 롤링 스톤스의 노래가 흘러나오고 있었다. 주방의 문은 닫혀 있지만 할아버지가 응접실 문을 열어놓고 두 팔을 벌리고 있었다.

"새미, 뭐 하느라고 이렇게 기다리게 하니? 아이고, 이 할아버지 배고프구나!"

"생각할 게 있어서 지하실에 있었대요." 릴리가 놀렸다. "흘러가는 세월이 불안한 중늙은이처럼!"

"아이고, 어쩌나, 이 늙은이는 생각할 게 없어서 걱정인데!" 할아버지가 받아쳤다.

새뮤얼이 다가가서 할아버지의 팔을 잡았다. 침대 한쪽 구석에 앉아 멍한 얼굴로 하늘을 응시하면서 밑도 끝도 없는 말을 늘어놓던 할아버지의 모습이 아직도 생생했다.

"누가 할아버지를 늙은이로 보겠어요?" 새뮤얼이 부드럽게 말했다.

"맛있는 케이크를 먹으면 훨씬 젊어 보일 텐데!" 할아버지는 껄껄 웃었다. "어서 들어오너라!"

새뮤얼이 안으로 들어섰는데 이때까지 알고 있는 것과는 달리 실내가 온통 파스텔 톤이었다. 고급스러워 보이는 서가들, 자유롭게 책을 읽을 수 있게 배치해놓은 소파들, 훨씬 현대적인 디자인의 침대소파……. 화환과 꽃다발로 장식한 서점은 전체적으로 쾌적한 공간이었고, 곳곳에 걸린 게시판까지 한몫 거들고 있었다. 새뮤얼의 생일을 축하하며! 새미, 사랑한다. 열네 살이 된 걸 축하해! 행복하길! 등등.

새뮤얼은 이 사랑의 메시지들에 흔들리지 않으려고 노력했다. 여전히 혼란스러운 새뮤얼은 주위를 둘러보다가 왼쪽 벽에 진열된 사전들에 눈길이 머물렀다. 새뮤얼 자신이 직접 정리를 도왔던 것이 아닌가. 오른쪽 벽에 진열된 종교와 사이비종교 서적들……. 아버지의 서점이 틀림없었다.

릴리와 할아버지…… 아무 일도 없었다는 듯 너무 태연한 그들의 태도에 놀라면서 새뮤얼은 화가 치밀었다. 어떻게 이럴 수가 있지?

"아빠는 어디 계세요?"

"하이파이 오디오 쪽에 있어." 할아버지가 손가락으로 가리켰다. "거기 선물꾸러미들도 있는데 아직은 풀어보면 안 된다!"

역사 서적들—분류표에 중세의 흥망성쇠라고 적혀 있었다—이 있는 서가를 돌던 새뮤얼은 바로 뒤에서 레코드판들을 들여다보는 아버지를 발견했다. 그 옆의 탁자 위에 반짝이 포장지로 싼 선물 상자 두 개가 놓여 있었다.

"아빠?" 새뮤얼이 불렀다.

타임, 이즈 온 마이 사이드, 예스 잇 이즈!

믹 재거가 목청껏 부르는 노래가 흘러나왔다.

"아빠!" 새뮤얼이 더 크게 불렀다.

이번에는 앨런이 활짝 웃는 얼굴로 돌아봤다.

"샘, 내 아들! 할아버지, 할머니가 드디어 너를 들어오게 했구나! 이런 서프라이즈를 왜 그렇게 좋아하시는지, 정말 못 말리는 분들이야! 문을 다 닫고 파티 준비가 끝나기 전에는 절대 주인공을 못 들어오게 하고……."

새뮤얼은 어안이 벙벙한 얼굴로 아버지를 뚫어져라 쳐다봤다. 분명히 아버지였다. 건강한 상태의 아버지가 롤링 스톤스의 레코드 재킷을 손에 들고 서 있었다. 그동안 주위에서 끊임없이 일어난 사건들을 전혀 짐작도 못하는 듯 그저 행복한 모습의 아버지, 늘 딴 생각에 빠져 있는 이 모습, 책과 역사를 사랑하는 앨런 포크너의 본 모습이었다. 어릴 적부터 운명적으로 태양의 돌과 연결되어 있고, 사랑하는 아내를 구하기 위해 과감하게 드라큘라에게 맞섰던 앨런 포크너가 지금은 아주 평범한 아빠의 모습을 보여주고 있었다.

"왜 그러니? 내가 무슨 나쁜 말이라도 했나? 할아버지와 할머니에 대해 한 말은 농담이니까 안심해! 실은 나도 서프라이즈를 아주 좋아하거든!"

"아빠를 안아봐도 돼요?" 새뮤얼이 말했다.

"당연히 되지! 근데 네가 언제부터 허락을 받았다고 그런 걸 물어?"

앨런이 직접 다가와서 아들의 뺨에 쪽, 소리가 나게 입맞춤을 했다.

"하지만 선물 상자를 풀어보고 싶어도 좀 더 기다리는 게 좋을 거다. 지금 열어보면 재미가 없으니까!"

틀림없는 아버지였다. 생일 때마다 아버지는 그토록 고대하던 선물을 절대로 미리 풀어보지 못하게 했다. 그리고 잔뜩 기대를 하고 상자를 열 때마다 늘 예상했던 선물이 들어 있었다. 새뮤얼은 두 개의 상자에 들어 있는 선물이 무엇일지 짐작이 갔다. 작은 상자에는 빅토르 시계 가게에서 점찍어두었던 세계 여러 도시의 시간을 동시에 알려주는 멋진 시계가 들어 있을 것이고, 더 큰 상자에는 점점 매료되고 있는 이집트 문명에 관한 백과사전이 들어 있을 것이 틀림없었다.

새뮤얼은 쓸데없는 생각을 떨치려고 머리를 흔들었다. 무슨 수로

이 선물들이 뭔지 알 수 있단 말인가! 빅토르 시계 가게에 갖고 싶은 시계가 있다거나 이집트 백과사전에 대해 입도 벙긋한 적이 없는데! 그렇지만 아주 이상했다. 선물들이 분명히 눈에 보이는 것 같았다.

"릴리, 커튼을 쳐야지! 음악 소리 좀 낮춰요!"

갑자기 등장해서 두 가지 지시를 내린 이블린 고모가 새뮤얼을 발견하고 윙크를 보냈다. 이 과거의 버전에서는 고모와 조카 사이가 좋은 것 같았다. 고모와 릴리가 창문에 커튼을 치는 사이에 아버지는 음악 소리를 죽였고, 할아버지는 불을 밝혔다. 새뮤얼은 당장 사라지지 않으면 상황이 아주 복잡해질 위험이 있을 거라고 생각했다.

새뮤얼이 살금살금 현관문 쪽으로 걸어가서 손잡이를 잡는 순간, 할머니와 또 한 명의 부인이 주방에서 나왔다. 새뮤얼은 자신도 모르게 멈칫했다. 몸에 너무 꽉 끼는 분홍색 꽃무늬 원피스 차림의 부인은 티파니 맥파이였다. 미스 맥파이가 여기서 뭐 하는 거지? 무슨 명목으로 이 마귀할멈을 새뮤얼의 생일 파티에 초대한 것일까?

맥파이는 뚫어져라 쳐다보는 새뮤얼의 시선을 피하듯 벽 쪽으로 뒷걸음치고 있었다. 새뮤얼은 파티에 참석한 이유를 다그쳐 묻고 싶었지만, 문득 미스 맥파이가 전체적으로 보면 포크너 가족과 좋은 관계였던 것이 기억났다. 어느 화창한 아침, 맥파이가 그토록 좋아하는 초콜릿 상자를 선물로 갖다주면서 잘 보살펴줘서 고맙다고 인사하던 새뮤얼 자신의 모습이 떠올랐다. 맥파이이는 겸연쩍은 얼굴로 초콜릿 상자를 받았다. 그 이미지가 사라진 뒤에도 생생한 현실처럼 지속되는 느낌이 들었다.

"새미, 네가 배고프면 좋겠는데!" 할머니가 식탁에 케이크 놓을 자리를 만들기 위해 접시를 조금씩 옆으로 밀었다.

할머니는 장난기 섞인 눈빛으로 다가와서 새뮤얼의 이마 위로 흘러내린 머리를 넘겨주었다.

"네 생일 케이크, 아마 깜짝 놀랄 거다! 티파니가 굉장한 레시피를 가져왔거든."

그렇게 말하고 나서 할머니는 점점 더 어리둥절해하는 손자를 두고 다시 주방으로 사라졌다. 티파니 맥파이……. 굉장한 레시피……. 가족들은 왜 이 비양심적인 부인에게 이런 대접을 하는 걸까?

그런 의문을 갖는 순간 또 다른 장면이 떠올랐다. 분명히 실제로 경험한 일이 아닌데 장면이 너무나 생생했다. 새뮤얼이 아버지와 함께 경찰서 의자에 앉아 있는 장면이었다. 허벅지가 여전히 불편한 것으로 보아 맹장 수술을 받은 지 며칠 후인 것 같았다. 콧수염을 기른 경찰관이 덩치에 어울리지 않는 아주 나직한 소리로 말하는데 맥파이이에 대한 얘기였다. '신고하신 분은 이웃에 사는 미스 맥파이이였습니다. 선생님의 집 앞에서 수상한 일이 벌어지고 있다는 내용이었지요. 어느 종교단체에서 나온 선교사 같은 이상한 옷차림으로 자전거를 탄 소년이 서성거리더니 잠시 후 나이가 훨씬 많은 남자가 나타났답니다. 그래서 강도가 든 게 아닐까 불안해하고 있는데 얼마 후 나이 든 남자가 차고에서 선생님 집의 차를 몰고 나왔대요. 한 번도 본 적이 없는 낯선 남자인 데다 선생님이 출타 중이라는 사실을 알기 때문에 경찰서에 신고를 한 겁니다. 순찰대가 출동했을 때 대문이 열려 있었고, 침실에 싸운 흔적이 있었지요. 필시 최악의 상황이 벌어진 거라고 직감하고 있을 때 침대 옆에 떨어져 있는 걸 발견하게 되었지요. 바로 이겁니다.'

경찰관이 투명한 비닐봉지 하나를 책상 위에 올려놨는데 이름과 주소가 적힌 개 모양의 열쇠고리가 보였다. 마르타 캘러웨이, 바렌보임 27번지, 세인트메리.

'덕분에 용의자의 주소를 확보할 수 있었지요.'

중요한 순간이기 때문에 새뮤얼은 좀 더 정신을 집중하고 싶었지만, 할아버지가 갑자기 불을 껐고 모두 노래를 부르기 시작했다.

"생~일 축~하합니다~~. 생~일 축~하합니다~~."

새뮤얼은 다시 떠올리려고 애를 썼지만 헛일이었다. 그렇지만 한 가지 확신을 얻었다. 머릿속에 불쑥 떠오른 장면들이 제2의 새뮤얼과 관련되어 있다는 것이었다. 이건 분신의 기억이고, 분신에게 일어난 일인데 둘이 하나로 합해지면서 기억의 일부가 섞인 것이다.

그런데 분신의 기억은 아주 중요한 과거의 한 부분을 바꿔놓은 것이었다. 지난 3년이란 시간의 흐름에 근본적인 영향을 미치는 아주 중요한 변화였다.

"사랑하~는 새~뮤~얼, 생~일 축~하합니다~~."

노래가 박수 소리와 함께 끝나갈 때 양초를 꽂은 커다란 생일 케이크가 모습을 드러냈다. 초콜릿과 크림과자를 씌운 3단 케이크와 함께 파란 불꽃을 반짝이는 촛대 두 개가 등장하고 있었다.

"브라보, 브라보!" 릴리가 즐거운 탄성을 내질렀다.

"생일 축하한다, 내 아들." 아버지가 말했다.

"포크너 서점의 번영을 위하여!" 할아버지도 한마디했다.

새뮤얼은 어두컴컴한 속에서 양초 불빛에 빛나는 예술작품 같은 케이크를 쳐다보다가 눈이 휘둥그레졌다. 놀랍게도 그 멋진 케이크를 들고 있는 사람은 할머니가 아니었다. 그럼……? 저 실루엣은……. 뒤로 빗어 넘긴 긴 머리, 우아한 걸음걸이……. 환영일까? 또 꿈을 꾸고 있는 걸까?

"엄마?" 목이 멘 새뮤얼이 속삭였다.

근사한 케이크가 웃음소리와 환호성 속에 응접실을 통과하는 사이에 새뮤얼은 눈물이 핑 돌았다.

"엄마, 정말 엄마 맞아요?"

흔들리는 양초 불빛에 반사된 엘리사는 여신처럼 보였다. 눈부시게 아름다운 얼굴…… 의심의 여지가 없는 어머니, 어머니가 맞았다.

새뮤얼은 그 순간 여러 가지 생각이 교차했다. 어머니가 살아 있다는 건 위기를 모면하고 살아남았다는 뜻이 아닌가! 그리고 좀 전에 불쑥 떠오른 맥파이에 대한 기억은 그녀가 어머니를 살리는 데 큰 몫을 했음을 의미하는 것이었다. 맥파이는 새뮤얼이 다녀간 뒤에 경찰에 신고한 것이 틀림없었다. 그런데 맥파이의 의도와는 달리 신고를 받고 출동한 경찰이 우연히 발견한 마르타 캘러웨이의 주소가 적힌 열쇠고리 덕분에 바렌보임의 집까지 추적하기에 이르렀고, 마르타가 범행을 저지르기 전에 엘리사 포크너를 구해낼 수 있었던 것이다.

이것은 새뮤얼이 3년 전으로 돌아가서 개입한 것이 성공적이었다는 의미이기도 했다. 루돌프가 어머니를 죽이지 못하게 막으면서 원래 버전에 가까운 시퀀스를 만들어낸 것이었다. 건강한 모습으로 살아 있는 엘리사 포크너, 병원에 입원해 있을 이유가 없는 앨런, 위험을 무릅쓰고 시간의 길로 뛰어들 이유도 없는 새뮤얼……. 어떻게 보면 모든 걸 정상으로 되돌려놓은 것이다!

"뭐 하니, 샘?" 어머니가 인자한 미소를 보냈다. "이제 촛불을 꺼야지?"

새뮤얼은 몽롱한 무기력 상태에서 빠져나와야 했다. 이 목소리……. 새뮤얼에게 자장가를 불러주고, 달래주고, 가르쳐주고, 인도해주던 목소리. 상실감과 외로움에 시달리며 3년 동안 밤마다 떠올리려고 애쓰던 목소리. 마음을 편안하게 해주는 차분하고 맑은…… 엄마의 목소리. 이제는 이 현실을 받아들여야 하는 건가?

마침내 새뮤얼은 현관문을 뒤로하고 어머니 엘리사에게서 눈을 떼지 않은 채 식탁 쪽으로 다가갔다. 어머니의 이마에 난 흉터를 눈여겨봤다. 루돌프 때문에 탁자에 부딪치면서 다친 상처가 분명했다. 하지만 그 외에는 어머니의 모습 그대로가 아닌가!

"촛불! 촛불!" 할아버지와 릴리가 동시에 외쳤다.

새뮤얼은 크림을 입혀서 꾸민 멋진 케이크를 향해 돌아섰는데 분홍색 생크림으로 쓴 글씨가 돋보였다. 새뮤얼의 생일을 축하하며! 새뮤얼은 숨을 길게 들이마셨다가 마치 악몽 같았던 지난 3년의 기억을 지워버리겠다는 듯 힘껏 불어서 열네 개의 촛불을 껐다. 그 순간 쏟아지는 축하의 말을 들으면서 새뮤얼은 어머니의 품에 안겼다. 어머니의 긴 머리에 얼굴을 묻고 그리운 향기를 맡으면서 새뮤얼은 울지 않으려고 입술을 깨물었다.

"사랑해요, 엄마." 새뮤얼이 속삭였다.

"나도 사랑해. 오! 내 아들, 샘."

그렇게 얼마 동안 열렬한 애정 표현으로 재회의 기쁨을 나누는 사이에 릴리가 불을 켰다. 새뮤얼은 어머니의 품에서 나와 모든 식구, 미스 맥파이에게도 고맙다고 인사했다. 그러자 제일 성질이 급한 할아버지가 금빛 반짝이로 포장한 선물꾸러미 두 개를 흔들었다.

"이제 선물을 개봉해야지!" 할아버지가 분위기를 띄웠다.

새뮤얼은 온 식구가 쳐다보는 가운데 화려한 리본을 풀기 시작했다. 아버지와 어머니가 흐뭇한 얼굴로 지켜보고 있었다. 되찾은 행복……. 좀 전에 예상했던 대로 작은 상자에는 글자판이 선명하고 태엽이 달린 근사한 시계가 들어 있었다.

"시계 가게 주인이 여기 세인트메리뿐만 아니라 브루게와 테베의 시간도 맞춰놨어. 마음에 들지?" 어머니가 말했다.

"와, 정말 너무 예쁘네요. 번쩍번쩍 빛이 나고……." 미스 맥파이는 도저히 참을 수가 없는지 끼어들었다.

이어서 새뮤얼이 두 번째 포장지를 뜯었고, 『파라오 백과사전』이 들어 있었다. 하토르의 상징에 대해 알아보기 위해 아버지의 서점을 뒤지다가 발견했던 바로 그 사전인데 19세기에 출판된 희귀본이었다.

"앞으로도 계속 책에 관심이 있으면 일주일에 한두 번 서점에 와서 나를 도와줘." 아버지가 덧붙였다. "벨에어에서 그리 멀지도 않고, 용돈까지 벌 수 있으니 일석이조잖아."

이 시퀀스에서는 포크너 가족이 여전히 벨에어의 집에 살고 있군. 새뮤얼은 중요한 정보를 머릿속에 새겨두었다.

"그럼 나야 너무 기쁘지요. 정말 좋은 생각이에요!"

"이 케이크 정말 맛있게 생겼구나. 보기 좋은 음식이 맛도 좋다는데." 할아버지가 감탄했다.

"어떻게 애보다 당신이 더 좋아해요?" 할머니도 한마디했다.

"여보, 늙으면 한 가지 욕심밖에 없는 거요! 맛있는 음식을 즐기는 기쁨!" 할아버지가 응수했다.

어머니가 먹음직스러운 크기로 케이크를 자르고 있을 때 초인종이 울렸다.

"샘, 네가 나가볼래?" 어머니가 말했다.

어머니가 원하면 하늘에 있는 달이라도 따다 주고 싶은 새뮤얼은 기꺼이 문을 열어주기 위해 자리에서 일어났다.

"저 위쪽에 사는 이웃일 거야." 할아버지가 말했다. "귀가 약간 먹었지만 아주 좋은 사람이야. 내가 생일 파티가 있으니까 들르라고 했거든."

새뮤얼은 맥스 아저씨라고 생각했다. 이제는 맥스 아저씨까지 등장하다니! 혹시 파란색 플라스틱 칩을 가져오지 않을까? 그러면 다시 떠나야 하는 건가? 이제는 정말 떠나고 싶은 마음이 전혀 없었다. 이 시대가 정말 마음에 드는데…….

그러면서 서둘러 문을 열던 새뮤얼은 심장이 멈추는 것 같았다. 앨리시어……. 앨리시어가 눈앞에 있었다. 검은색 진 바지에 청록색으로 '세상은 파랗다'라고 새긴 오렌지색 티셔츠 차림의 앨리시어는 그 어느 때보다 눈이 부셨다. 주머니가 많이 달린 배낭을 메고, 포장지로 싼 사각봉투를 들고 있었다.

"놀랐지?" 앨리시어가 활짝 웃었다.

얼떨떨한 얼굴로 서 있는 새뮤얼을 보면서 앨리시어가 말했다.

"들어가도 돼?"

새뮤얼이 비켜섰고, 앨리시어가 들어가자 환영의 인사가 쏟아졌다. "오, 앨리시어!" "어서 와!" "때맞춰 왔구나!"

"죄송해요." 앨리시어가 모두에게 인사하면서 사과했다. "좀 더 일찍 왔어야 했는데 사진 작업이 늦어지는 바람에. 어머, 선물 타임이 끝났나 봐요!"

앨리시어는 현관문 앞에 배낭을 내려놓고, 할아버지의 접시에 케이크 조각을 담고 있는 엘리사에게 말했다.

"새뮤얼을 잠깐 빌려도 될까요? 둘이서만 할 얘기가……."

"물론이지, 앨리시어. 단 할아버지께서 이 케이크를 다 드시기 전에 샘을 보내주겠다고 약속하면!"

앨리시어는 현관 밖의 층계로 새뮤얼의 팔을 잡아끌었다. 새로 흰색 칠을 했는지 지붕널에서 광채가 흘렀다. 앨리시어가 현관문을 닫았다.

"너를 납치하듯 끌고 나와서 미안한데 미스 맥파이가 있어서 너무 싫었어. 험담의 여왕이잖아! 나도 너에게 줄 선물이 있어."

앨리시어가 봉투를 내밀었고, 새뮤얼은 몽롱한 상태에서 빠져나오려고 노력했다. 보라색 머리핀을 꽂은 긴 금발, 보기 좋게 태운 얼굴빛, 또렷한 이목구비, 파란 눈빛…… 앨리시어는 믿을 수 없을 정도로 아름다웠다.

"뭐 해? 지금 자는 건 아니지?" 앨리시어는 뾰로통한 얼굴을 했다.

새뮤얼은 봉투를 열고 안에 들어 있는 것을 꺼냈다. 예쁘게 장식한 일종의 사진첩이었다. 왼쪽은 아홉 살 때 아버지의 집 정원 튤립 꽃밭에서 새뮤얼과 앨리시어가 서로 흘겨보는 모습을 찍은 폴라로이드 사진이고, 오른쪽은 같은 튤립 꽃밭에서 현재 모습의 새뮤얼과 앨리시어가 다정하게 서로 허리에 팔을 두르고 찍은 사진이었다. 두 장의 사진을 에워싸는 어릴 적부터 현재까지 새뮤얼의 모습을 담은 사진들, 크기와 모양이 다양한 흑백사진과 컬러사진들을 모자이크로 꾸민 멋진 작품이었다.

"와, 이건 완전히 예술작품이야, 앨리시어. 고마워. 정말 고마워……."

"이 폴라로이드 사진 기억나?" 앨리시어가 물었다. "우리 집이 세인트메리로 이사 온 뒤에 너와 내가 찍은 첫 번째 사진이야. 그 시절에는 우리가 늘 붙어 다녔는데, 그치?"

새뮤얼은 사랑에 빠진 얼굴로 앨리시어를 바라보았다. 이제부터는 무슨 일이 있어도 절대 헤어지지 않고 영원히 사랑하겠다고 다짐하면서.

"그때는 정말 행복했는데…… 너도 그랬지? 생일 축하해, 새뮤얼……."

앨리시어는 현관문에 기대면서 아주 자연스럽게 새뮤얼을 끌어당겼다. 그러고는 새뮤얼의 목에 두 팔을 두르고 부드럽게 입을 맞추었다. 앨리시어의 입맞춤은 영원불변의 향기를 지니고 있었다…….